문화론의 시각에서 본 문학과 영화

· 김승구 ·

박문사

머리말

　작년 일제 강점기 문학에 관한 연구 성과를 작년에 한 권의 책으로 묶은 바 있는데, 이 책은 그 후속 작업의 성격을 가진다.

　Ⅰ부에 묶은 세 편은 이상과 관련해서 쓴 글들이다. 1장 「이상 초기 텍스트에 나타난 영화적 상상력」은 이상 문학을 영화와 관련시켜 다뤄 본 것이다. 이상 문학은 박사학위논문의 대상이기도 했는데 그 당시 이상의 텍스트를 훑어가면서 영화의 명시적인 흔적들을 약간 검토한 적이 있기는 하지만 이상 문학의 밑그림으로까지 그 흔적들을 추적하기에는 역부족이었다. 그 후 내내 마음속에 걸려 있던 이 테마를 이상의 초기 텍스트와 연관 지을 수 있는 계기를 마련하게 되었다. 2장 「이상 시에 나타난 기독교적 표상」은 비교적 초기의 글로서 이 역시 이상의 초기 텍스트를 그 대상으로 한 글로, 이 글은 이상에게 있어 창작 초기에 기독교란 무엇이었는가를 탐색하고 있다. 3장 「1980년대 이상 시 연구의 성과와 한계」는 한국현대문학회 학술발표 의뢰에 따라서 쓴 글이다. 연구사 검토의 일종이라고 할 수 있는데 이상 시 연구에 가장 큰 공로가 있는 분 중 한 명이라고 생각하는 시인 이승훈의 연구 성과를 다루고 있다. 다분히 비판적인 논조로 흐른 면이 없지 않

지만 이는 수십 년 후의 사후적인 비평이 가질 수 있는 정도의 것이며 가급적 차분히 여러 가지 측면을 고려하려고 했다.

Ⅱ부의 세 편은 해방기와 관련한 글들인데 두 편은 영화에, 한편은 문학에 관한 글이다. 4장 「해방기 극장의 영화 상영 활동」과 5장 「영화 광고를 통해 본 해방기 영화의 특징」은 해방기 당시 영화문화를 다루고 있다. 이들 글은 비슷한 시점에 씌어진 글이지만 전자는 주로 해방기를 포괄적으로 다루고 있고 후자는 주로 영화 광고를 집중적으로 다루고 있다는 점에 그 차이가 있다. 이 작업은 내가 한 권의 책으로 정리한 바 있는 일제강점기 영화문화 연구의 후속 작업이라는 성격을 가진 것이다. 6장 「여상현 시의 민중지향성」은 해방기에 주로 활동하다가 월북한 좌파시인 중 한 사람인 여상현의 문학적 성과를 검토한 글이다. 여상현은 분명 한국근현대시사에서 1급 시인은 아니지만 그렇다고 외면할 만한 대상도 아니다. 이전에도 이 부류에 들어갈 만한 시인들을 종종 다룬 바 있는데 이 작업은 그 일환이다. Ⅱ부는 그동안 일제 강점기 중심으로 연구해온 내 입장에서는 남다른 감회를 느끼는 영역이다. 이전부터 연구의 시대적 범위를 해방기 이후로 확장하고 싶다는 생각은 있었지만 작업이 그리 수월하진 않았기 때문이다. 이 작업을 계기로 앞으로도 좀 더 많은 작업이 이뤄지기를 희망한다.

Ⅲ부 세 편은 김수영에 관한 글들이다. 7장 「시적 자유의 두 가지 양상」은 연구 경력 초기에 쓴 글이다. 박사학위논문 이후 처음으로 발표한 글이라 완성에 내 나름의 심혈?을 기울였던 기억이 있다. 그러나 이후 이런저런 글을 쓰게 되면서 한동안 김수영은 관심권에서 멀어지게 되었다. 그러다가 작년 다시 그의 시들을 정독할 기회를 얻게 되었고 그 와중에 내 나름대로 논의의 공이 있을 것으로 판단된 몇 편의

작품을 골라낼 수 있었다. 8장 「난해한 기호와 정체성의 알레고리」는 제목만 듣고는 김수영의 작품이라는 사실을 거의 기억하기 힘든 「백의」라는 작품을 다루고 있다. 이 작품을 본격적으로 다룬 글은 거의 없었지만 중요한 작품이라는 판단이 들어서 이 작품을 분석하고 해석하는 데 6개월 이상을 투자했다. 이 작업을 하면서 문학 연구에 있어서 상상력의 필요성을 새삼 절감했다. 9장 「1960년대 후반 김수영 시의 미디어 수용 양상」은 김수영의 시를 미디어적 상상력을 동원하여 논의한 글로, 이 글의 대상이 된 「전화 이야기」, 「원효대사」 역시 「백의」와 마찬가지로 사람들에게는 낯선 작품이다.

Ⅳ부는 시 창작에 종교가 밑바탕이 된 두 명의 시인을 다루고 있다. 10장 「구상 시에 나타난 영원성의 시학」은 「초토의 시」로 잘 알려진 구상의 시를, 11장 「고정희 초기시의 민중신학적 인식」은 1980년대 대표적인 여성주의 시인 중 한 명인 고정희의 시를 논의 대상으로 하고 있다. 두 시인을 논한 연구사가 그리 풍부한 편이 아니었다. 그래서 연구의 사전 조사라는 명분으로 관련 지역을 답사한 적이 있다. 경북 왜관에 있는 구상문학관, 서울 수유리의 한신대 신학대학원, 그 옆의 4·19 국립묘지, 그리고 전남 해남의 고정희 묘소 등. 특히 고정희 묘소를 찾았을 때 갑자기 가슴이 뛰고 식은땀이 흐르면서 주저앉았던 기억은 지금도 생생하다. 이 글은 그때 느낀 알 수 없는 통증의 결과물일지도 모르겠다.

Ⅴ부는 최근의 성과를 담고 있는 부분이다. 12장 「아동 작문의 영화화와 한·일 문화 교섭」은 일제 강점기 이후 출간된 아동수기가 영화화되기까지의 과정을 추적하고 있다. 이 작업은 한·일 간의 문화 교류라고 하는 넓은 주제의식 하에서 현재 진행하고 있는 연구의 조그만

성과라고 할 수 있다.

이 책에 담긴 글들은 넓게 보면 문학과 영화에 관한 글들로 크게 구분되지만 문학에 관련된 글에도 영화적 관심이 크든 작든 어느 정도 반영되어 있는 것이 사실이다. 보기에 따라서는 무질서해보일 수 있겠지만 이런 모습이야말로 현재 내 모습의 정직한 반영이라고 생각한다.

어려운 출판 환경에서도 출간 제의에 선뜻 응해주시고, 출간 과정에 정성을 다해준 출판사 여러분께 감사드린다. 그리고 원고 교정에 참여해준 대학원의 조경진, 항상 응원해주는 가족에게도 감사드린다.

2013.2.
김승구

목
차

I부 이상 문학의 낯선 풍경

문화론의 시각에서 본 문학과 영화

1장. 이상 초기 텍스트에 나타난 영화적 상상력

1. 서론

지금껏 이상 문학에 대한 연구가 다양한 측면에서 이루어질 수 있었던 이유는 무엇일까? 이런 물음에 대해서는 여러 가지 답변이 가능하겠지만, 가장 중요한 이유는 무엇보다도 이상 문학 자체가 다양한 얼굴을 가진 존재라는 사실에서 찾을 수 있을 것이다. 이상 문학은 문학의 전통적인 시각으로는 판별할 수 없는 다양한 원천을 가진, 한국 현대문학 역사상 가장 복잡한 양상을 보여주고 있다. 이는 글쓰기의 원천인 이상 자신이 그 당시로서는 가장 전위적인 예술을 다채롭게 수용하고 있었다는 사실에서 기인한다. 회화, 건축 등 시각예술에서 그가 수용한 자양분들이 그의 문학의 형성에 큰 영향을 미쳤다는 사실은 이미 여러 연구자들에 의해 밝혀진 바 있다.[1] 이 글에서는 이상 문학의 전개 과정에서 영향을 미친 또 하나의 영역인 영화적 관점에서 이상 문학을 검토하고자 한다.

---

1 황호덕, 「한국 모더니즘과 영화-이상(李箱), 메트로폴리탄, 활동사진-」, 『한국사상과 문화』 15, 한국사상문화학회, 2002, 28-29쪽.

문학과 영화의 관계를 검토할 때, 흔히 사용되는 방법은 서사 기법 차원의 접근이다. 이런 접근법을 취하는 연구들에서는 보통 영화에서 사용되는 방법이 어떻게 시나 소설의 창작 기법으로 활용되는가에 논의의 초점이 모아지기 마련이다. 특히 서사 전개라는 측면에서 영화와 보다 직접적인 관련을 맺고 있는 소설의 경우 영화적 기법이라는 차원에서 모더니즘 소설의 형식적 측면이 주로 검토되었는데,[2] 일제 강점기 모더니즘 작품들 특히 이상이나 박태원의 작품이 그 대상이었다. 그리고 시의 경우는 김기림, 이상의 작품이 그 대상이었다.[3] 창작 방법 차원의 논의와는 별개로 소설의 영화화 과정을 검토한 연구들도 있는데, 이 경우에는 필름이 부재하는 일제 강점기보다는 작품 감상이 용이한 1950~60년대 작품이 주 대상이 되고 있다.[4]

이와 같은 연구들은 문학과 영화라는 근대적 예술 양식 사이의 상관성에 대한 검토라는 측면에서 중요한 의미를 가지는 것이기는 하지만, 창작 방법 차원의 검토는 양식 전이 차원의 검토에 비해 문학의 보다 본질적 차원을 다룬다는 점에서 전자가 보다 주목을 요한다고 하겠다. 그러나 전자의 경우도 문학의 형성에 있어서 작가가 영화로부터 받은 영향의 문제를 의식적이고 표피적인 차원에서 조명하는 경우가 대부분이어서 창작 과정에서 개입되는 무의식적 차원까지를 해명하지는

---

2 김양선, 「1930년대 모더니즘 소설의 영화 기법-근대성의 체험 및 반응을 중심으로-」, 『한국문학이론과 비평』 9, 한국문학이론과 비평학회, 2000, 52-74쪽; 박배식, 「1930년대 박태원 소설의 영화 기법」, 『문학과영상』 9/1, 문학과영상학회, 2008, 83-109쪽.

3 문혜원, 「1930년대 문학에 나타난 영화적 요소에 관한 고찰」, 『국어국문학』 115, 국어국문학회, 1995, 349-373쪽; 조연정, 「1920~30년대 대중들의 영화체험과 문인들의 영화체험」, 『한국현대문학연구』 14, 한국현대문학회, 2003, 199-240쪽.

4 노지승, 「「自由夫人」을 통해 본 1950년대 문화 수용과 젠더 그리고 계층」, 『한국현대문학연구』 27, 한국현대문학회, 2009.4, 305-338쪽; 노지승, 「'춘향전' 패러디 소설과 1955년 영화 「춘향전」」, 『한민족어문학』 55, 한민족어문학회, 2008, 53-87쪽.

못한 한계를 가지고 있다.

이상 문학 연구에 영화적 관점을 도입한 경우는 연구사 축적의 기간과 규모에 비해 매우 약소한 편이다. 지금까지 발표된 이상 문학 관련 글들 중에서 이런 관점을 부분적이든 전면적이든 어느 정도 취하고 있는 글들은 주로 비교적 최근인 2000년대 이후에 발표된 불과 몇 편에 지나지 않는다. 그 중에서 초기에 두드러진 논의를 펼친 연구자로는 월터 K. 류와 황호덕을 들 수 있다. 월터 K. 류의 글5은 이상 문학과 영화의 관계에 대해서 선구적인 논의를 펼쳤다는 데 그 의의를 둘 수 있다. 그는 「산촌여정山村餘情」을 대상으로 탈식민주의적 시각에서 민족과 제국의 관계에 대해서 조명하고 있다. 이 글은 전체적으로 볼 때 영화에 대한 관심은 제한적이지만 이상 문학을 영화의 시각에서 검토할 수 있는 단서를 제공했다는 점에서 의미 있는 성과라고 하겠다. 황호덕의 글6은 이상의 영화 체험 전반을 검토하면서 이상 문학에 영화가 끼친 영향을 좀 더 심도 있게 논의하고 있다는 측면에서 영화 관련 글 중에 비교적 본질적 차원까지 해명하려고 시도한 것으로 보인다. 이 글에서 그가 주로 논의의 대상으로 삼고 있는 텍스트는 「산촌여정」이다. 이처럼 초기의 두 연구자가 모두 이 글을 집중적으로 논의하고 있는 것은 이 글에 영화의 영향이 가장 뚜렷하게 드러나기 때문일 터다. 이 글에는 금융조합 주최 상영회 장면이 직접 등장하기도 하고, 흔히 카메라 아이camera eye라고 하는 이상 특유의 시선이 대상 묘사 과정에서 드러난다. 기존의 논의들은 대체로 상영회 장면의 내용적 측면

---

5 월터 K. 류, 조은정 역, 「이상의 「산촌여정-성천 기행 중의 몇 절」에 나타나는 활동사진과 공동체적인 동일시」, 김윤식 편, 『이상문학전집5』, 문학사상사, 2001, 191-228쪽.
6 황호덕, 앞의 논문, 25-63쪽.

이나 대상 묘사에 나타나는 카메라 아이적 기법에 논의를 집중했다고 봐도 무방할 것이다. 물론 이 외에도 여타 글에 단편적으로 언급된 영화들에 대한 논의가 있기는 하지만 단편적인 양상을 보인다.

이 두 편의 글이 나온 후에는 필자가 「산촌여정」과 「興行物天使」를 중심으로 1930년대 대중문화가 문인들에게 미친 영향에 대해서 포괄적으로 검토한 바 있다.[7] 이 글은 논의의 대상을 「興行物天使」와 같은 비교적 낯선 작품으로 확대하고, 그 당시 대중문화의 맥락을 도입하려 했다는 점에서 새로운 접근이라고 할 것이다. 이 외에 최근에는 전위 영화와 일본의 근대 모더니즘 운동의 선구자 역할을 한 『詩と詩論』과 이상의 관계를 검토한 글도 발표되었는데, 이 글에서는 이상의 시 중 「興行物天使」, 「狂女の告白」을 주로 아방가르드 예술가 장 콕토Jean Cocteau와의 관계에서 검토하고 있다.[8] 장 콕토는 이상이 직접 언급한 작가로서, 일본의 모더니스트들 역시 동경하고 있는 예술가였다는 점에 이 글의 중요성이 있다.

지금까지 나온 영화적 관점을 취한 글들은 대체로 특정한 텍스트에 논의가 집중된 양상을 보이는데, 이는 이상의 글 중 이들 글이 비교적 명시적으로 영화의 영향을 암시하기 때문이다. 이 글에서는 기존의 논의가 미처 검토의 대상으로 상정하지 않은 이상의 작품들을 중심으로 새로운 차원의 논의를 펼쳐보고자 한다. 이 글에 주로 검토할 작품들은 그의 첫 작품인 「십이월 십이일十二月 十二日」과 몇 편의 일문 유고 작들이다.

---

7 김승구, 『이상, 욕망의 기호』, 월인, 2004, 205-226쪽.
8 난 명, 「"여자의 눈"은 왜 찢어졌는가」, 『한국현대문학연구』29, 한국현대문학회, 2009, 255-288쪽.

2. 운명의 원점으로서의 기차

흔히 이상 문학의 출발점으로 꼽는 작품은 「십이월 십이일」이라는 장편소설이다. 이 작품은 이상 사후 오랫동안 묻혀 있다가 이어령에 의해 발굴된 것으로, 김윤식이 이 작품을 이상의 개인사적 콤플렉스를 소설화한 것으로 평가한[9] 이후 많은 연구자들이 그의 견해를 대체로 수용하고 있는 형편이다. 이 작품은 이상 문학의 원천으로서의 의의를 지님에도 불구하고 작품으로서의 완결성에 대해서는 대체로 부정적으로 평가받고 있다. 작가와 서술자가 명확하게 구분되어 있지 않은 점, 서사 전개에 있어서 초반부를 편지 형식으로 대체함으로써 후반부와의 불균형성을 노출하고 있다는 점, 또 우연성의 남발로 사건이 핍진성을 얻지도, 등장인물이 뚜렷한 개성을 확보하지도 못하고 있는 점이 대체적으로 이 작품의 약점으로 거론되었다.[10] 이런 측면들은 리얼리즘적 시각에서 보면 분명 부정적으로 비칠 만한 요소들이긴 하나, 만약 시각을 달리 한다면 이 작품에서 새로운 측면을 발견할 여지는 어느 정도 있다.

작품 자체에 대한 평가를 차치하고 볼 때, 「십이월 십이일」은 우리에게 궁금증을 불러일으킬 만한 요소를 가지고 있는데, 그중 여기서 주목하고자 하는 점은 이상 문학의 출발점이라고 할 이 작품이 가지고 있는 의외성이다. 이 작품은 이후 이상이 쓰게 되는 무수한 작품들과는 달리 의외로 비교적 온건성을 가진 것으로 보이기 때문이다. 이후 발표된 작품들이 서구 아방가르드 작품들과 방불한 파격성을 가지고

---

9 김윤식, 『이상연구』, 문학사상사, 1995, 45-69쪽.

10 권영민 편, 『이상전집3』, 뿔, 2010, 237-244쪽 참고.

있는데 비해 이 작품은 개인사적 콤플렉스를 다소 파편적이고도 폭력적인 방식으로 외화시키는 데 그치고 있다는 인상을 주는 것이다.

곤궁한 삶에서 탈피하고자 일본으로 탈출한 주인공 'X'가 일본 각지를 전전하면서 펼치는 고난과 성공의 편력, 그리고 새 희망을 품고 귀국한 그가 가족의 불화에 휩싸여 결국 자살하고 만다는 이야기가 「십이월 십이일」의 간략한 줄거리이다. 식민지 민중의 비극을 다루고 있는 듯한 이 작품은 리얼리즘적으로 읽혀질 여지가 충분하지만, 줄거리의 전형성을 제외하면 이 작품은 전형적인 리얼리즘 소설에서 많이 벗어나 있는 것이 사실이다.

주인공 'X'가 곤궁한 삶에서 벗어나기 위해서 탈출의 목적지로 선택한 곳은 일본이다. 그는 홀어머니와 함께 경부선 기차를 타고 부산으로 향한다. 그리고 부산에서 시모노세키까지 배를 타고, 다시 거기서 기차로 고베에 간다. 그러나 뜻하지 않게 어머니를 여의고 그는 나고야로, 나고야에서 다시 도쿄로, 거기서 다시 사할린을 떠돈다. 거기서 탄광부로 일하던 그는 불의의 사고로 부상을 당하고 그 이전에 머물던 도쿄로 돌아간다. 거기서 그는 일본인 하숙 주인의 유언에 따라 뜻하지 않은 재산을 얻어 귀국을 한다. 귀국길은 도쿄에서 시모노세키, 시모노세키에서 부산, 부산에서 경성으로 이어진다. 작품에 근거할 때 주인공의 인생 유전은 십 수 년간에 펼쳐진다. 그때마다 주인공의 인생 유전을 함께 한 것은 기차였다. 기차는 주인공이 새 삶의 길을 개척할 때마다 그와 함께 한 셈이다. 그가 인생 유전의 마지막이라고 생각한 귀국길 역시 마찬가지였다.

이처럼 이상은 자신의 첫 작품에서 주인공 'X' 못지않게 기차 혹은 철도를 또 하나의 주인공으로 설정하고 있다. 기차는 절망한 주인공에게 구원의 길을 열어 주었다. 그리고 그를 다시 희망의 길로 되돌려 주었다. 그러나 절망에서 희망으로의 전환은 일직선적으로 이루어지지 않았다. 그가 사할린에서 불의의 사고를 겪지 않았다면 그는 희망을 안고 귀국할 수 없었을 지도 모른다. 그런데 그 계기를 만들어 준 것도 기차 혹은 철도였다. 그가 부상을 당하게 된 것은 '토록코' 사고 때문이었는데, 탄광에서 사용되는 이것 역시 일종의 기차이기는 마찬가지이다.

이처럼 「십이월 십이일」에서 기차는 서사 전개에 있어서 중요한 매개체로 이용되고 있다. 기차가 근대의 가장 중요한 발명품이라는 사실은 상식이다. 기차는 전근대적 시공간 개념을 일거에 혁파하면서 근대인의 지각 체계에 커다란 변화를 일으켰다. 그리고 그 기차는 식민지에서는 근대화의 상징으로, 제국주의 국가에서는 식민화의 도구로 이용되었다. 어쩌면 우리의 근대화를 표상하는 단 하나의 상징을 꼽으라면 기차만으로도 충분할지 모른다. 그러나 이상 이전 우리 문학에서 기차는 거의 등장하지 않았다. 다만 이광수가 「무정」에서 사건의 전개 과정에서 비교적 비중 있게 등장시켰을 뿐이다.[11] 그러나 이상에게 있어 기차는 외연적 근대화의 상징이기보다는 근대인의 삶의 무의식적 차원에까지 깊이 파고든 그 어떤 것으로 보인다. 그는 기차로 표상되는 근대의 본질적 차원에 대해서 사유하면서 그것이 안겨주는 삶의 불안을 외화하려고 했다. 이런 측면은 「십이월 십이일」에서 'X'가 운명적

---

11 한국 근대문학과 비교할 때, 일본 근대문학에서는 비교적 일찍부터 기차가 여러 작품에서 중요한 무대로 활용되고 있다. 도가와 신스케(十川信介)가 쓴 『近代日本文學案內』(岩波書店, 2008, 262-292쪽.)에는 최남선의 「경부철도가」에 직접적 영향을 미쳤을 것으로 짐작되는 「철도창가」를 비롯해 기차와 관련된 다양한 작품들이 거론되고 있다. 근대의 중요한 교통수단의 하나인 기차가 근대화에 미친 영향을 감안할 때, 한국 근대문학에서 의외로 그 존재가 뚜렷하지 않은 이유는 무엇일까. 이런 현상에 대해서는 앞으로 충분히 검토되어야 할 것이다.

으로 체현한 삶의 진리, 즉 삶은 기대를 배반한다는 생각을 조금씩 자각해 가는 과정에서 드러난다.

'X'의 인생에 있어서 결정적인 국면을 형성하는 세 시기가 있다. 그가 일본을 향해 경성 역을 떠나던 때, 그리고 희망을 품고 다시 경성 역으로 돌아오던 때, 마지막으로 삶의 의의를 부정하고 자살하기 위해 경성 역을 다시 찾은 때가 바로 그것이다. 이 세 시점마다 그는 그 날이 모두 '십이월 십이일'이라는 사실을 깨닫게 된다. 한번은 절망으로, 또 한 번은 희망으로, 그리고 마지막은 처음보다 더욱 깊은 절망으로 그는 '십이월 십이일'이라는 기호가 표상하는 운명의 불가피성을 깨닫게 된다. 그러한 인식의 공간은 경성 역이다. 이 경성 역이야말로 운명의 공간으로서 주인공이 벗어날 수 없는 삶의 지점이다. 역을 매개로 해서 펼쳐지는 철도는 운명을 확인하기 위해 펼쳐지는 삶의 길인 것이다. 이렇게 볼 때, 이 작품은 역, 기차, 그리고 철도로 상징되는 근대인의 불안을 다소 극단적인 방식으로 표현하고 있다고 할 수 있다.

3. 아방가르드영화와 비극적 운명의 기호들

1) 영화 체험과 기차의 미학적 근대성

이상에게 있어서 이처럼 기차가 문학적 원점에 놓여 있다는 사실은 이제까지 뚜렷이 인식되지 않았다. 기차가 본질적인 친연성을 갖는 예술 양식은 영화라고 할 수 있을 것이다. 영화의 출발을 알리는 뤼미에르 형제Auguste et Louis Lumière의 첫 작품 「시오타 역에 도착하는 기차

L'arrivee d'un train a la gare de Ciota, 1895」는 영화가 본질적으로 20세기 양식이라는 사실을 암시한다. 세계 영화사 첫 작품 이래 무수히 많은 영화들은 역과 기차를 서사 전개 과정에 등장시켰다. 기차역은 때로는 범죄의 현장으로, 때로는 은밀한 로맨스가 펼쳐지는 공간으로 영화에 등장해 관객을 사로잡았다.

1920년대 서구의 아방가르드 영화 작가들은 기차를 물신의 경지에 까지 올려놓았다. 그 예로 들 수 있는 것이 1923년 프랑스 감독 아벨 강스Abel Gance의 「철로의 백장미La Roue」, 1927년 독일 감독 발터 루터만Walter Ruttmann의 「백림: 대도회교향악Berlin: Die Sinfonie der Grosstadt」이다.[12] 이 두 작품은 그 당시 영화계에 불어 닥친 아방가르드 열풍이 만들어낸 성과이다. 「철로의 백장미」와는 달리 「백림: 대도회교향악」이 비록 부분적으로만 기차를 등장시키고 있지만 이 작품의 서두에서 베를린을 향해 달리는 기차의 이미지는 근대 자본주의 도시를 지배하는 삶의 원리로서 기차가 가진 의미를 상징적으로 표현하고 있다는 점에서 의미심장하다. 「백림: 대도회교향악」은 1928년 경성의 조선극장에서 개봉되었다. 자살하는 여성이 등장하는 장면 등 부분적으로 연출에 의한 장면이 삽입되기는 했지만 이 영화는 실사영화로 소개되었다. 실사영화는 영화 관람 초창기의 관객에게는 어필했을지 몰라도 적어도 1920년대 후반 식민지 조선의 대중 관객에게는 다소 거리감 있는 장르였다. 그러나 적어도 이 영화는 다른 대접을 받았다. 이 영화는 이 영화가 개봉되기 직전에 개봉된 프리츠 랑Fritz Lang의 「메트로폴리스Metropolis, 1927」의 촬영 감독인 칼 프로인트Karl Freund가 촬영을 맡

12 이 영화들의 제목인 「철로의 백장미」나 「백림: 대도회교향악」은 일본에서 만들어져 국내에서도 통용되던 것들이다. 「철로의 백장미」는 그 당시 「대백장미」라고 불리기도 했다.

앉다는 그 자체만으로도 화제가 되었다. 적어도 서구문화, 그 중에서 도 가장 전위적인 흐름에 깊은 관심을 가지고 있었던 이들에게는 매우 의미 있는 영화였다.

이 당시 이상은 경성고등공업학교이하 '경성고공'으로 약칭에 재학 중 이었는데, 이때 그는 아직 문학의 길로 접어들지 않았다. 1927년부터 5년 여간 그와 함께 기거를 같이 했던 친구 문종혁文鐘嚇의 회고에 따 르면, 이상이 화가에의 꿈을 접고 문학으로의 전향을 최초로 언명한 시점은 1929년 즉, 이상이 총독부 건축과에 취직한 해였다.13 1929년 총독부 건축과에 입사한 직후인 1930년 초반부터 총독부 기관지『조 선』에 「십이월 십이일」을 연재했다는 사실을 고려할 때, 적어도 1927- 1928년쯤에는 첫 작품의 창작을 위해 여러 가지 구상을 하고 있었을 것이다. 이 당시 그에게는 그의 첫 작품에 아이디어를 제공해줄 무언 가가 필요했을 터이다.

그 당시 문인들은 대체로 청소년기부터 서구 작품들의 사숙 과정을 거쳐 작가로 입문했고, 그 후 자신의 독서 이력을 술회하는 글을 발표 하는 게 보통이었다. 그러나 이상의 경우에는 특이하게도 그가 어떤 부류의 작가들에 관심을 가졌고, 어떤 작품들을 읽었는지를 밝히는 글 을 찾아보기가 힘들다. 물론 이후 글에서 그가 몇몇 작가들의 이름을 거론하기는 했지만, 그 중에도 유별난 애착을 보여준 경우는 없었다. 또 그의 주변 친구들의 회고를 통해서 그가 국적을 가리지 않고 두루 작품들을 읽었다는 사실을 어렵지 않게 확인할 수 있기는 하지만, 그 가 특별히 사숙한 작가는 없었던 듯하다. 이런 탓에 그의 작품들은 서

---

13 문종혁, 「몇 가지 이의」, 김유중·김주현 공편, 『그리운 이름, 이상』, 지식산업사, 2004, 131쪽.

구나 일본의 특정 작품과 비교할 만한 영향 관계를 발견하기가 쉽지
않다.

이는 이상의 문학의 원천 중 하나가 회화나 건축, 이와 연관된 영화
등일 것으로 생각되는 이유이다. 문종혁의 회고에 의하면, 경성고공에
다니던 시절 그는 이상과 영화 이야기를 자주 나눴다고 한다.[14] 영화
이야기를 하는 중에도 이상은 영화의 스토리보다는 감독이나 배우의
연기를 주로 거론했다고 한다.[15] 그리고 경성고공의 동기생이었던 오
오스미 야지로大隅彌次郎도 이상이 영화관에 자주 갔다는 사실을 회
고한 바 있다.[16] 이로 미루어 추측컨대 이상은 영화에도 보통 관객 이
상으로 꽤 흥미를 가지고 있었음이 틀림없어 보인다. 특히 「십이월 십
이일」의 경우 이 작품은 위에서 언급한 아벨 강스의 「철로의 백장미」
에서 깊은 영향을 받은 것으로 보인다. 아벨 강스는 1920년대 서구 영
화계에 불어닥친 아방가르드 열풍의 주역으로, 그의 영화 중 세계 영
화사에서 뚜렷한 자리를 확보한 작품은 1923년의 「철로의 백장미」와
1927년의 「나폴레옹Napoleon」이다. 「철로의 백장미」는 몽타주 실험의
대명사인 「전함 포템킨Bronenosets Potyomkin」의 감독 세르게이 에이젠
슈타인Sergei M. Eisenstein이 큰 영향을 받았다는 사실을 고백할 정도로
몽타주 이론의 실천에 있어서는 선구적인 작품이었다. 특히 달리는 기
차의 몽타주 시퀀스는 지금 보아도 그 현란함에 감탄할 정도다.

1920년대 식민지 조선에서 영화감독의 이름은 흥행에는 별다른 영
향을 미치지 못했지만, 서구의 영화 담론의 영향 탓에 아벨 강스라는

---

14 문종혁, 「심심산천에 묻어주오」, 김유중·김주현 공편, 위의 책, 95쪽.
15 위의 책, 97쪽.
16 원용석 외, 「이상의 학창시절」, 김유중·김주현 공편, 위의 책, 372쪽.

이름은 국내에서 어느 정도 인지도를 가지고 있었다. 이 영화는 1927
년 11월 조선극장에서 개봉되었는데, 정확한 통계 수치는 없지만 이
영화가 지식인 관객뿐만 아니라 대중 관객에게 상당한 호응을 받았다
는 사실을 짐작할 수 있다. 당대의 지식 청년층의 서구 문화에 대한
갈증과 열광을 생각할 때 「철로의 백장미」를 이념과 취향의 차를 넘어
예술 지향의 젊은 층 다수가 보았을 터이다. 물론 이 중에는 그 당시
아방가르드 예술에 심취해 있던 임화林和도 끼어 있을 것이고, 그의 보
성고보 동창인 이상도 끼어 있었을 것이다.

2) 근대적 삶의 운명에 대한 변주

「철로의 백장미」는 애초 러닝 타임이 거의 9시간에 가까웠고[17], 시
사회 판마저 32릴로 편집되어 있었던 매우 긴 영화이다.[18] 요즘도 마
찬가지이지만 그 당시 감독이 시사회에 내놓은 버전이 그대로 개봉관
에서 상영되기는 어려웠다. 제작사에서는 종종 일반 개봉에 적합한 정
도로 대폭 러닝 타임을 줄이기를 요구했기 때문이다. 이 영화 역시 사
정은 비슷했던 것으로 보이다. 제작사는 감독에게 재편집을 요구했고,
감독은 이 영화를 12릴로 재편집했다. 원판의 1/3로 축소되었음에도
불구하고 편집이 매우 세심하게 이루어진 덕분에 보통 관객은 눈치 채
기 힘들 정도로 서사적 완결성이 돋보였다.[19]

---

17 Lynne Kirby, *Parallel Tracks: The Railroad and Silent Cinema*, Durham: Univ. of Duke
Press, 1997, p.219.

18 Remi Lanzoni, *French Cinema*, New York: Continuum Intl Pub Group, 2004, p.50.

19 현재 우리가 감상할 수 있는 「철로의 백장미」는 재편집본이 아니라 애초 감독의 시사회
편집본이다. 2008년 flicker alley에서 발매된 DVD는 시사회 편집본으로, 러닝 타임은
4시간 30분이다.

조선극장에 개봉된 버전도 재편집본이었다. 그 당시 영화 소개 기사
나 신문 광고를 보면 러닝 타임을 '8권', '12권' 식으로 표시해 놓곤 했
는데, 이 영화의 경우는 신문 광고에 '12권'으로 표시되어 있는 것을 확
인할 수 있다「그림 1」 참고. 그리고 그 당시 이 영화의 소개 기사[20]를
보면 감독 편집본의 스토리가 개괄적으로 소개되어 있는 것을 확인할
수 있는데, 그 당시 관객은 이 영화가 대폭적으로 재편집되었다는 사
실을 눈치 채지 못했던 듯하다.

「그림 1」 『조선일보』, 1927.11.24의 2면 하단 조선극장 영화 광고

이 영화는 기관사 '시시프Sisif'가 열차 사고로 고아가 된 '노마Norma'
를 구조하면서 시작된다. 그는 '노마'를 친아들 '엘리에Elie'과 더불어 친
딸처럼 키운다. 그런데 '엘리에'가 '노마'에게 동생 이상의 감정을 품고
있다는 사실을 알게 되고 '시시프' 역시 '노마'에게서 친딸 이상의 감정
을 느끼면서 갈등이 빚어진다. '시시프'는 '엘리에'에게 질투를 느끼게

20 「불국 대표적 작품. 라, 루 철로의 백장미. 24일부터 조극에 상영」, 『조선일보』, 1927.1
1.24.; 「눈물의 명화, 철로의 백장미」, 『중외일보』, 1927.11.24.

되자 '노마'가 자신의 친딸이 아니라는 사실을 밝히려고도 생각하지만 그럴 경우 '노마'가 자신의 곁을 떠나게 될까 두려워한다. 그 대신 그는 '노마'를 자신의 상사이자 재력가인 '에르장Hersan'과 결혼시켜서 출생의 비밀을 지키면서 '노마'를 영원히 딸로 곁에 두고자 한다. 그러나 '노마'가 결혼식을 하러 파리로 떠날 때 '시시프'는 자신이 운전하는 기차를 과속으로 탈선시켜 동반 자살을 시도한다. (앞에서 언급한 몽타주는 이 장면에서 사용된 것이다.) 그러나 그의 의도와는 달리 자살은 실패로 끝난다.

이 영화의 두 번째 부분에서, '노마'에 관한 진실을 알게 된 '엘리에'는 '시시프'를 책망하게 된다. 그리고 '시시프'는 동료의 실수로 밸브에서 누출된 수증기에 의해 실명하고 만다. 그는 철로 경사면에 기차를 들이받아 다시 한 번 자살을 시도하지만 그는 살아나고 그의 기차는 파괴된다. 이 사건으로 정신 이상자 취급을 받게 된 그는 몽블랑의 케이블카 운전사로 좌천된다. '엘리에'는 그와 함께 살면서 크레모나 Cremona 바이올린의 비밀을 발견하는 작업을 한다. 어느 날 근처 휴양지에서 열린 콘서트에서 '노마'와 마주치게 된 '엘리에'는 그녀에게 연애편지를 비밀리에 보내지만, 이를 눈치 챈 '에르장'이 그 다음 날 '엘리에'를 찾아오게 되고, 둘 사이의 싸움으로 '엘리에'가 절벽에서 떨어져서 죽는 사고가 발생한다. 이후 '노마'는 자신이 '시시프'의 친딸이 아니라는 사실을 알게 되고, 그에 대한 연민으로 남편과 이혼한 후 '시시프'가 있는 알프스 산중으로 찾아온다. 이후 '노마'는 '시시프'와 평화롭게 살아간다. 그러던 어느 날 '노마'가 축제에 간 사이 그녀가 춤추는 모습을 지켜보며 '시시프'는 잠들 듯이 죽음을 맞는다.[21]

---

21 이 영화의 줄거리는 Lynne Kirby, *Ibid.*, pp.226-227 참고.

이 작품에서 주인공 '시시프'는 기차 기관사로 설정되어 있다. 그는 근대의 가장 중요한 발명품 중 하나인 기차를 움직이는 기술자로, 복잡한 기계적 원리를 잘 이해하고 있는 인물이다. 그런 그의 인생에 있어서 전환점은 '노마'와의 만남이다. 그 만남은 그가 잘 이해하고 있는 기계적 원리가 우연에 의해 파탄 난 현장에서 이뤄진다. 그는 대참사 현장에서 기적적으로 생존한 아이를 발견하게 된다. 사고와는 무관하게 천진하게 강보 안에서 웃고 있는 '노마'를 그는 누구에게도 알리지 않고 자신의 집으로 데리고 온다.[22]

이상의 「십이월 십이일」에서 'X'의 인생 유전이 기차에서 시작되었듯이 '시시프'의 인생유전도 기차에서 시작된 것이다. 기차 탈선 사고는 '노마'라는 희망을 그에게 안겨준 것이다. 그러나 이후 그의 인생에서 '노마'는 그 이상 접근하기도 그렇다고 포기하기도 어려운 존재가 된다. 「십이월 십이일」에서 '노마'에 상응하는 인물은 'X'가 '쿡' 생활을 할 때 알게 된 일본인 친구의 여동생이자 주인공이 경성에서 개업한 병원의 간호부로 취직한 'C간호부'이다. '노마'가 '시시프'를 질투의 감정에 사로잡히게 했듯이 'C간호부'는 'X'의 마음속에 은밀한 질투를 불러일으킨다. 이 질투의 감정이야말로 '시시프'와 'X'의 인생을 파멸로 이끄는 계기가 된다.

'X'가 조카 '업'의 수영복을 태운 것이 단순히 큰아버지로서의 사명감에 기인한 것이라 보는 것은 단견이다. 「철로의 백장미」에서 '업'에 상응하는 인물은 아들 '엘리에'이다. '엘리에'에 대한 질투 때문에 '시시프'는 '노마'를 다른 남자와 결혼시키기로 마음먹은 것이다. 다만 이 두 작

---

22 노마가 발견된 현장에는 흰 장미가 한 무더기 피어 있는데, 이 영화의 개봉작 제목은 여기에서 따온 것으로 추측된다.

품의 이후 서사 전개에서 차이가 있다면, 그것은 「십이월 십이일」이 'X'의 자살로 끝나는 데 반해 「철로의 백장미」는 자살에 실패한 '시시프'의 후일담이 전개된다는 점이다. 「철로의 백장미」에서 러닝 타임의 반 정도를 차지하는 후반부는 전반부의 긴장감 있는 서사 전개에 비하면 사족 같은 부분이라고 하지 않을 수 없다. 사실 이 영화의 서사는 '시시프'가 자살을 시도하는 부분에서 끝났다고 할 수 있다.

주인공 '시시프'의 고유명이 암시하듯이 그는 그리스 신화 속의 인물 '시시포스Sisyphus'처럼 자신의 원죄 때문에 끊임없이 고난을 겪을 수밖에 없는 존재이다. 무거운 바위를 힘겹게 밀어 올려서 고역에서 벗어났다고 생각하는 순간 그의 고역은 원점에서부터 다시 시작되는 것이다. 「철로의 백장미」의 '시시프' 역시 '노마'를 발견하는 순간 희망을 발견했다고 생각했지만 자살을 결심하는 순간 그 동안의 희망이 물거품이 되고 말았다는 사실을 깨닫게 된다. 이처럼 '시시프'의 인생 유전을 이끌고 운명의 비극성을 절감케 하는 매개가 되는 것은 「십이월 십이일」에서처럼 기차다. 그는 이 영화에서 세 번이나 자살을 시도하지만 그때마다 그의 자살 시도는 번번이 실패로 귀결된다.[23]

이 영화에서 보게 되는 기차의 질주 장면은 그 자체로 주인공의 내적 갈등을 잘 표현하고 있다. 현란한 몽타주로 처리된 이 장면은 질주

---

23 이상은 「십이월 십이일」의 연재 4회분 서두에서 다음과 같은 프롤로그를 제시하고 있다. "나의 지난 날의 일은 말갛게 잊어 주어야 하겠다. 나조차도 그것을 잊으려 하는 것이니 자살은 몇 번이나 나를 찾아왔다. 그러나 나는 죽을 수 없었다. 나는 얼마 동안 자그마한 광명을 다시금 볼 수 있었다. 그러나 그것도 전연 얼마 동안에 지나지 아니하였다. 그러나 또 한번 나에게 자살이 찾아왔을 때에 나는 내가 여전히 죽을 수 없는 것을 잘 알면서도 참으로 죽을 것을 몇 번이나 생각하였다." 이런 고백은 이 작품을 이끌어가는 내면적 동기와 연관되어 있는 것으로 보이는데, 수차에 걸친 자살 충동은 「철로의 백장미」의 '시시프'의 자살 시도와 비슷한 성격의 것이다. 이들은 모두 운명의 처벌로 고통 받는 삶을 살아야 하는 존재들이다.

그 자체가 두려움과 공포의 대상이라는 사실을 실감케 한다. 이 영화
는 무서운 힘으로 움직이는 기차의 바퀴가 상징하는 근대적 삶 속에서
처벌과 고통으로 연속된 운명을 체현한 근대인의 비극을 상징적으로
보여주고 있다. 이 영화를 보는 관객에게 질주하는 기차의 이미지는
마치 근대인이 미래가 불투명한 근대 세계에서 살면서 종종 느끼게 되
는 불안과 공포의 상징처럼 느껴진다.[24]

　이처럼 「십이월 십이일」와 「철로의 백장미」는 여러 가지 측면에서
유사성을 보여준다. 이를 통해 우리는 이상의 첫 작품 「십이월 십이일」
이 「철로의 백장미」에서 적지 않은 영향을 받은 작품이 아닌가 하는
생각을 하게 된다.

　이와 관련하여 한 가지 더 고려해 볼 것은 이상의 친구 문종혁이 전
해주는 이야기이다. 그는 이상이 스무 살이 되기 전, 그러니까 1929년
이전에 자신에게 해 준 이야기를 회고한 바 있는데, 그 내용은 이러하
다. 도쿄 교외에서 어떤 아기가 나비를 잡으려다 그만 낭떠러지에 떨
어져 죽는다. 이 소식을 들은 동해도선 특급열차의 기관사인 아버지는
슬픔에 휩싸여 넋을 잃어 그만 도쿄 역을 지나쳐 질주한다. 그때 마침
시모노세키 역에서 출발한 기차와 정면충돌하는 사고가 발생한다. 그
런데 이 기차에는 일본과 외교적 마찰을 해결하기 위해 도쿄를 향해
오던 상대국 특명 대사가 타고 있었다. 일본은 사과하지만 상대국은

---

24 「오감도 시제일호」에 등장하는 도로를 질주하는 '십삼인의 아해들'의 이미지가 자연스럽
　게 연상된다. 이상은 13명의 아이들을 질주의 이미지로 묘사하고 있다. 이 작품에서 이
　아이들은 도로를 질주하는 것으로 묘사되고 있는데, 도로라기보다는 철로 위의 질주라
　고 보아도 좋을 것이다. 13명을 불안한 근대인의 상징이라고 볼 때, 이들은 근대를 상징
　하는 기차의 승객이라고 할 것이다. 그들은 실제로 달리지는 않지만 기차를 타고 있기
　때문에 질주하는 것처럼 느껴지기도 한다. 따라서 이상은 질주하든 말든 무관하다고 말
　하고 있다. 이상 문학에 있어서 비밀의 문처럼 여겨지는 이 작품 역시 기차와 무관하지
　않다.

이를 수용하지 않아 결국 두 나라 사이에는 전쟁이 일어난다. 이 전쟁은 '백년대전'이 되고 두 나라를 멸망한다.[25] 문종혁은 이상이 해 준 이 이야기가 상당히 기괴했던지, 이상 사후 37년이 지난 시점인 1974년에도 이 이야기를 생생하게 기억하고 있다. 그는 이 이야기가 "상의 창작인지 어디서 읽은 것인지 그 점은 분명치 않다. 다만 그것은 종이에 붓으로 쓴 작품화된 것은 아니었고 그의 마음속의 구상 정도였다."라고 말하고 있는데,[26] 이 회고 속의 이야기와 「철로의 백장미」가 다소 흡사한 면을 가지고 있다는 점에 주목할 필요가 있을 듯하다. 이 이야기에 등장하는 주인공이 기관사로 설정된 점, 그리고 열차 간 충돌이 주인공을 죽음에 이르게 한 점, 그리고 주인공이 죽음에 이르는 계기가 아기에 있었다는 점 등이 이런 생각을 뒷받침한다. 이러 요소들은 「철로의 백장미」에서 주인공 '시시프'는 기관사이며, 열차 충돌이 등장하고, 그의 운명을 바꿔놓은 것이 아기노마였다는 점 등과 매우 흡사하다. 물론 이상이 문종혁에게 들려준 이야기는 국가 간의 전쟁과 이로 인한 공멸이라는 거시적 차원이라는 점, 그리고 그 계기가 나비에서 비롯됐다는 점에서 차이가 있기는 하지만 말이다.[27]

「십이월 십이일」에서 그 내용 못지않게 관심을 불러일으킨 제목의 의미를 마지막으로 생각해 보자. 위에서도 살펴본 것처럼 제목에 활용

---

25 이야기 내용은 문종혁, 「심심산천에 묻어주오」, 김유중·김주현 공편, 앞의 책, 125-126쪽 참고.

26 김유중·김주현 공편, 앞의 책, 125쪽.

27 신범순은 이 이야기를 이상이 김동인의 단편 「태평행」(『문예공론』, 1929.6)을 읽고서 그 내용을 문종혁에게 구술해 준 것으로 보고 있다. 신범순, 『이상의 무한정원 삼차각나비』, 현암사, 2007, 32-33쪽. 문종혁이 이 이야기를 전해들은 시점과 김동인의 작품의 발표 시점 사이에 그 선후 관계를 명확히 제시할 수는 없다. 다만 이상이 이 당시 기차를 운명과 연관 지어 생각하는 데 김동인의 작품도 어느 정도 영향을 미쳤으리라는 점은 분명해 보인다.

된 날짜는 주인공이 자신의 삶이 운명의 비극성에서 벗어날 수 없다는 사실을 암시하는 기능을 하고 있다. 그런데 굳이 '십이월 십이일'이어 야 하는가에 제목과 관련된 의문이 있다. 이 의문에 대해서는 이상 문 학 전반에서 숫자가 상징성을 가지고 있다는 측면에서 접근해볼 수 있 다. '十二月 十二日'에서 '月'과 '日'을 떼놓고 보면 '十二 十二'가 된다. '十'과 '二'의 반복, 즉 '十二十二'가 되는 셈인데, '十'이 주인공이 타자 와 맺는 연대성, 혹은 삶의 세계라고 하면, '二'는 그 반대로 타자로부 터의 고립, 혹은 죽음의 세계라고 할 수 있다. 이를 이 작품의 줄거리 와 대비해보면, 이 기호가 주인공의 인생 유전을 암시하고 있다는 사 실을 알 수 있다. 즉 '十'이 길과 길이 교차하는 모습의 상징이라면, '二' 는 두 길이 만나지 못하고 영원히 평행을 유지하는 모습의 상징이라고 할 것이다.

위에서 살펴본 것처럼 이상은 첫 작품인 「십이월 십이일」에서 주인 공의 운명을 규정하는 결정적인 매개로 기차를 활용했다. 이후에도 기 차는 이상의 글에 종종 등장한다. 1934년에 발표된 「지팡이 역사」는 기차 안에서 벌어지는 코믹한 상황을 묘사한 단편이다. 이 작품에서 이상은 마치 무성영화를 설명하는 변사의 연행을 연상케 하는 방식으 로 인물들의 입성과 행동을 코믹하게 묘사함으로써 1930년대 초반 기 차 안 풍경을 매우 인상적으로 그려내고 있다.[28] 작품 속에서 우스꽝스 러운 노인으로 묘사되는 '영감님'의 지팡이가 기차의 틈으로 떨어지는 끝맺음은 「십이월 십이일」에서 주인공의 자살처럼 은유적으로 기차가 인간에게 안겨줄 수 있는 재난을 암시하고 있다. 그리고 '철로'가 시적 화자의 육체적 고통을 암시하는 「행로」이나 '열십자'가 두 존재의 만남

28 권영민, 「작품 해설 노트」, 권영민 편, 『이상전집2』, 뿔, 2010, 391쪽 참고.

을 의미하는 「Boiteux · Boiteuse」 역시 「십이월 십이일」 계열의 작품
이라고 할 것이다.[29]

4. 환상 스크린으로서의 창과 분신 이미지

이상이 생존 당시에 발표한 작품들 중에는 명시적으로 작품 속에 기
차를 등장시킨 작품은 위에서 거론한 두 작품 외에는 없다. 그러나 시
야를 그의 유고작이나 미발표 원고로 확장하면 사정은 약간 달라진다.
1976년에 『문학사상』에 발굴 소개된 일문 작품 「一つの放浪」에서 이
상에게 있어 기차가 가진 또 다른 의미를 확인할 수 있다. '출발-차창-
산촌'이라는 부제는 이 작품이 일련의 성천 관련 글의 첫 부분에 놓이
는 경험을 바탕으로 창작된 것이라는 점을 알려준다.[30] 이 작품에서 주
인공 '나'는 "오욕에 길든 일족을 서울에 남겨"두고 경성 역을 출발해
신의주행 기차에 오른다. 작품의 첫 부분은 주인공이 기차에서 동석하
게 된 '그'와 약간 거리를 두고 관찰한 어느 '여인'에 대한 묘사로 시작
된다. 주인공 '나'는 작가 이상과 거의 흡사한 인물로 묘사되고 있다.
그는 생에 대한 절망을 안고 기차 여행을 떠난 것이다. 그는 '그'를 상
대하는 것이 힘겨워 잡지를 꺼내서 읽는다. 그 과정에서 그는 자신의
실존을 떠올리게 한 환상에 어느 순간 빠져든다.

　　나는 차가운 에나멜의 끝이 뾰죽한 구두를 신고 있다. 나는 성큼성큼
　　걷기 시작한다. 얼마 후 꿈같은 강변으로 나선다. 강 저편은 목멘 듯이

29 김승희, 『이상 시 연구』, 보고사, 1998, 153쪽.
30 김윤식 편, 『이상문학전집3』, 문학사상사, 2002, 176쪽.

날씨가 질척거리고 있다. 종이 울리는가 보다. 허나 저녁 안개 속에 녹아
버려 이쪽에선 영 들리지 않는다.

　나처럼 창백한 얼굴을 한 청년이 헌 책을 팔고 있다. 나는 그것들을
뒤적거린다. 찾아낸다. 나카무라 츠네의 자화상 데생 말이다.

　멀리 소년의 날, 린시드 유油의 냄새에 매혹되면서 한 사람의 화인畵
人은, 곧잘 흰 시트 위에 황담색黃淡色 피를 토하곤 했었다.31

　　주인공이 기차 속에서 빠져든 환상은 이상의 실존적 위기를 암시한
다. 해질녘 어느 강변에서 '창백한 얼굴을 한 청년'이 책을 팔고 있는
데, 주인공의 분신doppelgänger인 '나'는 헌 책 속에서 나카무라 츠네中
村常의 자화상 데생을 발견한다. 나카무라 츠네는 일본 근대 서양화가
로 폐결핵으로 27세에 요절한 인물로,32 그는 이상, 혹은 이 작품 속의
주인공 '나'의 실존적 위기를 환기시키는 인물이다. 이 환상 속에 등장
하는 '창백한 얼굴을 한 청년' 역시 마찬가지이다.

　　이런 환상에서 현실로 회귀하는 계기가 된 것은 그가 페이지를 넘기
는 소리였다. 이는 마치 영화에서 화면 외부의 소리를 삽입함으로써
장면 전환을 꾀하는 방법을 소설적으로 차용한 것 같은 인상을 준다.
주인공은 끊임없이 기차 안의 사람들을 관찰하면서 이처럼 환상에 빠
지기도 하고 때로는 바깥 풍경을 바라보기도 한다. 해질녘 기차의 유
리창은 기차 내부의 풍경만을 되비칠 뿐이다. 마치 어둠 속에서 밝은
스크린에 화면이 영사되는 것처럼 한 밤의 기차 유리창은 일종의 스크
린 역할을 한다. 주인공은 기차 여행 중 끊임없이 '환상의 풍경'에 빠져
든다. 마치 반수 반각의 상태에서 현실과 꿈의 경계를 오가듯 주인공
은 실존적 위기를 드러내는 환상에 쫓긴다. 이 장면에서 보이는 개들

31 권영민 편, 앞의 책, 398-399쪽.
32 권영민 편, 앞의 책, 399쪽의 84번 각주 참고.

에게 쫓기는 환상적 이미지는 이상 문학에서 자주 등장하는 것이다. 개들에게 쫓기는 환상은 이어 또 다른 장면으로 전환된다. 이 새로운 환상 속에서 주인공은 '유령의 나라 순사' 같은 인물이 '습득물 바퀴輪' 를 가지고 있는 모습을 본다. 그 순간 '순사'는 그의 얼굴에 불이 옮아 붙어 순식간에 사라지는 모습을 보고서 이 장면을 '참혹한 광경'이라고 말하고 있다. 환상의 연속으로 꾸며진 '차창'은 마치 영화관에서 영화 를 관람하는 것과 방불한 인상을 준다. 경성 역이라는 영화관에 들어 가서 특정한 객차의 유리창이라는 스크린에서 주인공은 자신의 분신 들이 연기하는 영화들을 보고 있는 셈이다. 그 영화는 장면 장면이 파 편화된 초현실주의적 분위기를 풍기는 이미지들의 몽타주이다. 이상 에게 있어 기차는 영화의 거울 이미지인 셈이다. 이런 연상은 본질적 으로 영화와 기차가 갖는 본질적인 유사성에서 비롯되는 것이다. 기차 와 영화가 근대적 기계로서 갖는 본질적인 동질성에 대해서 린 커비 Lynne Kirby는 다음과 같이 말하고 있다.

> 영화는 프래임화된 움직이는 이미지, 시각적 경험으로서의 여행의 구
> 성, 이질적인 공간들의 급격한 병치, 시공간의 절멸이라는 측면에서 기차
> 에서 적절한 비유를 발견한다. 시각 기계이자 시공간을 정복하는 도구인
> 기차는 영화의 기계적 분신으로서, 관객을 허구, 판타지, 꿈으로 이동시
> 킨다.[33]

위에서 설명된 바에 따른다면, 이상은 기차가 영화와 공유한 환영성 을 그의 작품 속에서 잘 드러내고 있는 셈이다. 영화의 스크린이자 프 레임에 방불한 기차 유리창은 끊임없이 새로운 이미지들을 급격한 속

---

[33] Lynne Kirby, *Ibid.*, p.2.

도로 병치시킨다. 그리고 기차의 속도로 인해 일상생활의 시공간 감각
이 희미해진 상태는 마치 외부의 풍부한 광선에 노출되어 있다가 영화
관의 어둠에 접했을 때 관객이 느끼는 비현실감과 유사하다. 기차 승
객은 마치 영화관에서 그러하듯이 고정된 좌석에 앉아서 끊임없이 밀
려드는 이미지의 연쇄를 경험하게 된다. 이런 경험이 가능하게 되는
이유를 볼프강 쉬벨부쉬Wolfgang Schivelbusch는 여행에 있어서 기차가
미친 영향으로 설명한다. 그에 의하면, 전근대의 도보여행에서 여행자
는 자신을 풍경의 일부로 지각하지만, 이와는 달리 근대의 기차 여행
에서 여행자는 그 속도로 인해 자신을 그가 속해 있는 공간으로부터
분리하여 지각하게 되고, 그가 보는 장면들은 '극적인 장면'이 되어버
리는 것이다.[34] 린 커비는 본질적으로는 정적인 이미지들이 순차적으
로 전개되고 시점의 급격한 변화가 발생한다는 점에서 기차 경험의 근
본적인 패러독스를 지적하면서 기차를 영화의 거울 이미지로 본다.[35] 이
에 따르면 기차 승객은 영화 관객과 유사한 경험 구조를 갖는 셈이다.

　일문 작품 「얼마 안 되는 변해」에서도 기차는 실존적 위기로부터의
탈출의 매개가 된다. 이상이 총독부 건축과에서 근무할 때의 경험이
이 작품에 가로놓여 있다. 주인공은 전매청 건물 낙성식에서 일종의
비애를 느끼고 도심을 걷고 있다. 이때 별안간 기관차 소리가 들린다.
그로부터 환상적 장면이 펼쳐진다. "북극을 향해서 남극으로 달리는"
기관차를 향해 주인공은 "손바닥을 흔들어 올리며 살려 달라고 소리
를" 지르자 그 기관차는 그의 승차를 허락한다. 기관차로만 알았던 내
부는 실제로는 객차였다. 그 기차는 선로도 대피선도 없는 환상 속의

---

34 볼프강 쉬벨부쉬 저, 박진희 역, 『철도여행의 역사』, 궁리, 1999, 85-86쪽 참고.
35 Lynne Kirby, *Ibid.*, p.2.

기차였다. 그 기차의 내부에는 승객은 한 사람도 없고 밖에는 비가 오고 있다. 그는 창밖을 쳐다본다. 이 순간 창밖의 풍경은 환상적 스크린에 비친 환영이다.

> 비는 소낙비가 되어 산천초목을 그야말로 적시고 있다. 그는 방긋이 웃었다. 그러자 두 사람의 나어린 창기가 한 대의 엷은 파라솔을 받고 나란히 나란히 비를 피해 가면서 철도 노선을 건너고 있다. (중략) 그와 동시에 소리 없는 방전이 그 파라솔의 첨단에서 번쩍하고 일어났다. 그와 동시에 차실은 삽시에 관통의 내부로 화하고 거기에 있는 조그마한 벽면의 여백에 고대 미개인의 낙서의 흔적이 남아 있다. 왈 '비의 전선에서 지는 불꽃만은 죽어도 역시 놓쳐 버리고 싶지 않아. 놓치고 싶지 않아. 운운'[36]

그 스크린에는 정체불명의 창기가 등장하고, 그들은 주인공이 탄 기차의 선로를 횡단하고 있다. 이 장면은 기차 사고, 정확하게 말하자면 기차로 몸을 부딪쳐 사람이 죽는 사고나 자살을 암시한다. 그 순간 그들이 쓰고 있는 파라솔에 번개가 친다. 이 번개는 그가 경험하는 환영의 끝과 새로운 환영의 시작을 알리는 경계로 작용한다. 이들 창기가 죽음을 맞이하는 순간 그가 탄 기차는 객차가 아니라 '관통'으로 변하는데, 이는 그들이 승객이자 관객인 그와 분리된 스크린 상의 배우가 아니라 그 자신의 내적 위기를 상징하는 분신임을 암시한다. 관통의 벽면에서 그는 고대인의 낙서를 보게 된다. 그 낙서의 내용인 즉, 비로 인해 불꽃이 사그라지는 모습을 놓쳐 버리고 싶지 않다는 것인데 이는 비를 맞고 있는 불꽃 즉 언젠가는 꺼져 버릴 불꽃의 운명을 가진 그의 두려움의 표현이라고 할 것이다.

---

36 권영민 편, 앞의 책, 346쪽.

이처럼 이상 문학에서 기차는 환영의 매개체로 작용하고, 기차 유리
창에 영사되는 영화들은 주체의 실존적 위기에 상응하는 환상적 이미
지들처럼 보인다. 이 영화들에 등장하는 '청년', '개', '창기들' 등은 이상
자신의 분신이라고 할 것이다. 이상 문학에서 분신 이미지는 비단 산
문에만 등장하는 것은 아니다. 거울 시편이라고 할 일련의 시들에서
거울 안의 존재는 거울 밖의 존재의 분신이다. 「오감도 시제일호」의
도로를 질주하는 '십삼인의 아해들', 「오감도 시제십호」의 '나비', 「오
감도 시제십일호」의 '사기컵', 「오감도 시제십사호」의 '걸인', 「오감도
시제십오호」의 '거울 속의 나' 등이 바로 그들이다. 이상 문학에서 자
주 등장하는 분신 이미지는 그 당시 문단에서는 매우 신선한 것이겠지
만, 시야를 조금 확장해 본다면 문학에서 분신 모티프가 전적으로 새
로운 것은 아니었을지도 모른다. 괴테J.W. Goethe의 「파우스트Faust, 18
31」, 스티븐슨R.L.B. Stevenson의 「지킬박사와 하이드The Strange Case of
Dr. Jekyll and Mr. Hyde, 1886」 같은 작품은 이미 일찍이 주체의 내적 분
열의 상징으로서 메피스토펠레스Mephistopheles나 하이드Hyde 같은 분
신을 작품 속에 등장시켰다. 서구뿐만 아니라 그 당시 일본에서도 일
부 작가들에 의해서 분신 이야기는 종종 발표되었다. 카와모토 사부로
川本三郎에 의하면, 특히 영화에 상당한 관심을 표명한 바 있는 다니자
키 준이치로谷崎潤一郎는 영화와 관련된 일련의 단편들에서 영화의 환
영성을 무의식적 차원에까지 흡수하여 표현 형식으로 이해했던 흔적
을 역력히 보여준 작가였다.[37] 자신이 출연한 적이 없는 영화가 자기
몰래 상영되고 있다는 소문을 들은 할리우드 출신의 여배우를 주인공
으로 한 「人面疽1918」, 스크린 속의 여배우에게 반해, 여배우를 닮은

---

37 川本三郎, 『大正幻影』, 巖波書店, 2008, 117쪽.

인형을 만들어서 그 인형과 함께 사는 남자를 다룬 「靑塚氏の話1926」 등은 이런 류의 대표작이다.[38] 이들 작품에 대해서 이상은 어느 정도 알고 있었을 터다.

그리고 영화 속에서도 주체 안에 존재하는 악은 1910~1920년대 영화, 특히 독일 영화에서 자주 등장했다. 무성영화 시대 반복해서 제작된 에밀 알베스Emil Albes의 「프라하의 대학생Der Student von Prag, 1914」이나 파울 베게너Paul Wegener의 「골렘Der Golem, 1915, 1920」[39] [40], 그리고 1920년대 독일 표현주의 영화의 걸작으로 평가받고 있는 로베르트 비네Robert Wiene의 「칼리가리 박사의 밀실Das Kabinett des Dr. Caligari, 1920」 같은 영화들은 모두 다 분신 이야기를 담고 있는 작품들이다. 이들 영화는 일본을 거쳐 식민지 조선에서도 상영되어 1920년대 식민지 지식층에게도 관람의 기회가 주어졌다. 이들 영화에 대해서 이상이 명시한 적은 없지만 그가 이들에 대해서 직접 보았거나 적어도 알고 있었으리라고 생각된다. 서구 영화를 단순한 서구의 고급문화의 상징으로 이해하는 데 그치지 않고, 영화 자체의 환영성 혹은 환상성을 문학적 표현 형식으로까지 확장했다는 점에 이상 문학의 특징이 있다고 할 것이다.

---

38 「人面疽」, 「靑塚氏の話」의 내용에 대해서는 川本三郎, 앞의 책, 115-117쪽 참고.

39 이 영화는 동일 감독에 의해 1920년에 다시 만들어졌다.

40 이 두 영화는 유성영화 시대에도 리메이크되었는데, 이를 통해 이 영화가 가진 대중성을 짐작할 수 있다. 「프라하의 대학생」은 1935년 독일 감독 아르투르 로비손(Arthur Robison)에 의해, 「골렘」은 1936년 프랑스 감독 줄리앙 뒤비비에(Julien Duvivier)에 의해 리메이크되었다.

5. 결론

　이상 문학은 그 동안 다양한 측면에서 논의되었다. 사뭇 이론과 방법의 전시장이라고 할 정도로 이상 문학 연구의 장은 매우 다채로운 양상을 보여 왔다. 그 논의들의 출발점은 텍스트 자체인 경우가 대부분이다. 텍스트에 기반을 두지 않은 문학 연구가 불가능하다는 점에서 볼 때 텍스트에서 출발함은 매우 당연한 것이다. 그러나 그 텍스트를 해석함에 있어서 많은 연구자들이 이상의 개인사에 여전히 주박 당하고 있는 것도 사실이다. 개인사는 이상 텍스트의 기원이기는 하지만 그것만으로 이상 문학이 온전히 해명되기는 힘들다. 이상을 그런 세계 속에서 해명하는 일은 이상을 '자폐적인 천재'의 이미지에 가두는 꼴이 된다.

　그러나 이상은 의외로 세계에 대단히 개방적인 면모를 보인다. 그의 문학을 규정하면서 우리가 사용해 온 '모더니즘'이니 '아방가르드' 같은 용어들은 이상 텍스트가 타자의 세계에 자신을 개방하고 그들의 영향을 흡수하면서 자신의 문학 세계를 개척했다는 사실을 암시하다. 다만 그 타자의 세계가 여타의 작가들처럼 오로지 문학에만 한정되지 않고 다양한 예술 영역으로까지 확장되어 있다는 점에 특이성이 있는 것이다. 특히 아방가르드 예술의 영역에 있어서 회화나 건축과 같은 시각 예술에서 이상은 큰 영향을 받았다. 그러나 같은 시각 영역이면서 이상 당대 가장 중요한 시각 예술인 영화에 대해서 그가 통념 이상으로 자의식적이었다는 사실에 대해서는 아직까지 충분히 해명되지 않은 느낌이다. 그래서 이 글에서는 이상이 시각 예술의 새로운 영역이었던 영화를 자신의 문학 창작에 있어서 심층적이고 무의식적 차원에까지 수용했던 것은 아닐까 하는 측면에서 논의를 전개해 보았다.

논의의 주 대상은 기존에는 이런 방식의 논의가 전무했다고 생각되는 텍스트들, 즉 「십이월 십이일」, 「一つの放浪」 같은 작품이었다. 특히 「십이월 십이일」은 이상의 첫 작품으로 기존 연구에서는 이상의 개인사의 반영과 작가적 미숙성의 표본으로 이해되어 오던 작품이다. 이 작품이 이런 평가를 받는 것은 충분히 납득할 수 있지만, 그럼에도 불구하고 이상이 이 작품의 아이디어를 어디에서 얻었는가 하는 의문에 대해서는 기존 연구자들이 관심을 가지지 않았던 사실에 필자는 주목했다. 이 의문에 대한 답변을 제시하는 과정에서 이 글에서는 그 당시 아방가르드 영화들 중 한 편인 「철로의 백장미」를 집중적으로 거론하였다. 그리고 「一つの放浪」는 '카메라 아이'와는 달리 서사를 이끌어 가는 방법으로 채용된 '또 하나의 영화관'으로서의 기차 유리창과 거기서 상영되는 영화로서의 '분신 이야기'라는 측면에서 검토하였다. 이런 논의들은 본질적으로 근대에 등장해서, 각각 외면적, 내면적 근대화를 추동했던 기계인 기차와 영화의 본질적 유사성에 착안해서 이루어진 것이다. 이런 구도 하에서 이상 문학을 살피는 일에는 일종의 모험과 같은 점이 없지 않지만, 한국문학의 근대성을 이해하는 데 시사하는 점이 어느 정도 있으리라 생각한다.

2장. 이상 시에 나타난 기독교적 표상

1. 서론

이상의 텍스트는 단일 텍스트 내의 파편성과 이질성은 말할 것도 없고, 텍스트 전반이 한글시와 일문시라는 텍스트 체계 속에서 세부적으로 혼합 기호시, 한글시, 한자시, 국한문혼용시 등 다양한 텍스트 유형별 분류가 가능한 방식으로 산포되어 있다. 따라서 이와 같은 기호적 혼효성을 거세한 채, 시의 정신사적 의미를 구할 수는 없을 것이다. 기호는 그것이 어떤 것이든 등가성을 가진다는 것이 모더니즘의 사상이라고 할 수는 있겠지만, 만약 언어기호라면 그와 같이 쉽게 단정 지을 수는 없을 것이다. 기호와 정신 사이의 연관성을 부정하고 기호의 등가성에만 주목할 때, 이상 시의 역사적 권위자들이 해석해 놓은 번역시는 한글시처럼 자연스럽게 수용되는 것이다.[1]

이 글에서는 이상 시 연구에서 제대로 검토된 바 없는 일련의 일문

---

1 이상 시 연구자들이 일문시의 번역상의 오류를 지적하고, 연구자 나름의 기준으로 수정하는 경향은 번역시가 이상의 시 그 자체일 수는 없음을 깨달은 결과라고 할 수 있다. 조해옥, 『이상시의 근대성 연구』, 소명출판, 2001; 박현수, 『이상시의 수사학적 연구』, 소명출판, 2003 참고.

시를 중심으로, 이상이 근대성의 표상 혹은 서구적 표상을 어떤 식으로 맥락화하고 있는지를 살펴보고자 한다. 이상은 김기림과 더불어 시속에 다양한 근대성의 표상을 차용하고 있음은 주지의 사실이다. 그러나 이상 시, 그 중에서도 초기 시에서 중심적으로 작동하는 표상이 기독교적 표상이라는 점에 주목한 논의는 거의 찾아볼 수 없는 것이 사실이다. 이는 이상의 일문시에 대한 관심 부족이라는 현상과 직결되는 것으로, 이상의 일문시에서 이상 텍스트의 실험성과 이질성이 가장 두드러지기 때문일 것이다.

서구적 지식의 수혜자로서 이상이 받은 근대적 교육이 그의 시 창작과 맺는 관련 양상이 여러 연구들을 통해 지적된 바 있다. 근대성을 매개하는 표상들은 비단 이상만의 문제가 아니라 근대 문인이 보편적으로 추구한 근대성의 일면이었다는 점에서 한국문학 연구의 중요한 입지점이라 할 것이다.

서구적 근대화가 개항을 전후한 시점에 내입한 기독교 선교사들의 개입을 통해 본격화된 역사적 사실을 감안할 때, 기독교는 근대화의 중심 고리 역할을 하고 있다고 할 것이다. 기독교를 하나의 종교로 볼 때, 그것은 불교나 이슬람교와 비슷한 위치에 있는 또 하나의 종교일 뿐이다. 그러나 기독교를 통해 전통적인 사유와는 다른 직선적인 세계관이 전파되었다는 점에서 기독교의 확산은 근대적 사유 체계로의 전환을 알리는 중요한 사건이라고 할 것이다. 근대성으로의 진입을 발전으로 보면서도 다른 한편으로는 종말과 죽음으로의 접근으로 보는 이와 같은 모순적인 세계관은 이상 시에서 기독교적 표상이 변별적인 표상으로서 가지는 의미와 연관되는 것이다.

식민지 시단 전반을 통해서 기독교적 표상이 시속에 인입된 사례는 이상 시를 제외하고는 매우 드물다. 그것은 달리 보면 이상에게 있어서 기독교가 남다른 함의를 가지고 있다는 것을 의미할 수도 있는 것이다. 그러나 이상은 잘 알려져 있다시피 기독교 신자였던 적이 없다. 그에게 있어서 기독교는 서구적 산물일 뿐, 그것이 매개하는 사랑이나 구원의 가치에 대해서 큰 의미를 두지 않았던 것으로 보인다. 그렇다면 이상에게 있어 기독교는 하나의 지식의 차원이나, 색다른 시적 영감의 차원에서 시적 창조를 충동한 매개였다는 가정도 가능하다.

서구적 지식의 원천으로서의 기독교와 성경은 근대성의 매개자로서 서구가 야만의 땅을 개척하는 밑거름이 되었음은 주지의 사실이다. 그러나 식민지 지식인으로서의 이상에게 있어서 기독교는 그 내재적 가치를 내면화하는 방식을 취하기보다는 기독교가 가지고 있는 서구적 보편의 표상을 식민지적 특수성 속으로 매개함으로써 근대성에 대한 새로운 탐색을 가능케 하고 있다. 이것은 서구적 근대성을 고스란히 모방하는 차원을 넘어 식민지적 주체의 양가적 반응 체계를 통해서 모방함으로써 서구가 요구하는 동일성의 이미지를 끊임없이 부식시키는 탈식민지적 반응의 일환으로 볼 수 있다.[2]

식민지 지식인의 서구 근대성에 대한 반응은 다양한 스펙트럼으로 나타난다. 가장 보편적인 반응은 서구적 근대성과 자신을 동일시함으로써 원본에 가깝게 적극적으로 모사하려는 미메시스적 양상이라 할 것이다. 여기서는 원본과 모사물 사이의 의식적 차이는 현격히 소거된

---

2 호미 바바는 모방을 이중적인 표현의 기호로 본다. 즉 모방은 한편으로 규칙과 규율의 복합적 전략의 기호이며, 이때의 전략은 권력을 가시적으로 드러내면서 타자를 '전유한다.' 그러나 모방은 또한 부적절한 기호이기 때문에, 식민권력의 지배 전략적 기능에 조응하고 감시를 강화하게 하면서, 또한 규범화된 지식과 규율권력에 내재적인 위협이 되는, 차이와 반항의 기호이기도 하다. 호미 바바 저, 나병철 역, 『문화의 위치』, 소명출판, 2003, 179쪽.

다. 그것은 식민지 지식인의 가장 전형적인 반응이지만, 이 과정에서 식민지 지식인마저도 통어하기 어려운 이질성이 무의식중에 개입되는 경향이 있다. 또 원본을 새로운 맥락에 배치하고 창조적으로 전유함으로써 이와 같은 이질성을 강화하는 전략을 사용할 수도 있다.

식민지 지식인의 이와 같은 차별적인 반응은 서구적 근대성을 하나의 보편적 정형으로 보고 그것을 추구하는가, 아니면 서구적 근대성을 추구의 방향으로 삼으면서도 그에 대해서 미묘한 거부를 통해 그것에 결락되는 틈새를 추구하는가 하는 차이로 궁극적으로 귀결된다고 할 것이다. 모방과 전유와는 달리 서구적 근대성을 전면적으로 폐기하는 방향으로 나아가는 것 역시 식민지 지식인의 전형적인 전략의 하나이다.

일제 강점기 지식인들이 대체로 폐기나 모방의 방향을 취함으로써 식민지적 경험에 대한 반응을 보였다면, 이상은 이와는 달리 식민지적 근대성에 대해 모방과 폐기 사이의 미묘한 지점인 전유 전략을 취함으로써, 그의 글쓰기는 이데올로기적 모호함을 갖게 된다.

특히 이상의 글쓰기 전략을 서구적 정전이나 정형에 대한 모방에 대한 욕망으로 규정하는 기존의 연구 방식은 그것이 식민지 지식인의 반응 양태를 일면적으로 단순화시키는 오류를 범한다는 측면에서 문제가 없지 않다.

이 글에서 특히 이상의 글쓰기 전략을 기독교적 표상을 중심으로 검토하고자 하는 것은 이상이 추구한 전유 전략 중 대수와 기하의 과학적 표상과 더불어 기독교적 표상이 이상 시의 표상 체계 내에서 중요한 위치를 점하고 있다는 판단에 따른 것이다. 특히 이상 시의 실험성이 강하게 드러나는 이와 같은 글쓰기 전략이 시작의 초기 단계에 속하는 일문시 계열에서 두드러진다는 점은 주목을 요한다.

2. 기독교적 표상의 변용

이상 시에서 기독교적 표상이 최초로 등장하는 작품은 『朝鮮と建築』 1931년 8월호에 게재된 「二人Ⅰ」, 「二人Ⅱ」, 「LE URINE」, 「興行物天使」 4편의 일문시이다. 한 호에 게재한 시편 모두에서 기독교와 성경에 등장하는 표상들이 포함되어 있다는 사실은 결코 간과할 수 없는 중요한 측면이다. 기독, 천사, 마리아 등은 기독교와 연관시키지 않고서는 도저히 등장할 수 없는 이미지이다.

1) 자아의 표상으로서의 '基督'

이들 작품 속에서 기독교적 이미지가 어떻게 재현되고 있는지 구체적으로 살펴보도록 하자.

> 基督은襤褸한行色으로說敎를시작했다.
> 아아ㄹ·카아보네는橄欖山을산채로拉撮해갔다.
>
> ―一九三〇年以後의일―.
> 네온싸인으로裝飾된어느敎會入口에서는뚱뚱보카아보네가볼의傷痕을伸縮시켜가면서入場券을 팔고있었다.
> 　　　　　　　　　　「二人Ⅰ」 전문, 『朝鮮と建築』(1931년 8월)[3]

---

3 일문시의 경우 원본을 논의 대상으로 하는 것이 원칙이나, 논의의 편의를 위해 기존 번역시를 활용하기로 한다. 이후 인용하는 번역시는 이승훈 편, 『이상문학전집1』, 문학사

신성의 상징인 그리스도와 세속의 상징인 알 카포네를 병치시킨 이 시는 그 구성에 있어서 매우 특이한 시이다. 그리스도가 남루한 행색으로 설교를 한다는 상황 진술로 시작되는 이 시는 곧이어 알 카포네가 그리스도가 설교를 하는 장소인 감람산 자체를 '拉撮'한 것으로 설정되어 있다. 2연에서는 1930년대 이후의 일이라는 설정을 제시하고 있다. 1연에서 제시한 상황과의 시간적 거리를 보여주는 이와 같은 진술을 곧바로 1연에서 제시된 상황의 결과에 대한 제시로 이어진다. 신성의 공간인 교회는 세속적 자본주의의 상징인 네온사인으로 장식되어 있고, 그 입구에서는 알 카포네가 입장권을 팔고 있다. 알 카포네가 뚱뚱보로 묘사되었다는 점, 그리고 그의 볼에 칼자국이 나 있다는 묘사[4]는 실제 알 카포네의 모습과 유사한 진술이다. 그리고 기독교를 자본주의적 상술의 기제로 활용한다는 설정은 알 카포네가 자본주의의 프로테스탄트적 윤리를 실현한 인물임을 감안할 때, 효과적인 방식이라 할 수 있다.

이 시는 극적인 대립과 반전을 서술적 언어로 제시함으로써 서사적인 효과를 얻고 있다. 그러나 시의 화자는 극적 상황을 진술하는 주체일 뿐, 시적 상황과는 일정한 거리를 두고 있다. 여기서 그려지는 것은 종교의 신성성이 자본의 세속성에 포섭 당한 상황이다. 그리스도와 알 카포네는 기독교와 자본주의라는 서구적 근대성을 대표하는 인물들이

상사, 1989을 저본으로 한다.
4 얼굴에 자상으로 흉터가 난 얼굴을 의미하는 스카페이스(scarface)는 알 카포네의 별칭으로 1920년대 미국에서는 악명높은 인물이었다. 1932년 각종 혐의로 투옥된 알 카포네가 투옥되자 하워드 혹스(Howard Hawks)는 알 카포네를 연상시키는 갱단 두목의 이야기를 다룬 영화 『스카페이스(scarface, 1932)』를 제작하지만, 당국의 검열로 인해 상영 금지 조치로 묶이게 되며, 이는 역설적으로 알 카포네를 전세계적인 인물로 부각시키는 결과를 낳았다. 이상은 아마 가십성 저널을 통해서 알 카포네의 존재를 알게 되었을 것이다.

다. 그리스도가 존재해야 할 공간인 교회가 자본주의의 화신인 알 카 포네에 의해 대체된 상황이 특히 1930년 이후의 일이라고 할 때, 이는 1930년대 초 대공황기의 세계 자본주의의 상황에 대한 풍자로 볼 수도 있다.

그러나 「二人 I」이 단순히 자본주의로 인한 신성의 세속화, 그리고 신성과 세속성의 공모라는 서구적 근대성에 대한 풍자시로서 규정하는 것은 잠시 유보하기로 하자. 이 시에 등장하는 그리스도와 알 카포네의 대립이 기독교와 자본주의라는 서구적 근대성의 1930년대적 상황에 대한 풍자적 전유와 더불어 대칭항의 추구라는 반사상反射像 실험의 일환5으로서 이해될 여지도 있다. 이 시의 후속작 역할을 하는 시 「二人 II」를 검토하기로 하자.

> 아아르 · 카아보네의貨幣는참으로光이나고메달로하여도好을만하나基 督의貨幣는기승할지경으로貧弱하고해서아뭏든돈이라는資格에서는一步 도벗어나지못하고있다.

> 카아보네가프렛상으로보내어준프록 · 코오트를基督은最後까지拒絶하 고말았다는것은有名한이야기거니와宜當한일이아니겠는가.
>
> 　　　　　　　　　　　　　　「二人 II」 전문, 『朝鮮と建築』(1931년 8월)

이 시는 「二人 I」과 짝을 이루는 연작시 중 한 편이다. 여기서는 「二人 I」에서는 사라졌던 그리스도가 다시 등장한다. 알 카포네의 화폐와 그리스도의 화폐가 비교의 대상이 되고 있으며, 돈으로서의 화폐와 메달로서의 화폐가 대비되고 있다. 그리스도의 화폐는 영락없는 매개 수

---

5 '대칭점'은 이상의 첫 소설 『십이월 십이일』에서 주인공 'X'가 죽음 직전에 친구에게 한 말이다. 추구와 결과 사이의 아이러니를 담은 이 말은 이상 시에서 라이트모티프로 기능하는 거울의 반사상이 암시하고 있는 아이러니를 산문적으로 진술한 것으로 볼 수 있다.

단에 지나지 않지만, 카포네가 소유한 화폐는 매개 수단을 넘어서 그것 자체로 가치를 지니는 메달이 될 수 있을 정도의 가치를 지니고 있다.

이 시를 「二人 I」의 후속작이라고 할 때, 이 시에 등장하는 화폐는 교회에서 알 카포네가 판 입장권의 수익금이라고 할 수 있다. 그리스 도는 알 카포네의 강압에 의해 교회를 박탈당하고 거기서 나오는 수익 금의 일부를 받고 있다는 설정이 가능하다. 알 카포네는 교회를 술집 으로 개조함으로써 이익을 취하며, 그리스도는 알 카포네가 선물로 준 프록코트를 거부한다. 이 시의 화자는 알 카포네가 선사한 프록코트를 그리스도가 거부했다는 가상의 일화를 만들어내고, 그 일화를 유명한 고사로 둔갑시키고 있다.

「二人」 연작은 이상의 시로서는 보기 드물게 객관적으로 거리 둔 시선으로 상황을 묘사하고 있다. 신성과 세속의 상징인 그리스도와 알 카포네를 등장시켜 작위적인 설정을 가하고, 이를 통해서 기존의 통념 에 변형을 가하고 있다. 여기서 중요한 사실은 알 카포네가 그리스도에 대한 기존 통념에 변형을 가하기 위한 매개물로 등장한다는 사실이다. 이상의 작위적인 설정 속에서 변형되고 그 의미가 전화되는 쪽은 알 카 포네가 아니라 그리스도이다. 신성과 세속이 대응될 때 궁극적으로 권 위와 의미의 변형이 가해지는 쪽은 신성이기 마련이기 때문이다.[6]

---

6 이 시에 대해서 기존의 연구들은 대체로 이상의 전기적 사실과 연관 지어 해석하는 경향 이 있다. 그리스도를 이상의 친부, 알 카포네를 이상의 백부로 보거나(김윤식, 『이상연 구』, 문학사상사, 1987, 68쪽), 그리스도를 이상, 알 카포네를 이상의 문우 문종혁이나 이상이 관계한 매춘부로 보거나(이경훈, 『이상, 철천의 수사학』, 2000, 소명출판, 197-21 7쪽) 하는 식이다. 전자의 경우 돈의 문제에 있어서 친부와 백부라는 대립쌍을 전제하고 있는데, 이는 이상 문학의 초기작이라 할 수 있는 소설 「십이월 십이일」과 「二人」 연작 모두 돈의 문제에 걸려 있다는 점에서 설득력 있는 해석이 될 수 있다. 그리고 후자의 경우 이상이 창작 활동 초기에 절친한 관계를 유지했던 부호의 아들 문종혁과의 교우 사실이나 매춘부와의 성적 관계를 설득력 있게 논증함으로써 어느 정도 설득력을 가질 수 있다. 그러나 이 두 가지 해석은 문학 텍스트의 의미를 텍스트 생산자의 의도로 귀속

그렇다면 이상은 왜 그리스도라는 낯선 이미지를 그것도 폭력적인 상황 속에 등장시켰을까? 적어도 이상 이전의 근대시인 중 그리스도의 이미지를 시에 개입시킨 시인은 없다. 그것도 그리스도를 매개로 하는 신성의 고양이 아니라 세속의 오염에 직면한 그리스도를 문제 삼은 시인은 없었다. 이 시에 등장하는 그리스도는 알 카포네라는 서구 근대 자본주의가 낳은 쌍생아적 존재이다. 신성에 대한 욕망을 가지고 있으면서 황금에 대한 욕망을 뿌리칠 수 없는 존재가 바로 자본주의적 근대의 인간상이다. 교회로 상징되는 성스러운 공간이 타락한 자본주의적 욕망의 공간이 되기도 하고, 돈이 매개 기능을 넘어 메달로 상징되는 물신으로 전화되는 상황이 등장하기도 한다. 그곳에서 시인 이상은 자본주의의 이중성을 발견한다.

　「二人」 연작에 개입하는 시적 화자의 목소리는 양가적이다. 통상의 풍자시처럼 이 시들에 개입하는 화자의 목소리는 일면적이지 않다. 「二人Ⅰ」의 시적 화자의 목소리는 상황을 거리를 두고 서술한다. 특히 과거형 종결어미는 시적 화자의 객관적 거리를 확실히 보여준다. 그러나 「二人Ⅰ」의 완결편이라고 할 「二人Ⅱ」에 등장하는 시적 화자의 목소리는 어느 일방으로 규정할 수 없는 모호한 경계선에 놓여 있다. 「二人Ⅱ」의 첫 연은 종결어구가 이런 사실을 증명한다. 그리스도의 화폐가 돈이라는 기능에서 벗어나지 못하고 있다는 표현은 메달로서의 돈을 긍정할 때는 시적 화자가 그리스도의 돈을 부정적으로 보고 있다고 이야기할 수 있다. 그러나 돈을 교환 수단으로서의 상징 기능으로 국한할 때, 오히려 알 카포네의 돈은 그것의 외면이 발하는 화려함이

　시키는 한계를 보이고 있다. 의미의 원천을 작가에서 찾는 것은 문학 텍스트의 의미 영역을 제한하여 사회역사적 컨텍스트에 기반한 풍부한 해석의 길을 가로막을 가능성이 있다.

부정적 평가의 대상이 될 수 있다. 따라서 '돈/메달'이라는 이 시의 대립 구조를 어떤 측면에서 이해하는가에 따라서 시적 화자의 목소리는 양가적인 울림을 가지게 된다.

이와 더불어 이 시의 2연에서 문제가 되는 가상의 일화에 대해서 시적 화자가 긍정적인 평가를 내리고 있다는 사실을 고려할 필요가 있다. 이상이 만들어낸 일화는 분명히 가상의 것으로, 이는 의고체擬古體 형식의 구성이다. 도저히 가능하지 않은 상황을 마치 과거 속에서 독자들이 공유하는 서사물로서 구성해내는 방식은 이상이 시도한 독특한 기법이라고 할 것이다.

「二人」 연작은 자본주의적 세속화의 길을 걷는 기독교에 대한 풍자라고 볼 수 있다. 그러나 이 시들을 단순히 기독교 그 자체에 대한 비판적 반응으로 보기보다는 그리스도와 알 카포네라는 서구적 근대성의 양면에 대한 비판적 반응으로 보는 것이 적절할 듯하다. 왜냐하면 이상에게 있어서 기독교는 근대성을 매개하는 서구적 지식과 문화의 표상으로 존재했기 때문이다. 이상에게 기독교는 서구적 지식의 일종이었으며, 알 카포네 역시 저널리즘을 통해 수용한 가십의 일종에 지나지 않는 것이었다. 이상은 의고체와 기독교적 표상을 동원해 작위적인 상황을 창출함으로써, 서구적 근대성의 양가성 속에서, 변증법적 종합이 아니라 그 항들 사이의 모순적 관계 속에서 유동하는 의식을 표출하고 있다.

2) 섹슈얼리티의 기호로서의 '天使'

이처럼 이상은 서구적 근대성을 하나의 신념으로 내면화하고, 그것에 적극적으로 일치시키기보다는 서구적 근대성을 그 표피적인 이미지만을 차용하여 새로운 문맥으로 전유함으로써, 근대성에 대한 새로운 모색을 시도한 것으로 볼 수 있다.

이상에게 있어서 기독교적 표상은 그의 창조적 전유를 위한 매개로 작용한다.[7] 그러나 김기림과 달리 이상의 시가 근대적 표상에 대한 재현의 표피성을 넘어서 내면 깊숙한 곳으로 압도해 들어갈 수 있었던 것은 근대적 표상을 차용하면서도 그것을 시적 주관의 내면에서 구성한 상황을 매개하는 방식을 취하기 때문이다.

이상 시의 고유성은 이처럼 시적 주체가 외부의 경화된 표상을 단순 재현하지 않고 시적 주관의 힘으로 경화된 표상을 해체하여 재구성하는 과정에서 탄생한다.

> 그平和로운食堂또어에는白色透明한MENSTRUATION이라는表札이
> 붙어서限定없는電話를疲勞하여LIT위에놓고다시赤色呂宋煙을그냥물고
> 있는데.마리아여,마리아여,皮膚는새까만마리아여어디로갔느냐,浴室水道
> 콕크에선熱湯이徐徐히흘러나오고있는데가서얼른어젯밤을막으렴,나는밥
> 이먹고싶지아니하니슬립퍼어를畜音機위에얹어놓아주려무나.
>
> 「LE URINE」부분, 「朝鮮と建築」(1931년 8월)

불어로 오줌을 뜻하는 「LE URINE」의 6연은 상황 설정이 돋보이는

---

7 한국 근대시의 출발과 더불어 시인들은 끊임없이 서구적 표상을 시에 수용하려는 노력을 경주한 바 있다. 그와 같은 면모는 1920년대 후반 이후 조선의 근대화가 본격적으로 추진되면서 전경화되었다. 특히 김기림, 이상을 필두로 한 대다수의 시인들은 시 창작과 근대성의 문제를 결부시키기 위해 노력하였다. 도시화와 근대화의 현상적 국면에 대한 수용에 치우쳤다는 평가가 내려진 바 있는 김기림 중심의 모더니즘 시운동에 대해서는 재고의 여지가 있다. 시어로 전유된 서구적 이미지들은 서구에 대한 일방적 모방이나 재현이 아니라 시인에 의해 항상 선택적으로 포착되며, 시의 내적 논리 속에서 변용을 일으키기 마련이다. 이 과정에는 서양에 대한 동양적 오해가 개입되게 마련이며, 여기서 발생하는 창조적 오독은 일방적인 영향 관계로 규정할 수 없는 이질성과 잔여를 남기게 마련이다.

시이다. 제목이 불어로 되어 있고, 한자와 영어가 등장하는 이 시는 오줌이라는 제목이 부여하는 의미적 연관성이 두드러지지 않는 이미지들이 나열되고 있다. 식당의 문 앞에 생리를 뜻하는 'MENSTRUATION'이라는 표찰이 붙어 있고, 시적 화자는 피로를 느끼면서 여송연을 물고 있다. 그리고 난데없이 피부가 새까만 마리아를 찾는다. 그리고 식당에 부재하는 마리아를 향해 어젯밤의 비밀이 새어나가지 않도록 욕실 수도꼭지를 잠그라고 말한다. 또한 식욕을 잃은 화자는 슬리퍼를 축음기 위에 얹어달라고 마리아에게 부탁한다.

이 시에 등장하지 않는 상황은 논외로 하더라도 시적 화자가 진술하고 있는 상황들은 논리적 연관성을 가질 수 없는 일종의 수수께끼처럼 존재한다. 명백히 하나의 서사를 구성하는 인물과 사건, 정황을 제시하면서도 그 사이의 인과관계가 해체된 진술방식을 취하고 있다.

이 시에서 식당의 주인으로 등장하는 마리아는 시적 상황 속에서 부재하는데, 그것은 식당 문에 나붙은 표찰이 말해주듯이 생리 때문이다. 그런데 굳이 영어를 사용한 이유는 어디에 있을까. 전통적인 성 관념에 따른 기피 현상이라고 볼 수도 있으나, 이것보다는 'MENSTRUATION' 앞에 '식당'이라는 시어가 등장한다는 사실을 고려할 필요가 있다. 식당은 영어로 'RESTAURANT'이라고 표기된다. 유심히 살펴보면 식당을 구성하고 있는 영어 철자가 생리를 구성하고 있는 영어 철자에 완전히 포개진다는 사실을 발견할 수 있다. 물론 정확히 일치하는 것은 아니지만, 반복되는 철자를 제외하면 '식당〈생리'라는 관계식을 얻게 된다. 이와 같은 도식은 시적 화자가 놓은 공간의 심리적인 관계를 해석하는 결정적인 열쇠이다.

시적 화자는 식당에 들어가지만, 생리 (식당의 일상적 기능의 부재와 시적 화자의 욕망의 대상인 마리아의 부재를 동시에 표명하는) 중인 공간 속에서 시적 화자는 전화상으로 마리아의 응답을 기다리지만 마리아는 응답하지 않는다. 그리고 화자는 여송연을 피워 문다. 그것은 마리아에 대한 욕망으로 충혈된 화자의 욕망에 대한 은유적인 대체라고 할 수 있다. 그리고 갑자기 화자는 '浴室水道콕크에선熱湯이徐徐히흘러나오'는 상황에 대한 우려를 표명한다. 그리고 빨리 어젯밤을 막으라고 이야기한다. 수도꼭지에서 흘러나오는 열탕과 어젯밤의 상관관계는 무엇인가. 그것은 부재하는 마리아가 수행해야 할 일이며, 화자의 불안이 놓인 소실점이다. 여기서 말하는 수도꼭지에서 서서히 흘러나오는 열탕은 마리아의 생리를 암시한다. 그리고 밥을 먹고 싶지 않다는 것은 마리아와의 성관계를 욕망하지 않는다는 의미이다. 그리고, 축음기의 원형이 여성 성기, 슬리퍼를 남성 성기의 상징이라고 할 때, 축음기 위에 슬리퍼를 얹어 놓는다는 것은 성관계에 대한 거부나 회피를 암시하는 은유적 대체라고 할 수 있다.

이처럼 이 시는 '식당〈생리'라는 관계식을 통해서 남성 주체의 섹슈얼리티가 불안하게 유동하고 있는 모습을 보여준다. 무의식적인 기표의 환유적 운동은 끊임없는 욕망의 궁극점에 있는 대상으로 향하지만, 시적 주체가 발견하는 것은 결여나 결핍으로서의 욕망이다. 욕망하는 주체가 존재하는 것이 아니라 시 속에 어렴풋이 비치는 주체는 기표의 연쇄적인 치환이 만들어내는 효과인 셈이다. 일견 비논리적이고 파편적인 이미지로 보이는 시구마저 결여로서의 욕망이 산출하는 환유적인 기표임을 감안할 때, 이상 시에서 문제가 되는 시의 의미론적 가능성은 기표와 기표가 맺는 환유적인 고리에서 그 단서가 발견될지도 모른다.

이 시에서 부재하는 존재로 표상되는 마리아는 실상 시적 상황에서 부재하는 존재가 아니다. 생리라는 표찰을 내붙인 식당 자체가 마리아이다. 새까만 피부를 가진 여인이면서도 부재하는 존재로서만 표상될 수 있는 여인이 마리아이다. 마리아는 기독교에서 그리스도의 어머니로서 존숭의 대상이 되는 기독교적 표상이다. 성처녀로서 동정 수태한 이 전설적 여인이 이 시에서는 강렬한 섹슈얼리티를 상징하는 새까만 피부를 가진 욕망의 대상으로 등장하고 있다. 그리고 동정 수태와는 어울리지 않은 생리를 개입시킴으로써 마리아의 성스러운 이미지는 전도되고 있다.

이처럼 이상 시에서 기독교적 표상들은 화폐나 성과 연관된 결여로서의 욕망에 대한 기표로서 등장한다. 그리스도나 마리아는 그러한 욕망들 속에서 파편화된 지위를 갖는 시적 주체의 대리자나 대상으로 기능한다. 「二人Ⅰ」, 「二人Ⅱ」, 「LE URINE」과 같이 발표된 「興行物天使」라는 시에서도 우리는 기독교적 표상의 하나인 천사가 새로운 문맥으로 치환되고 있음을 확인할 수 있다.

천사라는 기표가 세속적인 공간에서 타락한 신성의 담지자나 숨겨진 신성의 담지자에 대한 비유로서 등장하는 경우가 서구적 전통에서는 그다지 낯설지 않다. 이 시에서는 여성의 성적 유희를 이용하여 수익을 챙기는 연예단의 남성과 그의 조종 하에서 관능적인 성적 유희를 벌이는 여성을 천사에 비유하고 있는바, 이 시는 행위나 품성에서 그 어떤 신성도 발견할 수 없는 세속의 타락을 풍자적으로 제시하고 있다.

3) 고통 받는 육체의 공간화

위에서 살펴본 것처럼 이상 시에 등장한 일련의 기독교적 표상은 이상의 초기 시작 활동에 있어서 특징적인 양상을 구성하고 있다. 이상이 시속에 등장시킨 표상들은 그리스도, 마리아, 천사 등 기독교적 서사의 중심에 등장하는 인물들이다. 그리스도가 등장하는 「二人」 연작의 경우 그리스도는 근대 자본주의적 양상에 대한 풍자를 위한 매개로 등장하는 데 반해, 마리아와 천사는 시적 화자와 한층 근접한 거리에서 호명되는 대상으로서, 주체의 욕망과 관계된 성적 존재로 등장한다.

그런데 이와 같은 양상은 일문시뿐만 아니라 몇 편의 한글시에서도 발견된다. 1937년 11월 『자오선』에 발표된 이상의 유고시 「파첩破帖」은 그다지 잘 알려지지 않은 시로서, 어떤 경위로 유고로 남겨졌는지 지금가지 명확히 밝혀진 바 없다. 이 시는 총 10연으로 구성된 시로서, 매 연마다 숫자가 병기되어 있다. '帖'을 관공서에서 통용되는 문서를 총칭하는 개념이라고 할 때, 이 시의 제목인 '破帖'은 찢어진 문서라고 할 수 있다. 이 시가 전쟁으로 인해 파멸된 도시의 정황을 묘사하는 이미지들로 구성되어 있는 것으로 볼 때, 각 연은 공적 기록문서의 매 페이지에 해당한다고 볼 수 있다.

이 시에서 기독교적 표상이 등장하는 부분은 9연과 10연이다.

> 9
> 喪章을부친暗號인가 電流우에올나앉어서 死滅의 「가나안」을 指示한다.
> 都市의崩壊는 아―風說보다빠르다.

10
市廳은法典을감추고散亂한處分을拒絶하엿다.
「콩크리—트」田園에는 草根木8皮도없다 物體의陰影에生理가없다——
孤獨한奇術師「카인」은 都市關門에서人力車를나리고 항용 이거리를緩
步하리라   「破帖」 부분

9연에 등장하는 가나안은 주지하다시피 구약성서에 기록된 약속의
땅이다. '指示한다'라는 서술어의 주어가 명확하지 않아 해석이 용이치
않으나, 언표 속에서 생략된 그 무엇은 '死滅의「가나안」'을 가리키는
것으로 진술되고 있다. 전쟁으로 파괴된 도시에서 느끼는 시적 화자의
상실감을 표현하기 위해 가나안이라는 기독교적 표상을 차용한 것은
단순한 비유의 차원으로 볼 수 있다. 그러나 10연에 등장하는 '孤獨한
奇術師「카인」'은 서구의 최고 정전인 성경의 표준적 문맥을 이상 나름
의 방식으로 전유한 사례라고 할 수 있다.

카인은 인류 최초의 살인사건을 저지른 범죄자이자 근친 살인자의
전형으로서, 동생 아벨을 죽인 죄로 야훼의 저주를 받은 인물이다. 그
러나 이 시의 10연에 등장하는 카인은 전쟁으로 인해 황폐화된 도시의
거리를 거니는 인물로 등장하고 있다. 그는 고독과 '奇術'로서 표상되
는 인물이나, 그의 고독이 어디에서 비롯되었는지, 그리고 '奇術'이 전
쟁이나 도시의 붕괴, 그리고 그의 고독과 어떤 연관성이 있는지 파악
되지 않는다.

이 시에 등장하는 카인이 어떤 방식으로 전유되고 있는지는 명확하지
않다. 다만 전쟁과 같은 모종의 재앙으로 파괴된 도시에 남은 고독한

---

8 원문에는 '本'으로 되어 있으나 이는 '木'의 명백한 오기이다. 이는 식자공의 오류로, 이
  시외에도 이와 같은 오류는 상당한 편이다. 다만 오기 여부를 판별할 수 없는 경우가
  많아서 시 해석의 오류가 개입될 여지가 있음을 인지할 필요가 있다. 따라서 원문을 그
  대로 인용한 후, 수정, 해석하는 것이 바람직해 보인다.

존재자의 위상을 지니고 있다는 정도의 해석만이 가능하다고 하겠다.

지금까지 살펴본 시들이 기독교적 표상을 시적 화자가 바라보고 진술하는 상황 묘사에 치중되었다면, 앞으로 살펴볼 시들에서 기독교적 표상은 이상 시의 주체와 긴밀한 관련성을 지닌 가족이나 육체의 문제에 대한 묘사나 진술을 위해 사용되고 있다.

기존의 이상 시에 대한 연구들이 끊임없이 이상이라는 시인의 전기적 사실에 대한 해명으로 나아갈 수밖에 없는 이유는 이상 시가 제시하는 시적 진술의 의미의 근거가 이상 고유의 육체성에 근거해 있기 때문이다. 다만 시에 대한 분석이 궁극적으로 이상이라는 시인의 시적 성취가 아니라 시인의 전기적 사실에 대한 재확인에 그친다는 것이 문제가 될 수 있다. 특히 폐결핵으로 고통 받는 육체를 소유한 시인에게 있어서 고통 받는 육체의 이미지가 어떤 방식으로 표출되는가에서 이상의 시적 성취가 논의되어야 한다는 사실이 새삼 강조될 필요가 있다.

이상이 식민지 본국의 수도 도쿄에서 임종 시 소유하고 있던 사진첩의 뒷면에서 발견된 일련의 일문시들은 이상에게 있어 기독교적 표상이 왜 끊임없이 드러나고 있는가 하는 질문을 던지게 한다. 사진첩이 개인의 가장 사적 인기록의 일종이라고 할 때, 그 뒷면에 은밀한 형태로 수록된 일문시들은 소설 중심의 산문 세계에 몰두한 이상에게 있어서 큰 의미를 가진 것이라고 볼 수 있다.

「내과內科」, 「骨片に關する無題」 같은 일문시가 이상이 시를 쓰던 초창기의 시편들인지 여부는 확인할 수 없으나, 위에서 살펴본 「파첩」이나 앞으로 살펴보게 될 「육친肉親」과 같은 한글시에서도 기독교적 표상이 등장한다는 점을 고려해보았을 때, 적어도 이상 시에서 기독교적 표상이 중요한 모티프임을 확인할 수 있다.

　　　－自家用福音
　　　－或은 엘리엘리 라마싸박다니

　　하이얀天使이鬚髥난天使는규핏드의 祖父님이다.
　　　　　　鬚髥이全然(?)나지아니하는天使하고흔히結婚하기도한다.
　　나의筋骨은2떠－즈(ㄴ).　그하나하나에노크하여본다.　그속에서는海綿
　에젖은더운물이끓고있다.　하아얀天使의펜네임은聖피－타－라고.　고무의
　電線똑똑똑똑　열쇠구멍으로盜聽.
　　　　　　　　　　　버글버글
　　　(發信) 유다야사람의임금님주무시나요?
　　　(返信) 찌－따찌－따따찌－찌(1) 찌·따－찌－따따찌－(2) 찌－찌따
　　　　　　찌－따따찌－찌－(3)

　　흰뺑끼로칠한十字架에서내가漸漸키가커진다.　聖피－타－君이나에게
　세번式이나아알지못한다고그린다.　暫間닭이활개를친다.……
　　어얼 크 더운물을 엎질러서야큰일날노릇－　　　　　　　「內科」 부분

　일문시 「내과」는 육체의 질병으로 절망적 상황에 처한 시적 화자의
절망감을 묘사하고 있다. 이 시는 이상의 시 중 기독교적 표상이 시
전반에 산포되어 있다. 이 시는 일반적인 자유시의 형태에서 상당히
벗어난 모습을 보이고 있다. 연과 행의 구분이 뚜렷하지 않을 뿐 아니
라 글자 크기마저 다른 형태를 보이고 있다. 전체적으로 3연의 구성을
취하고 있는 이 시는 내과적 진찰을 받는 시적 화자의 상황을 기독교
적 표상으로 변용하고 있다. '하이얀天使'는 의사나 간호원의 비유이
고, 청진기를 통한 진찰은 그리스도에 대한 제자의 부정으로 전치된다.
그리고 1연과 3연에서는 이와 같은 진찰이 궁극적으로는 시적 화자가
느끼는 죽음 앞의 절망감의 표출임을 보여준다. 1연의 '엘리엘리 라마
싸박다니'는 그리스도가 십자가에 묶여 있을 때 절망적으로 외친 구원

에 대한 갈망의 말이다. 그리고 3연에서 십자가에 묶인 화자의 키가 점점 커진다든지, 성 베드로가 그리스도를 부정한다는 것은 구원 가능성에 대한 절망감의 표출이라고 할 수 있다.

이처럼 기독교적 표상을 등장시킨 시에서 시적 화자는 십자가에 묶인 그리스도의 이미지로 표상된다. 고통 받는 육체의 소유자로서 이상에게 있어 십자가에 묶인 그리스도는 절망적 상황의 표상이다. 그리고 한글시「肉親」에 등장하는 '크리스트에酷似한한襤褸한사나이'는 가족에 대한 의무를 충실히 수행하지 못하는 무력한 시적 화자의 표상이다.

위에서 살펴본 것처럼 이상시에 등장하는 그리스도는 돈의 문제로 고통 받고「二人」, 육체의 질병으로 고통 받는「內科」 시적 화자의 분신이라고 할 것이다.

3. 결론

한국근대문학사에서 이상 시가 차지하는 위상은 이미 확고하게 정립되어 있다. 수많은 연구자들이 이상 시 연구에 매달려 왔지만, 그것들은 대체로 대표작으로 지칭된 특정한 몇 작품들에 국한된 면이 없지 않다. 이상 시의 유명세를 대표하는「오감도」 시편에 대한 상대적인 편중은 이상 시에 대한 세밀한 분석을 등한시하는 결과를 초래하였다.

이상 연구사에 비해 일문시 연구가 상대적으로 빈곤한 사정 역시 이와 무관하지 않다. 일문시 연구의 상대적 빈약 현상에는 일문시를 과연 한국근대문학의 정당한 유산으로 볼 수 있는가 하는 보다 본질적인 문제가 개입되어 있다. 베네딕트 앤더슨의 생각처럼 근대가 민족활자어national print-language에 기반한 민족이라는 상상의 공동체에 기반한 다고 할 때9, 이상의 일문시는 근대문학의 범주에서 상상될 수 없는 것 이다. 그러나 이상의 일문시는 한글시가 생성된 원형적 모티프로서의 성격을 가지며, 때로는 「오감도」 등 한글시가 일문시의 번역처럼 보이 는 경우도 있다는 점을 고려할 때, 이상 시 연구의 출발점이라고 할 것이다.

이 글에서는 일문시 중 기독교적 표상을 중심으로 이상 시의 특징들 을 고찰하고자 하였다. 기초적인 어휘 분석의 차원에서부터 의미 부여 까지 시도해 보았는데, 이 과정에서 이상이 '基督', '天使', '마리아', '카 인'과 같은 기독교적 서사의 중요한 표상을 전유하는 전략을 취했음을 분명히 하고자 하였다. '基督'이나 '카인'이 대체로 시적 화자의 분신으 로서 등장하고, '天使'나 '마리아'가 시적 화자의 욕망의 대상원인으로 서 부각되고 있음을 분석을 통해서 밝히고자 하였다.

이상에게 있어 기독교는 근대를 구성하는 경제사회체제로서의 자본 주의와 함께 그 체제의 기저에 놓이는 서구 전래의 상상의 공동체적 표상으로서의 의미를 가진다. 자본주의가 가능하기 위한 상상의 허구 가 기독교인 셈이다. 자본주의가 직선적 발전의 역사관을 함유하고 있 고, 기독교 역시 구원의 시간을 정점으로 한 파국적 역사관을 가지고 있다고 할 때, 자본주의와 기독교는 서구인의 상상을 가능케 하는 등 가적인 시간관념을 표상한다고 할 수 있다. 그러나 동질적이고 공허한 시간의 연속으로서의 근대적 시간 속에서 이상은 발전보다는 파국으 로서의 시간 개념에 의지함으로써 일련의 기독교적 표상 속에서 서구 근대인이 상상해낸 구원과 발전이라는 긍정적인 사유를 변형하고 있

---

9 베네딕트 앤더슨 저, 윤형숙 역, 『상상의 공동체』, 나남출판, 2002, 99-116쪽.

다.[10] 기독교적인 성가족the holy family의 구성원으로서, 중세 기독교회화에 등장하는 기독을 안고 있는 마리아와 그의 탄생을 축복하는 천사를 중심 구도로 한 성상화 속에서 자신을 상상하던 서구 근대인의 상상 체계가 이상 시에서 식민지적인 전유를 통해서 전도되는 모습을 볼수 있다. 이상 시에 등장하는 기독은 알 카포네에게 조종당하고, 의사에게 부인당하며, 마리아는 성적 욕망을 자극하며, 천사는 더 이상 구원과 무관한 존재로 등장한다.

이상이 시작 과정에서 중심 모티프로 전유한 기독교적 표상은 이상이 받아들인 서구적인 근대적 지식 체계가 식민지적 근대화의 과정 속에서 굴절과 이질화를 수반하면서 변용되었다는 점에 1930년대 광의의 모더니즘 시가 무매개적으로 수용한 서구적인 근대 표상과 다른 의미를 가진 것이라 하겠다.

---

10 발터 벤야민 저, 반성완 역, 『발터 벤야민의 문예이론』, 민음사, 1992, 352-354쪽.

문화론의 시각에서 본 문학과 영화

3장. 1980년대 이상 시 연구의 성과와 한계
-이승훈의 경우-

1. 서론

이상 사후 70여년의 시간이 흘렀다. 그동안 많은 글들이 이상 문학을 해명하기 위해 씌어졌지만, 그의 문학에 대한 한국근대문학 연구자들의 관심은 사그라질 줄 모른 채 여전히 지속되고 있다. 일제 강점기 작가 중 이상처럼 지속적인 관심의 대상이 되는 작가는 무척 드물다고 하겠다. 그렇다면 이상 문학의 그 무엇이 연구자들을 얽어매고 있는 것일까. 여러 가지 이유를 생각해 볼 수 있지만, 일차적인 이유는 이상 문학을 형성하는 텍스트들이 보여주는 낯섦에 있다고 할 것이다. 보통 한 작가에 대한 연구는 일정한 기간 동안 수행되면 그 전모가 드러나기 마련이다. 그러나 일종의 암호 꾸러미 같은 인상을 주는 이상 텍스트는 그 정확한 윤곽을 확정짓는 작업에서부터 개별 텍스트들의 의미를 해독하는 작업, 그리고 그의 문학 전체를 통어하는 어떤 생성의 원리를 발견하는 작업에 이르기까지 어느 하나 손쉬운 구석이 없는 게 사실이다. 이는 이상 텍스트가 상식적인 관점으로는 파악하기 힘든 비균질성과 이질성을 가지고 있기 때문이다. 임종국林鍾國이 이상 전집을 발간한 이래 일정한 시간의 격차로 새로운 전집들이 발간되고, 그 때마다 전집 편찬자들이 개별 텍스트들에 꼼꼼한 주석을 가할 수밖에 없었던 데는 이런 사정이 놓여 있다고 할 것이다. 새로운 전집이 나올 때마다 전집 편찬자들은 결정본이라는 신념을 표출하고 있지만 과연 그런 기대처럼 이상 텍스트의 윤곽이 고정될 지는 미지수이다.[1] 그리고 그들이 붙인 주석들이 얼마만큼 해석의 정확성을 띠면서 이상 텍스트의 의미를 가둘 수 있을지도 여전히 확실하지 않다.

이 글은 이러한 상황을 전제로 하면서 과거 이상 문학 연구의 한 부면을 조감하고자 하는 의도를 가지고 있다. 이상 문학은 그 연구사가 하나의 탐구 과제가 될 만한 깊고 넓은 영역이다. 그 수많은 영역 중에서도 이 글에서 관심을 가지고 있는 것은 '이상 시'[2] 연구에 바쳐진 이승훈李昇薰의 노력이다. 이상 문학 연구사를 돌이켜볼 때, 이상 문학 연구는 엄밀한 장르적 규정을 가지지는 않았다. 대체로 그의 대표작이라고 할 「오감도」 연작이나 「날개」를 중심으로 이상론이 씌어졌다. 그러다가 시와 소설이 독자적으로 논의되기 시작한 것은 1970년대라고 할 수 있다. 학위논문 형식의 이상론이 본격적으로 씌어지기 시작한 시점도 바로 이때인데, 이때부터 장르적인 관점에서 이상이 논의되기 시작했다. 이렇게 볼 때 이상 시가 체계적인 틀 속에서 논의된 시점은 그리 오래 전은 아닌 셈이다.

---

1 최근까지 관행적으로 전집에 포함되어 오던 일문 유고 시 「與田準一」, 「月原橙一郎」이 실제로는 이 두 시인의 시 일부를 이상이 베껴낸 것에 불과하다는 사실이 송민호(「이상의 미발표 창작노트의 텍스트 확정 문제와 일본 문학 수용」, 난 명 외, 『이상적 월경과 시의 생성』, 역락, 2010, 226쪽.)에 의해 밝혀진 바 있다. 이처럼 이상 텍스트의 경계는 여전히 불확정적이다.

2 주지하다시피 이상 텍스트의 경우 장르의 구분은 명확하지 않다. 시, 소설, 수필이라는 3대 장르의 경계선 위를 오가는 텍스트들이 적지 않음에도 불구하고, 이상 문학 중 시로 규정될 수 있는 텍스트들은 분명히 존재한다.

그러나 시 연구 쪽에서 주목할 만한 성과가 나온 것은 1980년대라고 할 수 있다. 이승훈에 의해서 이상의 시가 체계적인 방법론에 의해서 분석되었던 것이다. 이승훈은 석사 논문, 박사 논문 모두 이상을 대상으로 하고 있는데, 이는 그가 이상에 대해서 상당한 관심을 가지고 있었음을 반영하는 것이다. 그리고 그가 그 당시 시인으로서 이상의 시에서 적지 않은 영향을 받고 있었다는 사실을 감안할 때, 그에게 있어서 이상은 단순한 연구 대상이라기보다는 큰 영향을 미친 선배 시인이었다고 할 수 있다. 1990년대 이상 시 연구가 알게 모르게 그의 연구 성과에 빚 진 측면이 없지 않고, 또 그의 연구 성과에 대한 비판적 인식에서 시작되었다는 사실을 감안할 때, 이승훈의 연구 성과에 대한 검토는 이후 펼쳐진 이상 시 연구에 대한 해명에 있어서 필수적이라고 하겠다. 그럼에도 불구하고 지금껏 그의 연구 성과에 대한 검토는 본격적으로 이루어진 바가 없다.

이승훈은 어떻게 보면 이상 문학 연구의 초석이 된 그 이전의 세대와 1990년대 이후의 새로운 연구자 세대 사이에 낀 존재라고 할 것이다. 이런 이유 때문에 그의 연구사적 위상이 제대로 정립될 수 없었던 것이 아닌가 생각된다. 그는 학위 논문의 형식을 통해서 이상 시 연구의 체계적 성과를 지속적으로 보여주었고, 그 후에도 여러 글들을 통해서 이상에 관한 논의들을 시도하고 있다. 따라서 정확한 검토를 위해서는 이상과 관련된 모든 글들을 검토의 대상으로 해야 하겠지만, 이 글에서는 논의의 편의와 연구 성과의 집약도의 측면을 고려하여 이상 관련 저서들을 주 검토 대상으로 상정하고자 한다.

주 대상이 되는 저서는 1987년 고려원에서 펴낸『이상 시 연구』와 1989년 문학사상사에서 펴낸『이상문학전집1』이다. 후자는 독립적인 연구 성과라고 보기는 어려울지 모르나 이후 연구자 집단 사이에서 이 저서가 가졌던 영향력을 고려할 때 중요한 논의 대상이라고 생각된다.

2. 본론

1) 근대적 자아의 전개 양상

1970년대까지 이상 문학은 크게 전기적 연구와 심리적 연구라는 큰 두 방향을 가지고 있었다. 전기적 연구는 주로 이상의 생애와 작품의 연관성을 해명하려는 것인데, 27년 동안의 짧은 생애 중 문제성이 없어 보이는 시간은 한 순간도 없었던 것처럼 생각된다는 점에서, 그리고 그의 작품 다수가 자신의 삶을 소재로 하고 있다는 점에서 이런 방법은 그의 문학을 해명하는 데 있어서 중요한 의의를 갖는 것이었다. 그리고 심리적 연구는 이상 텍스트에 보이는 비정상성을 해명하는 데 있어 중요한 거멀못 역할을 했다. 이들 방법이 이상 문학 연구에 있어서 큰 역할을 한 것은 사실이다. 그럼에도 불구하고 생애와 심리적 외상이 이상 문학을 전체적으로 해명해주지도 못했고, 때로는 지나치게 비과학적 추론으로 나아간 측면도 없지 않았다. 이는 비단 이상 문학 연구에만 해당하는 것이 아니라 그 당시 한국현대문학 연구 일반이 가진 문제였다고 할 수 있다.

이런 측면에서 체계화된 성과를 보여준 이는 이승훈이다. 주지하다시피 그는 이전 시대 모더니즘 시의 계승자로 등장한 1960년대『현대시』동인의 한 사람으로 출발했다.『현대시』동인은 그 구성원의 수자

도 많고 그 경향도 제 각각이었다. 그들이 추구한 모더니즘의 정체가
뚜렷하지는 않지만, 그 중에서도 가장 뚜렷한 면모를 보여준 이가 이
승훈이다.3 그의 초기 시 「사물A」가 증명하듯이 그는 동인의 그 누구
보다도 이상의 영향이 뚜렷하게 보인 시인이었다. 물론 그의 초기시가
뚜렷한 시론의 밑받침을 업은 결과로 보이지는 않지만, 그가 이상 시
에 그 어떤 혈연적 친애감을 가지고 있었다는 사실은 뚜렷해 보인다.4

방법론적 미자각에서 시작된 그의 이상에 대한 관심은 이후 일종의
체계화된 탐구의 욕망으로 전화되어 이후 그는 학위 논문의 형식을 빌
어 그 성과를 발표하게 된다. 1981년에 발표된 「이상 시 연구」는 이상
문학 연구에 있어서 가장 최초로 나온 박사 논문이 아닌가 생각된다.
이상 관련 다른 논문과 함께 1987년 단행본으로 발간된 이 논문은 그
제목이 말해주듯이 뚜렷한 주제적 관심을 표출하고 있지 않다.

그는 『이상 시 연구』의 제1부인 「이상 시의 자아 분석」에서 이상 시
에 나타나는 자아의 양상을 검토하고 있다. 그에 의하면 시에 나타나
는 자아는 크게 두 가지 층위로 나뉜다. 화자의 층위와 장르의 층위가
바로 그것인데, 화자의 층위에서 자아 탐구는 시에 나타나는 화자의
모습을 살피는 일이며, 세부적인 과제로는 그 자아가 시인인가 아닌가,
시인이 아니라면 그 자아가 시인과 어떤 관계를 띠는가를 탐구하는 일
이다. 이런 방법을 사용하게 되면 시를 시인의 삶으로 환원시킬 오류

---

3 『현대시』 동인에 대해서는 이승훈, 『한국 모더니즘 시사』, 문예출판사, 1996, 234-256쪽
　참고.
4 그는 어느 글에서 자신에게 있어 이상이 지닌 위상을 이렇게 말한 적이 있다. "그동안
　소생이 좋아한 시인은 누가 뭐래도 이상과 김춘수입니다. 박목월 선생님이 내 인생의
　대부라면 김춘수 선생님은 내 시의 대부였고 이상은 그런 말이 있는지 모르지만 시의
　대조부(?)라는 생각을 하며 시를 써왔어요. 김수영은 대숙부(?)나 대외숙(?)이죠." 이승
　훈, 『현대시의 종말과 미학』, 집문당, 2007, 27쪽.

가 있다. 그리고 장르의 층위에서 자아 탐구는 '소설적 자아', '희곡적 자아', '수필적 자아' 등 타 장르와의 명료한 구분의 문제에 집중하게 되는데, 이 과정에서는 한 시인의 시 세계에 드러나는 자아의 탐구는 불가능하게 된다.[5] 이런 전제 하에서 그는 시에서의 자아 탐구는 시적 형식으로 제시되는 자아라고 규정한다.[6] 여기서 말하는 시적 형식이란 시 텍스트가 구현하는 언어적 구조물이다.[7]

그렇다면 그가 이상 시 연구에서 자아의 문제를 탐구의 중심에 놓은 이유는 무엇일까. 그것은 아무래도 그동안 이상 문학과 관련해서 가장 중요한 테마로 거론되어 온 자아 분열이라는 문제에 대해서 그 역시도 중요성을 인식하고 있었기 때문일 것이다. 그는 이상 시의 자아 분열 모티프를 1930년대 우리 시의 모더니즘이 보여준 내면성과 관련지은 바 있다. 그에 의하면, 이미지스트들이 감각적 인상에만 집착하면서 주체의 고뇌나 불안이나 절망을 괄호치고 있었을 때 이상만은 주체의 문제를 온전히 짐 지고 있었던 시인이었다.[8] 그는 자아 분열을 근대 사회에 있어 인간이 겪게 되는 일상과 이상의 분리라는 문제로 이해하고,[9] 그러한 양상의 가장 심각한 국면을 이상 문학에서 본 것일 터다. 그는 이 글을 통해서 일상적 자아와 이상적 자아의 대립과 갈등의 구조적 양상을 고찰하면서 동시에 그러한 양상을 형상화하고 인식하는 통일된 자로서의 시인의 시선을 동시에 고찰하고자 한다.[10]

5 이승훈, 『이상 시 연구』, 고려원, 1987, 13-14쪽.(이하 『연구』로 약칭함)

6 『연구』, 14쪽.

7 『연구』, 12쪽.

8 이승훈, 『한국 모더니즘 시사』, 문예출판사, 1996, 113쪽.

9 『연구』, 20쪽.

10 『연구』, 21쪽.

이러한 관점에서 그의 논의는 거울 모티프 시에서부터 시작된다. 고대 서구 신화 속의 나르시스와는 달리, 이상 시에서 거울은 순전한 나르시시즘의 매체이기보다는 자아분열의 매체로서의 양상을 보인다는 사실은 이승훈 이전의 논자들부터 지속적으로 논의되었던 사항이다. 이승훈 역시도 이런 관점에서 거울을 모티프로 한 시들 즉, 「거울」, 「오감도 시제십오호」, 「명경」을 중심으로 논의를 펼쳐나가고 있다. 시 속에 등장하는 자아와 거울 이미지 사이의 관계를 진술하는 작품들에서 우리는 근대적 주체성의 위기가 명료한 언술로 진술되고 있음을 알게 된다.

　이는 비단 이상의 경우에만 한정된 것은 아닐 터다. 시뿐만 아니라 소설에서도 근대 이후 세계의 문학가들은 주체성의 위기를 보여주는 자아의 분열 양상을 중요한 문학적 테마로 삼아 왔기 때문이다. 「거울」이 그런 양상을 다소 단순하게 드러내고 있다면 「오감도 시제십오호」는 보다 복잡한 양상을 보인다. 「거울」에서의 자아가 그런 분열을 담담하게 감수하고 있다면 「오감도 시제십오호」는 자아 분열을 극복하기 위한 자아의 필사적 노력과 그 실패의 양상이 드라마틱하게 시연된다. 이승훈은 「오감도 시제십오호」를 일련번호까지 붙여가면서 이 심리 드라마를 치밀하게 분석한다. 이 두 작품이 공간적 차원의 자아 분열에 대한 분석이었다면 「명경」은 시간적 차원으로까지 확장된 자아 분열에 대한 분석이라고 할 수 있다. 이 작품은 이 전 두 작품에 비해서 자아 분열의 양상은 그다지 두드러지지 않는다. 이승훈 역시 이 작품에서 "대립이 상당히 승화된 경지에서 노래된다."라고 말하고 있을 정도다.[11] 그 외에도 거울 이미지가 직접 등장하지는 않지만 그런 측면

11 『연구』, 37쪽.

에서 다룰 수 있는 몇몇 작품들이 추가적으로 논의되면서 이 장의 논의는 마무리된다.

이 글의 2장에서 매우 치밀한 분석이 이루어지고 있기는 하지만, 문제로 지적할 만한 부분이 없지 않다. 우선 지적하고 싶은 것은 논의 방법에 관한 것이다. 근대 사회에서 주체성의 위기가 일상과 이상의 괴리라는 측면에서 이해될 수 있다는 점은 충분히 수긍할 수 있다 하더라도, 시에서 자아 분석의 도구로 '일상적 자아'와 '이상적 자아'의 대립이라는 구도를 사용할 수 있는가는 의문스럽다. 그의 시 분석을 살펴보면, 그는 '거울 밖의 자아' 즉 거울을 들여다보거나 의식하는 자아를 '일상적 자아', 그리고 그 자아가 마주하거나 의식하는 '거울 안의 자아'를 '이상적 자아'로 규정하고 있다. 그러나 '일상적 자아'가 거울 안에서 발견하는 자신과 유사한 이미지는 '이상적 자아'라고 불릴 만한 특성을 가지고 있지 않다. 굳이 프로이트의 이론을 빌지 않더라도, '이상적 자아'란 '일상적 자아'가 자신의 모델로 삼고자 하는 자아, 즉 자신이 추구하는 존재이기 때문이다.

그러나 이상의 거울 모티프 시에 등장하는 거울 이미지는 결코 그와 같은 모습을 보여주지 않는다. 특히 「오감도 시제십오호」에 등장하는 거울 이미지는 거울 밖의 자아가 그 존재에서 위협을 느끼고 제거하고자 하는 공포의 대상이 되고 있다. 이승훈이 설명하는 것처럼, '이상적 자아의 자살'을 일상적 자아가 욕망할 이유는 없는 것이다. 굳이 '거울 안의 자아'를 제거해야 했다면 이는 그 '거울 안의 자아'가 '거울 밖의 자아'에게 위협적 존재이기 때문일 것이다.

이런 측면을 고려할 때, 거울 모티프 시에서 시연되고 있는 드라마의 대립 쌍은 '일상적 자아'와 '이상적 자아'라기보다는 '주체'와 그 '분신'이라고 할 것이다. '분신'은 주체성의 위기를 상징적으로 보여주는 존재로서 단일성을 가정하는 근대적 주체가 실은 분열적이고 파편적인, 즉 허구적 주체라는 사실을 일깨우는 매개체이다. 따라서 이상 시에서 거울 모티프가 보여주는 것은 소박한 차원에서 이야기되는 일상과 이상의 괴리나 분열이라기보다는 근대 주체성의 위기라고 볼 수 있다. 그가 상정하는 '자아'라는 개념부터가 애초부터 이런 문제를 안고 있다고 하겠다. 일상적 자아는 그 자체로 안정된 위치를 갖지 않은 분열적인 존재에 지나지 않는다. 그리고 이상적 자아라는 것도 자크 라캉Jacques Lacan적 관점에서 보자면 상상계적 허상에 지나지 않는 것이다. 자아 심리학 속에서 분열은 극복해야 하고, 극복할 수 있는 그 무엇으로 상정될 뿐이다. 이처럼 거울 모티프 분석에 동원된 '일상/이상'의 대립 구도 하의 자아 논의는 그 논의의 치밀성에도 불구하고 이승훈의 논의가 다소 형식주의적인 기계성이나 건조성을 띠게 되는 이유라고 생각된다.

　논의 구도 상의 문제와 더불어서 또 하나 거론할 문제는 텍스트 선정에 관한 것이다. 이승훈은 「명경」을 거울이 직접적으로 등장하는 작품으로 거울 모티프에 묶어서 논의하고 있다. 그러나 필자는 이 작품이 다른 두 작품과 동일한 위상을 부여받을 수 있는 작품인가에 대해서 회의적인 편이다. 그 이유로 우선 「거울」, 「오감도 시제십오호」와 「명경」의 발표 환경이 상이했다는 점을 들 수 있다. 「거울」은 『카톨릭 청년』에, 「오감도 시제십오호」는 『조선중앙일보』에 실렸다. 이 작품들이 이들 매체에 실릴 수 있었던 것은 이들 매체의 주재자인 정지용鄭芝溶이나 이태준李泰俊의 배려 덕이었다. 이상은 이들 작품을 발표할 당시 굳이 이들 후원자나 매체 독자를 고려하지 않아도 되는 상황이었다. 이에 비해서 「명경」은 여성 독자를 주 대상으로 하는 『여성』에 실렸다. 이 시가 실린 시점은 이미 이상의 실험적 욕구가 약화된 때였다. 그리고 문단 진입 초기처럼 자신의 의욕대로 작품을 발표할 수도 없는 상황이었다. 특히 『여성』은 여성 지향의 잡지였기 때문에 이상의 실험이 수용될 수 없는 공간이었다. 이 작품이 다른 작품들에 비해서 심각미가 떨어지는 이유는 여기에 있다.

그 당시 이상이 여타의 지면에 시를 발표하던 관행과 비교해 보아도 이 작품의 위상이 드러난다. 잘 알려져 있다시피 이상의 시들은 주로 연작 형식을 띠고 있다. 물론 단편적으로 발표된 것도 있기는 하지만 진지한 시도들은 대체로 연작 형식을 띠고 있다는 점을 고려할 때, 「명경」은 잡지 편집자의 주문에 의해서 가벼운 마음으로 쓴 작품 이상은 아니라고 생각된다.[12] 이런 생각을 더욱 굳히는 것은 실제 이 작품의 몇 가지 양상 때문이다. 우선 지적하고 싶은 것은 실제 발표 지면의 삽화 문제이다. 이 작품에 들어간 삽화는 안석영安夕影이 그린 것이다. 이 삽화는 한복 차림의 여성이 면경을 쳐다보고 있는 모습을 그린 것이다. 이는 여성 독자들이 이 시를 자신들의 일상적 체험의 한 형상화로 보도록 하기 위한 것이다. 이 작품에서 시적 화자가 명시적으로 여성으로 상정되어 있지는 않지만 삽화를 곁들인 시라는 틀 속에서 이 작품을 읽는 독자의 입장에서 시적 화자는 여성으로 자연스럽게 받아들여진다.

이 작품의 위상을 가늠하게 하는 또 한 가지 사실은 이 작품이 1936

---

12 최근 이상 시에 대한 저서를 출판한 가수 및 화가 조영남은 이 시에 대해서 필자와 비슷한 의견을 피력한 바 있다. "웬일인가. 시가 참 쉽다. 이상이 쓴 시 같지가 않다. 그냥 보통 시 같다. 왜 그랬을까. 이건 순전히 필자의 생각인데 여성잡지에 실리는 시였기에 딴에는 배려 차원에서 그랬던 모양이다." 조영남, 『李箱은 異常 以上이었다』, 한길사, 2010, 278쪽.

년 5월호 『여성』의 표지면에 배치되어 있다는 점이다. 이 작품이 수록된 하단에는 5월호 기사 목차가 제시되어 있는데, 마치 이 시는 시 그 자체를 위해서가 아니라 안석영의 그림에 끼워 넣은 '삽시揷詩'같은 인상마저 심어준다. 그리고 이 시의 5연의 첫 행 "'오월이면 하로 한번이고/ 열번이고 외출하고 싶어하드니"에서 '오월'이라는 표현은 5월호 광고를 위해 의도적으로 삽입된 듯한 느낌마저 준다. 이런 점들을 고려해 볼 때, 이 시는 이상의 문제의식에서 상당히 멀어진, 주문형 상품이라고 할 수 있다. 이처럼 이상의 텍스트들 중 경중을 가리지 않고 무차별적으로 이루어지는 의미 부여의 노력은 자칫 이상 문학을 신비화하는 오류에 빠져들 여지를 줄 수도 있다.

거울 모티프 시에 대한 검토에서 시작된 논의는 3장에서는 '일상적 자아와 신체 기관의 심상'이라는 큰 틀 아래 이상 시에 자주 등장하는 신체 모티프 시가 검토된다. 이상 시에서 신체의 다양한 기관이 등장하는 가장 큰 이유는 그가 폐결핵으로 인한 죽음에 대한 공포를 겪고 있었다는 사실에 있다. 그리고 시 속에서 신체의 다양한 요소들은 병으로 비롯된 실존의 위기를 암시하는 기호로 작용하고 있다. 이승훈은 신체를 각각 머리, 몸통, 팔·다리로 세분화하여 그것이 갖는 의미를 설명하고, 마지막에는 분화된 기관이 아니라 통일된 기관으로서의 신체로 논의를 이끌고 있다. 이 부분에서 그는 「오감도 시제일호」를 분석하면서 이 시를 특정한 대상을 전제로 하는 '공포'가 아니라 이상 시의 자아가 느끼는 삶에 대한 총체적인 불안을 표현한 것으로 보고 있다.[13]

4장에서는 신체 모티프의 또 다른 유형이라고 할 성적 이미지의 시

---

13 『연구』, 69-71쪽.

들이 검토된다. 「且8氏의 出發」, 「BOITEUX·BOITEUSE」, 「오감도 시제구호: 총구」가 주 논의 대상이 되는데, 이승훈은 이상 시에 있어서 "성의 세계는 일상적 자아가 삶의 현장에서 공포와 불안과 절망을 체험했을 때, 그러한 삶의 조건들로부터 벗어나기 위한 하나의 지향점"으로 드러난다고 보고 있다.[14] 4장에서는 명시적인 신체 기관 모티프가 중심을 이루고 있으나 「正式 I」의 '소도'처럼 표면적으로는 신체로 해석될 수 없는 사물을 신체의 비유로 이해하고 이 칼의 '멸형'을 자아의 상징적 죽음으로 해석한 부분[15]은 적절한 것으로 생각된다.

이승훈의 자아 분석의 마지막을 장식하는 5장은 각종 기호가 등장하는 시편들을 대상으로 하고 있다. 그에 의하면, 이상 시의 자아는 자아의 대립에서 시작해서 신체기관을 둘러싼 기능적 자아, 성적 자아로 전개되지만 일상의 세계에서 이상 시의 자아는 존재의 충일감을 얻지 못하고 끝내 상징적 죽음을 시도한다. 그 대안으로 자아는 일상이 배제된 순수 선험의 세계인 수학적 기호의 세계를 지향하게 된다.[16] 이러한 입론에 따라 도형이나 수자수식 등의 기호가 범람하는 이상의 일문시를 중심 논의 대상으로 삼고 있다. 도형이나 수자수식이 등장하는 일문시를 어떻게 해석할 것인가 하는 문제는 여전히 많은 연구자들에게 난감한 문제이다. 이승훈은 그 시들을 자아의 관점에서 그 나름대로 해석을 시도하고 있다. 그러나 논의의 폭이 그렇게 넓은 편도 아니고,[17] 또 논의 과정에서 중대한 오류마저 범하고 있다는 점이 문제가

---

14 『연구』, 86쪽.

15 『연구』, 88쪽.

16 『연구』, 103-104쪽.

17 각종 기호들이 모티프가 된 시들 특히 물리학과 수학에 대한 지식에 바탕에서 씌어진 초기 일문시의 경우 텍스트를 해석하는 일은 무척 어려운 일이었는데, 최근 들어서는 일부 연구자들이 물리학에 대한 지식을 바탕으로 면밀하고 설득력 있는 해석의 길을 열

된다. 여기서 말하는 오류는 해석의 원천이 되는 텍스트상의 오류를 뜻한다.[18] 이 경우 텍스트에 등장하는 도형이나 수자 등 기호들에 대해서 심오한 해석을 부여한다 할지라도 그 해석은 신뢰를 얻기 어렵게 된다. 이상의 정확한 텍스트가 무엇인가 하는 문제에 대해서 지금은 어느 정도 논란이 불식되었지만, 적어도 이승훈의 연구 시점에서 이런 문제는 미해결의 상태였다는 점을 생각하게 된다.

2) 텍스트 구조에 대한 미시적 접근

이승훈이 이상 시의 자아에 대한 분석과 해석 작업 이후에도 이상 시 연구의 방향에 대해서 고민한 결과 그가 도출해 낸 새로운 방법론은 작품을 하나의 언어 구조물로 보고 이를 객관적으로 분석할 수 있는 틀로서 접근하는 구조 분석의 방법이다. 작품 해석에 있어서 가급적 작품 외적 변수들의 개입을 차단한 채 작품 내적 조직으로 시야를 제한해서 작품을 분석하려는 경향이 싹트기 시작한 것이다. 이는 그 당시 새로운 연구 방법론으로 각광을 받고 있던 구조주의의 대두와 일맥상통하는 움직임이라고 할 수 있다. 구조주의가 사상적 패러다임의 측면에서 인간의 자율성을 부정하고 구조에 그 우위를 두는 사상이라는 점에서 전기나 심리 등 작가의 층위에 우위를 두는 방법론상의 취약성은 확연하였던 것이다. 러시아 형식주의와 구조주의가 주로 시 연구 쪽에서 쉽게 안착될 수 있다는 점을 고려할 때, 이상 시 연구에 있

어놓고 있다. 특히 신범순, 권영민의 최근 논의들은 그 대표적인 예라고 하겠다. 신범순, 『이상의 무한정원 삼차각나비』, 현암사, 2007; 권영민, 『이상 텍스트 연구』, 뿔, 2010.
[18] 텍스트 오류의 문제에 대해서는 이하에서 보다 자세히 다루도록 하겠다.

어서 구조주의적 접근은 매우 자연스러운 현상이라고 생각된다.

「이상 시의 구조 분석」은 이상의 시를 일련의 구조 분석의 방법을 통해서 체계화해 보겠다는 야심을 가지고 있을 뿐이다. 그가 구조의 관점에서 이상 시에 접근하고자 한 것은 그다지 새로운 시도는 아니었다. 그는 이미 석사 논문[19]에서부터 '의미론적 구조'라는 측면에서 이상 시의 구조를 분석하고자 하는 의지를 보여준 바 있다. 그가 이 글을 쓸 당시 이상 시에 초점을 맞췄다는 사실은 그가 이 글에서 이상 시를 집중적으로 거론하고 있다는 점으로 확연히 드러난다. 이렇게 볼 때, 「이상 시의 구조 분석」은 석사 논문에서 시도했던 구조 분석을 보다 전면적이고 체계적인 방법론에 기대어 수행한 것으로 볼 수 있다. 그렇다면 자아 분석에 경도되어 있던 그가 구조 분석으로 되돌아간 이유는 무엇일까. 그 이유를 그는 아래와 같이 진술하고 있다.

> 이상 시 전체의 시적 효과에 대한 이러한 연구는 물론 나름대로 이상 시에 대한 종합적 해명이라는 점에서 기여한 바가 크다. 그렇지만 이러한 연구는, 필자 자신이 "자아의 시적 변용"이라는 논문을 쓰면서 절감한 바로는, 자칫 시 연구의 본령에서 이탈할 가능성이 크다고 본다.[20]

위의 인용문에서 보듯이 그는 자신의 이전 작업을 포함해서 기존의 이상 시 연구는 시 연구의 본령에서 벗어날 위험성을 가지고 있다고 보고 있다. 물론 시 연구의 본령이 무엇인가에 대해서는 논란이 있을 수 있지만, 적어도 그에게 있어서 시 연구는 "시의 언어적 특성을 해명하는 일"[21]이다. 이는 "구조 분석, 다시 말하면 이상 시가 어떤 규칙에

---

19 이승훈, 「시의 구조에 관한 의미론적 연구」, 한양대학교 석사학위논문, 1968.1.
20 『연구』, 143쪽.
21 『연구』, 144쪽.

의해 형상화되는가를 따지는 일"[22]이 된다. 이는 일종의 '언어적 전회'라고 불릴 만한 것으로, 이승훈이 그 당시 문학을 언어적 구조물의 일종으로 보는 구조주의적 관점을 취하게 되었다는 사실을 보여준다. 이런 전회는 아마도 파편화된 언어의 더미같은 인상을 주는 이상 시를 분석할 수 있는 과학적 틀에 대한 욕구, 혹은 이전 작업이 노정했던 결함, 즉 앞에서 지적했던 논의 대상의 제한성을 극복하고자 하는 필요에서 비롯된 것으로 보인다. 그에 의하면, 그가 1980년대 시의 구조 분석에 매달렸던 또 다른 이유는 그 당시 문학 연구에서 구조주의가 제대로 정착되지 못하고 있는 상황에 대한 비판적 인식에 있었다. 실제로 우리 학계에 구조주의가 이론적으로 집중적으로 수용된 것은 1970년대 후반에서 1980년대 초반이었다.[23] 특히 1980년대는 문학 연구에 있어서 리얼리즘 문학론이 위세를 떨치고 있었던 점을 고려할 때, 구조주의와 같이 엄격한 분석주의와 이의 밑바탕을 이루는 반인간주의적 성향은 문학 연구의 주류가 되기는 힘들었던 것이 사실이다. 이런 상황에서 펼쳐진 이승훈의 시도는 그 당시로서는 매우 신선한 도전으로 이해될 여지가 충분해 보인다.[24] 이를 통해서 그는 이상 텍스트를 형성하고 있는 거대한 밑구조를 밝히고자 한 것이다.

이승훈은 이러한 관심에서 니콜라이 트루베츠코이Nikolai Sergeevich Trubetskoi의 '음운론적 대립' 개념을 끌어들인다. 트루베츠코이는 로만 야콥슨Roman Jakobson과 더불어 유럽 2대 언어학파의 하나인 프라하 학파의 대표적인 이론가다.[25] 트루베츠코이에 의하면, 음운론적 대립

---

22 『연구』, 114쪽.
23 김준오, 「구조주의 비평의 수용 양상」, 이승훈 편, 『한국문학과 구조주의』, 문학과비평사, 1988, 271-272쪽.
24 이승훈, 『한국시의 구조 분석』, 종로서적, 1987, 머리말 중 iii.

이란 한 음소가 이 음소의 모든 변이음에 공통적이면서 같은 언어의
다른 모든 음소들, 그 중에서도 특히 이 음소와 가장 밀접하게 관계를
맺고 있는 음소들과 이 음소를 구별해주는 자질이다.[26] 그는 음운론적
대립의 유형을 '변별적 대립'과 '비변별적 대립', '교환 가능한 음성'과
'교환 불가능한 음성' 등의 기본 개념을 전제하면서 보다 세분화해서
설명하고 있다. 따라서 시의 구조 분석에서 이와 같은 방법론을 적용
한다면 이는 한 편의 시를 독특한 언어 현상으로 간주하면서, 그 속에
서 '대립성'과 '교환성'을 읽으려는 시도라고 할 수 있을 것이다.[27]

트루베츠코이의 이와 같은 논리는 이상 시의 구조 분석에 활용되어
이상 시의 시적 특성을 해명하는 과정에 이용된다. 트루베츠코이의 이
론에 따라서 이승훈은 「이상 시의 구조 분석」에서 4개의 구조를 도출
해 낸다. '대립의 구조', '유추의 구조', '대칭과 병렬의 구조', '혼합의 구
조' 이 네 가지 구조 밑에 보다 세분화된 틀을 배치하고 있다. 이런 틀
하에서 본론에서는 이상의 시들이 분석된다. 일련번호로 세분된 시행
들과 그 각각의 시어들은 그 사이의 언어적 관계가 마치 흩어진 퍼즐
들을 퍼즐 판에 정교하게 끼워 맞추듯이 분석된다. 이런 분석 작업의
결과 텍스트의 미시 구조들과 그것들이 형성하는 거시 구조가 총체적
으로 드러나고, 이 결과들은 일련의 도표로 정리되어 제시된다.

이승훈의 작업에 동원된 이런 방법은 주로 프라하학파 언어학자들
의 영향에서 비롯된 구조주의의 일종이다.[28] 일련의 언어학적 시학주

---

25 테렌스 혹스 저, 정병훈 역, 『구조주의와 기호학』, 을유문화사, 1984, 99쪽.
26 니콜라이 트루베츠코이 저, 한문희 역, 『음운론의 원리』, 지식을만드는지식, 2009, 59쪽.
27 『연구』, 145-146쪽 참고.
28 구조주의 기호학자 유리 로트만(Yuri M. Lotman)은 구조와 의미를 동시에 문제 삼는다.
   그는 『예술 텍스트의 구조』(유재천 역, 고려원, 1991)에서 예술 텍스트의 내적 구성에
   대한 연구의 중요성을 강조하면서도 그것이 의미의 연구와 분리될 수 없는 것이라는 사

의자들의 방법론이 소개되기도 했지만, 세부에서는 차이를 보이면서도 문학 작품을 언어 구조물의 차원에서 접근하고자 한다는 측면에서 이들은 방법론적으로나 이념적으로 공통분모를 가지고 있다.

이승훈의 작업이 보여주듯이, 구조주의가 작품 연구에 동원될 때 하나의 작품은 보다 미시적인 체계로 구분되어 그 각각의 행과 연, 그리고 이들의 총체로서의 작품의 관계가 분석된다. 각 행에는 일련번호가 부여되고 분석자는 각 행 사이의 관계를 전 행과 후 행 사이의 언어 조합의 특성에 따라서 유형화한다. 이 결과로 도출되는 것은 하나의 텍스트가 복합적으로 형성하는 복잡한 관계의 그물망이다. 이를 바탕으로 분석자는 한 행의 의미를 낱낱이 분석하게 되고 그것이 전체적으로 의미하는 바를 도출하게 된다. 이러한 작업의 결과로 문학 작품은 과학적인 규명에 이르게 된다.

이러한 작업은 기본적으로 시적 언어가 일상 언어와 외따로 있는 독특한 존재물이 아니라 일상 언어의 한 가지 기능이라고 보는 야콥슨의 견해에 근거하고 있다. 이런 관점에 근거할 때 어떠한 텍스트도 그 자체로 완결된 자율적 존재이므로, 텍스트 분석에 있어 외적 변수를 굳이 끌어들일 필요는 없는 것이 된다. 언어가 시적 기능을 가지게 되는 것은 일상적 용법과 차이 나는 언어의 활용에 기원한다. 러시아 형식주의에서 말하는 '시적'이라는 말이 보통 그 말이 함의하는 내포보다 제한된 의미만을 갖는다는 점을 생각할 때, 러시아 형식주의나 구조주의를 차용한 텍스트 분석을 통해서 기대할 수 있는 부분은 그리 많지

실을 강조하고 있다.(55-59쪽 참고.) 이는 예술 텍스트의 내적 구조에 대한 탐구에만 경주하는 구조주의와 그의 이론 사이의 차이를 명확하게 보여주는 것이다. 로트만를 중심으로 한 러시아 기호학 이론이 우리 학계에 본격적으로 소개된 것이 1990년대 이후라는 점을 고려할 때, 이승훈이 차용한 연구방법론의 한계는 역사적 상황에 규정받은 측면이 있다고 생각된다.

않다. 왜냐하면 이러한 방법론에서는 그들이 문제성이 많다고 보는 텍스트 생산의 주체나 텍스트를 둘러싼 다양한 맥락이 전면적으로 소거되기 때문이다. 일련의 러시아 형식주의적, 구조주의적 연구는 "문학 작품에 있어서의 '음소적인' 장치의 특수한 문학적 성격이나 용법을 인식하고 고립시켜서 객관적인 것으로 기술"[29]하거나 "전체적인 기호체계 자체의 구성을 기술"[30]하는 것을 주목표로 하기 때문이다. 이로 인해서 문학 작품은 작가나 시인이라는 역동적 층위가 상실된, 비인간적 구조가 지배하는 정적 구조물로 전락하게 된다.[31] 테리 이글턴Terry Eagleton은 구조주의의 난점을 이렇게 말한다. 문학 연구에 있어서 구조주의는 그 대상이 되는 작품의 문화적 가치에는 무관심하다. 방법은 분석적일 뿐, 가치 평가적인 것은 아니다. 또 구조주의는 텍스트의 '명백한 의미'를 거부하고 그 대신에 그 속의 '심층 구조'를 분리해내려고 집요하게 노력한다. 이런 작업의 결과 텍스트는 액면 그대로가 아니라 전혀 다른 종류의 대상으로 치환된다. 이때 텍스트의 진정한 내용은 곧 그 구조라는 발언이 성립된다.[32]

이승훈에게 있어 구조 분석 방법론의 동원이 그 나름의 의미를 가진 것이지만, 그러한 작업으로 도출된 결과가 결코 만족스러운 것은 아니었으리라 생각된다. 『이상 시 연구』 이후 그가 발간한 일련의 저서들은 검토해보면 이런 사실을 짐작할 수 있다. 그가 이후 후기구조주의

---

29 테렌스 혹스, 앞의 책, 80쪽.

30 프레드릭 제임슨 저, 윤지관 역, 『언어의 감옥』, 까치, 1985, 87쪽.

31 구조 분석 방법에 의한 이상 시 연구는 『이상 시 연구』 이후에도 지속되고 있다. 그 대표적인 예는 이상 시의 은유를 다루고 있는 「모더니즘의 시적 기법-이상의 시를 중심으로」(『모더니즘 시론』, 문예출판사, 1996, 289-316쪽)라는 글이다.

32 테리 이글턴 저, 김명환·정남영·장남수 공역, 『문학이론입문』, 창작과비평사, 1986, 122쪽.

적 주체 이론의 영역으로 이론적 관심을 확장할 수밖에 없었던 데는
이런 사정이 가로놓여 있다.

3) 전집 편찬과 텍스트의 문제

1990년대 이후 이상 시 연구자 중에 이승훈 편『이상문학전집1』의
도움을 입지 않은 이는 별로 없을 것이다. 그 이전에도 이상 문학의
텍스트를 정리한 전집류들이 없었던 것은 아니다. 적어도 이어령 편
『이상시전작집』이 발간된 1977년 이전까지의 이상 시 연구는 대개 임
종국 편『이상전집2』에 기반을 두고 있었고, 이승훈 편『이상문학전집
1』이 나오기 전까지는 이어령 편『이상시전작집』에 기반을 두고 있었
던 것이다. 2005년 이후 김주현 편, 권영민 편 전집이 발간되기까지 이
승훈 편『이상문학전집1』은 이상 시 연구자에게는 가장 기본적인 저
서였다고 할 수 있다. 이 저서가 기존의 전집류와 달리 돋보이는 부분
은 이어령이 시도한 주석 작업을 이어받아 그 동안 축적되어 온 텍스
트 주석의 다양한 관점을 종합하고 있다는 점이다.

이런 노력 덕분에 이후 연구자들은 시 텍스트 해석에 있어서 수월하
게 기존 성과를 이해하고 자신의 해석 방향을 개척할 수 있었다. 1989
년에 발간된 이승훈 편 전집은 위에서 살펴본 것처럼 그가 이전에 발
표한 발표된 이상 시 연구의 성과를 개별 텍스트 차원에서 반영한 것
으로서, 기존의 이상 시 연구와 일맥상통하는 것이다. 그는 편자 서문
에서 전집 편찬에 있어서 주의했던 점에 대해서 아래와 같이 진술하고
있다.

이 책에서 내가 강조한 것은 이런 의미들(지시적 의미와 내포적 의미:
인용자) 가운데 특히 지시적 의미 혹은 축어적 의미이다. 아무리 시가 비
유적 어법에 의해 생산된다고는 해도, 그 비유적 의미, 그러니까 내포란
지시적 의미 혹은 축어적 의미를 전제로 하기 때문이다.[33]

위에서 알 수 있듯이 이승훈은 주석 작업에 있어서 가급적 시어의
지시적 의미에 충실하게 읽고 여기서 출발하여 비유적 의미로 나아가
려고 했다. 이것은 일종의 '꼼꼼히 읽기'의 방법이라고 할 만한 것으로,
그가 「이상 시의 구조 분석」에서 보여준 치밀한 구조 분석의 방법이
전집 편찬에도 일관된 방법적 태도로 이어지고 있음을 알 수 있다.

그러나 그에게 있어 일문시는 정밀한 분석의 가능성을 차단하는 곤
혹스러운 대상이었다. 왜냐하면 그가 대상으로 한 것은 일문시 원문이
아니라 임종국을 비롯한 연구자들의 번역시였기 때문이다. 번역시는
원 텍스트의 모조품에 지나지 않는다는 것은 누구나 알고 있는 사실이
다. 이런 사정으로 인해서 그는 정밀한 독서의 '불안'을 느끼면서 작업
을 진행했고, 일문시의 경우 독자적인 주석은 '필요한 부분들'에만 한
정하고 시의 내용도 '개략적으로 언급'하는 데 그쳤다.[34]

시 전집은 한 시인이 생애 동안 창작한 시 전체를 수록함을 당연한
전제로 한다. 그러나 수록의 순서를 어떻게 정하느냐는 또 다른 문제
라고 할 수 있다. 대체로 기존의 시전집들은 시의 발표 순서대로 게재
한다는 원칙을 공유하고 있기는 하지만, 개별 시인의 경우 다양한 사
정이 있다. 특히 최초 발표 시점과 시집 발간 시점이 차이가 나는 경우
최초 발표 시점을 존중할 것인가 아니면 시집이라는 형식을 존중할 것

---

33 이승훈, 『이상문학전집1』, 문학사상사, 2002, 10쪽.(이하 『전집』으로 약칭함.)
34 『전집』, 11쪽.

인가는 논란의 대상이 될 수 있다. 한 시인에게 있어 시적 사유와 양식은 시간의 흐름에 따라 크고 작은 변화를 동반하기 때문에, 전집에서 텍스트 배열의 순서는 중요성을 가진다.

　이상의 경우 생전 시집을 발간하지 않았다. 그래서 문제점이 덜할 것 같지만 결코 그렇지 않다. 그의 경우, 일문시와 한글시, 생존 당시 발표된 시와 사후에 발표된 시 사이의 관계 즉 언어 매체의 차이와 창작 시점의 문제가 개입된다. 그러나 중요한 것은 창작 시점이나 발표 시점을 확인할 수 있는 경우 최대한 물리적 시간의 순서에 따라서 텍스트를 배치한다는 원칙일 것이다. 물론 유고시의 경우 창작의 시점을 확인할 수 없는 경우 맨 마지막에 배치해도 무방할 것이다. 이승훈 편 전집의 경우 시 배치의 질서라는 측면에서 보면 다소 무질서해 보인다. 이 전집의 수록 순서를 정리하면 아래와 같다.

> *「烏瞰圖」연작-「易斷」연작-「家外家傳」-「明鏡」-「危篤」연작-「異常한　可逆反應」-「破片의 景致」-「▽의 遊戲」-「鬚髥」-「BOITEUX·BOITEUSE」-「空腹」-「烏瞰圖」연작-「三次角設計圖」연작-「建築無限六面角體」연작-「꽃나무」-「이런 詩」-「一九三三, 六, 一」-「거울」-「普通記念」-「素榮爲題」-「正式」-「紙碑」-「紙碑」-「I WED A TOY BRIDE」-「破帖」-「無題」-「無題」-「蜻蛉」-「한 個의 밤」-「隻脚」-「距離」-「囚人이 만들은 小庭園」-「肉親의 章」-「內科」-「骨片에 關한 無題」-「街衢의 추위」-「아침」-「最後」-「遺稿」-「一九三一年」-「習作 쇼오윈도우 數點」-「悔恨의 章」-「與田準一」-「月原橙一郎」　　　　　　　　　　　　　　　　　　　　　　（밑줄은 일문시:인용자)35*

　위에서 보는 것처럼 시의 배치는 '한글시(1)-일문시(1)-한글시(2)-일문시(2)'의 순으로 되어 있다. '일문시(1)'는 이상의 초기 시로 『朝鮮と

---

35 『전집』, 12-15쪽.

建築』에 발표된 시들이고, '일문시(2)'는 이상 사후 발견된 일문 시이다. 그러나 '한글시(1)'과 '한글시(2)'를 구분하는 기준은 뚜렷하지 않다. '한글시(1)'이 주로 연작시인 것을 고려할 때, 시의 배치는 '연작-단편'의 순으로 되어 있는 듯도 하다. 그러나 이런 사실은 면밀히 분석해 보아야 그나마 눈에 띌 뿐, 언뜻 보면 다소 무질서해 보이는 것이 사실이다. 따라서 이러한 배치를 통해서는 이상 시의 텍스트가 시간적 차원에서 어떻게 전개되어 나갔는지를 이해하기는 매우 힘든 것이 사실이다.

또 하나 검토해야 할 사항은 이런 순서로 배치된 텍스트의 양상이 어떠한가 하는 문제이다. 이 전집을 기획한 권영민의 간행사를 보면 이 전집 발간의 세 가지 기준이 제시되어 있는데, 그 중 세 번째는 아래와 같다.

> 『이상문학전집』의 모든 자료는 발표 당시의 원전에 근거하여 정리하였습니다. 표기법의 경우만은 현재 한글맞춤법 통일안에 따라 손질하였고, 독자들의 이해를 돕기 위해 최대한 주석을 달아놓음으로써 자료사적인 정리와 체계화에 노력하였습니다.[36]

위의 인용문에 따르면, 이승훈 편 전집 편찬에 있어서 원전에 근거하되 표기만은 한글맞춤법 통일안에 따르는 방식을 취했다. 그러나 그렇게 한 이유에 대해서는 뚜렷한 언급이 없다. 최근까지도 전집 편찬에 있어서 대개의 전집들이 발표 당시의 표기를 따르지 않고 현재 독자의 가독성을 고려하여 현대어 표기를 고집하여왔다. 이승훈 편 전집 역시 그런 기준에 따라서 텍스트가 정리된 것으로 보인다.

---

36 권영민, 「『이상문학전집』을 간행하며」, 『전집』, 7쪽.

현대어 표기로 손질된 이 전집이 일반 독자의 이해를 제고하는 데 어느 정도 기여했다는 사실을 부정할 수 없다. 그러나 일종의 타협에 의해 생산된 이 전집은 결과적으로 연구의 자료로서나 대중적 저작으로서나 그 어느 쪽으로도 긍정적인 기여를 하였다고 보기는 어려울 듯하다. 작가나 시인에 대한 일반 독자의 이해는 단순히 원 텍스트를 현대어 표기로 고친다고 향상될 문제는 아니기 때문이다. 오히려 연구자들에 의한 수준 높은 연구가 밑받침될 때만이 대중의 이해도 높아지는 것이다. 이렇게 볼 때, 이 전집은 이상 문학 연구자들에게 '믿고 의지할 수 있는' 전집이 되기보다는 끊임없이 원 텍스트를 뒤적거리게 하는 '의심스러운' 전집이었다고 할 수 있다.

필자가 이 전집에서 가장 큰 문제로 생각하는 점은 현대어 표기의 일관된 원칙이 보이지 않는다는 점이다. 예를 들어서, 「오감도 시제이호」의 첫 부분인 '나의아버지가나의겨태서'를 '나의아버지가나의곁에서'처럼 받침을 정확히 구분해주거나, 「오감도 시제삼호」의 첫 부분 '싸홈하는사람은'을 '싸움하는사람은'처럼 표준어 표기로 처리해주는 것은 문제가 되지 않는다. 그러나 이와는 차원이 다른 문제들이 있다.

① 음절 탈락: 「가정」의 마지막 부분 '門을열려고안열리는門을열려고'에서 '려'의 탈락.
② 한자 오류(1): 「오감도 시제구호 총구」에서 '每日가치列風이불드니'에서 '列風'을 '烈風'으로 바꿔놓은 것처럼 원 텍스트의 한자를 자의적으로 상식적인 표현으로 바꿔놓기
③ 한자 오류(2): 「오감도 시제사호」의 '診斷 0:1'을 '謬斷 0:1'로 바꿔놓은 것처럼 실수로 다른 한자로 표기하기.
④ 행 구분 오류: 「오감도 시제육호」에서 ''너지」「너다」「아니다 너로구나」 나는 함뿍저저서'처럼 행 구분이 없음에도 불구하고 임의로 행 구분하기.

⑤ 띄어쓰기의 비일관성.

⑥ 외국어 표기 오류:「▽의 遊戲」에서 '△은 나의 AMOUREUSE'를 '△은 나의 AMOUREUES'처럼 철자 잘못 표기하기.

⑦ 도형 표기 오류:「神經質的に肥滿した三角形」의 '▽은 나의 AMOUREUSE'를 '△은 나의 AMOUREUSE'처럼 도형 모양 바꾸기.

⑧ 수식 표현 오류:「線に關する覺書3」에서 '∴nPn=n(n-1)(n-2)(n-n+1)'을 '∴nPh=n(n-1)(n-2)(n-h+1)'처럼 'n'을 'h'로 표기하기.

⑨ 한자 노출의 비일관성: 일문시 번역에서 특성 없는 표현을 자의적으로 한자로 표기하기.

이상 제시한 것은 지금껏 필자를 포함한 여러 연구자들이 지적해 온 것을 유형별로 정리한 것이다. 이 중 가장 두드러진 결함은 주로 한자와 관련된 것으로 생각된다. 이는 이상이 일상적 용법과 거리를 둔 낯선 한자를 즐겨 사용했다는 점, 그리고 원 텍스트의 인쇄 상태가 불량한 경우가 있다는 점, 그리고 식자공이 식자 과정에서 복잡한 한자 때문에 오류를 범했을 가능성이 있다는 점 등이 겹쳐지면서 발생할 수 있는 필연적인 현상이라고 할 수 있다. 그러나 그 외의 오류도 결코 사소한 것으로 치부할 수는 없을 것이다. 음절 탈락 여부, 도형 모양의 변형 등 역시 텍스트의 분석에 영향을 주는 요소이기 때문이다. 특히 이상의 시처럼 연구자들로 하여금 '정밀하게 읽기' 강박증을 불러일으키는 경우에는 더더군다나 말이다.

위에서 거론한 예들은 주로 한글시와 관련된 것인데, ⑧은 주로 일문시에서 나타나는 현상이다. 일문시 「얼굴」의 경우 번역본에 자주 등장하는 '大體'를 한자로 노출하고 있는데 일문시의 경우 표기 자체가 거의 한자 위주로 되어 있다는 점을 고려하면 굳이 '大體'와 같은 식으로 한자를 노출시킬 필요는 없을 것이다. 이는 이승훈 편 전집에 수록된 일문시 번역본이 임종국, 김수영金洙暎, 유정柳呈 등 일련의 번역자

에 의한 번역본을 이후 전집 편찬자들이 무비판적으로 수용한 결과라고 생각된다. 현재 통용되고 있는 번역본은 한자의 자의적 노출 말고도 최초 번역 시점과 길게는 50여 년 이상 경과한 현재의 시점에서 보더라도 변화하는 언어 감각에 맞지 않아서 낡은 느낌을 준다. 이 점 때문에 기존 연구자들은 번역본을 전적으로 무시하지 못한 채 원 텍스트와 대조하는 작업을 거쳐야만 했다.[37] 그리고 원칙적인 입장에서 볼 때 원문을 연구 대상으로 삼아야 한다고 할 때, 기존 번역본을 연구자가 활용하는 것은 잘못이라고 생각된다. 물론 이는 현재 원전을 확인할 수 있는 『朝鮮と建築』 소재 일문시에만 한정되는 이야기이다.[38]

지금까지 텍스트와 관련된 문제점을 검토해 보았다. 텍스트와는 달리 주석 부분에는 커다란 문제는 없다고 생각된다. 작품의 출전 오류가 간혹 보이는 편이다.[39] 이승훈 편 전집은 지금으로부터 20여 년 전의 성과를 집대성한 결과물이다. 그 20여 년 동안 이상 문학 연구는 괄목할 만한 성과를 거둬서, 현재 우리는 거의 원 텍스트에 가까운 전집을 가지게 되었다.[40] 그리고 이상 문학 연구자의 폭은 여러 학문 분야로 넓어졌고, 그들은 보다 다채롭고 보다 진전된 방법론적 틀을 가지고 새로운 차원에서 다채로운 연구 성과를 쏟아내고 있다. 그러나 그러한 성과들의 밑바탕에는 임종국과 이어령, 그리고 1980년대 이승

---

37 시 텍스트, 특히 일문시 번역본의 번역 양상에 대한 초기의 중요한 검토는 조해옥에 의해 이루어졌다고 생각된다. 조해옥, 『이상 시의 근대성 연구』, 소명출판, 2001.

38 이상 시 텍스트의 문제에 대해서는 김승구, 「이상 문학과 텍스트의 문제」, 『이상 리뷰』 5호, 이상문학회, 2006, 79-98쪽 참고.

39 '先行하는 奔忙을 실고'로 시작하는 「無題」의 경우 이승훈은 출전을 『맥』 1939년 2월호라고 하였으나(이승훈, 앞의 책, 213쪽 각주1), 실제 이 작품은 『맥』 1938년 12월호에 발표되었다.

40 가장 최근에 나온 권영민 편 전집은 필자가 본론에서 검토한 기존의 오류를 거의 말끔히 극복한 모습을 보여주고 있다.

훈 같은 전집 편찬자의 공헌이 있다는 사실을 에누리 없이 기억할 필요가 있을 것이다.

3. 결론

이 글에서는 1980년대 이상 시 연구에 있어 이정표 역할을 한 것으로 생각되는 이승훈의 연구 성과를 비판적인 관점에서 재조명해 보았다. 그가 한 역할에 비해 실제로 그의 연구 성과가 무엇이었던가, 그의 연구가 가진 한계는 무엇이었던가를 지금껏 세밀하게 추적해 본 경우는 거의 없었다고 생각된다. 이는 그의 연구 성과 중에서도 기존의 관심이 주로 『이상문학전집1』에 있었기 때문이라고 할 수 있다. 그러나 그와 같은 성과마저도 기존의 이상 시 연구에 바쳐진 노력의 결과라는 사실을 감안할 때, 그 이전에 그가 연구한 성과들을 비판적으로 재조명하는 일은 필수적이다.

본론에서는 그의 연구 성과를 크게 시 연구와 전집 편찬으로 이분하고, 전자는 다시 자아 분석과 구조 분석이라는 두 가지로 구분해서 살펴보았는데, 그의 연구 성과와 한계를 정리하면 아래와 같다.

자아 분석은 기존의 이상 문학 연구와 비슷한 주제적 관심에서 비롯된 것으로 이상 시에서 자아의 분열 양상과 일상적 전개 양상을 그의 시에 자주 등장하는 모티프 중심으로 살핀 것이었다. 그러나 그가 견지한 틀이 자아 심리학의 틀에 묶여서 본격적인 의미에서 근대적 자아, 즉 분열적 주체의 양상으로 나아가지 못한 한계가 있다.

구조 분석은 자아 분석의 비과학성에 대한 불안에서 비롯된 것으로 그 당시 리얼리즘 문학 연구와는 대척적인 견지에서 시도된 것으로, 시를 일종의 언어 구조물로 보는 관점에서 시작하여 이상 시를 몇 가지 언어 구조로 유형화하여 분석하고 있다. 이러한 분석은 구조주의 일반이 가진 한계 즉 작품을 텍스트 외부와 차단된, 정적인 구조물로 이해하는 결과를 초래하여 기존의 이상 시 연구 성과를 아우르는 쪽으로 나아가지 못했다.

전집 편찬은 이상 시 연구에 있어서 가장 중요한 작업 중 하나로, 이승훈은 새로운 전집에서 기존의 연구 성과를 집대성함으로써 이후 연구자들이 보다 편리하게 기존의 논의 성과를 파악할 수 있도록 도움을 주었다. 그러나 텍스트 상의 혼란을 가중시킨 측면이 없지 않았다. 이로부터 텍스트 비평 작업이 이루어져 결과적으로는 현재 거의 완벽한 전집이 나오는 데 기여했다.

1980년대는 한국 사회의 격동과 더불어 문학 연구도 리얼리즘 연구가 주류를 이루던 시기였다. 그런 시대적 조류에서 이상 문학은 소수 연구자들의 연구 대상일 뿐이었다. 이전부터 일관되고 이상 문학에 관심을 가지고 연구를 계속 했던 이승훈이 1980년대에 내놓은 일련의 성과가 없었다면 1990년대 이후 이상 시 연구자들의 걸음은 한결 더디었을 것임은 분명하다.

Ⅱ부

해방기의 환상과 현실

문화론의 시각에서 본 문학과 영화

4장. 해방기 극장의 영화 상영 활동

1. 서론

　일제 강점 말기 전시체제로 사회 질서가 재편되면서 그동안 상대적인 자율성을 가지고 있던 문화계는 국책에의 협력이라는 시대적 요구 앞에 무력하게 함몰되어갔다. 식민지 체제로부터의 해방은 일제의 강압이 아니라 민족 자체의 내적 합의에 따라서 문화를 가꿔갈 수 있다는 측면에서 당대 민중에게 큰 희망을 안겨준 것이 사실이다. 그러나 민중의 기대와는 달리 일제로부터의 해방은 미국과 소련이라는 또 다른 강대국이 부과하는 질서로의 구속으로 변질되었다.

　해방기 영화계 역시 이와 같은 큰 흐름에서 별반 다르지 않은 모습을 보여주었다. 일제 강점 말기 조선영화령朝鮮映畵令, 1940의 공포를 계기로 제작, 배급, 상영을 총독부가 장악하면서 국책영화의 독무대로 변한 영화계는 해방 이후 한반도 남쪽에서는 미 군정청이라는 또 하나의 억압적 권력 하에 통제되어 자율적 발전을 저지당하였다. 해방기 영화계의 저조는 이처럼 미 군정청의 규제와 일제의 영화계 장악에 의

한 자율적 영화 제작 능력의 감퇴라는 또 다른 사정이 겹치면서 발생한 문제였다.

한국영화사에서 해방기는 일제의 잔재를 청산하고 자주적인 질서를 만들어나가던 중요한 시기임에도 불구하고 그동안 별다른 주목을 받아오지 못했다. 기존 한국영화사는 이영일의 한국영화사 서술[1]이 단적으로 보여주듯이 대체로 열악한 제작 여건 하에서 만들어진 일부 국산 영화들을 중심으로 서술된 것이 해방기 영화사 서술의 전부라고 해도 과언이 아니다. 조혜정의 학위논문[2]이 발표되기 전까지 이러한 상황은 지속되었다. 이 글은 해방기 영화계의 상황을 미 군정청의 영화정책을 중심으로 상당히 상세하게 다루고 있으나, 미 군정청의 영화 정책을 중심으로 하고 있어 해방기 극장의 상황을 미시적으로 접근하지 못한 아쉬운 점이 있다. 이후에도 이 글의 성과를 뛰어넘을 만한 성과는 발표되고 있지 않다.

여기에는 일정한 이유가 있어 보인다. 우선 영화사 서술에 있어서 작품의 성과를 중시한다는 관점에서 보면 해방기 영화계는 일제 강점 말기와 마찬가지로 작품적 성과가 미약했다. 물론 일제 강점기에 비해 작품 수가 적은 것은 아니지만 일제로부터의 해방이라는 상황에서 기대함직한 정도의 성과는 없었다. 최인규崔寅奎의 「자유만세1946」와 같은 일련의 시의성 있는 영화를 제외하면 여타의 작품들은 내용적인 면이나 기술적인 면에서 일제 강점기의 수준을 넘어서지 못하고 있다. 이와 더불어 이 당시 제작된 작품 중 다수가 필름이 보존되지 않아서 연구 대상이 될 수 없다는 한계도 작용했다고 하겠다. 그러나 이런 영

---

1 이영일, 『한국영화전사』, 소도, 2004, 6장 해방기.
2 조혜정, 「미 군정청기 영화정책에 관한 연구」, 중앙대학교 박사학위논문, 1997.

화 내적인 요인과 아울러 해방기 영화사 연구의 진척을 가로막고 있는 보다 본질적인 요인은 해방기는 모름지기 문화나 예술이 아니라 정치, 사회, 경제 등의 관점에서 다뤄져야 하리라는 세간의 무의식적 편견이 다. 기존 해방기 연구 성과가 주로 이런 방면에 편중되어 있다는 점은 이를 반증하는 것으로 볼 수 있다.

그러나 해방기 한국 사회의 역동성을 이해하는 데 있어서 문화예술 은 결코 소극적인 의미만을 갖지 않는다. 문화예술은 당대 사회를 살 아가는 대중의 이념과 정서, 욕망이 꿈틀대는 살아있는 영역이다. 따 라서 정치나 경제와 같은 거대한 틀 속에서는 자칫 간과하기 쉬운 대 중의 역동성을 이해하는 작업은 매우 큰 의의를 갖는다. 이런 차원에 서 보면 해방기에 영화만큼, 그리고 극장만큼 대중의 이념과 정서, 욕 망이 역동적으로 움직인 영역은 없었다고 할 수 있다. 일제 강점기에 도 극장은 영화나 연극, 악극과 같은 공연물의 상영뿐만 아니라 지역 사회의 집회 장소 등으로 다양하게 활용되었다. 말하자면 일제 강점기 극장은 정치의 영역에서 철저하게 배제된 조선 민중이 점유한 시민사 회였다고 할 수 있다. 해방기에도 극장의 이러한 성격은 유지된 것으 로 보이는바, 극장의 활동 양상을 조명하는 작업은 해방기 사회의 전 체상에 다가가는 의미 있는 하나의 길이라고 할 수 있다.

한국영화사 전체를 놓고 보면 영화만을 전문적으로 상영하는 공간 이 등장한 것은 그리 오래되지 않았다. 오히려 최근까지 영화관은 대 중 속에서 극장으로 각인되어왔던 것이 사실이다. 이는 극장이 영화를 비롯해 연극, 악극, 각종 집회 등 다양한 흥행물이 상연되거나 대중적 인 의사소통이 이루어지는 공간으로서의 역할을 해왔기 때문이다.3 따

3 1928년 7월 목포극장에서는 곡물 검사시 조선인과 일본인을 차별한 당국을 규탄하기

라서 이 글에서 해방기 극장을 영화라는 분야로 폭을 좁혀서 살펴보는
데는 어느 정도 무리가 있는 것이 사실이다. 그럼에도 굳이 이런 관점
을 취하는 이유는 이 글이 종합적인 공공재로서의 극장[4]의 특성 중 영
화라는 틀에 초점을 맞춤으로써 논의를 보다 집중하려는 목적을 가지
고 있기 때문이다. 이 글을 비롯하여 향후 다양한 방면의 연구 성과가
축적된다면 해방기 극장에 대한 총체적인 논의가 가능할 것이다.

이 글에서는 위에서 기존 해방기 영화사 연구의 성과를 보다 미시적
인 차원으로 확장한다는 측면에서 해방기 극장의 영화 상영 활동 양상
을 극장의 성격 및 설비, 영화 수급 및 상영, 입장세의 문제를 중심으
로 살펴보고자 한다.

2. 식민지 극장의 개조

1) 공론장의 가능성과 그 좌절

일제 강점 말기 전시 국책의 동원장으로 기능했던 극장이 해방이 되
면서 조선 민중의 공간으로 되돌아왔다. 예전처럼 극장에서는 영화나
연극, 악극 등이 상연되었다. 그러나 민족 분단의 기운이 농후해짐에

위해 목포정미동업동지회에서 시민대회를 열었는데, 이는 극장이 공론장으로서 기능했
던 사례 중 하나라고 할 수 있다. 이호걸, 「식민지 조선의 문화사업, 극장업」, 『대동문화
연구』 69, 성균관대학교 대동문화연구원, 2010, 211쪽.

4 이승희는 1920년대 지방의 극장 중 일부가 지역의 민간자본에 의해 설립되고 공회당의
성격도 겸하고 있었다는 사실을 제시한 바 있는데, 비단 지방뿐만 아니라 경성의 극장들
도 본질적으로 공공장의 역할을 했다고 볼 수 있을 것이다. 이승희, 「공공 미디어로서의
극장과 조선민간자본의 문화정치-함경도 지역 사례 연구」, 『대동문화연구』 69, 성균관
대학교 대동문화연구원, 2010 참고.

따라 한반도의 극장은 각종 상영이나 공연 못지않게 집회의 장소로 많이 활용되었다. 좌우 이데올로기의 대립이 심했던 당시 상황을 고려하면 극장의 이데올로기 경연장화는 충분히 예견할 수 있는 것이었다. 특히 미군이 진주한 한반도 남쪽에서 이런 양상이 심했다. 좌우 대립이 격렬해지면서 극장 내에서 각종 폭력이나 테러가 난무하게 되었다. 그 당시 폭력이나 테러는 좌우를 가리지 않는 양상을 보였는데, 우익쪽 테러가 보다 심각했다. 좌익 문화계의 공연에 잠입하여 '수류탄'을 터뜨려서 일순간에 극장을 아수라장으로 만들기도 하였다. 이런 상황은 해방 직후부터 좌익 활동이 불법화된 1947년경까지 지속되었다.[5,6]

그러나 해방기 극장이 처음부터 이런 상황은 아니었다. 해방 직후 극장은 그 당시 조선 민중이 그러했던 것처럼 민족 독립이라는 하나의 뚜렷한 목표를 가진 민중이 자주 독립의 염원을 집약적으로 표출하는 공간이었다. 모스크바 삼상회의 결의안이 극장에 미친 여파를 살펴보면 이런 사정을 잘 알 수 있다. 1945년 12월 27일에 발표된 모스크바 삼상회의 결의안이 국내에 전해진 것은 1945년 12월 28일이었다. 이 소식을 접한 관객은 극장에서 구경이나 하고 있을 때가 아니라면서 귀가했다. 그리고 극장에서는 '신탁통치 반대 휴관'이라는 팻말을 내걸어서 독립국가 건설이라는 시대적 대의에 극장계도 동참하고 있다는 사실을 명확히 했다.[7] 이는 일제 강점 말기 총독부의 정책에 따라 타율적으로 휴관했던 것과는 매우 다른 양상이었다. 물론 이런 소동은 이후

5 「테로 빈번으로 예술제 중지」, 『동아일보』, 1947.1.11.

6 이하 거론하거나 인용하는 신문기사는 주로 『신문기사로 본 한국영화 1945-1957』, 한국영상자료원 편, 공간과 사람들, 2004를 참고하였다. 이 자료집은 연월일 순으로 편집되어 있기 때문에 이 글에서는 따로 자료집의 쪽수를 제시하지는 않았다.

7 「극장 관중들도 자진 해산/비보, 일순에 급변된 환락가 모습」, 『자유신문』, 1945.12.30.

미 군정청의 권고로 진정되어 일주일 후인 1946년 1월 4일경에는 극장들이 문을 열기는 했지만 말이다.

극장은 이처럼 해방기 민중의 민족주의적 열정을 흡수하고 이와 병행하여 그들을 선도하는 역할을 시도하기도 하였다. 모스크바 삼상회의의 결의안에 대한 반대에 그치지 않고 극장에서는 '건국성금'을 걷기도 하였다. 입장 요금에서 22전씩을 거출해서 독립 정부 수립에 재정적으로 기여하겠다는 취지의 '건국성금'은 조선은행에 개설한 '건국성금 구좌'에 적립되었다.[8] 이는 미 군정청의 요구에 의한 것이 아니라 서울극장협회 자체의 결의에 따른 것이라는 점에서 이 역시 일제 강점기에는 볼 수 없었던 현상이라고 할 수 있다. 관객의 입장에서 볼 때, '건국성금'은 '입장세' 같은 일종의 준조세라고 할 수 있다. 그럼에도 이에 반대하는 목소리가 그 당시 공론화되지 않은 것을 보면, '건국성금'이 그 당시 관객에게는 세금이 아니라 극장에서 붙인 명칭대로 '성금'으로 인식되었던 것으로 추측된다.

극장은 '건국성금'을 걷으면서 다른 한편으로 물자 부족에 시달리는 상황을 감안하여 물자 절약 차원에서 '휴지 갱생 상자'라는 것을 설치하기도 했다. 수도극장과 서울극장에서는 대합실 복도에 '휴지 갱생 상자'라고 하여 극장 내에서 발생하는 휴지를 모아놓은 일종의 폐지함을 설치하였다.[9] 일제 강점 말기 이후 종이의 원료가 되는 펄프의 수입이 차단되어 종이 난을 겪었다는 것은 주지의 사실인데, 해방 직후에 이런 사정은 더욱 악화되었다. 현재 남아 있는 그 당시 신문이나 잡지 등의 열악한 인쇄 품질은 이런 사정을 증명하는 것이다.

---

8 「각 극장 건국성금/오해치 말고 협력하라」, 『자유신문』, 1946.1.17.
9 「극장에 휴지 갱생 상자/수도와 서울 양 극장에 출현」, 『예술신문』, 1946.11.26.

위에서 살펴본 것들은 해방기 극장이 당대의 상황 속에서 벌인 일련의 행위 중 일부이다. 극장이 민족 독립이라는 당대의 이슈를 선점하여 관객을 여기에 동참시키는 상황에서 우리는 일제 강점기 극장에서는 기대하기 힘들었던 능동성이나 자율성의 일단을 엿볼 수 있다. 마치 극장이 민족 독립의 열정으로 하나가 된 관객들의 공간이자 이들의 선도자처럼 여겨진다. 그러나 이는 해방 직후 불과 1년 안팎의 극장에서만 볼 수 있었던 현상이다. 모스크바 삼상회의 결의안이 국내에서 하나의 기정사실로 굳어지면서 독립국가 건설 가능성에 대한 회의와 미 군정청에 대한 불만은 해방 직후의 민족주의적 열기를 수그러들게 만들었다. 애초 민족적 이슈를 제기하면서 관객에게 영합하던 모습 역시 이내 사라지고 극장은 이전처럼 관객을 끌어들여 수익을 올리기에 부심하게 되었다. 물론 앞에서 살펴본 극장 측의 '민족적인 행위'에도 이윤 추구라는 기업가적 욕망이 작용했을 것임은 부정할 수 없는 것이다. 그리고 관객 역시 점차 극장을 정치적 가능성의 공간이 아니라 일상적 문화 소비의 공간으로 인식하게 되었다. 이 과정에서 해방 직후의 정치적 긴장이 해소되면서 일상의 타락한 면모들이 극장에서 노출되었다.

> 예를 들면 극장 내부에서의 흡연은 예사요 화장실의 무질서한 난잡함과 귀중품을 나날이 도난을 당하고 좌석의 「비로-도」는 칼로 찢고 어린애 우는 소리, 휘파람 부는 소리, 심지어 비위생적인 소변과 또한 가래침을 함부로 뱉고, 만원시, 교대시간이 되어 30분 내지 1시간을 정열正列을 지어 있는 손님도 있거니와 이와 동시 어데서인지 몰려들어 입장을 홀난케 하는 것을 보는 것 등을 지적한다면 부지기수이다.[10] [11]

---

10 이승재, 「극장문화의 재검토 관중심리 소관」, 『경향신문』, 1947.4.17.

위 기사는 해방기 극장의 풍경을 묘사한 것이다. 여기에는 질서와 청결, 정숙이라는 고급 극장의 이미지와는 상반되는 양태들이 나열되어 있다. 이런 모습들은 부정적인 모습들만을 극단적으로 나열한 것이어서 모든 극장이 이런 상태였다고 하기는 어렵겠지만, 일제 강점기와의 본질적인 단절을 이뤄내지 못한 해방기의 제 양상을 고려할 때, 충분히 짐작할 수 있는 부분들이다. 이는 해방 직후 상당한 정도로 개방된 민중의 정치 참여 가능성과 극장의 공론장으로서의 기능이 열어지면서 빚어진 필연적인 결과라고 할 것이다.

2) 극장의 개명과 운영권 조정

해방 직후 남북한을 합쳐 총 190여 개의 극장이 존재했다.[12] 이 숫자는 영화, 연극, 악극 등 상영이나 공연이 이루어지는 모든 공간을 의미한다. 해방 당시 인구를 2,500만이라고 추정했을 때 극장 한 곳이 8만 명을 잠재적 고객으로 하고 있었던 셈이다. 일본, 미국, 소련 등 영화 선진국과 비교할 때, 극장 한 개당 8만 명이라는 관객 숫자는 매우 많은 편이다. 다만 이는 그 당시 중국이나 아프리카 같은 지역보다는 적은 편이었다. 남한의 극장은 116관이었는데[13], 지역적으로는 서울이 가장 많은 편이었다.

해방 당시 일본인 극장주들은 조선인들에게 극장을 넘기고 귀국하였다. 그러나 이들은 극장의 소유주가 아니라 지배인에 불과할 뿐, 극

---

11 이하 신문 기사 인용 시 이해에 지장이 없는 범위 내에서 한자를 한글로 바꾸고, 표기와 띄어쓰기를 조정함.
12 조혜정, 앞의 논문, 62쪽.
13 「(사설)극장의 공공관리」, 『동아일보』, 1946.2.14.

장 건물을 비롯한 부속 자산은 모두 적산 처리 대상이었다. 해방 당시 수많은 공장들처럼 극장도 미 군정청의 주도하에 일정한 처리 절차를 밟아서 조선인들에게 불하되는 과정을 밟게 되었던 것이다. 그러나 극장들은 곧바로 조선인들에게 불하되지 않았고 일정 기간 대여 형식으로 조선인들에게 운영권이 넘어가게 되었다. 해방 이듬해인 1946년 3월 미 군정청은 대여 입찰 대상 극장의 명단을 발표했는데, 이때 거론된 극장은 아래와 같다.

> 조일좌朝日座, 명치좌明治座, 성남城南극장, 도화桃花극장, 제일第一극장, 신부좌新富座, 대륙大陸극장, 약초若草극장, 우미관優美館, 영보永寶[14]극장[15]

위에서 거론된 10개의 극장들은 일제 강점기 경성의 대표적인 극장들이다. 극장의 명칭이 말해주듯이 해방 직후에도 극장들은 일제의 잔재를 털어버리지 못하고, 일부 극장은 일본식 이름을 그대로 사용하고 있었다. 그러나 1946년에 들어서면서 조일좌, 명치좌, 신부좌처럼 끝에 '좌'가 들어가는 극장들은 각각 장안극장[16], 국제극장[17], 한성극장[18]으로, 그리고 약초극장은 수도극장[19], 성보극장은 국도극장[20]으로 명칭을 바꿨다. 그리고 일제 강점 말기 대륙극장으로 개조되었던 단성사는 원래 이름으로 복귀했다. 이로써 외형적으로 해방기 서울의 극장들

---

14 성보(城寶)의 오식.
15 「전 일인의 극장 대여 입찰키로」, 『서울신문』, 1946.3.22.
16 「장안극장으로 개칭, 전 조일좌의 새 출발」, 『동아일보』, 1946.1.16.
17 「국제극장으로 명치좌 개명」, 『중앙신문』, 1946.1.6.
18 「신부좌, 한성극장으로 개칭」, 『동아일보』, 1946.1.20.
19 「극단 토월회 재현 십육일부터 공연」, 『동아일보』, 1945.12.15.
20 「전 성보 국도극장으로 개명」, 『동아일보』, 1946.4.30.

은 일제 잔재를 털어낸 것처럼 보였다.

위에서 거론된 극장의 대여 입찰 발표 이후 문화예술계에서는 이들 극장의 운영권을 영리를 목적으로 하는 민간업자에게 양도해서는 안 된다는 의견이 비등했다. 이런 주장은 극장이 식민지 시절에 민중의 공공적 이익에 복무하였다는 일종의 공공재 이론에 입각한 것이었다. 이런 주장이 미 군정청에 받아들여져 문화예술계 인사들을 중심으로 심사위원회가 구성되어 대여 입찰 신청자를 심사하게 되었는데, 여기에 심사위원으로 참석한 사람은 조선영화동맹 서기장 추민秋民, 연극 연출가 이서향李曙鄕, 무용가 조택원趙澤元 이상 3인이었다. 그런데 대여 입찰 신청자들에 대한 문화예술계 인사 중심의 위원회 의견이 제출되고 상당한 시일이 지난 후에도 미 군정청에서 대여 입찰자를 공고하지 않았다. 이후 이 문제는 현 지배인들의 운영권을 그대로 인정하는 것으로 일단락되었다.[21] 이는 미 군정청이 민감한 사안인 극장 대여 문제를 대한민국 정부에 이월하는 편이 유리하다는 판단에 따른 것으로 보인다. 대여 입찰 대상 10개 극장 중 국제극장은 1947년 12월 시립극장인 시공관으로 개편되었고,[22] 나머지 극장들은 기존 운영자의 운영권을 그대로 인정하였다. 이로써 일제 강점기 일본인 극장주 중심의 극장들은 외형적으로 자주적인 운영 형태로 전환하게 되었지만, 극장들이 일본식 이름을 버렸다고 해서 일제 잔재가 청산된 것으로 볼 수 없는 것처럼, 극장 운영권이 조선인에게 넘어왔다고 해서 일제 잔재가 청산되었다고 할 수 없다. 앞으로 살펴보게 되겠지만, 해방기 극장은

---

21 적산극장 대여 입찰 문제에 관해서는 조혜정, 앞의 논문, 1997, 62-66쪽; 이승희, 「흥행장의 정치경제학과 폭력의 구조, 1945-1961」, 『대동문화연구』 74, 성균관대학교 대동문화연구원, 2011, 424-431쪽에서 자세하게 다루고 있다.

22 「단장한 시공관 성대히 개관식」, 『경향신문』, 1947.12.31.

초기의 민족주의적 성향과는 모순되는 행태도 종종 보여주었기 때문
이다.

이처럼 새로운 이름과 새로운 인력으로 운영된 이 당시 극장들은 정
상적으로 운영되기에는 여러 가지 어려운 점을 안고 있었다. 비록 국
책이라는 한계 속에서의 운영이기는 하지만 극장 운영 시스템은 일제
강점 말기에도 고스란히 유지되었고, 이는 해방기 극장 운영의 안정성
을 담보하는 데 도움이 되었다. 그러나 극장 인프라의 측면에서 운영
상의 어려움이 발생했다. 그중 하나가 남북 북단으로 인한 전력 수급
문제였다. 주지하다시피 해방기 대부분의 발전소는 북한에 있었고, 남
한은 북한이 송전하는 전력에 의존했다. 그런데 발전소 고장이라는 기
술적인 문제로 인해 전력 수급이 원활하지 않은 경우가 종종 있었다.
이로 인해 공공기관은 물론 산업시설과 민간의 전기 수요를 충족시키
지 못하는 사태가 발생했다. 특히 극장과 같이 다중이 이용하는 시설
의 경우 원활하지 못한 전력 수급은 극장의 운영에 치명적인 위협으로
작용했다. 그래서 극장주들은 수시로 불시에 찾아오는 정전사태에 대
한 대비책을 마련하지 못해 전전긍긍할 수밖에 없었다.[23] 상영이나 상
연 중 정전이 되면 관객에게 입장 요금을 환불해주어야 하고, 장기간
전력 공급이 중단되면 휴업을 할 수밖에 없었다. 그리고 이러한 기술
적인 문제와 더불어 정치적인 문제도 극장을 위협하였다. 남북 간의
불신의 골이 깊어가던 1947년 이후 정치적 의도에서 북한이 계획적으
로 남한 송전을 중단하는 일이 벌어졌다. 이처럼 전력 수급 문제가 극
장의 생존에 직결되는 중요한 문제라는 점이 부각되자 극장에서는 외
부 상황에 대응할 방책을 마련할 필요성이 제기되었다. 그래서 각 극

---

23 「빈번한 정전으로 인하야 극장가에도 비명 속출」, 『예술신문』, 1946.12.28.

장에서는 자체 발전 설비를 서둘렀고, 일부 극장들은 자체 발전 설비의 구비를 극장 홍보에 활용하기도 했다.[24]

전력 수급의 불비와 더불어 극장 내 중요 설비라고 할 영사기 등도 충분히 확보되지 않는 등, 해방기 극장은 설비나 기재 면에서 일제 강점 말기보다 더욱 열악한 상황에 놓여 있었다.

그 당시 서울 시내에 총 20개의 극장이 있었는데 위치, 설비, 미관 등 기타 조건 등을 고려해 미 군정청에서는 극장의 등급을 정했다. 이 중 최고등급인 지정석제 극장은 국제극장이후 시공관, 일류극장은 수도극장, 국도극장, 이류극장은 서울극장, 중앙극장, 단성사, 동양극장, 동도극장, 성남극장, 영보극장, 제일극장, 우미관, 명동극장, 한성극장, 도화극장, 화신극장, 조선극장, 광무극장, 계림극장이었다.[25] 그런데 이들 극장 중 대중의 주목을 받은 극장은 국제극장, 수도극장, 국도극장 등 일제 강점기의 대표적인 극장들이었다는 점에서 알 수 있듯이 해방기 극장 인프라의 확충은 전무했다. 1950년대 중반 대한극장과 같은 보다 현대적인 극장이 등장할 때까지 이런 상황은 지속되었다.

---

24 1947-1948년도 영화 광고에는 '자가 발전 완비'라는 문구가 자주 보인다. 이명자 편, 『미 군정기 외국영화』, 커뮤니케이션북스, 2011, 외국영화 광고 참고.
25 「극장을 1, 2류별로/요금도 시당국이 새로 제정」, 『조선일보』, 1948.3.14.

3. 영화 수급 및 상영

1) 구작의 재상영

워낙 급작스럽게 찾아온 패망이기에 일본인 극장주들은 재산을 처분할 여유도 없이 황급히 귀향의 길에 올랐다. 그래서 일본인 소유의 극장 하드웨어는 고스란히 남아 있었다. 이 점은 매우 다행스러운 일이지만, 극장을 운영할 소프트웨어는 전무했다. 일제 강점 말기 외국 영화의 수입과 상영을 차단하면서 오로지 국책영화만을 상영하다 보니 해방 직후 상영할만한 것이 남아있지 않았던 것은 당연한 일이었다. 해방 이후 국산영화의 제작이 재개되기는 했지만 극장 상영에는 상당한 시간이 소요되었다. 영화 제작 설비 및 필름 등 기자재의 부족, 제작 자본의 부족, 영화 인력의 부족 등 여러 가지 요인이 겹쳐서 국산영화의 최초 흥행작인 「자유만세」가 개봉되기까지 해방으로부터 1년 남짓이 소요되었다. 그리고 영화 흥행의 대다수를 차지하던 미국영화가 수입, 개봉된 것은 이보다 6개월 전인 1946년 4월경이었다.

이런 상황에서 극장들은 자구책으로 연극이나 악극 공연을 주로 하고 영화 상영을 부수적으로 하는 방침을 세우고 극장을 운영할 수밖에 없었다. 일제 강점기 이후로 극장이 다목적 공간으로 이용되어 온 이력을 감안할 때, 이런 운영 방식을 정상적인 궤도에서 이탈한 것으로 볼 수는 없다. 비록 비율상의 균형이 역전되기는 했지만 민중에게 이런 상황이 그렇게 비정상적으로 보였던 것도 아니다. 그러나 해방 이후 관객은 일제 강점 말기 영화 통제가 시작되기 전의 상태로 극장이 복귀할 것이라는 기대를 가지고 있었다. 특히 미국영화를 중심으로 한 외국영화의 상영은 관객뿐만 아니라 흥행업계에도 절실한 요구 사항이었다. 1920년대 이후 미국영화는 관객의 구미에 맞는 유일한 영화였고, 극장은 이런 관객의 기호에 부응하면서 극장업을 이익이 되는 사업으로 키워올 수 있었기 때문이다.

그러나 해방 직후 외국영화는 정상적인 절차로 수입될 수 없었다. 정식으로 정부가 수립되지 않은 상황이라 통상조약이 맺어지지 않은 만큼 영화를 비롯한 각종 외국물품이 정식으로 통관 절차를 거칠 수 없었기 때문이다. 이런 상황에서 극장들은 자구책으로 각종 묘안을 짜냈다. 그 중 하나가 예전 영화를 재상영하는 것이었다.

> 상영 금지를 바더 8개년 간 창고 속에서 썩어나든 한양영화사 작품 「신개지」가 해방과 함께 조선통보사 주최로 오는 22일부터 「서울극장」에서 상영된다고 한다.[26]

위의 기사는 「신개지1942」의 상영을 알리고 있다. 「신개지」는 카프 KAPF 소설가 이기영李箕永의 장편소설 「신개지」를 영화한 작품이다. 그런데 위 기사에는 사실과 어긋나는 부분이 있다. 위 기사는 이 영화가 일제의 검열에 의해 상영 금지처분을 받아 상영되지 못했다는 뉘앙스를 풍긴다. 물론 이 영화가 지주와 소작 인간의 반목과 갈등을 통해 일본과 식민지 조선의 관계를 비유적으로 강하게 표현하고 있다는 이유로 검열에 의해 부분 삭제 처분되기는 했지만, 이런 이유에도 불구하고 이 영화가 개봉되었다는 사실을 이 기사는 누락시키고 있다. 이 영화는 원래 제작자가 제작 당시 빌린 돈을 갚지 못해서 제작 완료 후 압류 처분을 받기는 했지만 제작자와 채권자 사이에 합의가 이루어져

---

26 「영화 「신개지」 상영/제작한지 8년간 유폐」, 『조선일보』, 1946.3.18.

1942년에 정상적으로 상영되었다.

여하튼 외국영화의 공백기라는 특수 상황은 이처럼 예전에 제작된 국산영화를 그럴 듯한 명분으로 포장해서 재상영할 수 있는 기회를 얻도록 했다. 그러나 국산영화의 재상영이 별 문제 없이 이루어진 것은 아니었다. 아래에서 보는 바와 같이 일제 강점 말기 제작된 국책영화가 포장을 달리해서 재상영되었을 때는 사회 전반에서 비난이 집중되었다.

> 그러나 일부 문화 모리배들의 낯 두꺼운 모리행위는 끊일 줄을 모르고 지난 음력 정초 시내 「서울극장」에서 옛날 「군용열차軍用列車」라는 일제시대 군국주의 방첩영화를 재편집하여 「락양洛陽의 젊은이」라는 이름으로 가면을 씌워 민중의 눈을 속이고 공연을 한 것을 비롯하여 아직도 이곳저곳에 사기적인 영화가로 자취를 나타내며 더욱이나 지방에서는 관중의 수준이 낮은 것을 기화로 하여 수없이 기만 흥행을 하고 있어 민중 사이에는 이미 분노를 참지 못하는 물론이 자자하다.[27]

「군용열차1938」는 카프 감독 서광제徐光濟의 영화로 영화계 최초의 친일영화 논란을 불러일으켰던 작품이다. 이 영화는 군용열차 운전기사인 주인공이 스파이에 매수되어 고심하다가 결국 자수하고 군용열차를 무사히 목적지에 도달할 수 있게 한다는 내용으로 조선영화 최초로 일본 영화사인 도호영화사東寶映畵社와의 합작으로 제작된 작품으로 이후 일본 내에서 상영되기도 했다. 이 영화가 제작, 상영되던 1937~1938년은 중일전쟁기로 이 영화의 이데올로기는 상당히 노골적인 편이다. 그런데 이 영화가 해방 직후 서울극장에서 「낙양의 젊은이」라는

---

27 「일제의 국책영화 기만 상영으로 모리/관객의 물론이 자자/오욕의 열매로 위안 불원」, 『서울신문』, 1946.3.4.

제목으로 상영되어 물의를 일으킨 것이다. 이는 상영 영화 수의 절대 부족이 빚어낸 현상으로 이해되지만, 당시 이런 사정을 용인하고 넘어 가기에는 관객이 극장에 대해 긍정적인 이미지를 가지고 있었다는 점 도 무시할 수 없을 것이다.

당대 신문에 구체적으로 적시된 것은 「군용열차」가 유일하지만 이 외에도 여러 편의 국책영화들이 해방기의 혼란을 틈타 일부 극장의 영 리를 위해 재상영되었던 것으로 보인다.

외국영화의 경우 해방 직후를 기점으로 과거 10여 년 간 100편이 수 입되었는데[28], 이 중 대부분은 독일영화였고, 미국영화는 많지 않았다. 왜냐하면 1940년 미국영화의 금수 조치가 발동되면서 미국영화가 전 면 차단되었기 때문이다. 일제 강점 말기 동맹국 독일영화를 제외하면 외국영화는 식민지 조선의 극장에서 자취를 감추었다.

해방기 이전에 상영된 미국영화는 대부분의 프린트가 훼손되거나 분실되거나 했고, 일부가 영화사 창고에 보관되어 있었다. 그 중 상태 가 양호한 프린트를 재상영하는 것이 외국영화 공백기의 유일한 대안 이었다. 그래서 많은 극장들에서는 수차례 재상영한 무성영화까지도 재상영하는 경우가 있었다. 이미 1930년대 초 발성영화가 식민지 조선 에 선보였지만 해방기 관객에게 무성영화는 영화 자체의 희소성 때문 에 충분히 매력적인 소구 대상이었다. 그런 탓에 세실 B. 데밀Cecil B. DeMille의 「왕중왕The King of Kings, 1927」 같은 오래 전 영화도 당당히 상영될 수 있었다. 이 영화는 1928년 식민지 조선에 최초 개봉된 이래 1948년 12월까지 무려 20여 년간 전국적으로 상영되었다.[29]

---

28 「외국영화 독점일색/지난 달 서울 흥행계」, 『동아일보』, 1948.12.12.
29 위의 기사.

2) 독점 배급사의 횡포와 극장의 저항

해방 직후 국내에 최초로 소개된 영화들은 대체로 태평양전쟁 관련 기록영화들이었다. 이들은 모두 미군이나 소련군이 국내에 진주하면서 반입한 것들로 대체로 그들이 조선의 해방에 기여했다는 사실을 강조하기 위한 선전물이 성격이 짙다. 국내에 최초로 반입된 영화는 미군이 반입한 「태평양의 분격」, 「미주리함상의 일본 항복 조인」이었다. 이어 「모스크바의 창공」을 비롯한 소련영화 6편이 국내에 개봉되었다.[30] 「모스크바의 창공」에는 특이하게도 우리말 자막이 삽입되어 있었는데, 여기서 우리는 소련이 국내 민심을 얻기 위해 노력한 흔적을 엿볼 수 있다. 그러나 소련영화는 모스크바 삼상회의 결의안을 둘러싼 미소 간의 대립이 본격화되던 1946년 3월 이후 남한 내 상영이 전면 금지되었다.[31]

태평양전쟁 관련 기록영화는 해방 직후라는 시기적 특수성으로 인해 일시적으로 붐을 이루었지만, 그 기간은 대단히 짧았다. 그와 더불어 외국영화 수입에 대한 다방면의 요구는 차츰 거세어져갔다. 미 군정청 입장에서도 이 문제는 반드시 해결해야 할 사안 중의 하나였다. 이는 조선뿐만 아니라 패전국 일본도 마찬가지 사정이었다. 미국은 군정을 실시하고 있는 일본과 조선처럼 제2차 세계대전의 결과 패전국이 된 나라를 상대로 하여 미국영화 배급을 담당할 기구의 필요성을 느껴 중앙영화배급사Central Motion Picture Exchange: 이하 '중배'로 약칭라는 반관반민 성격의 영화사를 설립하였다. 미 9대 영화사와 미 육군성,

30 「새로 수입된 소련 영화 6편」, 『중앙신문』, 1945.11.24.
31 「38이남선 소(蘇) 영화 상영 금지」, 『자유신문』, 1946.3.12.

국무성의 3자 합작으로 설립된 중배[32]는 일본에 극동지부를 두고 조선에 지사를 설립하여 미국영화의 배급 업무를 개시하였다.

1946년 4월에 조선 내 업무를 시작한 중배는 극영화 9편을 배급하면서 본격적으로 활동을 개시하리라고 전해졌다.[33] 활동 개시를 알리는 기사에 따르면 이 9편은 "최근에 제작한" 것이라고 하지만 기실 모두 해방 이전에 제작된 영화들이었다. 이 중에는 「바람과 함께 사라지다Gone with the Wind, 1939」도 포함되어 있었다.[34]

중배는 서울시 남대문통 4정목 구 동일은행 지점 사옥에 사무소를 두고, 조선 총지배인으로 요한슨을, 조선인 총 지배인으로 김동성을 임명하였다. 중배는 미국 9대 영화사 제작품을 1년에 100여 편 배급한다는 계획을 가지고 있었다.[35] 중배가 처음 배급한 작품은 모두 15편으로, 그 중에서 당대 관객에게 다소 반향을 얻은 작품은 클라렌스 브라운Clarence Brown 감독, 타이론 파워Tyrone Power, 머르나 로이Myrna Loy 주연의 「비는 온다The Rains Came, 1939」였다. 이 영화는 미국영화의 전통적인 강점인 스펙터클을 강조한 영화로, 이 영화에 대해 어느 평자는 지진, 홍수 장면에 사용된 특수촬영 기법에 대해서는 호평하면서도 성격 묘사의 부족을 들어 이 영화를 '저급한 스펙터클영화'라고 혹평하고 있다.[36] 일제 강점기와 마찬가지로 해방기의 관객 중 일부는 여전히 스펙터클 위주의 미국영화에 대해 부정적 시선을 견지하고 있

---

32 조혜정, 앞의 논문, 22쪽.
33 조혜정이 찾아낸 당대 신문기사에 의하면 중배에 앞서 코리아영화무역회사가 미국영화 수입에 관여한 것으로 보이나, 구체적인 활동 내역은 알 수 없다. 조혜정, 위의 논문, 51-52쪽.
34 「미 영화 9종 불일내 상영」, 『조선일보』, 1946.4.1.
35 「미 영화 중앙배급소」, 『서울신문』, 1946.4.11.
36 「(영화평)「비는 온다」/20세기폭스사 작품」, 『중외일보』, 1946.5.9.

었던 것이다.

중배의 본격적인 활동으로 미국영화가 유입되던 초기의 국내 반응은 아래에서 보는 것처럼 그리 나쁘지 않았다.

> 때마침 우리 해방의 선진 미국으로부터 영화를 수입하게 된 것은 비단 업자 뿐만 아니라 모든 영화인들에게 희소식이 아닐 수 없다. 왜 그러냐 하면 그 진보된 기술과 수리론手理論은 우리 영화의 큰 비료가 되는 때문. 더구나 미국영화가 아니면 기도할 수조차 없는 (一) 트락크 촬영법(예를 들면 「시아고市俄古」의 화재장면 「비는 온다」의 홍수 장면 등) (二) 테크닉, 칼라(색채영화)의 풍부한 색채와 아름다운 자연미 (三) 입체영화의 원근관계와 영상의 입체감과 그 모조模造이론 토대 등 어느 것 하나 뺄 것 없이 모다 우리 영화가 배워야 할 사표가 되기 때문이다. 그 우에 해該 관계자들이 연年 백편의 미국영화를 수입하는 동기를 말하되 전후 조선에 오락을 제공하고 조선영화 발전의 자극이 되고자 한다고 할 때 우리는 쌍수를 들어 그 적절한 조치를 환영하였던 것이다.37

위에서 보는 바와 같이 미국영화의 수입 소식은 대다수 관객에게 '희소식'이었다. 그들은 미국영화가 국산영화의 발전에 '큰 비료'가 될 것을 확신했다. 위 글의 필자인 용천생은 '트락크 촬영법', '테크닉, 칼라', '입체영화'라는 세 가지 관점에서 진보된 영화 기술을 습득할 수 있는 기회가 될 것이라는 점, 일반 관객에게 "오락을 제공"할 수 있다는 점에서 미국영화의 수입을 긍정적으로 바라보고 있다. 이는 조혜정의 지적처럼 미군을 점령군이 아니라 해방군으로 보고자 했던 당대 일반의 인식과 궤를 같이 하는 것이다.38 물론 중배에 대한 이와 같은 긍정적인 인식은 이후 미 군정청 통치 기간 미국 자체에 대한 인식이 그

---

37 「외국영화 수입과 그 영향」, 『서울신문』, 1946.5.26.
38 조혜정, 앞의 논문, 47쪽.

랬던 것처럼 점차 부정적으로 바뀌어 갔다.

기술적으로 진보한 영화를 체험함으로써 부수적으로 많은 것을 얻을 수 있으리라는 기대는 미국영화 자체가 아니라 배급을 담당하는 중배의 행태로 인해서 사그라지게 되었다. 중배는 조선 내 미국영화 독점공급사라는 특권적 지위를 이용해 국내 극장을 상대로 무리한 요구를 내걸었다. 이런 사실이 세간에 알려지자 국내 영화계는 미국영화를 '조선영화의 싹'을 키워줄 '비료'가 아니라 '조선영화의 싹'을 "노란싹 채로 고사"시키는 '느티나무'에 비유하기까지 하였다.[39] 한영현의 지적처럼, 이 당시 국내 영화계 인사들이 한결 같이 가지고 있었던 미국영화계의 기술과 자본에 대한 선망 이면에는 미국영화로 인해 조선 영화계가 잠식될 수 있다는 두려움이 놓여 있었다.[40]

중배는 1946년 말 극장들에 미국영화 1편을 2주간 상영하도록 요구하고, 이에 응하지 않을 경우 계약을 해지할 것이라고 엄포를 놓았다. 그 전까지는 상영 기간을 극장이 자율적으로 정했지만, 이후로는 중배의 요구를 따르지 않을 수 없게 된 것이다. 해방 당시 최고급 극장으로 통하던 국제극장 관계자를 통해서 이런 사실이 알려지자 세간에는 조선이 '미화美畵의 식민지'라는 말까지 나돌 정도였다.

이 사태에 관해서 영화인들은 적지 않게 우려하고 분개했다. 영화의 성격에 따라서 자율적으로 정하던 상영 기간을 배급사의 이익에 맞춰 정하면 극장이 피치 못하게 손해를 볼 수 있다는 점이 그 이유 중 하나고, 극단이나 악극단 등과 공유하던 극장을 미국영화가 장기간 점유하

---

39 「외국영화 수입과 그 영향」, 『서울신문』, 1946.5.26.
40 한영현, 「해방기 한국 영화의 형성과 전개 양상 연구」, 성신여자대학교 박사학위논문, 2010, 98쪽.

게 되면 연극이나 악극을 무대에 올릴 수 있는 기회가 줄어든다는 점
이 또 다른 이유였다.[41] 이런 상황은 민족문화 발전을 극장에 기대고
있었던 문화예술계 입장에서는 상당히 부정적인 것이었다.

그러나 이런 부정적인 여론에도 불구하고 중배의 요구는 점차 강도
를 더해 갔다. 1947년 초 중배는 이전보다 한층 강화되고 체계적인 요
구 조건을 제시하였다. 그 내용은 아래와 같다.

> 1. 3개월분으로 영화 5본을 한 번에 계약할 것.
> 2. 계약금 10만원을 전납前納할 것.
> 3. 5본 중 2본은 2주일씩, 1본은 10일씩, 2본은 1주일씩 상영할 것.[42]
> 4. 뉴-쓰 사용료는 상영여부를 불문하고 3개월분 8만원으로 정함.
> 5. (생략)
> 6. 선전비는 극장에서 부담함(종전에는 쌍방부담).
> 7. 계산서는 매일 중배에 지참 보고할 것.
> 8. 기타사항으로 예고편과 「스틸」도 사용료를 지불하여야 한다.[43]

이 중 국내 극장에 가장 불리한 조건은 1과 3의 조건이었다. 1은 미
국영화 배급사들이 해외시장에 배급할 때 자주 사용한 '블록부킹block-
booking' 전략인데, 이는 극장이 원하는 영화 외에 배급사 측이 지정하
는 영화를 같이 배급하는 방식으로, 일종의 '끼워 팔기' 수법이다. 3은
배급 주기와 편수를 규정한 것으로, 이런 조건이 극장 측에 결코 유리
할 리는 없지만 그렇다고 특별히 부당하다고 보기도 어렵다. 이런 조
건은 관행처럼 내려온 것이기 때문이다. 그런데 1에 3이 더해질 경우,

---

41 「(제언)외화와 극장」, 『예술신문』, 1946.12.4.
42 여기에 제시된 5편의 영화들 중 어떤 영화들을 14일, 10일, 7일 상영해야 하는지 구체적
   인 규정은 없지만, 그것마저도 중배에서 지정했을 것이다.
43 「조선 극장문화 위협하는 중앙영화사의 배급 조건」, 『경향신문』, 1947.2.2.

극장 측의 입장은 결정적으로 불리해진다. 3은 상영 기간을 분명히 못 박고 있기 때문이다. 물론 여기에 규정된 상영 기간은 중배가 극장에 요구하는 최소 조건으로 그 이상 상영은 전혀 문제가 되지 않는다. 이런 규정에 따르면, 90여 일 동안 극장 한 곳에서 중배가 제공하는 영화를 최소 52일간 상영해야 한다는 계산이 나온다.

1920년대 이후 1편의 극영화가 보통 5일 정도 상영되었던 점을 감안하면 극장의 희망과는 무관하게 극장이 중배의 요구대로 2배 이상의 기간 동안 미국영화를 상영해야 하는 셈이다. 극장마다 영화와 기타 공연의 배분 비율이 다른 만큼 기타 공연의 상연 기회가 어느 정도 축소되었는지 알 수 없지만 극장과 기타 공연 단체 모두에 타격을 줄 만한 사안임은 분명하다. 영화 시장이 그렇게 넓지 않은 만큼 관객의 호응이 없는 영화를 외부의 강압 때문에 장기 상영하면 이로 인해 관객이 감소하고, 또 영화에 비해서 상대적으로 고가인 기타 공연물의 대관에서 얻어지는 대관료가 축소되는 등 기회비용 측면에서 극장의 손실이 있고, 기타 공연 단체 역시 상연 기회가 축소되어 연극단이나 악극단의 운영이 어려움에 처할 것은 명약관화한 것이다.

입장 인원 보고라는 사무 절차를 명시한 7을 제외하고 2, 4, 6, 8의 조건도 극장 측에 일방적으로 불리한 조건임에는 분명하다.

위에 명시되지는 않았지만, 중배는 영화 1편 수익의 배분 비율을 극장: 중배 35:65로 배분하자는 요구도 제시하였다. 이는 극장: 배급사 50:50이라는 전래의 배분율을 부정하는 것이었기 때문에 중배에 대한 영화계의 부정적인 인식은 더욱 강화되었다.

이런 부당한 요구 조건에 불복해 서울 시내 3대 극장인 국제극장, 수도극장, 국도극장 대표자들이 요구 조건의 부당성을 알리고 중배에 타협안을 제시하였다. 그러자 1947년 4월 중배 측에서는 상영 일자는 극장의 자율에 맡기고, 배분율을 뜻하는 '부금步金'은 종전처럼 50:50으로 하는 등 극장 측의 요구를 어느 정도 수용하였다. 그 대신 영화 선전비는 극장 측에서 부담하기로 하는 선에서 극장 측도 일정 부분 양보하였다.[44] 극적으로 타협이 이루어진 1947년 5월부터 미국영화는 정상적으로 국내 극장에 배급되기 시작하였다.

이후 중배는 해방기 매년 평균 150여 편 정도의 영화를 배급하였다.[45] 그러나 애초의 선전과는 달리 해방 이후 제작된 영화보다는 전쟁으로 인해 배급이 중단되어 있던 1930년대 후반에서 1940년대 초반에 제작된 영화들을 주로 배급하였고, 해방 이후 제작된 작품은 불과 10여 편에 지나지 않았다.[46][47]

4. 영화요금과 입장세

영화 배급사, 극장, 관객을 맺어주는 것은 계약의 합리성이다. 배급사는 극장과 합리적인 계약을 맺고, 극장은 관객과 합리적인 계약을 맺는다. 계약의 합리성 여부를 최종적으로 규율하는 쪽은 극장이고,

---

44 「각 극장에 미국영화 5월 중순부터 등장/중배 문제 해결 경향」, 『경향신문』, 1947.4.29.
45 조혜정의 조사에 의하면, 중배는 1946년 149편, 1947년 134편을 배급하였다. 조혜정, 앞의 논문, 54쪽 「표 2」 참고.
46 「외국영화 독점일색/지난 달 서울 흥행계」, 『동아일보』, 1948.12.12.
47 조혜정이 조사한 1946년 3월부터 1947년 12월까지의 미 군정기에 국내에서 상영된 미국영화 목록을 보면, 1945년 이후 제작된 영화는 「대뉴욕」, 「악마의 심해」, 「선풍대위」, 「아리조나」 4편뿐이다. 이 자료는 『동아일보』, 1948.12.12의 기사 「외국영화 독점일색/지난 달 서울 흥행계」의 신빙성을 입증하는 것으로 볼 수 있다. 조혜정, 위의 논문 부록: 참고자료2 참고.

이 합리성은 수익 배분과 입장료로 드러난다. 관객의 가장 큰 관심사는 좋은 영화를 적절한 요금으로 볼 수 있느냐 하는 것이다. 따라서 영화요금은 극장의 입장에서 영화 흥행의 원활성을 담보하는 기준이 된다.

일제 강점기 영화요금에 대한 명시적인 규제는 없었다. 철저히 시장 질서에 따라 자율적으로 결정했다고 보는 편이 적절할 것이다. 공황기에는 턱없이 낮은 요금으로 박리다매 전략을 쓰기도 하고, 입고가가 높은 영화를 상영할 때는 평소의 2~3배에 가까운 고액의 요금을 받기도 했다. 그러나 해방기 영화요금은 미 군정청 산하 수도경찰청에 의해 통제를 받았다. 수도경찰청에 의한 입장료 통제가 처음 실시된 것은 1946년 11월 6일이다. 서울극장협회에서는 영화 한 편당 15원을 영화요금으로 신청했고, 수도경찰청에서는 요구대로 인가하였다. 또 특별히 증액해서 요금을 받고자 할 때는 상영 전에 영화요금 증액을 신청하도록 했다.[48]

그러나 1947년 1월 9일 즉 새로운 영화요금 안이 실시된 지 불과 2달 여 만에 다시 영화요금이 15원에서 20원으로 인상되었다.[49] 이는 해방기 물가 폭등에 따른 자연스러운 변화로 볼 수 있다. 그 당시 곡류, 채소류, 육류 등 기초생필품의 가격 폭등[50]으로 인해서 영화요금도

---

48 「극장 신요금제 금일 실시/연극 20원, 영화 15원」, 『예술신문』, 1946.11.6.

49 「입장요금 작일 인상 실시/영화 20원 연극 30원으로」, 『예술신문』, 1947.1.10.

50 해방 직후를 기준으로 불과 3년 사이에 쌀값이 6배 이상 치솟을 정도로 해방기 인플레는 심각했다. 성문출판사 편집부 편, 『서울통계자료집: 미군정기편』, 서울특별시, 1997, 물가표 참고. 그 당시 한 신문에 게재된 아래의 글도 참조할 것.
"이러구 서야 살 수 있소-가가호호에 비명이 높아 간다. 어제 저녁에 쌀 소두 한 말에 일백삼십원 하든 게 오늘 아침에 일백 오십 원이라도 살 수 없다. 일본으로 몰래 넘어간 쌀이 한가마니에 이만 원 한다는 것도 절대로 풍설이 아닐 듯 이미 서울의 쌀값도 한가마니 일천 오백원대 얼마 안가서 오천원 하리라고 이웃에서 야단법석 다섯 식구를 놓고 보아도 한 달 쌀 값만 일천 오백 원. 이러니 지전을 만들어내든지 도적질을 하지 않으면

인상될 수밖에 없었다. 1947년 9월에는 서울극장협회 측에서 영화요금을 20원에서 30원으로 인상해달라고 요구했다.[51] 이 요구 사항은 수용되었으나, 1947년 11월 서울극장협회 측이 다시 40원으로 인상을 요구하자[52], 수도경찰청에서는 앞으로는 영화요금 인상을 불허하겠다는 방침을 발표했다.[53] 이 당시 20본 기준 담뱃값이 공작 60원, 무궁화 50원, 백두산 30원, 목단 6원인 점[54]을 감안하면, 영화요금 30원은 그리 비싼 편은 아니었다. 극장 측에서는 인플레로 인한 화폐 가치 하락에 대처하고자 최소한의 인상을 요구한 것이지만, 관계 당국의 입장에서는 공공요금에 준하는 영화요금을 가급적 일정한 선상에서 유지하고자 한 것이다.

그러나 관계당국의 불허 방침에도 불구하고 영화요금은 이후에도 상승하여 1948년 초에는 "양화 봉절이 50원, 재상영이 40원"이 되었다. 1948년 2월경에는 이런 가이드라인도 무너져서 "양화 봉절이 80원, 재상영이 60원"까지 치솟았다.[55] 동년 3월 중순에는 "영화지정석제 60원, 개봉 60원, 재상영 50원이상 일류극장 개봉 60원, 재상영 40원이상 이류극장"[56]이라는 규정이, 동년 3월 하순에는 "지정석 80원, 1류 극장 신작 개봉 80원 동 재상연 50원, 2류 극장 신작 개봉 80원 동 재상연 40원"[57]이라는 규정으로 급변했다.

살아갈 도리가 없지 안느냐고 요 며칠 사이에 바짝 달라진 서울 시내의 이 비참한 정경을 군정당국은 보는가 듣는가" 「휴지통」, 『동아일보』, 1946.2.16.

51 「극장요금 인상 30원서 70원까지」, 『중앙신문』, 1947.10.5.
52 「영화 관람료 40원으로」, 『동아일보』, 1947.11.14.
53 「극장요금의 인상 앞으로 불허방침」, 『경향신문』, 1947.11.27.
54 「담배갑 또 인상/작일부터」, 『중앙신문』, 1947.12.16.
55 「제멋대로 받는 각 극장의 요금」, 『경향신문』, 1948.2.26.
56 「극장을 1, 2류별로/요금도 시당국이 새로 제정」, 『조선일보』, 1948.3.14.

1948년 5월 하순에는 입장세를 100% 인상하여 영화요금이 불과 2 달 만에 50% 인상되어 "지정석 1백 20원, 일류신작 1백 20원, 이류신작 1백 20원, 재상연 60원"이 되었다.[58] 극장의 입장세는 1946년 8월 31일 부 법령 제101호에 의하여 입장세율을 3할로 유지했으나, 1948년 5월 27일 법령 제193호로 유흥음식세 및 입장세령을 개정한 것이다.[59] 이 번 인상은 물가 억제를 담당해야 할 관계당국의 조처로 인한 것으로, 극장 측에서는 이에 강하게 반발하였다. 항의 차원에서 서울 시내 극 장들은 동년 6월 1일 일제히 휴관했다.[60] 이후 서울극장협회와 관계 당국의 타협으로 조건부로 6월 4일 개관하게 되었다. 4일부터 일주일 간의 관객 수를 따져서 이전보다 관객 수가 줄면 입장세율을 재조정하 고, 변화가 없으면 새로운 제도를 고수하겠다는 것이다.[61] 입장세가 5 0%가 인상된 마당에 관객 수가 줄 것이 뻔한데도 이런 조건을 제시했 다는 것 자체가 어처구니없다. 언론은 이후 제시 기간의 관객 수를 조 사하여 제시하였는데, 제시 기간 중 첫 이틀의 통계를 제시한 아래의 자료를 보면 이전에 비해 최소 50~75% 정도 감소한 것을 알 수 있다.

> 시당국에 보고된 4일, 5일 양일간의 시내 중요 극장 입장자는 다음과 같다(4일 괄호내는 종래 입장객) **(영화 3회) 210(450), 시공관(영화 3회) 376(1,500), 서울(영화 4회) 771(2,000), 수도(영화 3회) 641(2,000), 국도 (영화 4회) 651(2,000)[62]

57 「영화는 개봉이 80원, 연극, 가극은 120원/시내 각 극장 흥행 최고 요금」, 『중앙신문』, 1948.3.28.
58 「뛰어오른 극장 입장료/연극, 영화, 악극 등을 구분/새로된 요금표」, 『자유신문』, 1948. 5.30.
59 조혜정, 앞의 논문, 22쪽.
60 「문 닫은 극장들/입장세의 증액을 반대」, 『서울신문』, 1948.6.2.
61 「조건부로 극장 개관」, 『서울신문』, 1948.6.5.

위의 자료 외에 제시 기간 전체를 대상으로 한 자료도 있는데, 새로운 영화요금제 시행 직전과 동년 동기를 대비할 때 대체로 50% 정도 관객 수가 감소하였다는 점을 알 수 있다.[63] 이처럼 조사 결과가 극장 측에 유리하게 제시되기는 했지만, 이 문제는 정부 수립 이후에도 해결되지 않았다. 1948년 10월 문교부에서 영화요금의 3할이라는, 예전 제도로의 복귀를 요청하였다.[64] 그러나 문교부의 건의는 정부 수립 후 재정 확충을 위해 증세를 강하게 요구하는 재정부의 요구로 인해 건의 안에서 약간 타협한 기존 입장세의 9할 수준으로의 인하가 1949년 3월 국회에 회부되어,[65] 동년 12월에 시행되었다.[66] 이후 영화의 입장세는 지속적으로 논란이 되다가 6·25전쟁 후인 1954년 한국영화 진흥책의 일환으로 국산영화에 한해 입장세가 면제되었다.[67][68] 그러나 이때도 외국영화에 대한 입장세는 유지되어 외국영화 상영을 전문으로 하는 극장의 부담은 여전했다.

해방기 극장이 이처럼 영화요금을 수시로 인상하고, 극장 측의 반발 에도 불구하고 정부가 고율의 입장세 제도를 유지할 수밖에 없었던 것 은 해방기 경제 상황이 열악했기 때문이다. 인플레로 인해 관객의 소비 수준은 떨어지고 이에 비해 화폐 가치가 폭락하면서 명목 요금은

62 「종래의 5분지1/요금 인상한 극장 풍경」, 『대동신문』, 1948.6.8.
63 「문 열고 하품하는 극장/10할 세금에 관객은 외면」, 『동아일보』, 1948.6.13.
64 「입장세 3할 복귀 안을 문교부가 당로에 건의」, 『경향신문』, 1948.10.20.
65 「신 입장세안을 국회에 회부!/영화 9할 연극 7할」, 『자유신문』, 1949.3.26.
66 「입장세 시행령/16일부 공포 실시」, 『서울신문』, 1949.12.19.
67 「도구 없는 어부들의 탄식 갑오년 영화계 총관(總觀)」, 『동아일보』, 1954.12.26.
68 1950년대 입장세는 여전히 논란의 대상이 되었는데, 이 글에서는 시기상 다루지 못하였 다. 이 시기 입장세에 관한 논의는 이승희, 앞의 논문, 2011, 434-439쪽에서 자세하게 다루고 있어 참조할 수 있다.

인상될 수밖에 없었다. 물론 현재의 관점에서 보면 극장 측이 대단한 폭리를 취한 것처럼 느껴지기도 하나, 그 당시 물가 지표를 고려하면 해방기 영화요금은 평균 물가 수준을 결코 상회하는 수준은 아니었다. 따라서 앞에서 살펴본 영화요금을 둘러싼 관계 당국과의 신경전은 극장이 극장으로서 존립하기 위한 생존의 몸부림이라는 성격이 짙다. 또한 정부에서 고수한 고율의 입장세 정책은 산업 발전의 미비와 이로 인한 실물 경기의 침체가 불러온 세수 부족을 보충하기 위한 불가피한 전략이었다고 할 수 있다.

5. 결론

일제 강점 말기 전시체제로의 재편으로 인해 극장마저도 국책의 선전장으로 변했다. 그 당시 관객이 즐겨보던 미국영화는 차단되고, 그 자리에는 국책영화가 차지했다. 국책영화라고 해서 관객이 극장을 외면했던 것은 아니다. 사회 분위기가 억압적이고, 영화 자체가 희소성을 가진 탓에 외국영화의 수입과 상영이 차단되기 전보다 극장의 관객 수가 오히려 늘어나는 기현상을 보였다.

해방기 극장은 조선 민중에게 새로운 기대를 불러일으켰다. 태평양 전쟁이 끝나고 식민지 체제가 해체되면서 그들은 극장이 예전처럼 그들의 공간으로 돌아올 것이라고 생각했다. 해방기 극장은 해방 직후 자주적인 운영의 길을 걸어갔지만 해방기 극장이 해결해야 할 문제는 한두 가지가 아니었다.

해방기 극장은 일제의 잔재를 청산하고 민족적인 공간으로의 변신을 시도했다. 우선 일본식 이름을 바꿨다. 일본에서 극장의 이름에 흔히 붙는 '-좌座'라는 표현은 대체로 '-극장'이라는 이름으로 대체되었다. 그리고 모스크바 삼상회의의 결의안 반대 같은 사안에 동참하거나 '건국 성금' 모금, '갱생 휴지 상자' 설치를 통한 자원 재활용 운동 등을 실시함으로써 당대 민중의 민족주의적 열기를 영리 추구에 활용하기도 하였다.

일본인 극장주들이 떠난 자리를 조선인 지배인들이 차지했다. 그러나 이런 변화를 뒷받침하면서 새로운 극장의 길을 모색하는 데 있어서 해방기 극장이 부닥친 가장 큰 어려움은 상영할 영화 필름이 부족했다는 사실이다. 국책영화를 제외하면 실제로 상영할 수 있는 영화는 그 당시 거의 없었다. 외국영화는 이미 1940년경에 수입 통제되었고 남아 있는 프린트도 거의 없는 상태였다. 그러나 정부 수립이 되기까지는 외국과의 정상적인 통관 절차를 밟을 수밖에 없었었기에 미국영화의 독점 배급업체인 중배가 본격적으로 활동하는 1946년 4월까지의 약 8개월간은 영화 수급의 공백지대였다. 상영 필름의 부족으로 인해 해방기 극장은 이미 한 차례 이상 상영된 영화를 재상영할 수밖에 없었다. 그 중에는 「군용열차」처럼 친일영화가 제목만 바꾼 채 상영되어 대중의 비난을 받기도 했다. 그리고 대부분의 재상영 영화는 일제 강점 말기 영화 통제가 실시되기 전의 것들로 「왕중왕」처럼 무려 20여 년 전의 무성영화도 여기에 포함되어 있었다.

중배가 본격적으로 영화 배급을 시작하면서 영화계에서는 잠시 기대도 했지만, 중배가 극장들에 제시한 강압적인 조건들은 영화계의 공분을 사게 만들었다. 그 당시 영화인들은 미국영화가 영화계를 다시 식민지화하고 있다는 우려를 감추지 못했다. 영화뿐만 아니라 연극,

악극이 극장을 공유하고 있던 시절, 중배의 요구 조건은 민족문화의 발전을 저해하는 것이었다. 일제 강점기에도 볼 수 없었던 매우 폭압적인 이런 배급 조건에 맞서 극장들은 단결해서 맞섰고 이에 부담을 느낀 중배는 요구 조건을 완화하기도 했다. 결국 타협을 이끌어내기는 했지만 일제 강점기에 이어 해방기의 극장마저도 미국영화의 독무대로 변했다. 이에 반해 자생력이 약했던 국산영화들은 「자유만세」를 제외하고는 관객에게 뚜렷한 반향을 이끌어내지 못했다.

해방기 극장은 이처럼 영화 필름 수급에 있어서 곤란을 겪었지만 이에 못지않게 영화요금의 문제도 해방기 극장들에는 큰 문제였다. 중배의 폭압적인 조건에 더해 극심한 해방기 인플레 때문이었다. 여기다가 세수 부족을 메우기 위한 정부의 고율의 입장세 정책은 영화요금의 지속적인 상승을 부채질했다. 극장들은 끊임없이 영화요금의 인상을 단행했고 그때마다 관계 당국은 가이드라인을 제시하면서 영화요금의 인상을 억제하려고 했다. 그러나 이는 극장 측에 매우 불리한 것이었다. 그래서 입장세의 '10할 인상'이 공포되었을 때는 극장들은 '총파업'으로 이에 맞설 수밖에 없었다. 물론 이런 집단행동은 막강한 관계 당국과의 대립에서 별다른 성과를 이끌어내지 못했다. 이로 인해 영화요금은 불과 2~3년 만에 3~4배라는 놀라운 상승치를 보여주었다. 그러나 당대 인플레 수준을 감안할 때, 이런 수치가 극장의 탐욕의 결과가 아니라 극장으로서의 생존에 필요한 최소치였다는 점에서 긍정적으로 평가해야 할 것이다.

해방기 사회 전반이 그러했던 것처럼, 극장도 식민지체제로부터 해방되었으나 다시 미 군정청의 규율 하에 놓이면서 자주적인 변화의 모색은 일정 부분 좌절되었다. 그러나 일제 강점기처럼 통치 권력이 영화계를 전면적으로 통제할 수 없었기 때문에 극장은 통치 권력과 끊임없이 길항하면서 자율적 질서를 형성해나갔다.

문화론의 시각에서 본 문학과 영화

5장

영화 광고를 통해 본 해방기 영화의 특징

1. 서론

영화 광고는 영화의 제작, 배급, 상영을 담당하는 영화업자와 관객을 맺어주는 영화 홍보의 일부로 구한말 창간된 각종 신문을 모태로한다. 1903년『황성신문』의 영화 광고는 그 최초의 예라고 할 수 있는데, 이는 우리나라에 영화가 전래된 기점을 파악하는 중요한 근거가된다. 그러나 이 시기에는 아직까지 영화가 일상적 문화로 정착하지못했다. 1910년대 총독부 기관지로『매일신보』가 창간되고, 경성고등연예관을 시작으로 경성에 각종 극장이 들어서면서부터 영화는 대중의 곁에 한층 가까이 다가서기 시작했다.

그 당시 영화 광고가 실리는 거의 유일한 매체였던『매일신보』에는경성고등연예관, 황금관, 대정관, 우미관, 유락관 등 일본인이 소유한극장의 광고가 주를 이뤘다. 1910년대 후반 조선인을 주 고객으로 하는 단성사가 영화 상설관으로 개장하면서 경성의 극장들 사이에는 치열한 경쟁이 벌어지게 되었다. 이와 더불어 관객 유치 전략 차원에서 각 영화 상설관들은 일간지 영화 광고를 비롯한 각종 선전 활동에 더욱 열을 올리게 되었다.

이 당시 영화 광고는 대체로 문자 중심의 광고로, 영화 명, 영화사 명, 영화배우 명, 영화의 길이 등 지극히 간략한 정보만 수록한 경우가 대부분이었다. 그러나 이 정보마저도 때때로 잘못된 경우가 많았는데, 이는 대개의 영화들이 일본을 매개로 한 중개 수입의 방식으로 식민지 조선에 들어왔기 때문이다. 우리와 사정이 비슷한 일본에서 한번 그들 나름의 방식으로 걸러진 정보가 이 땅에 들어오게 되고, 서양문화에 익숙지 않은 우리가 또 한 번 걸러서 정보를 받아들이면서 원본과는 다소 멀어진 '식민지적 정보'가 유통되게 된 것이다.

1920~1940년까지의 20여 년간은 이 땅에 영화문화가 급속도로 성장하고 영화가 일상문화의 일부로 완전히 정착하는 시기였다. 수많은 극장이 생기고 관객층도 급속히 확대되었다. 이에 발맞추어 영화 광고도 이전과는 다른 양상을 보여주었다. 문자 중심의 광고에서 문자가 시각적 디자인과 결합한 광고로 진화하였다. 영화 광고에 시각적 디자인이 결합된 것은 신문 편집 기술의 향상에 따른 자연스러운 현상이었다. 1920년 창간 당시와 1940년 폐간 당시의 『동아일보』나 『조선일보』를 비교해 보면 일제 강점기 매스미디어의 변화를 쉽게 파악할 수 있다. 신문 편집 기술의 향상과 더불어 지면의 확대는 시각적 자료가 풍부하게 활용될 수 있는 배경이 되었다.

일제 강점기에는 신문, 잡지 등에 많은 영화 기사가 게재되었다. 지금의 관점에서 볼 때 영화사 연구에 부족함이 없지는 않지만 그 당시 기사들을 통해서 우리는 어느 정도 영화사를 재구성해볼 수 있다. 이때 영화 광고는 이들 기사와 더불어 사실을 고증할 수 있는 자료 역할을 한다. 그러나 해방기의 경우 사정은 많이 다르다. 일제 강점 말기 군국주의 정책으로 영화가 일제에 의해 통제되면서 그동안 자율적으로 운영되던 영화계는 극심한 탄압으로 인해 해체되기에 이르렀다. 이런 이유로 해방이 되었을 때 우리 영화계는 새롭게 출발해야 되는 상황에 처했다. 한국영화 제작, 외국영화 수입, 극장 운영이 모두 어려움에 처했고, 이런 사정은 영화 광고의 근거인 신문이나 잡지도 마찬가지였다. 해방 직후부터 대한민국 정부 수립까지의 만 3년간은 일제 잔재를 청산하고 새롭게 문화와 산업의 기틀을 다지는 중요한 시점이었다. 그럼에도 불구하고 각종 영화 인프라와 영화의 부족은 영화계 발전에 걸림돌이 되었다.

해방기 영화문화를 검토하는 데 있어서 일차 자료 역할을 할 수 있는 영화 필름, 신문이나 잡지의 기사 등이 부족한 실정이다. 최근 들어 해방기 신문이나 잡지의 기사를 수집하는 작업이 이뤄짐으로 해서 그 당시 상황을 검토할 수 있는 기반이 형성되었는데 이는 매우 반가운 일이다. 이런 자료들을 통해서 그 당시 제작된 한국영화나 영화인들의 움직임 등을 어느 정도 파악할 수 있게 된 점은 다행이지만, 이런 자료들이 주로 영화와 관계된 엘리트의 동향을 전달하거나 그들의 의견을 개진하는 장이 되고 있어 실제로 영화를 매개로 한 극장의 동향이나 관객의 생각을 판단하는 데는 부족한 점이 있다. 일제 강점기와는 달리 해방기 신문이나 잡지에는 극장이나 관객의 모습을 그려볼 수 있는 자료가 거의 존재하지 않기 때문이다. 이런 탓에 기존에 해방기 영화사를 다룬 글들도 대체로 해방기의 영화 정책이나 영화 운동 등에 초점을 맞추고 있다.[1]

1 해방기 영화사를 다룬 대표적인 글로는 조혜정과 한영현의 글을 들 수 있다. 조혜정의

위와 같은 문제의식 하에서 이 글에서는 영화 광고를 분석함으로써
기존의 해방기 영화사에서 결락된 기층의 양상을 살펴보고자 한다.[2]
이런 작업을 통해서 일제 강점기나 1950년대와는 별개의 시기로 여겨
지는 해방기의 단절감을 극복하고 한국영화사를 연속성의 관점에서
파악할 수 있을 것이다.

2. 극장 운영

1) 영사기와 발전기의 강조

해방 직후에 상영된 영화들 일부는 무성영화였다. 그러나 발성영화
라 할지라도 극장 설비 문제로 인해서 발성영화를 무성영화처럼 상영
하는 일도 없지 않았다. 그래서 발성영화의 등장과 함께 거의 사라졌
던 변사가 다시 등장하기도 하는 등 해방기 극장은 10여 년 전으로 후
퇴한 듯한 인상마저 준다. 이미 발성영화 상영에 익숙해 있던 관객의
입장에서도 또 관객의 확대를 원하는 극장의 입장에서도 발성영화의
온전한 상영은 중요한 문제일 수밖에 없었다. 이 당시 영화 광고에는

글(「미 군정청기 영화정책에 관한 연구」, 중앙대학교 박사학위논문, 1997)은 미 군정청
의 영화 정책에 초점을 맞추고 있어서 일제강점기 조선총독부의 영화 정책과의 연속성
과 단절성을 파악하는 데 유용하다. 그리고 한영현의 글(「해방기 한국 영화의 형성과
전개 양상 연구」, 성신여자대학교 박사학위논문, 2010)은 해방 후 한국영화 형성을 위한
영화인들의 움직임을 주로 다루고 있다.

2 영화 광고를 분석의 대상으로 삼은 글은 거의 없다. 어일선의 글(「영화광고로 본 1930년
대 영화연구」, 『한국콘텐츠학회논문지』 11/11, 한국콘텐츠학회, 2011.11) 한 편 정도가
발견되는데, 이 글은 분량 자체가 적기도 할뿐더러 영화 광고에 대한 개략적인 설명을
하는 데 머물고 있다.

발성영화 여부를 홍보의 수단으로 삼기도 했다. 1946년 3월 19~23일 우미관에서 상영한 미국 리퍼브릭사Republic Pictures 영화 「바다의 야수」3를 홍보하는 광고에는 영화명 옆에 '전발성全發聲'이라는 문구가 붙어 있는데, 이는 그런 예 중의 하나이다.

　이처럼 해방과 더불어 일제 강점기로 후퇴한 극장의 설비 문제는 시급히 해결해야 할 과제로 영화계에 떠올랐다. 태평양전쟁으로 인해 외국제품의 수입이 차단되면서 사용 연한을 초과한 노후 장비의 교체가 제때 이뤄지지 못했던 것이다. 특히 영화 상영의 핵심 장비인 영사기는 노후한 채로 오랫동안 사용되다 보니 롤러 오작동으로 영화 상영이 중단되는 일이 빈번해서 관객의 불만을 샀다. 영사기가 전혀 문제시되지 않았던 1950년대와는 달리 해방기 극장에서 영사기는 중요한 문제였다. 해방 직후 일부 극장에서는 이런 문제에 발 빠르게 대응하여 영사기 교체에 노력하여 이 점을 홍보에 이용하기도 했다. 1946년 4월 제일극장 광고4에는 '최우수 영사기 스파로-라 설치'라는 문구가 보이는데 이를 통해서 우리는 해방기 극장 설비의 열악성을 짐작할 수 있다.

　영사기와 더불어 해방기 극장을 괴롭힌 문제는 전력 문제였다. 해방 당시 남한에서 사용되는 전력의 대부분은 북한에서 공급되는 전력에 의존했다. 압록강 유역의 수풍발전소를 비롯한 대규모 발전 설비 대부분이 북한에 있었던 관계로 북한의 사정에 의존할 수밖에 없었다. 그러다 보니 발전 설비가 고장 나면 남한 내 전력 공급에 차질이 생겼다. 그리고 남북 분단과 대결의 조짐이 확연해진 1947년 후반 이후 정치적

3 『서울신문』, 1946.3.27.(이 글에서 분석한 영화 광고는 이명자 편, 『신문, 잡지, 광고 자료로 본 미군정기 외국영화』, 커뮤니케이션북스, 2011을 주로 참고했다. 이하에서 밝히는 광고는 대부분 이 책에 수록된 것이며, 따로 쪽수를 밝히지는 않았다.)
4 『서울신문』, 1946.4.13.

인 이유로 북한이 남한으로의 송전을 차단하는 조치를 취하면서 남한 내 전력난은 심각한 양상을 보였다. 특히 공장이나 관공서를 제외하고는 전력 소모량이 큰 편인 극장에서 전력 사용의 원활성 여부는 중대한 문제였다.

관객을 상대로 한 영리업인 영화 상영이 정치적 상황으로 불안정해지면서 각 극장은 자구책을 마련하기에 부심했다. 그 대책으로 주요 극장들에서는 자가 발전기를 설치하기에 이르렀다. 1947년 12월 수도극장구 약초영화극장의 영화 광고에는 "기간其間 정전으로 인하여 여러 「팬」에게 만흔 불편을 드리엿스나 금주부터는 최신식 포-드 발전기를 완비하고…"처럼 자가 발전기 도입 사실을 알리고 있다.5

2) 상영 시간 및 관람 제한

해방기 극장은 보통 한 영화 프로그램을 초기에는 5일, 이후에는 7일 간격으로 상영하였다. 일제강점기 영화 교체 주기가 보통 5일이었던 점을 감안하면 약간 길어진 편이다. 여기에는 영화 수급이 원활치 않았던 당시의 사정이 개입되어 있다. 이후, 보통보다 길게 상영하는 영화가 등장하기도 했다. 그 당시에는 통상 7일 상영 후 연장 여부를 결정하는 것이 관행이었다. 1947년 4월 17~23일 장안극장구 조일좌에서 개봉한 「연애할 시간 없다일명 숙녀와 완력(腕力)」6의 경우 '초만원 사례謝禮'로 인해서 2일 간 연장 상영한 바 있다.7

---

5 『서울신문』, 1947.12.16.
6 『한성일보』, 1947.4.16.
7 『서울신문』, 1947.4.24.

그런데 1947년 11월 19일 개봉한 「아리조나Arizona, 1940」[8]의 경우 애초부터 광고 문구에 '2주간 상영'이라고 명시해 놓고 있다. 이는 그 당시 미국영화를 남한에 독점적으로 배급하고 있던 중앙영화배급사가 일종의 '스크린 쿼터제'를 극장에 강요한 탓으로 보인다. 중앙영화배급사는 5편을 한 묶음으로 극장과 계약하면서 2편의 경우 무조건 2주 이상 상영할 것을 조건으로 달았는데, 이는 극장 입장에서는 매우 부당한 조건이었다. 그렇지만, 미국영화의 흥행성을 감안할 때 극장들에서 이 조건을 받아들일 수밖에 없었다.

또 하루를 기준으로 보면 보통 11시 정도에 개장하여 하루 4회 정도 상영하였고, 일요일에는 5회 상영하였던 것으로 보인다.[9] 특별한 사정이 없는 한 일 년 내내 개장한 것으로 보이지만 위에서 살펴본 것처럼 전력 수급이 원활치 못한 경우 휴관하기도 했다.

일제 강점기 한 편의 영화는 보통 한 극장에서만 상영하는 이른바 '단관 상영'이 기본이었다. 이는 극장에 비해 공급되는 영화가 많아서 굳이 여러 극장에서 동시에 개봉할 필요가 없었기 때문이다. 해방 직후에도 이런 사정은 변하지 않았다. 비록 신작 영화 수입이 없이 구작 중심의 재상영이 주를 이루기는 했지만 극장이 늘어난 것도 아니고 동시 상영이 극장 수입의 감소를 가지고 올 것이 확연한 상황에서 극장이 동시 상영을 선호할 리 없었다. 그런데 1947년에 들어서면서 동시 상영이 시작됐다. 예를 들면, 1947년 5월 1일 장안극장에서 개봉한 존 포드John Ford 감독의 영화 「서부모링 폭격대Submarine Patrol, 1938」[10]

---

8 『한성일보』, 1947.11.21.
9 『서울신문』, 1946.5.21. 1946년 5월 23일 단성사에서 개봉한 영화 「단산의 복수」의 경우 '매일 연속 4회 상영/(일요일)은 연속 5회'라고 되어 있는데, 여타의 극장도 큰 차이는 없을 것이다.

가 같은 날 서울극장에서도 개봉되었다.[11]

명시적인 증거는 없지만, 미국영화의 스크린 쿼터제를 비롯한 각종 불리한 조건을 극장들에 강요한 중앙영화배급사가 한 영화를 두 개의 극장과 동시에 계약한 탓에 이와 같은 일이 벌어진 것으로 보인다. 만약 이런 횡포가 개입되지 않았다면, 같은 업주의 것도 아닌 두 극장이 같은 작품을 그것도 동시에 개봉할 이유가 없기 때문이다. 그러나 이와 같은 동시 계약, 동시 개봉이 얼마나 오랫동안 지속되었는지는 정확히 알 수 없다. 다만 이후로도 동시 상영 사실이 확인되고, 1948년 초반 영화 광고까지 '단독 상영'「짠발잔」 광고[12], '독점 봉절封切'「베니의 훈장(A Medal for Benny, 1945)」 광고[13]과 같은 표현이 등장하는 것으로 보아 한동안은 동시 상영이 지속되었던 것으로 보인다.

그 당시 극장은 중학생 이하 학생 및 아동의 출입을 금지하였다. 해방 후 학생 및 아동의 풍기 문란을 비판하는 기사들이 연이어 나오면서 극장을 그 원인으로 지목하는 의견들이 제기되었다. 이에 관계 당국에서는 중학생 이하 학생 및 아동의 극장 출입을 제한하는 조치를 취했다. 이로 인해 극장은 경영상 타격을 입을 수밖에 없었다. 또 대부분의 청소년들도 일상 오락의 하나를 잃어버리게 되었다. 이런 상황에서 극장들은 교육적 효과가 뚜렷하다고 판단되는 영화에 대해서는 관계당국의 양해를 얻어서 합법적으로 학생들의 입장을 유도하기도 했다. 1947년 12월 7~11일 명동극장구 낭화관에서 상영한 「왕중왕The King of Kings, 1927」[14]은 영화 광고에 '중등교 이하 학생 입장 환영'이라는

---

10 『한성일보』, 1947.4.29.
11 『서울신문』, 1947.4.30.
12 『서울신문』, 1948.1.8.
13 『서울신문』, 1948.2.1.

문구를 내걸었다. 이는 이 영화가 전 연령 관람 가능 판정을 관계 당국
으로부터 비공식적으로 받았다는 점을 암시한다.

이 영화 광고는 이 영화를 '종교영화/예수의 일대기'라고 소개하고
있는데, 이 영화는 이미 1920년대 후반 국내에 소개된 세실 데밀Cecil
B. DeMille의 종교극이다. 이 영화는 개봉을 놓고 극장들 사이에 치열한
다툼이 벌어진 것으로 유명하다.[15] 현대와 예수 당시를 교차하면서 현
대인의 종교적 회개를 주제로 하고 있는 이 영화는, 영화의 부정적인
효과에 대한 논란이 일고 있는 와중에 별 무리 없이 아동들에게 개방
되었다. 여기에는 이 영화가 미국이나 기독교의 인식에 도움이 될 것
으로 판단한 미 군정청의 협조가 개입된 것으로 보인다.

3. 상영작의 특징

1) 옛날영화의 재상영

미국의 원자탄과 소련의 만주 진공으로 일제가 항복하자 우리는 해
방을 맞았다. 해방은 일제 잔재의 청산과 새로운 민족문화의 수립이라
는 시대적 과제를 제기했다. 그러나 38선을 경계로 한반도를 양분한
미·소군으로 인해 이런 시대적 과제는 순탄하게 성취되지 못했다. 영
화계에서도 사정은 마찬가지였다. 일제 강점 말기 군국주의를 찬양하

---

14 『서울신문』, 1946.12.7.
15 김승구, 「1920년대 할리우드 영화에 대한 식민지 관객의 반응」, 『정신문화연구』 121,
   한국학중앙연구원, 2010.12, 143-144쪽.

는 어용영화들은 표면적으로 자취를 감췄지만 암암리에 이름을 바꿔 가며 재상영하는 일이 벌어졌다. 또 관객의 사랑을 받은 외국영화는 수입되기까지 다소 시간이 필요했다. 이런 상황에서 일제 강점기에 수입된 외국영화들이 해방기에 재상영되었다. 이중에는 일제 강점기 일본의 동맹국이었던 독일의 영화들이나 상영 기회가 많지 않아 비교적 보존 상태가 좋았던 프랑스영화들이 다수 포함되어 있었다. 이 당시 상영된 독일영화는 모두 일제강점기에 수입되거나 개봉된 작품이라고 보아도 무방하다.

1945년 11월 5-9일 조일좌이후 장안극장에서 상영된 「마魔의 은령銀領」[16][17]은 아마도 그 첫 작품일 것이다. 이 영화는 1930년대 독일을 대표하는 여성 배우이자 감독이었던 레니 리펜슈탈Leni Riefenstahl 주연의 「S.O.S. Eisberg1933」라는 작품으로, 등반 과정에서 실종된 원정대원들을 수색하는 과정에서 주인공이 겪는 고난을 그린 것이다. 이 영화는 대자연의 아름다움과 인간의 불굴의 의지를 찬양함으로써 나치영화의 대명사가 된 아놀트 팡크Arnold Fanck의 대표적인 산악영화이다.

그리고 1945년 12월 15일에는 서울극장(구 경성극장)에서 에밀 야닝스Emil Jannings 주연의 「흑경정黑鯨亭」이라는 작품이 상영되었는데, 주연 배우 에밀 야닝스는 무성영화 시절 출연한 영화들을 통해서 성격 배우로 국내에 호평을 받았던 배우였다.[18] 이 영화는 「Der schwarze Walfisch1934」라는 작품으로 야닝스가 할리우드에서의 활동을 접고

---

16 『서울신문』, 1945.11.6.

17 이하에서 언급하는 영화의 관련 정보를 확인할 수 있는 경우, 원제목, 제작연도, 감독, 주연 등을 밝히기로 한다.

18 김승구, 「식민지시대 독일영화의 수용 양상 연구」, 『인문논총』 64, 서울대학교 인문학연구원, 2010.12, 29-32쪽 참고.

고국 독일로 건너간 후의 초기 작품이다. 이 영화는 1935년 5월 29일 단성사에서 개봉되었는데, 그 당시 광고에 의하면 이 작품은 런던, 파리, 베를린, 뉴욕, 도쿄 등 세계 대도시에서 짧게는 4주에서 길게는 16주까지 상영된 작품이다.[19] 이 영화의 원작인 마르셀 파뇰Marcel Pagnol의 희곡은 일제 강점 말기 함세덕咸世德에 의해 번안극으로 상연될 정도로 인기를 끌었다.

위의 영화들은 모두 레니 리펜슈탈, 에밀 야닝스와 같이 일제 강점기에 관객의 주목을 받은 배우가 출연한 영화라는 공통점이 있다. 극장 입장에서는 이들 배우의 명성에 기대어 이들 작품을 상영하기로 한 것으로 보이는데, 이들 영화의 광고는 영화 명, 주연배우 명, 극장 명, 상영 기간 중심의 간략한 것이다.

어떤 사정으로 인해 창고에 보관된 채 상영 기회를 얻지 못한 것도 있었지만, 해방기에 상영된 대부분의 독일영화는 재상영 작품이었다. 예를 들어 1946년 3월 22일 제일극장에서 상영된 「알프스 창기대槍騎隊」[20]의 경우, 이 작품은 원 제목이 「Condottieri1937」로 1938년에 이미 개봉된 작품이다. 이 영화는 앞에서 언급한 아놀트 팡크의 제자인 루이스 트렌커Luis Trenker의 작품으로, 일제 강점기 할리우드영화와 대등한 수준의 오락성을 가지고 있던 독일영화를 대표하는 작품이다.

해방기에 서광제의 「군용열차」 같은 일제의 군국주의 영화가 재상영되는 것에 대해서는 관객의 반응이 비판 일변도였지만, 나치영화에 대해서는 별다른 비판이 제기되지 않았다. 이는 나치영화라 하더라도 일제 강점기에 수입된 독일영화들이 대체로 오락성을 강조한 영화였

19 『동아일보』, 1935.5.26.
20 『한성일보』, 1946.3.21.

다는 데서 그 이유를 찾을 수 있다. 독일영화가 히틀러A. Hitler와 괴벨스P. J. Goebbels의 수중에 장악되어 있기는 했지만, 이 당시 독일영화는 이데올로기 못지않게 오락성을 강조했다. 이는 제3제국의 판도 확장에 따라 독일 영화산업이 세계 공통의 보편성에 기대려 했기 때문이다. 그래서 일제 강점기 식민지 조선에 수입된 영화도 기저에는 이데올로기를 깔고 있었지만 표면적으로는 멜로드라마나 활극, 음악영화와 같은 형식을 취했다. 특히 오페레타 영화의 주연 배우들인 자라 레안더Zarah Leander, 얀 키푸라Jan Kiepura, 마르타 에켈트Mártha Eggerth 등은 식민지 조선의 관객에게도 깊은 인상을 심어준 바 있다.[21]

특히 음악영화는 독일영화 중에서도 국내에서 큰 인기를 얻었던 장르이다. 발성영화의 도래와 함께 영화의 많은 것이 달라졌지만 이 중에서도 축음기 음반을 통해서만 접할 수 있었던 서양음악을 영화를 통해서도 접할 수 있다는 것은 식민지 관객이 느낀 큰 매력이었다. 서양영화 중에서도 다소 경박스러운 할리우드의 뮤지컬영화보다는 독일의 오페레타영화가 한층 큰 인기를 끌었다. 해방기에도 음악영화는 대중의 사랑을 많이 받은 장르였다. 1947년 4월 2일 중앙극장에서는 '명우특선영화'라는 타이틀을 내걸고 영화를 상영했다.[22] 그 주는 '말타 에겔트 주간'으로 선정했는데, 마르타 에켈트는 헝가리 출신의 오페라 가수로 1930년대 독일 오페레타영화에서 주연으로 활동한 바 있다. 일제 강점기에 개봉된 「미완성교향악Unfinished Symphony, 1934」은 그녀의 대표작이다. 이날 상영 목록에는 「환상의 곡」과 「야광주」 두 편이 올라 있는데, 1947년 5월 17일에는 중앙극장에서는 그녀가 주연한 「항가리

21 김승구, 앞의 논문, 2010.12, 37쪽.
22 『서울신문』, 1947.3.30.

야 야곡夜曲」이 상영[23]되었다.

'말타 에겔트 주간'의 경우처럼 해방기 극장은 보통 2편의 장편영화로 상영 프로그램을 짰다. 보통은 특별한 의도 없이 2편을 선정하기도 하지만, 상영회를 특화해서 관객의 이목을 끌려는 시도도 적지 않았다. 1947년 3월 30일부터 며칠간을 제일극장은 '대활극 주간'으로 선정했다.[24] 이 당시 상영 목록에는 '독獨 우파 작 「모험의 왕자」/ 조선키네마 작 이경선李慶善 주연 「승방비곡」/ 조선키네마 작作 나운규羅雲奎 주연 「사나히」'처럼 통상보다 많은 3편으로 프로그램을 구성하였다.

독일영화로 알려진 「모험의 왕자」라는 작품에 대해서는 부가 설명도 없고, 일제 강점기에 상영 정보가 없어서 어떤 영화인지 알기가 어렵다. 그에 비해 조선영화인 「승방비곡」과 「사나히」는 외국영화에 비해서 상대적으로 국내 관객에게 익숙한 작품들이었다. 「사나히」는 1928년 작, 「승방비곡」은 1930년 작으로 해방기의 상영 시점을 기준으로 15년 이상 된 작품들로 일제 강점기 개봉 당시에는 그다지 호평을 받지 못한 작품들이다. 따라서 이 영화들을 재상영하는 게 결코 쉽지는 않았을 것이다. 이런 약점을 가리기 위해 '대활극 주간'이라는 그럴 듯한 명분을 붙이고, 제일 앞자리에 외국영화를 배치한 게 아닌가 추측된다.

이처럼 옛날영화를 새롭게 포장해서 재상영하는 관행은 해방기 신작 영화의 부족이 낳은 고육지책이라고 할 수 있다. 위에서 본 것처럼 특정 장르를 중심으로 영화들을 묶을 수도 있고, 특정한 테마를 내세워 그에 걸맞은 영화들을 묶을 수도 있다. 1946년 5월 28일 서울극장

---

23 『서울신문』, 1947.5.16.
24 『서울신문』, 1947.4.1.

에서는 테마 중심의 기획을 선보였다. 서울극장은 이 당시 '모성애와 자녀의 주간'이라는 '공공성'을 띤 제목을 내걸고 영화 상영회를 개최하였다. 이 날 상영작은 조선영화 「심청전」과 프랑스영화 「주장酒場의 모母」였다.[25]

안석영 감독의 「심청전」은 1937년 제작된 초창기 발성영화로, 우리에게 익숙한 고전소설의 영화화 덕택에 개봉 당시 흥행에 성공한 작품이다. 1939년 개최된 조선일보영화제 독자투표에서 발성영화 부문 1위를 기록했을 정도이다.[26] 그리고 「주장의 모」라는 프랑스영화는 의역된 제목 외에는 구체적인 정보가 없어서 어떤 영화인지 확인하기 힘들다. 그러나 적어도 그 당시 관객에게 인지도가 있었던 영화 같지는 않다. 이 영화가 일제 강점기에 상영되었다는 정보도 없고, 그 당시 관객이 대체로 시적 리얼리즘Poetic Realism 계통의 영화를 높게 평가했다는 점을 고려하면 평작 수준의 작품이 아닌가 생각된다. 제목의 '주장酒場'은 술집을 뜻하는 일본어 'さかば'의 한자식 표현인데, 술집에서 일하는 어느 여성의 이야기로 추측된다.

흥미로운 점은 서울극장이 내건 '모성애와 자녀의 주간'이라는 제목이 영화 「심청전」과 어떤 관련이 있는가를 이해하기가 쉽지 않다는 점이다. 주지하다시피 우리가 알고 있는 소설 「심청전」이나 영화 「심청전」의 이야기는 '자녀'와는 관련성이 있지만, 적어도 '모성애'와는 무관한 것이기 때문이다. 그에 반해서 「주장의 모」는 제목 자체로나 '메이엘 소년 주연'이라는 문구로 보나 상영 프로그램 제목과 어느 정도 관

25 『한성일보』, 1946.5.28.
26 김승구, 「『조선일보』의 1930년대 영화 관련 활동」, 『한국민족문화』 36, 부산대학교 한국민족문화연구소, 2010.3, 236쪽.

련이 있다고 할 수 있다. 이와 같은 미묘한 불일치는 아마도 극장 측이 단편적인 생각으로 프로그램을 기획한 데서 발생한 실수일 것이다.

장르나 테마 외에 국적을 중심으로 상영회를 개최하는 경우도 있었다. 1946년 4월 13~17일 제일극장에서는 '이대 명화 감상회'가 개최되었다.[27] 이날 상영회는 '불란서영화' 두 편을 묶어서 상영회가 준비되었다. 「설산의 기사」와 「FP 일호-號」 중 첫 번째 작품은 영화 정보를 확인할 길이 없지만, 두 번째 작품의 경우 이 영화를 프랑스영화로 분류한 것은 사실과 부합하지 않는다. 이 영화는 원제 「F.P.1 1933」으로, 제작에는 영국, 프랑스, 독일이 참여하였다. 또 이 영화의 제작진을 보면 감독에 칼 하르틀Karl Hartl, 원작 및 각색에 쿠르트 시오드막Curt Siodmak, 주연 배우에 콘라트 파이트Conrad Veidt 등 중요 제작진이 모두 독일인이다. 이런 점 등을 고려할 때, 이 영화 광고는 오류라고 할 수 있다. 이처럼 해방기 영화 광고에는 사실과 부합하지 않는 정보가 적지 않게 존재한다.

보통 특정한 장르나 테마를 내세운 영화 상영회는 5~7일 동안 개최되었지만 사정에 따라서는 2일 정도의 짧은 기간을 전제로 개최되기도 하였다. 1946년 4월 8~9일 서울극장에서는 '단편 명단편 명화 주간'을 설정하고 단편 서부영화들을 모아서 상영회를 가졌다. 이 상영회를 알리는 광고 문구에는, '서부희극영화/ 서부활극영화/ 대모한大冒限[28] 영화 외 수편'이라는 설명이 붙어 있다. 이를 통해 단편 모음 상영이라는 큰 틀 하에서 세부적으로 서부극의 다양한 하위 장르를 배치한 것을 알 수 있다. 이는 그 당시 영화계에 의외로 뚜렷한 장르 의식이 존

---

27 『서울신문』, 1946.4.13.
28 '모험(冒險)'의 오식.

재하고 있었다는 점을 반증하는 것이다.

2) 상영작의 제작연도

해방기에 상영된 외국영
화는 대체로 옛날영화 중심
이었지만 중앙영화배급사가
배급을 시작하면서 일제 강
점 말기 외국영화 수입 차단
과 이어지는 태평양전쟁으
로 해외 수출의 길이 차단된

<그림 18> 「신기한 소년」의 주인공역을
맡은 부치 젠킨스

1938~1943년에 제작된 영화가 다수를 이루었다. 대한민국 정부가 수
립될 때까지 2차 세계대전 이후에 제작된 영화는 국내에 소개된 경우
가 거의 없다. 해방기 조선은 미국의 영화 재고 물량을 소화하는 곳과
같은 인상을 준다.

이 당시 상영된 작품 중에 2차 세계대전 이후에 제작된 영화로 확인
되는 것은 대한민국 정부 수립 후에 개봉한 「황야의 결투My Darling
Clementine, 1946」를 제외하면 1948년 7월 8일 국도극장구 황금관에서
개봉한 「신기한 소년」[29]이 거의 유일한 작품이다. 이 영화는 프레드
진네만Fred Zinnemann 감독의 「My Brother Talks to Horses1947」로, 말
과 의사소통을 할 수 있는 루위Lewie라는 소년의 가정에서 벌어지는
일을 코믹하게 그린 것이다. 미국에서 1947년 2월 4일에 개봉된 이 작
품은 미국 상영 1년 6개월 만에 국내에 소개된, 그 당시로서는 '최신작'

---

29 『서울신문』, 1948.7.6.

이었던 셈이다. 이와 반대로 해방기 조선에서 상영된 가장 오래된 작품은 이태리영화 「폼페이 최후의 일日」이다. 이 영화는 1913년 작을 리메이크한 1926년 작으로 1947년 8월 26일 우미관에서 개봉되었다.[30]

4. 흥행 장르와 배우

해방기에는 영화계도 활기를 찾으면서 일제 강점 말기 영화 통제 이전처럼 다양한 영화들이 극장에서 상영되었다. 미국영화를 중심으로 영국영화, 조선영화, 독일영화, 프랑스영화, 이태리영화 등이 상영되어 마치 일제 강점기로 다시 돌아간 듯한 양상을 보여준다. 다만 일제 강점기와 다른 점이 있다면 일본영화의 상영이 금지되었다는 사실이다. 일제 강점 말기 미국영화의 상영이 금지되었던 것과 묘한 대조를 느끼게 한다.

그리고 장르 면에서도 다양한 장르의 영화들이 상영되었는데 일제 강점기에 상영되었던 옛날영화의 재상영작을 제외하고 처음으로 공개된 작품들을 중심으로 놓고 본다면 일정한 특징을 확인할 수 있다. 우선 2차 세계대전의 영향으로 전쟁영화가 주로 해방 직후에 상영되었다는 점을 들 수 있다. 전쟁영화를 극영화와 다큐멘터리영화로 구분할 수 있다면 해방 직후에는 미군과 소군이 진주하면서 반입한 다큐멘터리 영화가 소개되다가 이후에는 극영화 중심으로 재편되었다.

1946년 2월 24-28일 국제극장구 명치좌에서 조선영화동맹 주최로 3·1절 기념 영화 주간에 상영된 「미주리함상의 일본 항복 조인식」과

---

30 『서울신문』, 1947.8.26.

「태평양의 분격」[31]은 각각 1945년 9월 22일 미주리 함상에서 거행된 일본의 항복 장면, 2차 세계대전 당시 태평양상에 벌어진 미·일 양군의 전투 장면을 촬영한 것으로 짐작된다. 이들 영화는 각각 소군정과 미군정을 통해서 공급받은 것으로 보인다. 이와 비슷한 시점인 1946년 3월 1~5일 단성사에서도 국제극장과 거의 같은 영화들을 상영했는데, 단성사 프로그램에는 「승리의 관병식觀兵式」이라는 소련영화가 한 편 더 포함되어 있다.[32] 이후에도 1946년 6월 28일 미국영화 「유황도 결전기硫黃島 決戰記」[33], 1946년 10월 19일 '미국실전기록영화'라고 소개된 「비도 결전기比島 決戰記」[34], 1947년 10월 4일 「태평양의 해공전海空戰」[35] 등이 상영되었다. 제목으로 보아 「비도 결전기」는 1944년 후반기 필리핀 레이테만 전투 장면을, 「유황도 결전기」는 1945년 2월 이우지마 전투 장면을 담은 다큐멘터리영화로 보인다. 「태평양의 해공전」은 제목만으로는 정확한 판단이 어렵지만 1942~43년경의 전투 장면을 담은 작품이 아닌가 생각된다. 흥미로운 것은 「유황도 결전기」를 소개하는 영화 광고에 "보라! 태평양전에 잇서 일제 군벌들이 우리를 얼마나 속엿느냐를!"이라는 문구를 붙여서 이 영화의 관객에게 일종의 역사 인식을 촉구하고 있다는 점이다.

전쟁 관련 다큐멘터리영화와 함께 극영화도 이 당시 많이 상영되었다. 1946년 3월 13~17일 장안극장에서 '영국전쟁대활극'이라고 홍보하며 상영한 「전함 SOS」[36]를 비롯해, 「전우야 잘 있거라」[37], 2차 세계대

31 『서울신문』, 1946.2.25.
32 『서울신문』, 1946.2.25.
33 『서울신문』, 1946.6.26.
34 『한성일보』, 1946.10.18.
35 『서울신문』, 1947.10.2.

전과는 무관한 「서부모링 폭격대」[38], 전쟁 멜로드라마 「카사브란카」[39]에 이르기까지 다양한 극영화가 소개되었다.

전쟁영화 외에 해방기에 돋보이는 장르는 서부영화다. 이는 1940년대 들어 서부영화가 다수 제작되면서 국내에도 자연스럽게 수입되게 된 데 그 배경이 있다. 랜돌프 스코트Randolph Scott 주연의 「모히칸족의 최후The Last of the Mohicans, 1936」[40], '악마같은 무리를 치고 사랑을 찾는 용감한 여성의 대활극'으로 소개된 「서부의 거리」[41], '파사社 특작 서부 대활극/ 압도적 대인기 독점' 영화로 소개된 「텍사스 결사대The Texas Rangers, 1936」[42], 윌리엄 홀덴William Holden 주연의 「아리조나」[43], 존 포드 감독, 헨리 폰다Henry Fonda 주연의 「황야의 결투」 등이 그것이다.[44]

그 외에 장르적으로 두드러지는 것은 뮤지컬영화를 비롯하여 음악이 큰 역할을 하는 음악영화들이 많이 소개되었다는 점이다. 유럽영화의 전유물로 여겨지던 이 분야에서 미국영화는 이 시기 큰 비중을 차지하게 되었다. 이 당시 상영된 음악영화 중에서도 유독 자주 상영된 영화들은 디애너 더빈Deanna Durbin 주연의 영화들이었다. 16살에 영화계에 데뷔한 그녀는 일제 강점기에 이미 「오케스트라의 소녀One Hundre

36 『한성일보』, 1946.3.13.
37 『서울신문』, 1946.10.10.
38 『서울신문』, 1947.4.29.
39 『서울신문』, 1947.5.4.
40 『서울신문』, 1946.6.18.
41 『서울신문』, 1946.7.20.
42 『서울신문』, 1947.10.17.
43 『서울신문』, 1947.11.21.
44 『서울신문』, 1948.9.9.

d Men and a Girl, 1937」라는 작품으로 국내 관객에게 친숙한 상태였다. 이 영화는 바이올리니스트 아버지 밑에서 음악적으로 훌륭하게 성장한 소녀가 실업 상태인 음악가들을 모아서 오케스트라를 조직함으로써 성공을 거둔다는 이야기인데, 여기서 주연배우 더빈은 밝고 명랑한 이미지에다 간간이 선보인 뚜렷한 성악 실력으로 국내 관객에게 깊은 인상을 준 바 있다. 이후 1939년 작 「첫사랑First Love」이 '은화銀靴'라는 제목으로 일제 강점 말기에 수입되었으나 어떤 사정인지 개봉에 이르지는 못했다. 이 영화는 원제에 부합되는 '첫사랑'이라는 제목으로 1946년 4월 26일 수도극장에서 상영되었다.[45] 이후 「푸른 제복」[46], 「크리스마스 휴가Christmas Holiday, 1944」[47], 「방년의 봄That Certain Age, 1938」[48], 「더빈 자장가The Amazing Mrs. Holiday, 43」 등 무려 5편이 해방기에 상영되었다. 이처럼 디애너 더빈 류의 명랑 코미디 음악 영화가 인기를 끈 것은 해방기라는 우울하고 불안한 시대 상황이 당시 관객으로 하여금 노래와 웃음을 선사하는 영화들을 절실히 요구하게 만들었기 때문이다.

---

45 『서울신문』, 1946.4.26.
46 『한성일보』, 1947.3.8.
47 『서울신문』, 1947.9.26.
48 『서울신문』, 1947.12.16.

5. 영화 홍보 전략

1) '초특작'과 '총천연색'

영화 광고는 관객을 극장으로 유인하려는 목적을 가지고 있다. 관객이 영화 광고를 보고 '홍미'를 느끼게 하는 데 있어서 해방기 영화계는 많은 자원을 갖고 있지 못했다. 신문 한 단의 일부라는 제한된 공간을 활용할 만큼 극장의 사정은 옹색했다. 그 광고도 요즘의 시각적 요소 중심의 광고와는 달리 주로 문자 중심의 광고였다. 이러다 보니 제한된 양의 문구를 어떻게 적절히 활용하여 관객을 유인할 것인가는 대단히 중요한 문제였다. 해방 직후의 제작 정보 중심의 간략한 문구에서 시작하여 영화 광고의 문구는 시간이 지날수록 조금 더 '화려'하고 그만큼 과장의 요소도 짙어졌다.

해방기 영화 광고는 흔히 '○○○사社 초특작超特作'이라는 문구를 흔히 사용했다. '초특작'은 일제 강점기부터 영화 광고에 자주 사용된 문구이다.[49] 이 용어는 미국영화계에서 그 당시 사용하던 'specialty'의 번역어이다. 'specialty'는 일반 영화보다 많은 자원을 투여해서 만든 영화를 지칭하는 것으로, '특작' 정도로 번역될 수 있는데, 일제 강점기에 극장들이 경쟁을 벌이면서 '초특작'이라는 용어를 남용하면서 이후 특별할 것이 없는 영화에도 이런 용어가 상투어처럼 사용되었다. 이로 인해서 미국영화치고 '초특작' 아닌 것이 없다고 할 정도로 그 진실성

---

49 1920년대 후반에 개봉된 대표적인 외국영화인 「날개(The Wings)」의 영화 광고에는 '초특별대흥행'이라는 문구가 들어 있는데, 이후 영화 광고에 이런 류의 과장된 문구가 상투적으로 삽입되었다. 김승구, 「1920년대 후반 식민지 조선에서의 일간지를 통한 영화 홍보 양상」, 『정신문화연구』 118, 한국학중앙연구원, 2010.3, 268쪽 참고.

이 의심받기에 이르렀다.

해방기 영화 광고는 해당 작품이 가진 특징을 통해 차별화를 시도하였다. 1946년 6월 28일 중앙극장에서 개봉한 미국영화 「유황도 결전기」를 소개하는 영화 광고에는 첫머리에 '미국 총천연색영화 봉절'이라고 이 영화가 컬러영화라는 점을 부각시켰다.[50] 태평양전쟁을 다룬 컬러 다큐멘터리영화 「태평양의 해공전」의 영화 광고 첫머리에도 이와 비슷하게 '총천연색영화 로버트 테일러 해설'이라고 되어 있다.[51] 이 당시 초창기 컬러영화의 대작인 「바람과 함께 사라지다」가 아직 개봉되지 않은 상황을 고려하면 극장 입장에서 컬러영화의 상영은 홍보에 있어서 주안점으로 삼을만한 요소였을 것이다.

2) 조선어 자막

그러나 컬러영화가 해방기 관객의 입장에서 그다지 절실한 것은 아니었다. 그 당시 관객은 흑백영화를 완성도 면에서 그다지 뒤떨어지는 영화라고 생각하지 않았다. 이는 무성영화에서 발성영화로의 전환과는 비교가 되지 않을 정도의 작은 변화에 지나지 않았다. 그 당시 관객에게 있어서 컬러영화보다 절실했던 것은 조선어 자막이었다. 일제 강점기 외국영화는 흔히 '국어판'이라고 해서 화면 일부에 일본어 자막이 붙은 상태로 상영되었다. 영어를 해득할 수 없는 식민지 관객에게 있어 일본어 자막은 변사의 해설을 대신하여 영화 내용을 이해시켜주는 매개체 역할을 하였다. 해방기에도 외국영화는 일본어 자막이 붙은 채

50 『서울신문』, 1946.6.26.
51 『서울신문』, 1947.10.2.

로 수입되었다. 이는 국내에 유입되는 외국영화가 대체로 일본을 겨냥
해 자막 작업이 이루어진 것이었기 때문이다. 이는 국내 관객이 일제
강점기를 거쳐 오면서 일본어 자막이 붙은 영화를 무난히 소화할 수
있었다는 사정에서 빚어진 것이다. 그러나 해방과 더불어 민족적 자존
심 때문에라도 일본어 자막이 붙은 영화를 보는 것을 대다수 관객은
원치 않았다. 그러나 조선어 자막 작업에는 일정한 비용이 소요되기
때문에 외화제작사에서는 이런 작업을 한동안 미루어두었다. 그러다
가 중앙영화배급사가 국내 배급을 개시하면서 조선어 자막 작업을 시
작하였다. 최초로 조선어 자막이 선보인 영화는 「위인 아브라함 링컨
Abe Lincoln in Illinois, 1940」이라는 영화였다. 1946년 8월 18일 수도극장
에서 개봉한 이 영화52는 미국의 초대 대통령 아브라함 링컨A. Lincoln
이 대통령이 되기까지의 과정을 그린 전기 영화이다. 이 영화가 최초
의 조선어 자막 영화가 된 것은 이 영화를 통해서 조선 민중에게 미국
을 자세하게 이해시킬 수 있으리라는 판단에서 인 듯하다.

「위인 아브라함 링컨」으로 조선어 자막이 붙은 영화들이 속속 개봉
되었지만 1948년 대한민국 정부 수립까지도 극장에서 일본어 자막이
붙은 영화들을 심심치 않게 볼 수 있었다. 정부에서는 미국의 협조를
얻지 않고는 미국영화사에 조선어 자막 작업을 강제할 힘이 없었고,
법령으로 금지하면 관객의 영화 선택권과 극장의 영업권이 제한될 수
밖에 없었다. 이런 사정으로 정부에서는 일본어 자막 영화가 상영되는
것을 묵인했다.

---

52 『서울신문』, 1946.8.20.

3) 영화상 수상 경력 및 원작 소설의 명성

해방기 영화 광고에서는 영화상 수상 경력도 홍보에 이용되었다. 그 당시 세계적으로 인정받는 영화상은 미국 아카데미상Academy Award 정도가 유일했다. 아카데미상은 1929년에 시작된 국내용 상이기는 하지만, 미국영화가 갖는 세계성을 감안할 때, 아카데미상은 충분한 권위를 가질 수 있었다. 그 당시 세계적인 영화상으로는 1932년에 시작된 베니스영화상, 1946년에 시작된 칸영화상 등이 있었지만, 베니스영화상의 경우 파시스트 정부가 장악한 채 파시즘의 무기로 사용함으로써 철저히 폐쇄된 길을 걸어왔고, 칸영화상은 이제 막 시작한 상태라 상으로서의 권위가 생기기 이전이었다. 이런 상태에서 아카데미상의 수상 경력은 국제 사정에 둔감한 조선 관객에게도 어느 정도 호소력을 가질 수 있었다. 해방기에 개봉된 외국영화 중 처음으로 이런 수상 경력을 영화 홍보에 활용한 영화는 「카사브랑카」였다. 이 영화의 광고[53]는 '1943년 아가데미-상 획득 작품', '감독 마이크 커-티쓰도 본 영화를 감독하야 아가데미-상 획득'이라는 문구를 내걸었다. '아가데미-'라는 글자 밑의 줄은 광고에 있는 그대로의 모습으로, 수상 경력을 강조하기 위한 표시로 보인다.

「카사브랑카」는 마이클 커티스Michael Curtiz 감독, 험프리 보가트Humphrey Bogart, 잉그리드 버그만Ingrid Bergman 주연의 「Casablanca 1942」로, 2차 세계대전 당시 모로코의 카사블랑카를 중심으로 펼쳐지는 미국인들의 사랑 이야기이다. 미국에서는 1943년 1월에 개봉하였고, 1943년 작품을 대상으로 심사가 이뤄진 1944년 아카데미 시상식[54]에서 감

---

53 『서울신문』, 1947.5.4.

독상, 작품상, 각본상 세 부문에서 수상하고, 남우주연상, 남우조연상, 촬영상, 편집상, 음악상 다섯 부문에 지명되었다.

「카사브란카」가 개봉된 지 2개월 후인 1947년 7월에는 또 다른 아 카데미상 수상작인 「나의 길을 가련다」가 개봉되었다. 7월 18일부터 2주일간 국도극장에서 개봉[55]된 이 영화는 레오 맥커리Leo McCarey 감 독, 빙 크로스비Bing Crosby 주연의 「Going My Way1944」로 음악이 가 미된 코믹 드라마이다. 이 영화는 「카사브란카」가 수상한 이듬해인 19 45년 아카데미에서 남우주연상, 남우조연상, 감독상, 음악상, 미술상, 원작상, 각본상 일곱 부문에서 수상하고, 남우주연상, 촬영상, 편집상 세 부문에 지명되었다.

앞에서 살펴본 두 편이 모두 아카데미상 수상 경력을 광고에 활용한 반면 또 한 편의 수상작인 「비는 온다」의 광고[56]는 이런 사실을 제시 하지 않고 제작사, 주연 배우, 개봉 일시와 장소만 명시하고 있다. 원 제가 「The Rains Came1939」인 이 영화는 클라렌스 브라운 감독, 머르 나 로이, 타이론 파워 주연의 작품으로 1940년도 아카데미에서 특수효 과상을 수상하고, 그 외 5개 부문에 지명되었다. 이 영화는 지진과 그 로 인한 홍수가 한 도시를 덮쳐 벌어지는 장면을 매우 실감나게 그려 내고 있는데, 이 영화에 사용된 기술은 지금 보더라도 상당한 수준에 있다. 이 영화는 1946년 10월 27일 장안극장에서 개봉한 「시카고」[57][58]

---

54 미국 아카데미 시상식은 통상 매년 2월에 열리며, 그 전해에 개봉된 작품들을 대상으로 심사가 이루어진다. 따라서 이 영화에 대한 광고에서 이 영화를 '1943年 아가데미-상 획 득 작품'이라고 한 것은 이런 점을 고려한 것으로 보인다.

55 『서울신문』, 1947.7.17.

56 『서울신문』, 1947.11.2.

57 『서울신문』, 1946.10.26.

58 「시카고」는 헨리 킹(Henry King) 감독의 「In Old Chicago(1937)」이다.

와 더불어 해방기에 개봉한 대표적인 스펙터클영화라고 할 수 있다. 이 영화도 타이론 파워가 주연했는데, 역사적 사실인 시카고 대화재의 재현 장면은 「비는 온다」에서 물이 보여준 공포와 정반대인 불의 공포를 활용하고 있다는 점에서 흥미롭다.

영화상과는 약간 다른 맥락이기는 하지만 영화의 원작이 되는 소설의 명성을 영화 홍보에 이용한 경우도 있다. 오슨 웰스Orson Welles, 조안 폰테인Joan Fontaine 주연의 「제인 에어Jane Eyre, 1943」을 소개하는 광고에는 아래와 같은 문구가 삽입되어 있다.

스크린에서 읽는 명소설 20세기폭스사 문예영화 샤롯트 브론테 원작의 영화화 영문학계에서 널리 애독되고 있는 여류작가의 소설[59]

이 광고 문구에서 눈에 띠는 부분은 이 작품의 원작을 영문학계에서 권위를 인정받는 여성작가가 쓴 '명소설'이라고 한 점이다. 이런 수법은 흔히 원작의 권위를 빌어 영화의 가치를 높이려고 해왔던 수많은 시도들 중의 하나라고 할 수 있다.

「제인 에어」 외에 톨스토이 원작을 영화화한 「산송장Zhivoy trup, 1929」의 광고도 첫머리에 '톨쓰토이 원작'이라고 표시하고 있다.[60]

일제 강점기 이후 조선영화나 외국영화를 막론하고 소설을 원작으로 한 영화들을 특별히 '문예영화'라고 지칭하면서 독특한 품격을 가진 것처럼 이해해온 이력을 감안할 때, 이런 시도는 그다지 새로울 것은 없다. 다만 이런 시도가 한국영화의 전성기인 1960년대를 넘어 1970년대까지 광범위하게 이루어진, 영화사적 맥락을 가진 것이라는 점에 주

---

59 『서울신문』, 1948.1.20.
60 『서울신문』, 1946.7.11.

목할 필요가 있다.

6. 결론

이 글은 해방기 신문에 게재된 영화 광고를 분석하여 그동안 결락된 해방기 영화문화를 개략적으로나마 재구성하고자 하는 목적을 가지고 시작하였다. 그동안 해방기 영화문화가 정책이나 운동의 관점에서만 다뤄진 점을 보완하고자 하는 의도도 들어 있다.

이런 목적 하에서 본론에서는 해방기 영화문화의 양상을 가급적 총체적으로 살펴보고자 하였다. 극장의 운영, 상영 영화의 특징, 영화 홍보 전략 등의 세부 항목을 설정하여 관련 영화 광고 정보를 기반으로 논의를 펼쳐나갔다.

해방기는 일제 강점기에 자생적으로 이루어진 영화문화의 현대화가 일제 강점 말기 잠시 단절되었다가 복원되는 시기였다. 또 1950년대에 진행된 한국영화의 성장기와 다른 한편으로 연결되는 중요한 시점이다. 그동안 한국영화사 연구가 해방기를 일제 강점기나 1950년대와 연속성의 관점에서 다루지 못했다는 측면에서 이 글이 보여준 시도는 그 나름의 의의를 갖는다고 할 수 있다.

다만 영화 광고 분석에 있어서 내용 분석에 치중한 탓에 영화 광고가 광고로서 가진 형식적 측면에 대한 고려가 빠진 점은 이 글이 가진 한계라고 할 수 있다. 문자 중심의 광고가 이후 시각적 디자인 중심의 광고로 진행되는 초창기가 해방기라는 점을 고려할 때 시각적 디자인에 대한 고려도 반드시 필요할리라고 생각된다.

문화론의 시각에서 본 문학과 영화

6장. 여상현 시의 민중지향성

1. 서론

여상현呂尙鉉은 해방기 조선문학가동맹에 가입하여 「칠면조七面鳥」, 「보리씨를 뿌리며」, 「영산강榮山江」 등의 작품을 통해 민족의 현실을 비판적으로 노래한 시인으로 알려져 있다. 그러나 그의 시에 대한 지금까지의 연구는 매우 소략한 편이다. 4차 해금 이후 그의 시에 대한 연구가 시작되었지만 지금까지 학계에 제출된 연구 성과는 채 10편이 되지 않는다. 그마저도 2004년 이후에는 연구물이 제출되지 않고 있다.

여상현 시 연구의 초기 성과물은 주로 그의 생애나 연보를 확인하고 그의 작품 세계를 전체적으로 조망하는 형식을 취하고 있다. 박홍원[1]은 여상현의 생애를 추적하고 그의 대표작들을 논의함으로써 논의의 물꼬를 텄다. 이후 최학출[2], 채수영[3], 신범순[4] 등이 연구에 참여했는데,

---

1 박홍원, 「여상현론」, 『한국시문학』 5, 한국시문학회, 1991.
2 최학출, 「여상현론 I」, 『서강어문』 7, 서강어문학회, 1990.7.
  최학출, 「여상현론 II」, 『울산어문논집』 7, 울산대학교 국어국문학과, 1991.2.
3 채수영, 「시대 수용과 시인의 고뇌」, 『해금시인의 정신지리』, 느티나무, 1991.
4 신범순, 『한국현대시사의 매듭과 혼』, 민지사, 1992.

특히 최학출은 초기 연구자 중에 여상현 시에 큰 관심을 보여주었다. 그는 2편의 글을 통해서 일제 강점기와 해방기를 아울러 대표작을 집중적으로 분석한 바 있다. 그러나 그는 리얼리즘적 관점을 취하면서 해방기 시에 비해 일제 강점기 시에 대해 다소 부정적으로 평가하고 있다. 그 후 전영주[5], 유성호[6], 백수인[7], 좌라영[8] 등이 논의를 이어받았지만, 대체로 대표작 중심, 해방기 시 중심의 부분적인 접근에 그치고 있다.

이들 연구는 몇 가지 문제점을 안고 있는 것으로 보인다. 우선 작품 연구의 기본이 되는 창작 활동 상황을 충분히 인지하지 못하고 있다는 점이다. 특히 여상현이 일제 강점기에 발표했던 작품들의 연보가 정밀하게 검토되지 않은 채, 큰 수정 없이 지금껏 통용되어오고 있다. 따라서 당대 자료를 기반으로 해서 작품 연보를 충실히 재구성할 필요가 있다. 또 한 가지 문제는 기존 논의들이 여상현의 시 중에서도 특히 해방기에 발표한 몇 편의 시들을 중심으로 하고 있을 뿐, 일제 강점기에 발표한 작품들 중 『시인부락』에 수록된 작품 외에는 정밀한 분석을 시도하고 있지 않다는 점이다. 해방기에 발표된 시들이 여상현의 시세계를 대표할 만하다는 점에는 이의가 있을 수 없지만, 일제 강점기의 작품들 역시 무시 못 할 수준을 보여주는 것이 사실이다. 따라서 그동안 논의의 시각지대에 있었던 작품들도 충분히 검토할 필요가 있다. 특히 그가 일제 강점 말기에 쓴 시들 중 친일 논란이 제기되는 작품들에 대해서는 뚜렷한 평가를 제시할 필요가 있다. 그리고 마지막으로,

5 전영주, 「여상현 연구」, 수원대학교 석사학위논문, 1995.6.
6 유성호, 「여상현 시 연구」, 『연세어문학』 27, 연세대학교 국어국문학과, 1995.6.
7 백수인, 「여상현 시 연구」, 『국어문학』 33, 국어문학회, 1998.
8 좌라영, 「여상현 연구」, 『한국시문학』 15, 한국시문학회, 2004.

일제 강점기와 해방기를 단절적으로 파악하여 흔히 전자는 초기, 후자를 후기로 구별하는데, 과연 이 두 시기가 그의 시세계에서 어떤 접점을 갖지 않는 분리된 세계인가에 대해서도 판단이 요구된다.

이 글에서는 기존에 제출된 연구 성과들을 비판적으로 섭렵하면서 위에서 제기한 문제들을 중심으로 여상현 문학 활동의 양상과 성격을 보다 정밀하게 논의하고자 한다.

2. 초기 문학 활동의 재구성

여상현은 1914년 전남 화순에서 출생하였다. 그는 화순의 동복보통학교를 졸업한 후, 경성의 중동학교를 2년 수료한 후 1935년 고창의 고창고보를 졸업하였다. 이후 연희전문학교 문과에 입학하여 1939년 졸업하였다. 그런데 그가 문단에 등단한 시점은 보통 1936년으로 알려져 있다. 그가 고창고보 동창생인 서정주와 함께 『시인부락』 창간에 참여한 것을 등단 시점으로 보는 것이다. 그는 『시인부락』 1호와 2호에 각각 시 2편을 발표하게 되는데, 여상현 시 연구자들은 대체로 이런 사실에 동의하고 있다. 1936년에 시작된 창작 활동은 1942년까지 이어지고, 다시 해방 직후부터 1949년까지 이어졌다는 것이다.

그러나 여상현의 등단 시점에 대해서는 재검토가 필요하다. 1930년대 신문을 검색해 보면 그가 창작 활동을 시작한 것이 『시인부락』 활동 이전이라는 사실을 알 수 있다. 이때 유의할 점은 여상현이 필명인 '呂尙玄' 외에 본명인 '呂尙鉉'으로도 활동했다는 점이다. 가장 이른 시기에 발표된 글은 각각 1932년 8월 19일자와 21일자 『동아일보』에 실

린 「제2회 하기학생 브나로드운동運動 기자대 통신(3)」, 「제2회 하기
학생 브나로드운동 기자대 통신(4)」란에 발표된 「탐승수점探勝數點-기
일其一」, 「탐승수점探勝數點-기이其二」라는 글이다. 이 글의 필자는
'고창고보 여상현高敞高普 呂尙鉉'으로 되어 있는데, 이 글의 발표 시기
가 1932년이라는 점, 그 당시 그가 고창고보에 재학 중이었다는 사실
을 감안할 때, 이 글은 시인 여상현이 쓴 것이 확실하다. 이 글은 1930
년대 초반 『동아일보』가 실시한 농촌계몽운동인 '브나로드운동'에 참
여한 사실에 기반을 둔 것인데, 흥미로운 점은 이 글이 브나로드운동
의 일환으로 자신의 고향인 화순에서 강습회를 마치고 난 후 주변의
운주사, 불회사, 영벽정 등의 경치를 구경한 사실을 서술하고 있다는
점이다. 내용은 특별히 두드러진 것이 없으나 여상현이 이미 고창고보
시절부터 학생문사로서 어느 정도 대접을 받고 있다는 사실을 알 수
있다.

　　1933년에는 『매일신보』에 「추우秋雨」9, 『조선일보』에 「포구浦口의
노파老婆」라는 시 작품을 발표하고 있다. 「추우」는 2연으로 된 시조
형식의 시로 가을비가 내리는 날의 우수를 '기러기'에 의탁하여 표현하
고 있다. 「포구의 노파」는 5연 22행으로 된 자유시로 일종의 서술시라
고 할 수 있다. 시적 화자가 어느 포구에서 만난 노파로부터 전해들은
삶의 이야기를 전달하는 형식을 취하고 있다. 이 시의 말미에 '1933.3.
5. 후포後浦에서'라고 붙어 있는데, '후포'가 경북 울진 소재 한 포구라
는 점을 감안하면, 이 시는 그가 어떤 일로 그곳에 들렀던 경험을 바탕
으로 쓴 것으로 보인다. 이 시에서는 특히 노파의 고단한 삶의 역정과
일제의 수탈로 인해 영락한 포구의 모습을 비판적으로 서술하고 있다.

---

9 『매일신보』, 1933.1.23.

오오! 浦口의 할머니
저러케 넓은바다를 그만××들에게 주고말것인가
그러나 할머니여! 편히 쉬시라
이젠 당신의 짤 당신의 손녀들이
바다를向할 새로운準備를 차리고 잇나니   「포구의 노파」 부분10

　위는 이 시의 마지막 연인 5연인데, 복자로 처리된 '××들'은 아마도
'왜놈들'로 보인다. 시적 화자는 주인공인 노파에게 연민을 표하면서
조선 민중의 생활 터전인 바다를 일본이 수탈하는 것을 비판하고 시적
화자를 비롯한 젊은 세대가 바다를 지켜갈 것이라는 의지를 표명하고
있다. 이 시를 쓸 당시 여상현이 고창고보에 재학 중이었다는 사실을
감안하면, 비교적 이른 시기부터 그가 일제 강점기의 민중 현실에 대
해 비판적인 관심을 보여주고 있다는 사실을 알 수 있다. 그는 알려진
바에 의하면 중농 정도의 가정에서 성장하였다. 그럼에도 불구하고 그
가 농촌계몽운동에 참가하고 또 기층 민중의 현실에 관심을 표하는 시
를 발표하고 있다는 사실은 이후 전개될 그의 시세계의 뿌리가 어디에
있는가를 확인하는 데 있어서 중요하게 고려해야 할 부분이다.
　1933년 시 2편을 발표한 후 여상현은 연희전문학교에 입학하게 된
다.11 이후 그는 서정주 등과 함께 『시인부락』 활동을 시작하게 되고
여러 매체에 시를 발표하게 된다. 1938년 『매일신보』가 학생문예란을
개설하면서 그의 활동 무대는 더욱 확대된다. 『매일신보』가 각개 학생
들의 반응을 보여주는 학생란 '학생란에의 환호'에 그는 「사회생활에
접근할 유일의 호기회」라는 글12을 발표한 바 있다. 이후 그는 1938년

10 『조선일보』, 1933.6.23.
11 「각 학교 입학자」, 『매일신보』, 1935.4.3..
12 『매일신보』, 1938.3.6.

내내 수필, 콩트, 시 등 여러 방면의 글을 발표하고 있다. 이 중에서 기존 연구에서 누락된 글을 중심으로 간략히 그 내용을 발표순으로 살펴보면 다음과 같다.

'차창 점묘車窓 點描'라는 부제가 붙은 「호남선 차중의 산문시」[13]는 기차 여행을 하면서 바라본 바깥 풍경을 스케치하듯이 짤막하게 그려낸 시편들로, '소녀/ 저수지/ 정거장/ 보리밧/ 낫차車'라는 소제목을 가지고 있다. 그 외 새로 발굴한 시로는 「추억의 여수항」[14]이 있는데, 이 시 역시 앞에서 살펴본 「포구의 노파」처럼 바다를 소재로 하고 있다.

그리고 수필류에 포함되는 글은 주로 『매일신보』에 발표된 글들이 많이 누락되었다. 1938년 5월에는 「풍기문제를 중심으로 대학 전문학생 좌담회」[15]에 참석하여 의견을 개진하고 있는데, 이 자리에서 여상현은 논의에 그다지 적극적으로 참여하지는 않고 있다. 학생들의 풍기문란 문제에 대해서 사회자가 '남녀교제의 선도'를 방책으로 내세우자 어느 참가자가 남녀 교제의 기회 자체가 없다는 점을 문제로 지적하였다. 이때 여상현은 "이런 기회가 있더라도 연애란 것은 맹목적이어서 할 수 없으니까 역시 어떻게 할 수 없습니다."라고만 간략하게 자신의 견해를 제시했다.

이후 각 학교의 캠퍼스 풍경을 소개하는 '학원 풍경' 특집란에 여상현은 연희전문학교를 대표해서 「검푸른 송림 속 청춘의 향연장-연전편延專篇」이라는 글[16]을 발표했다. '현대와 학생' 특집란에 「학생과 연애」라는 글[17], 콩트로 분류할 수 있는 「백양白羊」[18], 서평에 해당하는 「진

---

13 『매일신보』, 1938.4.24.
14 『매일신보』, 1938.7.17.
15 『매일신보』, 1938.5.5.
16 『매일신보』, 1938.5.22.

귀한 수확 조선민요선朝鮮民謠選을 읽고[북·레뷰」[19], 이성에 대한 감정을 표현한 「남해양南海孃」[20] 등이 있다.

이렇게 볼 때, 『시인부락』을 통해서 등단했다는 기존 논의는 수정될 필요가 있다. 그는 고창고보 시절인 1932년부터 글을 지면에 발표한 바 있고, 연희전문학교 재학과 더불어 『시인부락』 활동, 『매일신보』 연희전문학교 대표 문사 활동 등을 포함하여 다양한 창작 활동을 펼쳤다는 사실을 확인할 수 있다. 물론 『시인부락』 이전의 활동이 본격적인 면모를 보여주는 것은 아니지만 이미 일부에서 그는 학생문사로 통했을 것이라는 사실을 짐작할 수 있다. 『시인부락』 활동으로 본격화된 그의 창작 활동은 일제 강점 말기인 1942년까지 지속되었는데, 초기 활동 이후 여상현은 『시인부락』 활동을 전후에서 아방가르드적인 기법을 시에 도입하기도 하였으나, 대체로 그 기저에는 민중지향성이라고 할만한 정신이 형성되어가고 있었던 것으로 보인다.

그가 여타의 『시인부락』 동인과는 달리 이와 같은 민중지향성을 보이게 된 것은 그의 생활 기반이 된 민중의 생활공간에 대한 관심 때문으로 보인다. 그의 작품들에서 보듯 그는 식민지 치하의 민중적 삶에 대한 체험과 연대의식을 표현하는 데 큰 관심을 가지고 있었는데, 이런 의식은 그가 관심을 표명한 바 있는 막심 고리키와의 연관성을 검토함으로써 보다 뚜렷하게 이해될 수 있을 것으로 보인다.

---

17 『매일신보』, 1938.6.12.
18 『매일신보』, 1938.7.13.
19 『동아일보』, 1939.5.24.
20 『조선일보』, 1940.8.3.

3. 문학적 지표로서의 고리키

해방기에 출간된 시집 『칠면조』에는 여상현의 시세계가 집적되어 있다. 총 4부로 구성된 이 시집은 대체로 창작 역순으로 구성되어 있는데, 이 중 해방기에 쓴 시들이 주로 모여 있는 1부를 제외한 나머지 2-4부는 일제 강점기 그의 시세계를 이해하는 데 중요한 자료가 된다. 그러나 그가 쓴 작품 중에서 일부는 시집을 발간할 때 제외되기도 했다. 그 이유를 명확히 하기는 힘들지만, 아마도 완성도라는 측면에서 스스로 부족함을 느꼈기 때문에 이들 작품을 제외한 것이 아닌가 추측된다.

앞에서도 잠시 살펴본 바 있지만 여상현의 창작 초기의 작품들은 대체로 민중적 현실에 대한 연민을 강하게 내포하고 있는 것이 특징이다. 지금까지 그의 등단작으로 알려진 『시인부락』수록 작품들, 즉 「장腸」, 「호텔 앞 광장」, 「법원과 가마귀」, 「호흡」 그리고 「종로 168호」 등을 보면 민중의 궁핍이나 고통에 착목한 작품들이 주를 이루고 있다. 이들 작품은 그 당시 같은 『시인부락』 동인이었던 서정주, 오장환의 시세계와는 상당히 다른 것이 사실이다. 이렇게 볼 때 여상현의 경우 같은 동인이기는 하지만 여타 시인들과는 다른 시 정신을 가지고 있었던 것이 아닌가 하는 추측이 가능하다.

앞에서 살펴본 것처럼 여상현은 고창고보 시절부터 농촌계몽운동에 동참하였고, 「포구의 노파」 같은 작품에서는 고통 받는 민중에 대한 강한 연대감을 드러내고 있다. 그의 학창시절에 대해서는 확인할 길이 없으나 같은 학교에 다녔던 서정주 역시 학창시절 민족주의적인 성향을 가지고 있었던 것[21]으로 보아 여상현 역시 그 나름대로 강한 민족주의 의식을 가지고 있었을 것으로 추측된다. 『시인부락』에 발표한 작품들은 대체로 이와 같은 민족주의적 색깔을 내용적 측면에서 보여주기는 하지만, 그 형식은 당대의 모더니즘 기법을 수용한 듯한 인상을 준다.

그렇다면 본격적인 활동기인 1930년대 중반 여상현이 문학 활동을 전개하는 데 있어서 일정한 정신적 뒷받침을 해준 사람은 없을까. 『시인부락』 동인들과의 교류 외에 그가 문단 활동을 뛰어든 흔적은 발견되지 않는다. 그렇다고 사숙하거나 존경한 외국의 문학가가 있었는지도 뚜렷하지 않다.22 이런 상황에서 그나마 그의 시 정신에 영향을 미쳤던 것으로 추측되는 인물은 러시아의 사회주의 작가 막심 고리키이다. 물론 여상현이 이런 류의 언급을 했던 적은 없다. 그러나 그가 쓴 작품들을 통해서 우리는 이런 추측에 어느 정도의 확신을 가질 수 있다.

우선 우리가 검토해 볼 작품은 「추조追弔 · 꼬르키-옹翁」이라는 시이다. 이 시는 시집 『칠면조』에만 수록되어 있을 뿐, 최초 발표 지면은 확인되지 않았다. 다만 이 작품에 '일구삼육년 육월 십팔일 오후 삼시 장서長逝의 부고를 동 십구일 밤 방송으로 듣고서'라는 설명이 붙어 있는 점으로 미루어 보아 이 작품이 1936년 6월 19일에 창작되었을 것으로 짐작된다. 이때는 그가 연희전문학교 2학년에 재학 중인 시점으로, 『시인부락』 창간호가 나온 것은 그해 11월이었다. 그는 연희전문학교 문과에 다니면서 『시인부락』 창간호를 준비하고 있었던 것이다. 그런

---

21 서정주는 중앙고보와 고창고보 시절 『자본론』이나 고리키 소설을 읽고 학생운동에 참여했던 경험을 회고하고 있는데(서정주, 『미당자서전1』, 민음사, 1994, 347-369쪽 참고), 그의 사상적 성향은 본질적으로 민족주의적인 것이었다.

22 유성호는 「추조 · 꼬르키-옹」을 예로 들면서 여상현이 고리키를 사숙했을 가능성을 암시한 바 있다. 유성호, 앞의 논문, 132쪽. 그런데 암시에만 그쳤을 뿐 이 작품을 본격적으로 분석하지는 않았다.

데 그는 이 작품에서 고리키의 죽음에 '애도'를 표하고 있다. 그 당시 외국 작가의 죽음을 애도하는 시가 거의 없었다는 점을 감안하면 이는 매우 이채로운 점이 아닐 수 없다.

올배미의 나래아래 피어오르는 어둠을 타고
「밤주막」의 등불 앞에 모여 앉은 슬픈 밤나비들은
시작 없는 이야기를 끝맺지 못한 채 발을 뻗었다
그러나 그대는 마침내 반디ㅅ불처럼 어둠을 찢고 나왔나니

볼가강 물고기는 눈물만 먹고 살이 쪘드란다
세기를 등에진 아들딸들의 의분의 눈물
진실로 이것은 새벽 잠자리 어린애의 발버둥이였든가
바다같은 「어머니」의 품안에 노도처럼 솟는 젖줄이 흘러 흘러
무럭무럭 잘아라 새나라 새세대의 양식

「참회록」을 펴들고 환상의 숲속을 거닐던 한때
선비인 그대의 슬라브적 산보였음을 나는 아노라
이윽고 소스라처 뛰어나온 굳센 량식의 발자옥
얼마나 아름다운 제이자연의 꽃繡이든가

翁이여!
한번 보꾾았던 그대 영영 떠나가다니
크다 자취가 클사록 서름도 크다
비록 나라 다를지언정-
비록 말과 글의 다를지언정-
아 유월 십팔일 때마침 이 나라엔 하늘에 뜬 구름도 울고 갔다
                                「추조·꼬르키-옹」 전문23

이 시는 총 4연으로 구성되어 있는데 4연을 제외한 1~3연은 모두

23 『칠면조』, 정음사, 1947, 96-98쪽.

고리키가 쓰거나 읽은 작품들과 관련을 가지고 있다. 1연에는 「밤주막」이라는 작품이 등장한다. 내용상 '「밤주막」'은 단순히 시의 배경이 되는 장소로 가볍게 보아 넘길 수 있을 정도로 시상의 전개에 자연스럽게 녹아들어가 있다. 1연에서는 '「밤주막」'의 어느 방을 배경으로 해서 '슬픈 밤나비들'로 비유된 민중의 모습을 묘사하고 있다. 무엇인가를 찾아 길을 떠난 사람들이 하룻밤을 묵어가기 위해 찾은 주막의 허름한 방에서 그들은 "시작없는 이야기를 끝맺지 못"할 정도로 피곤에 지쳐서 잠에 들어 있다. 시적 화자가 이 시에서 묘사한 주막의 신산한 모습은 고리키가 창작 초기에 쓴 희곡 「밤주막」과 겹쳐진다.

「밑바닥에서」라고 번역될 수 있는 고리키의 이 희곡은 식민지 조선에서 「밤주막」[24]으로 알려졌다. 1920년대 사회주의의 유행과 더불어 러시아 문학에 대한 관심 속에서 소개된 이 작품은 고리키가 작가가 되기 전 방랑 생활을 하면서 체험한 민중의 생생한 모습을 포착한 작품이다. 1902년에 발표된 이 작품은 다양한 부랑자들이 모여 사는 싸구려 합숙소를 배경으로 몰락한 사람들의 처참한 삶의 모습을 그리고 있는데, 살인과 자살로 귀결되는 절망적 이야기를 독자에게 전해주고 있다.[25] 이 작품은 제정 말기 러시아에서 살아간 민중의 고통과 임박한 혁명의 기운을 실감 있게 보여주고 있다. 이 작품은 발표되자마자 무대에 올랐지만 곧이어 공연 금지 처분을 받기도 했다. 그러나 이 사건은 이 작품과 고리키의 명성을 더욱 높이는 계기가 되었다. 1연의

---

24 1930년 신흥극단 창립 작품으로 고리키의 이 작품이 상연되었다. 이때 제목은 「주막의 밤」이었다.(「촉망되는 신극단 「신흥극단」 출현」 『동아일보』, 1930.10.23.) 1933년 보성전문학교 연극부에서 「밤주막」(함대훈 번역)으로 공연한 이래 이 제목으로 굳어졌다. 공연을 알리는 기사에는 이 제목 옆에 일본어 제목 「ドン底」가 붙어 있다. 「보전연극 이십오일 밤 칠시 배재 대강당에서」, 『동아일보』, 1933.11.25.

25 막심 고리키 저, 장윤선 역, 『밤주막』, 범우사, 2008, 8쪽 참고.

마지막 행 "그러나 그대는 마침내 반디ㅅ불처럼 어둠을 찢고 나왔나니"는 고리키가 이 작품을 계기로 민중의 현실을 개혁을 열망하는 쪽으로 한 걸음 더 나아간 사실을 가리킨다.

2연에서는 고리키의 대표적 장편소설인 「어머니」를 소재로 하고 있다. 첫 행의 '볼가강 물고기'는 고리키를 포함하여 고통 받는 러시아 민중을 비유적으로 표현한 것이다. 고리키의 고향인 니즈니 노브고라드는 볼가강과 가까이 있는 곳으로 시적 화자는 그 '물고기'가 "눈물만 먹고 살이 쪘드란다"라고 민중의 고통이 강물만큼 극심했다는 사실을 우회적으로 비판하고 있다.

이 부분에서 우리는 여상현이 고리키의 작품 세계에 공명하고 있는 것[26]이 단순히 위대한 문학가에 대한 맹목적인 흠모가 아니라 당대 식민지 조선의 현실에 대한 그 나름의 인식에서 비롯되었던 것으로 생각할 수 있다. 또 그는 「어머니」에서 그려진 공장노동자들의 각성과 파업을 '세기를 등에진 아들 딸들의 의분'이라고 표현함으로써 계급투쟁의 정당성에 대한 동조의 감정을 드러내고 있다. 그는 민중의 고통이 내포된 '볼가강'에 민중을 품어주는 '어머니'의 '젖줄'이 흘러 '새나라 새 세대의 양식'이 될 것이라고 말하고 있다.

1~2연을 통해서 여상현은 고리키가 작품들을 통해서 보여준 민중지향성에 전폭적으로 동조하는 양상을 내보인다. 그런데 3연에서는 고리키가 민중 지향적 작가로 나서기 전 문학청년으로서 가졌던 순수성을 표현하고 있다. 3연에 등장하는 '「참회록」'은 톨스토이의 그것으로 보이는데 이 부분은 표면상으로 고리키의 초창기 문학시대 즉 아직까지 작가로서 확고한 지향을 갖지 못한 시기의 모습을 그려낸 것으로 보인다.

---

26 전영주, 앞의 논문, 22쪽.

그러나 고리키를 지칭하는 듯한 표현 즉 '선비인 그대'에서 고리키를 부르주아 계층을 뜻하는 '선비'라고 한 점은 다소 의아하다. 그리고 3연 전체 내용을 고려할 때 고리키가 「참회록」을 읽고서 자신의 신분이나 기득권을 벗어던지고 민중적 작가로 거듭났다는 내용이 과연 고리키의 전기적 사실과 얼마나 부합하는지도 의아한 대목이다. 왜냐하면 고리키는 어린 시절에 아버지를 여의면서 학교도 제대로 다니지 못하고 각종 노동에 혹사당했던 경험을 가진 작가이기 때문이다.

이런 사실을 고려할 때, 1~2연과는 달리 적어도 3연은 고리키에 관한 내용이 아니라 여상현 자신에 관한 내용이 아닌가 하는 추측이 가능하다. 식민지 조선의 청년들이라면 그 당시 스테디셀러로 통했던 톨스토이의 「참회록」을 한번쯤은 읽게 마련이었다. 특히 자신이 가진 재산을 모두 나눠주고 인생을 마감한 톨스토이의 일화는 식민지 조선의 청년층, 특히 여상현처럼 일정한 물질적인 자원을 가지고 극소수에게만 허락된 식민지 고등교육을 받는 지식인 청년에게는 큰 영향을 미쳤을 것이다.[27]

특히 여상현처럼 문학에 대한 지향을 가지고 있는 청년에게 톨스토이는 식민지 조선에서 문학이란 무엇인가를 고민하게 만들었을 것이다. 3연의 첫 행에서 "환상의 숲속을 거닐던 한때"라는 표현은 여상현이 문학을 지향하던 초창기 자신의 내면을 포착한 것으로 볼 수도 있는 것이다. 비록 그가 톨스토이만큼의 신분이나 재산을 가지지는 않았

---

[27] 톨스토이의 전기 작가 로맹 롤랑에 의하면, 톨스토이는 일생 동안 농민으로 대표되는 러시아 민중으로부터 문체와 창작의 영감을 받았다.(로맹 롤랑 저, 이정림 역, 『톨스토이의 생애』, 범우사, 2008, 73쪽.) 이와 비슷하게 여상현 역시 일제 강점기부터 해방기까지 일관되게 농민을 비롯한 조선 민중의 삶에 관심을 가지고 창작을 해왔다. 그는 고창고보 시절 농촌계몽운동에 참여한 이래 해방기 대구 10월항쟁을 취재한 것을 비롯해 농민의 삶에 지속적으로 관심을 가져왔다. 이런 측면에서 볼 때, 고리키 못지않게 톨스토이도 그의 삶과 문학에 적지 않은 영향을 주었을 것으로 보인다.

지만 연희전문학교 학생이라는 그의 신분은 식민지 사회에서 어느 정도 안정된 신분을 보장해주는 것이었다. 그런 그가 톨스토이와 고리키의 세계에 공명하고 있다는 사실은 『시인부락』에 발표한 일련의 시들이 보여주는 민중지향성이 이미 그의 의식 세계에서 오랫동안 길러져온 것이라는 사실을 말해준다. 그는 그러한 변화를 "굳센 량식의 발자국", "아름다운 제이자연의 꽃繡"라고 표현하고 있다. 그의 자전적인 이야기가 어느 정도 녹아 들어가 있는 「좀먹은 단층」도 비록 구체성과 시적 통일성은 부족하지만[28] 부르주아적 환상을 버리고 시대적 사명에 한 걸음 다가서겠다는 의지를 표명한 작품이라고 할 수 있다.

4연에서는 서거한 고리키의 죽음을 애도하고 있는데, '나라'나 '말과 글'은 다르지만 여상현 자신이 고리키의 죽음에 큰 '서름'을 느끼고 있음을 표현하고 있다.

이처럼 「추조·꼬르키-옹」은 여상현의 이후 문학적 행보를 예측 가능하게 하는 작품으로 평가할 수 있다. 비록 고리키의 죽음을 애도하는 시 한 편을 통해서 단정할 수는 없는 일이지만, 적어도 여상현이 이 작품에서 형상화하고 있는 고리키에 대한 애도의 정도를 고려할 때, 여상현이 고리키라는 작가의 문학 정신에 상당한 공명을 보인 것으로 볼 수 있다.

그러나 여상현이 고리키의 문학 정신을 자신의 창작 속에서 실현하기에는 상황이 여의치 않았다. 1937년 중일전쟁의 발발과 더불어 식민지 조선이 전시체제로 재편되면서 창작 활동이 상당한 제약을 받게 되었고, 그의 문학 정신은 밖으로 표출되지 못하고 작품의 문면 밑으로 가라앉아 우회로를 찾을 수밖에 없었다. 여상현의 일제 강점기 작품

---

28 최학출, 앞의 논문, 1991, 117-118쪽 참고.

중에 「군와群蛙」 같이 알레고리화된 표현 방식이 종종 등장하는 것도
이런 상황과 무관하지 않다.

4. 친일 논란과 위장된 서정

앞에서 살펴본 것처럼 여상현은 1930년대 중반 민중지향성을 바탕
으로 창작 활동을 펴나갔다. 그러나 그의 지향을 작품화하기에는 상황
이 열악했다. 주지하다시피 1930년대 후반 전시체제로의 식민지 조선
의 재편이 사회 각 분야를 광범위하게 뒤바꿔놓았다. 문학계에서는 조
선문인협회가 결성되고 문단에서는 고전론, 동양론 등 그동안의 문학
적 근대화 노선을 비판하면서 일본 문단을 추종했다. 카프 출신 문인
들의 전향은 식민지 조선 문단의 변화를 극적으로 보여주는 것이었다.
문단의 주도적 질서와는 일정한 거리를 두면서 활동했던 여상현 역시
이러한 흐름에서 자유로울 수 없었다. 그는 특별히 문학이론이나 문학
적 주의를 강렬하게 의식하면서 활동하지는 않았지만 카프와 유사한
의식 구조를 가지고 있던[29] 그에게 이러한 변화는 적지 않은 영향을
준 것으로 보인다.

그가 연희전문학교를 대표하는 학생문사로서 활동하던 1939년 문학
론에 해당하는 글인 「신문학정신의 수립」[30]을 발표한 바 있다. 이 글
은 그의 문학 정신을 파악할 수 있는 거의 유일한 문학론이다. 그런데
이 글에서 그는 그동안의 조선 문단이 서구적인 근대의 노선을 따르면

---

29 전영주는 여상현이 『시인부락』 동인보다는 카프 계열에 더 가까운 면모를 보인다고 지
   적한 바 있다. 전영주, 앞의 논문, 15쪽.
30 『매일신보』, 1939.1.5.

서 조선적인 것을 경시했다는 점을 강조하면서 앞으로는 조선의 고전 문학의 연구가 문학 공부의 밑바탕이어야 하며 조선문학의 인간적이고 생활적인 특성을 살려야 한다고 주장했다.[31] 그가 이 글에서 펼치고 있는 논의는 그 당시 식민지 문단에서 여러 문인들이 운위하던 수준에 그치는 소박한 내용을 담고 있다. 외견상 일제 강점 말기 문인들 사이에서 운위되던 동양론과 비슷해 보이나 그 내용상 일제의 신체제 논리에 부응하는 성격의 것은 아니다.

그러나 이 글이 발표된 시점이 1939년였고, 그 내용이 외견상 친일문학적으로 보였기 때문인지 기존 논의에서 여상현의 일제 강점 말기 활동을 친일이라는 맥락에서 검토하려는 일부 시도가 있었다. 임종국은 『친일문학론』에서 친일 관계 작품 연표에 여상현이 발표한 2편의 시 「공작」『국민문학』, 1942.3과 「백화白花의 서정」『조광』, 1942.8를 올려 놓고 있는데[32], 이는 여상현의 문학 정신에 의혹을 제기한 첫 번째 사례라고 할 수 있다. 그러나 임종국이 본문에서는 여상현을 거론하지 않고 관계 작품 목록에만 작품을 제시하고 있어서 친일 여부를 판단할 수 있는 근거를 제시한 것은 아니다. 이 2편을 검토한 기존 연구들도 대부분 이 2편을 친일문학으로 보기는 어렵다는 견해를 이미 제출한 바 있다.[33] 그러나 이들 연구 역시 작품에 대한 정밀한 분석을 바탕으로 한 것이 아니어서 임종국의 판단과 마찬가지로 이들 논의 역시 논리적인 설득력을 가지는 데는 한계가 있어 보인다.

---

31 최라영, 앞의 논문, 96-97쪽 참고.
32 임종국, 『친일문학론』, 민족문제연구소, 2005, 465쪽.
33 최라영은 "…실제 작품 내용에서는 그런 면을 찾을 수 없다. 오히려 이는 게재지의 친일 성향과 관련지을 수 있다."라고 게재지가 친일적일 뿐 작품이 친일적인 것은 아니라고 규정하고 있다. 최라영, 앞의 논문, 87쪽.

논란이 되는 작품에 대한 검토하는 데 있어서 큰 어려움은 여상현의 일제 강점 말기 행적이 묘연하다는 점이다. 문인의 친일성 여부는 단순히 작품만을 통해서 판단할 사안은 아니기 때문이다. 따라서 작품뿐만 아니라 생애까지도 충분히 조명할 필요가 있기는 하지만, 적어도 여상현의 경우 1939년 연희전문학교를 졸업했다는 사실 외에는 그의 일제 강점 말기 행적에 관해서는 밝혀진 것이 전무한 형편이다. 그에 관한 가장 최근의 연구를 발표한 최라영이 제시한 연보에도 1939~1945년은 공백지대로 남아 있다.[34] 당대 문인들과 교류한 흔적이 보이지 않고, 자전적인 글을 쓴 바도 거의 없기 때문에 이 점은 여상현 시 연구에 있어서 당분간 큰 난점으로 작용할 것이다. 이런 점을 감안할 필요는 있지만 문인의 친일 여부와는 별개로 작품의 친일성 여부는 작품 자체에 대한 치밀한 분석을 통해서 어느 정도까지 판단을 내릴 수 있다. 따라서 논란이 되는 작품에 대한 구체적인 검토를 통해서 이런 논란에 대한 필자 나름의 견해를 제시하고자 한다.

> 우수수 꼬리를 떨면
> 여울물살 쏟아지는소리 무지개를 이루고
>
> 촤르르 꼬리를 펴면
> 佛祠, 印度의 화려가 아린거린다
>
> 일요일 산보를 나온 누으런 병정이 한명
> 이 조고마한 이채를 한동안 노리고 있다
> 　　　　　　　　　「공작」 전문, 『국민문학』 소재

---

34 최라영, 위의 논문, 86쪽.

우수수 꼬리를 떨면
여울물살 쏟아지는소리 무지개를 이루고

촤르르 꼬리를 펴면
佛祠, 印度의 화려가 아린거린다

조심 조심 모래밭 길에
여왕처럼 아장거리는 異國의 가을

때때로 들려오는 독립만세의 아우성소리
한발 접어들고 귀 기우려 듣는 청승

때마침 산보를 나온 駐屯美兵이 한명
이 죄그만한 이채를 한동안 지키고있다

「공작」 전문, 『칠면조』 소재35

첫 번째 인용시는 애초 『국민문학』 1942년 3월호에 발표된 「공작」
이고, 두 번째 인용시는 해방 후 『서울신문』 1946년 11월 17일자에 일
부 개고된 상태로 재발표되고, 1947년 간행된 시집 『칠면조』에 수록된
「공작」이다.36

첫 번째 작품은 창경원의 동물원 풍경을 간략하게 스케치하고 있다.
첫 두 연에서는 공작이 꼬리를 치는 모습을 감각적으로 묘사하고, 이
런 모습을 지켜보는 군인의 모습을 특별한 정서적 여운 없이 건조하게
묘사하고 있다. 이에 반해 두 번째 작품은 첫 번째 작품에 비해 공작의
행동 묘사가 다소 정밀해진 감이 있다. 추가된 두 연은 각각 공작의
우아한 행동을 묘사하는 부분, 그리고 해방 당시의 시국을 암시하는

---

35 『칠면조』, 129-130쪽.
36 전영주, 앞의 논문, 4-5쪽 참고.

내용'독립만세의 아우성소리'이 추가되었다. 이렇게 볼 때 개고된 작품이 원 작품에 비해서 보다 정제된 것으로 볼 수 있다.[37]

그러나 이런 변화보다 보다 본질적인 변화는 마지막 연에서 일어나고 있다. 원 작품에서 공작을 지켜보는 존재로 설정된 '누으런 병정'을, 개고된 작품에서는 '駐屯美兵'으로 바꿔놓았다. 이런 변화는 해방을 맞은 여상현이 시대상황의 변화를 염두에 두지 않을 수 없었기에 일어난 것이라고 할 수 있다. 일제 잔재 청산이 시대의 화두가 된 해방기에 비록 작품의 전체 맥락과 무관해 보이는 시어까지도 그대로 수용하기에는 어려운 점이 있었을 것이다.

원 작품은 공작의 화려하고 이국적인 면모에 대한 감탄이 주를 이루고 있다. 시적 화자는 공작이라는 동물이 가진 이국적인 면모에 빠져들어 가면서 일제 강점 말기의 어두운 현실을 순간적으로 일탈하면서 해방감을 맛보는 듯한 느낌을 준다. 그런데 마지막 연에 등장하는 '누으런 병정'은 시적 화자에게 긍정적인 존재가 아니라 자신의 환상과 일탈을 위협하는 존재로 비친다. 이 시에 등장하는 군인이라면 그 당시 '황군'으로 지칭되던 일본군일 텐데 시적 화자는 공식화된 문구를 버리고 '누으런 병정'이라는 다소 희화화된 표현을 사용하고 있다. 또 이 '병정'은 시적 화자와 '공작'의 일체감을 탈취하려는 듯이 "이 조고마한 이채를 한동안 노리고 있다." 특히 여기서의 이 "노리고 있다"라는 표현은 시적 화자, '공작', '병정'의 관계를 단적으로 암시하는 표현이다. 이렇게 볼 때, 이 작품에서 여상현은 전시체제 하에서 일탈을 꿈꾸는 식민지 지식인의 환상마저 빼앗으려는 일제의 행태를 비판하고 있는 것이다. 따라서 이 작품을 친일시로 보기는 어렵다. 그렇다고 이 작

37 위의 논문, 5쪽 참고.

품을 최학출처럼 "그냥 모년 모월 모일 동물원 풍경이나 그 미적 순간
의 한 컷"[38] 혹은 최라영처럼 "공작이 있는 동물원의 전체적 묘사 가운
데 한 부분"[39] 정도로 보는 것은 이 작품을 지나치게 심상하게 보는 관
점일 수 있다.

> 감또개를 주어 실에 꿰던 한나절
> 한바람 스르르 목에 걸고
> 나도 사립문전에 서면 중이 되리라
> 어제런듯 먼 어릴적 고향과함께 그리운것이여
>
> 이제 청춘의 나날은 구름이 많아
> 하얀 보리수꽃 욱어진 언덕에 앉어
> 그대와 더부러 어질고 보니
> 더욱 생은 구슬처럼 맑어지련다
>
> 따으로만 드리운 결백의 보리수꽃
> 나의 가슴에 언제 하얀 장미송이 돋아나랴
> 초조로히 군량의 누른보리밭길로
> 기약없이 돌아가는 행복을 알자
>
> 「백화의 서정」 전문, 『조광』 소재[40]

「공작」과 더불어 논란이 되는 또 한 편의 작품이 위에서 인용한 「백
화의 서정」이다. 위에서 인용한 시는 애초 『조광』에 수록된 것이다.
매연이 4행으로 구성된, 정제된 형태의 이 작품은 일제 강점 말기에
발표된 작품이라고 하기에는 표면적으로 너무나 현실과 초연한 면모

---

38 최학출, 앞의 논문, 1990, 343쪽 각주 21번.
39 최라영, 앞의 논문, 100쪽.
40 『조광』, 1942.8.

를 보인다.

1연에서는 시적 화자가 초가을 어느 날 바람에 떨어진 감을 주워 실에 꿰고 그것을 목걸이인 양 목에 건다거나 사라진 과거를 추억하거나 '중'이 되어 현실을 벗어나고 싶다는 소망을 표현하고 있다. 시적 화자의 이런 소망은 어떻게 보면 그 소망 밑에 가로놓인 어두운 현실이 부추긴 것으로 볼 수 있다.

2연에서는 시적 화자의 '청춘'을 어둡게 하는 '구름'이 부각되는데, 이 '구름'은 시대 상황을 암시하는 것으로 보인다. 시적 화자는 '그대'와 함께 '하얀 보리수꽃'을 보며 자신의 '생'이 '구슬처럼 맑'아지기를 소망하고 있다.

3연에서는 '결백의 보리수꽃'을 보는 시적 화자의 슬픈 현실이 드러난다. 그는 '보리수꽃'처럼 '결백'한 '장미'를 피우고자 하는 소망을 가지고 있지만, 그가 간직한 소망은 '기약이 없고 '군량의 누른보리밭길'을 돌아가야 한다. 3행에 등장하는 이 '보리밭길'은 2연의 '하얀 보리수꽃 욱어진 언덕'과 대조적인 이미지라고 할 수 있다. 전자가 시적 화자의 현실이라면 후자는 그가 추구하는 이상이라고 할 수 있다. 현실과 이상의 간극이 그로 하여금 초조함을 느끼게 하는 것이다.

이 작품에는 시국을 암시하는 '군량'이라는 표현이 등장하기는 하지만, 시의 전체 문맥으로 볼 때 이 시어는 시국 찬양과는 전혀 무관한, 오히려 시국 비판의 문맥에서 등장한 것으로 볼 수 있다. 이 작품은 이후 시집 『칠면조』에 수록할 때 3연의 3행 중 '군량의 누른보리밭길'이 '남풍의 누른 보리밭길'로 바뀌었다. 그러나 이 역시 「공작」에서와 마찬가지로 시인이 자신의 일제 강점 말기의 행적을 위장하려는 의도에서 비롯된 것이라기보다는 변화된 상황에 부합하지 않는 일부 시어를 시대감각에 맞게 바꾼 것에 지나지 않아 보인다.

이상에서 검토한 것처럼, 임종국이 친일 관계 작품 목록에 올리면서 논란이 된 「공작」과 「백화의 서정」은 친일과는 무관하며, 오히려 우회적으로 당대 현실을 비판하고 있는 작품이라고 평가할 수 있다. 일제 강점 말기에 여상현이 창작 활동 외에 문단 활동을 하지 않았다는 점도 그가 굳이 친일적 작품을 쓸 이유가 없었다는 사실을 반증한다. 이런 점들을 고려할 때 그가 그 이전에 가지고 있었던 민중지향성이 일정한 굴곡을 겪을 수밖에 없었던 것으로 보이며, 그것이 시적 문맥을 다소 애매하게 하는 계기로 작용한 것으로 보인다.

5. 해방기 현실의 축소판으로서의 주막

일제 강점 말기 태평양전쟁의 발발과 함께 조선어 창작 활동의 가능성이 제한되었다는 것은 주지의 사실이다. 여상현은 이 시기에 일본어로 된 글은 한 편도 발표하지 않았다. 그가 마지막으로 발표한 작품은 1942년 12월 『조광』에 발표한 「옷고름을 매다가」이지만, 이마저도 끝내 그는 한글시를 고집하였다. 전시체제기는 다른 문인들도 마찬가지였지만 그에게도 고통과 좌절의 시기였다. 체제에 협력하지 않는 이상 조선어 창작 활동은 불가능한 것이었다. 그래서 그는 비교적 체제 협력과 무관한 몇몇 작품을 발표하고서는 작품 활동을 중단하였고, 해방 후 곧 창작 활동을 재개하였다.

해방 후에 발표한 여상현의 시들은 대체로 정치 현실에 대한 비판과 민중의 삶의 고통에 대한 폭로가 주를 이룬다. 남북의 분단과 미·소군정의 실시와 같은 현실 정치에 대한 것보다는 민중의 고통에 주로 착목하는 양상을 보인다. 이 시기에 발표된 작품 중에는 「복로방福爐房」이라는 작품이 있는데, 이 작품의 창작 시기는 정확히 밝혀지지 않았지만 시 속에 등장하는 '대한독립'이라는 시어로 보아 해방이 되고 신탁통치 논란이 일던 시점에 씌어진 것으로 보인다.

'복로방'은 보통 '봉놋방'으로 통용되는 것으로 사전적 의미는 주막에서 여러 나그네가 한데 모여 자는 가장 큰 방을 말한다. 그런데 흥미로운 점은 「복로방」이라는 작품은 시적 배경과 시적 상황을 고려할 때, 고리키의 작품 「밤주막」과 유사한 측면이 있다는 점이다.

> 고린 자반토막 퀴퀴한 길목짝
> 제마다 고달픈 노염인양 뿜어대는 자욱한 담배연기
> 福爐房 유난히 낮은 천정이
> 지친 나그네들의 가슴을 누른다
>
> 작고만 흐려지는 남포등 심지
> 돋구며 돋구며 渴한 하품속에
> 다시금 내일의 里程을 헤아리며 감발을 푼다
>
> 돌아앉아서 부스럭대던 웬 중년나그네
> 은전소리를 내고 제혼자 놀래 주춤하고
> 수잠을 자던 황애장수 영감도 덩달아 놀랜다
>
> 목침을 못벤 불평은 초저녁부터 코들이 들고 일어낫고
> 「감돌」을 꺼내비히며 입심껏 떠들던 영감님
> 굵적 굵적 사쓰밑에서 金을 파는게다
>
> 「대한독립」을 이러니 저러니
> 큰기침 섞여가며 떠들던 노인도

상노 아이 못데리고 온 것이 무척 뉘우치는 듯
안절 부절 하다간 새우잠이 들었다

죽창을 밝히는 뜰앞 長明燈
방은 항구가까운 海灣처럼 어수선한데
외입쟁이 애꾸눈이 土産망아지의
이따금 굴으는 발굽소리가 자칫 외로웁구나

이윽고 머나먼 마을에 닭우는 소리
지새는 밤을 털고 일어나
내 아직도 천리길을 가야하는가   「복로방」 전문41

　　총 7연으로 구성된 「복로방」은 해방 직후 어느 주막집의 복로방의
밤 풍경을 묘사하고 있다. 시적 화자의 시선은 주막집의 외부가 아니
라 내부에 고정되어 있다. 주막은 해방 이후에도 농촌 지역에서는 여
전히 존재하고 있던 공간이다. 길 가는 사람들을 상대로 술이나 밥을
팔고 또 잠자리를 제공하기도 했던 지극히 평범한 전근대적인 공간이
바로 주막이다. 여상현이 해방 후 도시의 정치 현실을 풍자하면서 다
른 한편으로는 농촌의 현실에 착목하고 있다는 사실은 그가 가진 민중
지향성을 잘 보여준다.

　　1연은 시적 화자가 복로방에 들어서면서 마주친 첫인상을 서술하고
있다. '자반토막'이 '고린' 냄새를 풍기는 가난한 '길목짝'에 위치한 주막
의 복로방에는 하룻밤을 쉬어가는 떠돌이들이 모여 있다. 그들은 '고달
픈 노염'을 '담배연기'로 품어내고 있다. 그리고 방의 '천정'은 마치 '지
친 나그네들의 가슴을' 누를 듯이 낮다. 이런 묘사는 시적 화자의 답답
한 심정을 표현한 것이다. 그런데 이런 방안의 묘사는 곧 고리키가 「밤

---

41 『칠면조』, 18-21쪽.

주막」에서 그려낸 합숙소의 풍경과 유사하다. 고리키의 합숙소가 당대 러시아의 현실을 보여주는 축도라면, 여상현의 복로방은 해방 후 조선의 현실을 보여주는 축도라고 할 수 있다.[42]

2연에서는 시적 화자의 행위를 묘사하고 있다. 희미한 '남포등 심지'를 계속 돋우면서 일상의 피로로 인해 연신 하품을 한다. 그 역시 그가 관찰하는 복로방의 인물들과 다름없이 신산한 삶을 살고 있는 존재인 것인데, 그는 '내일'도 고단한 여정을 계속 해야만 한다.

3~5연은 시적 화자가 관찰한 인물들에 대한 묘사에 할애되고 있다. 3연에서는 자신이 '은전'을 소지하고 있다는 사실이 알려질까 봐 전전긍긍하는 '중년나그네'와 그의 움직임에 '수잠'을 깬 '황애장수 영감'이 등장한다. 4연에서는 이에 아랑곳 않고 '초저녁'부터 깊은 잠에 빠져든 일군의 모습이 묘사되고 있다. 그 와중에도 '「감돌」'을 꺼내 보이며 자신의 부를 자랑하는 '영감님'이 있기도 하다. 5연에서는 시국을 논하는 '노인'도 '새우잠'이 들었다. 이들 인물들은 다소 희화화되어 있다.[43]

이 시를 분석하면서 최학출은 3~5연에 등장하는 인물들을 비판적으로 묘사한 바 있다. 예를 들면 그는 3연의 인물들은 물신주의자, 4연의 인물은 몰락한 금광꾼이나 일확천금에 집착하는 인물, 5연의 인물은 몰락한 양반의 후예 또는 보수적 봉건주의자로 보고 있다. 그러면서 시적 화자가 이와 같은 부정적인 군상들 때문에 회의나 허무의식을 느끼게 된다고 설명하고 있다.[44] 시적 화자의 어조 속에 희화화의 기운이 어느 정도 감지되기는 하나 전반적으로 볼 때 시적 화자가 이들을 비

---

42 최학출, 앞의 논문, 1991, 126쪽.

43 유성호, 앞의 논문, 141쪽.

44 최학출, 위의 논문, 1991, 126쪽.

판적으로 바라보고 있다고는 할 수 없다. 오히려 시적 화자가 이들을 그 자신이 품고 가야할, 연민이나 동정의 대상으로 보고 있다는 인상이 강하다.

이처럼 복로방에는 출신 성분이나 직업이 다양한 사람들이 모여 있다. 그들은 자신의 부를 자랑하기도 하고 돈을 뺏길까 봐 걱정하기도 한다. 또는 자신의 실제 삶과는 무관한 시국에 대한 이야기를 하는 사람도 있다. 그러나 시적 화자가 지켜보는 이들은 모두 어느새 하룻밤의 '동료들'과 같은 공간에서 잠이 든다. 그 잠은 그들의 고단한 일상을 암시하는 것이다. 그럼에도 불구하고 그만은 그들과는 달리 쉽사리 잠이 들지 못한다. 6연은 그러한 그가 복로방의 '죽창'을 열고 바라본 바깥 풍경을 묘사하고 있다. 그가 내다보는 '죽창'은 가난의 상징처럼 느껴지고 '뜰앞 장명등'은 모든 것이 잠든 밤, 잠들지 못하고 밤을 지새우는 그의 상황을 암시하는 '의식의 촛불' 같은 것이다. 그런 밤에 그와 공명하는 것은 "외입쟁이 애꾸눈이 土産망아지'이다. 망아지가 내는 발굽소리는 그로 하여금 어딘가로 떠나야 하는 자신의 처지를 암시하고 있다. 모두 잠든 복로방의 밤을 지새우는 그의 심정은 '외로웁구나'라는 표현에서 단적으로 드러난다.

마지막 연인 7연은 시적 화자가 한숨도 자지 못한 채 새벽을 맞았다는 사실을 암시한다. 그에게는 '천리길'이 남아 있다. 불면의 이유는 작품 속에 밝혀지지 않고 있다. 그러나 그의 불면이 복로방의 체험과 관련이 있음은 짐작할 수 있다. 일제로부터 해방을 맞았음에도 불구하고 민중의 신산스러운 삶은 여전히 지속되고 있다는 사실은 여상현으로 하여금 자신이 걸어가야 할 길이 얼마나 먼 길인가를 깨닫게 했을 것이다.

이 시는 겉으로 볼 때 여상현의 직접 체험에 기반을 둔 것으로 보인다. 그는 해방기에 『서울신문』의 기자로 활동한 것으로 알려져 있는데, 지방 취재 과정에서 복로방에 묶은 경험이 있었을 것이다. 그런데 이런 체험을 시 작품으로 형상화하는 데 있어서 고리키의 「밤주막」이 그에게 시사한 바가 적지 않았으리라고 추측된다.

「밤주막」에서도 무대 공간이 철저히 실내로 한정되어 있고, 다양한 인간 군상이 조명되고 있다는 점이 「복로방」과 유사하다. 물론 합숙소와 주막의 기능적 차이가 있고, 「밤주막」과는 달리 「복로방」에는 여성 인물이 등장하지 않는다는 차이가 있기는 하다. 그러나 이들 두 작품이 모두 민중의 고통과 절망을 표현함으로써 고리키가 했던 것처럼 여상현도 어느 지방의 복로방을 당대 조선 현실의 축소판으로 그려내고자 한 것은 아닐까.

여상현은 앞에서 살펴본 것처럼 본격적으로 창작 활동에 들어서면서 고리키 서거에 대한 애도를 시적으로 표현함으로써 그의 민중지향성을 상당히 뚜렷하게 밝힌 바 있다. 그런 지향은 작품 활동 속에서 비교적 일정한 양상을 보이지만 일제 강점 말기의 억압적인 상황으로 인해 표출되지 못하다가 해방 후 다시 표출되기 시작하였다. 해방기 민중지향적 정신의 새출발을 알리는 작품이 바로 「복로방」이다. 특히 이 작품의 모티브가 고리키의 대표 희곡인 「밤주막」에 있다는 점에서 여상현의 민중지향성은 일시적인 굴곡에도 불구하고 해방기로 고스란히 이어지고 있다고 할 수 있다. 「복로방」 이후 발표된 그의 대표작 「보리씨를 뿌리며」, 「영산강」 같은 작품은 「복로방」에서 시적 화자가 걸어가야만 했던 '천리길' 여정의 산물인 셈이다.

6. 결론

여상현은 주로 해방기 시문학사에서 거론되고 있다. 해방기 그는 조선문학가동맹의 일원으로 「분수」, 「칠면조」, 「커브-」, 「보리씨를 뿌리며」, 「영산강」 등의 작품을 통해서 민족적이고 민중적인 메시지를 표현한 바 있다. 그는 조선문학가동맹의 시인이면서도 그 당시 주목을 받던 소위 전위시인들에 가려져 큰 주목을 받지는 못했다. 그럼에도 불구하고 위에서 거론한 몇 편의 작품만으로도 한국근대문학사에서의 그의 위상은 부정할 수 없을 것이다. 그는 1930년대 초반에 창작 활동을 시작한 오장환이나 이용악과 비슷한 활동 이력이나 작품 성향을 가지고 있음에도 불구하고 일제 강점기의 그의 창작 활동에 대해서는 충분히 구명되지 못했다.

이 글에서는 그동안 상대적으로 잘 알려진 해방기의 작품 활동보다는 비교적 잘 알려져 있지 않고 의혹과 논란도 들씌워져 있는 일제 강점기의 작품 활동을 주 논의의 대상으로 삼았다. 빈약한 연구사이기는 하지만 그간의 논의를 통해서 충분히 해명된 부분보다는 불투명하거나 모호한 지점에 논의를 집중하고자 했다.

2에서는 『시인부락』 동인 활동을 전후한 여상현의 창작 활동 내용을 1차 자료에 근거하여 보다 정밀하게 복원하고자 하였다. 이런 작업을 통해서 그의 등단이 1930년대 초반이라는 사실과 지금까지 알려진 것보다 그의 창작 활동이 풍성한 것이었다는 점을 확인할 수 있었다.

3에서는 종종 단절적으로 파악된 일제 강점기의 시세계와 해방기의 시세계가 비교적 일관된 문학 정신 하에서 형성되었다는 점을 밝히고자 하였다. 이 과정에서 여상현이 막심 고리키를 사숙하였고 그 세계에 공명하면서 민중지향성을 가지게 되었다는 점을 중요한 근거로 삼았다.

4에서는 그동안 친일 논란이 제기되어 온 일제 강점 말기의 작품을 대상으로 정밀한 분석을 통해서 이들 시가 그의 문학 정신을 서정의 옷으로 위장한 작품이라는 점을 주장하였다.

5에서는 일제 강점기 여상현의 시정신이 해방기로 이어진다는 점을 주장하였다. 여상현의 「복로방」을 그의 시정신의 재개로 보면서 이 과정에서 고리키의 「밤주막」과 이 작품이 보이는 유사성을 주요 근거로 제시하였다.

이 글은 기존의 연구 성과를 검토하면서 제기된 문제들을 논의의 중심으로 설정한 탓에 일제 강점기 여상현의 시세계를 폭넓게 조명하지는 못했다. 그러나 앞으로 이루어질 여상현 시 연구에 있어서 논의를 확대할 수 있는 시사점을 제공했다는 측면에서 일정한 의의를 가질 수 있으리라 생각된다.

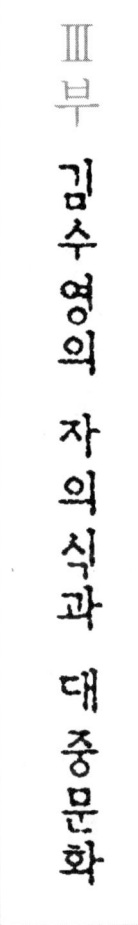

Ⅲ부

김수영의 자의식과 대중문화

문화론의 시각에서 본 문학과 영화

7장. 시적 자유의 두 가지 양상: 김수영과 김춘수

1. 서론

김수영과 김춘수는 모두 시와 시론 작업을 함께 한 시인이자 시론가라는 외형적 유사성을 가지고 있다. 또한 그들은 해방 이후 본격적으로 시를 쓰기 시작했고, 일제 강점기와 6·25전쟁이라는 역사적 흐름 속에서 폭력과 이데올로기에 의한 상처를 입었다는 공통점을 가지고 있다. 김수영이 역사의 상처를 껴안음으로써 현실에 맞선 반면, 김춘수는 '역사=폭력=이데올로기'라는 편집증적 공포에 사로잡혀 그로부터 빗겨나는 방식을 선택하고 있다. 그러나 일견 서로 상반된 행로를 내달은 듯 보이는 이들의 이후 행보는 불행한 사회에 처한 시인의 존재론의 두 가지 방식을 보여준다는 점에서 대단히 시사적이라 할 수 있다. 김춘수가 역사의 폭력을 비판하고 그것으로부터 전적으로 거리두기를 시도함으로써 그 상처의 극복을 추구했다면, 김수영은 역사의 폭력을 자기 속으로 끌어들임으로써 상처의 극복을 추구한 양상을 보인다.[1] 그런 터라 6·25전쟁 이후 한국현대시사를 가늠할 때, 우리는 김

---

1 김춘수와 김수영은 여러 가지 면에서 비교의 관심을 유발한다. 그들은 불과 1년 차를

춘수와 김수영이라는 두 개의 거멀못을 두고 다양한 시적 현상들을 평가해왔는데, 그런 방식은 어떤 측면에서 상당한 설득력을 갖는다.

그러나 또 다른 측면에서 우리는 그 양자가 갖는 타자적인 측면, 즉 김춘수와 김수영이 자신의 시학 혹은 시관, 시 창작에서 버텨 낸 타자적 측면에 대해서 애써 보지 않으려는 태도를 취해온 것도 사실이다. 양자를 순수와 참여의 이분법으로 갈라냄으로써 문학과 이데올로기의 관계를 협소화해 왔다. 기존에 제출된 김춘수와 김수영의 비교론은 알게 모르게 그와 같은 관심에서 제출된 것이라고 할 것이다. 그러나 그와 같은 관심이 인식의 종합적 국면을 부당하게 절단함으로써만 가능한 인식론적 편견일 수 있다는 점을 감안하면서 그들의 시적 실천의 위상을 가늠해볼 필요가 있다.

그런데 그와 같은 관심은 문학이란 과연 무엇인가, 문학과 이데올로기의 관계는 무엇인가 등의 원론적인 문제제기에서부터 한국현대시사의 양상들을 점검해야 한다는 새로운 관심과 부합되는 것이기도 하다. 문학은 문학자의 '존재론적 표현'이자 '사회적 효과'로서 존재할 수밖에 없다는 사실은 특히 시를 대상으로 할 때 한층 절실한 것이다. '존재론적 표현'을 김춘수만의 것으로 '사회적 효과'를 김수영만의 것으로 이해하는 것은 시적 언어의 문제를 경시하는 것이 되기 쉽다. 적어도 현대시에 한정해서 논의할 때, 시의 자유는 우선 자유시 형이라는 형태론적 측면에서 부각되지만, 그것은 비단 형태론적 문제일 뿐만 아니라 시인의 존재론적 문제일 수도 있다. 따라서 자유의 문제를 굳이 김수

두고 태어났고, 해방 이후 본격적인 시 창작에 임했다. 그리고 그들은 모두 도쿄 유학생 출신이다. 그러나 이들은 또한 역사의 폭력 앞에서 굴절의 경험을 가졌다는 점에서 주목을 끈다. 주지하다시피 김춘수는 유학시절 6개월간의 옥고를 치렀고, 김수영은 6·25전쟁 당시 인민군 포로로서 거제도수용소 체험을 가지고 있다. 그들의 이와 같은 체험은 모두 역사의 폭력에 해당하지만, 상처의 극복을 향한 그들의 대응은 사뭇 다른 양상을 보인다.

영의 전유물처럼 이해하는 것은 부당하며, 김춘수가 제기한 자유 역시 김수영의 자유론만큼의 무게를 갖고 있는 것으로 볼 필요가 있다. 그와 같은 문제성을 배제할 때, 김수영과 김춘수는 변증법적 긴장을 벗어나서 강요된 대극 관계를 형성할 수밖에 없을 것이다.

김수영은 현실 참여를 시적으로 실천한 시인으로, 그리고 김춘수는 이와는 대조적으로 현실, 사회, 역사 등 시 외적 요소를 작품 속에서 일체 거세하고자 한 순수 시인으로 평가해 왔다. 이처럼 시정신이나 문학관에 따라 시인들을 도식적으로 이분화할 때, 그들 사이에 내재된 시적 의식을 간과할 우려는 상존한다.[2] 실제 이들의 글을 보면 이들이 상대방을 자신이 배격해야 할 존재라고 느끼지 않았던 것으로 보인다. 김춘수는 김수영의 시세계와 자신의 그것이 다르지 않음을 이야기하기도 하고 김수영이 묵시적으로 실천하고 있는 시세계로부터 강한 구속을 받고 있는 듯 한 인상을 주기도 한다. 특히 김춘수는 김수영을 상당히 의식하였던 것으로 보인다.[3]

이전에도 이 두 시인의 관계를 다룬 글이 없지는 않았다. 대체로 그 비교의 지점은 그들이 공유하고 있는 비평 테마로서의 자유의 문제였다. 그러나 기존의 관점은 1950년대 모더니즘 운동의 정신사적 측면에 국한되어, 1960년대에 형성된 시론상의 긴장으로는 나아가지 못하고 있다.[4] 또 시적 영향이라는 관점에서 선배 시인들이 김춘수에게 끼친 영향을 추적한 경우도 있다. 그러나 시인의 시적 실천은 비단 선배 시인들에게만 국한되는 문제가 아니라 동시대 시인들과의 문제이기도

2 이은정, 「김춘수와 김수영 시학의 대비적 연구」, 이화여자대학교 박사학위논문, 1993, 218쪽.
3 이동순, 「시의 실존과 무의미의 의미」, 『김춘수연구』, 학문사, 1982, 328쪽.
4 한계전, 「50년대 모더니즘 시의 가능성」, 『1950년대 한국문학연구』, 보고사, 1997, 35쪽.

하다는 점은 고려되지 않았다.[5]

이 글은 이와 같은 문제의식 하에서 김춘수 시론에 나타난 김수영 시론의 영향 관계를 검토하고자 한다. 특히 시적 자유의 문제를 중심으로, 김수영의 자유 시론이 김춘수의 무의미 시론에 끼친 영향을 추적하고, 그런 영향이 김춘수 시론에서 어떤 양상으로 지양 혹은 변형되고 있는지를 밝히고자 한다. 이 과정에서 문학과 이데올로기 혹은 정치의 함수 관계를 생각해보고자 하는 것이 이 글의 목적이다.

2. 사회적 긴장으로서의 자유

1) 시와 정치삶의 일원성

김수영에게 있어 4·19혁명이 결정적 영향을 미쳤다는 사실은 새삼 거론한 바가 못 된다. 1960년대 김수영의 시와 시론은 4·19혁명의 정신적 충격을 시와 통합하려는 노력의 산물이라고 할 수 있겠는데[6], 그가 펼친 시론의 핵심은 주지하다시피 자유의 문제라고 할 것이다. 김수영은 「나의 신앙은 「자유의 회복」」이라는 글에서 자신이 제창한 자유의 외연을 잘 보여주고 있다.

> 문제는 한국시단에 「자유의 회복」에 둔감한 시인이 너무나 많다는 사실이다. 내가 시를 보는 기준은 이 「자유의 회복」의 신앙이다.
> 작품이 좀 미흡한 데가 있어도, 그 시인이 시인으로서의 자유의 신앙

---

5 김의수, 「김춘수 시의 상호텍스트성 연구」, 서울대학교 박사학위논문, 2002 참조.
6 최하림, 『김수영평전』, 실천문학사, 2001, 290-293쪽.

을 갖고 있는 사람이라는 것을 알 때는 좋게 보이고 또 좋게 보려고 한다. 아무리 작품이 짜임새가 있고 말솜씨가 좋고 명확하더라도, 그가 보수적인 맹꽁이라는 것을 알 때에는 환멸이다. 따라서 나의 시평 태도는 어디까지나 편벽에 찬 것이다.[7]

　단편적인 글의 한 대목이긴 하나, 위 인용문에서 우리는 김수영의 시관을 단적으로 확인할 수 있다. 그가 시를 평가하는 기준은 '「자유의 회복」의 신앙'이다. 시와 시인에 대한 평가 기준을 시인의 신념이나 가치관에 둔다는 이런 태도는 언어적 구조의 예술성을 괄호 친, 예술외적 관점에서 비롯되는 것이라는 점에서 다분히 주관적이고 관념적이라 할 것이다. 그리고 그가 내세운 평가의 기준인 '「자유의 회복」의 신앙'이라는 것에도 모호한 구석이 많다. '자유의 회복'에서 말하는 자유는 정치사회적 구속으로부터의 해방을 의미하는 것이다. 1950년대까지 줄곧 침묵과 자학, 분열증적인 고립으로 자폐적 태도를 보였고, 소시민적 삶의 우울과 분노, 무력감을 절감했던 그가 4·19혁명 이후 전변한 것은 4·19혁명으로 인한 자유에의 지향이 얼마나 강렬한 것이었는가를 반증하는 것이다.[8] 1960년대 김수영에게 있어 자유는 시대정신의 수준으로 육박하는 그 무엇이라 할 것이다. 따라서 시의 예술적 완성도 여하를 떠나 시대정신으로서의 자유 의식 여부를 놓고 문학을 평가하려는 김수영의 이와 같은 '편벽에 찬' 태도는 종래의 언어적, 시적 감수성의 틀을 넘어서 버리는 양상을 보인다. 이 글이 우리의 주목을 끄는 또 다른 이유는 이 글에서 김수영은 김춘수를 언급하고 있기 때문이다.

7 『김수영전집2』, 민음사, 1989, 125쪽.
8 이숭원, 「정치 현실에 대한 두 시인의 반응-임화와 김수영의 경우」, 『한민족어문학』 43, 한민족어문학회, 2003, 183-186쪽.

　　　장일우씨는 김춘수의 시를 보고 「음모陰毛를 노래하는 저속한 취미」
　　운운의 시라고 했지만 나는 그의 시에 대해서 그만한 규정조차도 내릴만
　　한 지식이 없다.9

　그 당시 김수영이 구독하던 재일동포계 잡지『한양』에서 활동하던
평론가 장일우의 김춘수 시에 대한 평가를 언급하고 있는 이 대목은
당대 난해시 창작의 중심에 서 있던 김춘수 시에 대한 그의 인식을 확
인할 수 있는 대목이다. 그는 김춘수 시에 대해서만은 판단 중지를 내
리고 있다. 앞부분에서 '「자유의 회복」의 신앙' 여부라는 선명한 판단
기준을 제시한 그로서는 의아한 대목이다. 그에게 있어 시는 시인이
간직한 가치관 여부로 충분히 판단 가능한 것이기 때문이다. 그럼에도
불구하고 김춘수의 경우에 대해서는 판단을 유보하고 있는 이유는 무
엇일까. 섣부른 단정은 힘들지만, 김춘수 역시 그가 규정한 자유의 영
역 내에 있다고 본 것은 아닐까. 여기에 대해서는 좀 더 상세한 논급이
필요할 것이다.

　그렇다면 김수영이 생각하는 자유는 무엇일까. 「창작자유의 조건」
이라는 글을 통해 우리는 그에게 있어 자유는 우선적으로 창작과 표현
의 자유임을 알 수 있다. 그는 이 글에서 4·19혁명 이후 자유 의식이
신장되었지만 완전한 자유가 보장되지 않고 있는 현실을 개탄하고 있
다. "창작의 자유는 백퍼센트의 언론자유가 없이는 도저히 되지 않는
다. 창작에 있어서는 1퍼센테이지가 결한 언론자유는 언론자유가 없다
는 말과 마찬가지다."라는 표현을 볼 때, 시인으로서 그가 의식한 자유
는 '현실상의 척도나 규범을 넘어선' 것에 대한 자유로운 상상과 표현
을 가능케 하는 것이다. 어찌 보면 상식선의 논급임에도 불구하고 그

9『김수영전집2』, 126쪽.

의 자유론이 한국문학사에서 의미심장한 발언으로 자리매김 되는 이
유는 일제 강점기 이후 지속화된 검열 정책에 대해서 문인들이 별다른
대응을 하지 못했다는 사정이 개입된다. 문인들의 자의식적인 대응의
첫 사례가 남정현의 「분지」 사건을 둘러싼 문단적 대응이었다는 사실
은 그동안 문인들이 얼마나 억압에 길들여왔는지를 감안하게 한다. 특
히 그에게 있어 창작과 표현의 자유는 문학 창작의 문제뿐만 아니라
자신의 존재론적 표현의 문제라는 점에서 주목할 필요가 있다.

김수영에게 있어 자유는 정치권력의 검열뿐만 아니라 예술가의 내
면적 무의식을 금제하는 내면화된 억압이다. 「지식인의 사회참여」라
는 글에서 그는 이어령이 일간지에 기고한 글에 대해 논평하고 있다.
이어령의 논조에 대체로 동의하면서 그는 이어령이 제기한 '에비'의 비
유를 통해서 당대 지식인의 내면을 감싸고 있는 무의식적 공포가 문화
창조의 장애가 되고 있다는 점을 확인하고 있다.[10] 이어령과의 논전은
'자유-불온 논쟁'으로 확대되기에 이르렀는데, 문학의 현실 참여 가능
성을 긍정하는 입장에서 비평을 해온 이어령이 김수영의 논리를 강도
높게 비판한 배경에는 1960년대 문단의 참여파들의 목적론적 경향, 문
학의 도구화 경향도 한몫했지만[11], 은둔과 침묵으로 일관한 김수영이
4·19혁명 이후 돌연 태도를 일변한 모습에 의혹을 가지고 있었기 때
문이기도 하다.[12]

그러나 이어령의 우려와는 달리 김수영에게 있어 자유는 시와 이분
되어 존재하는 도구로 축소되지 않는다. 그에게 있어 자유는 시를 매

10 박주현, 「김수영 문학에 나타난 내면적 자유 연구」, 서울대학교 박사학위논문, 2002, 16-
  32쪽.
11 김영민, 『한국현대문학비평사』, 소명출판, 2002, 281쪽.
12 이어령은 EBS 「문화사기획」(2004년 방영)에 출연하여 이런 요지의 말을 한 바 있다.

개로 하면서 궁극적으로는 시로 통합되는 성질의 것이다. 그의 시들이 대체로 산문조 줄글의 형식을 띠는 것은 그에게 있어 자유는 시 창작과 별개로 존재하는 것이 아니라 시 창작으로 수렴되고 궁극적인 형식을 얻는 것이라 할 수 있다. 온 몸으로 밀고 나가는 것이 시라고 보는 그의 시관에 따르면 내용과 형식은 통합되어 있을 뿐, 형식주의자들의 태도처럼 내용과 형식의 이원론은 작동하지 않는다. 그렇다고 그의 사유가 내용 편향의 시론과는 다른 것은 그에게 있어 내용과 형식은 기능적으로 이분될 수 없는 성격의 것, 즉 내용이자 형식이고 형식이자 내용이기 때문이다.[13] 소설과는 달리 시에서 시어나 구조, 형태는 그 자체가 내용이자 형식, 즉 머리나 몸통, 사지로 구분될 수 없는 '온몸'인 것이다.

김수영은 시의 내용 층위를 이루고 있는 현실과 역사를 운위하기도 하나, 그것은 통상 함축되는 의미를 벗어나고 있다. 그에게 있어 시적 현실은 시적 이미지이다. '현실=이미지'는 통상의 용법이나 시론에서는 상반되거나 적어도 무관한 용어들이다. 그럼에도 불구하고 그는 이 둘을 포갠다. 시인에게 있어서 현실은 그가 구사하는 이미지와 동격이다. 시인에게 이미지 외에는 현실이 있을 수 없다는 이런 인식은 그의 시론이 기능적 이원론을 벗어나 시로 수렴되는 것임을 말해준다.

2) '의미'의 긴장

이와 같은 양상은 김춘수의 무의미시론에 대한 비판에서도 단적으

---

13 정영훈, 「김수영의 시론 연구」, 『관악어문연구』 27, 서울대학교 국어국문학과, 2002, 46
4-465쪽.

로 드러난다. 시에서 대상을 배제함으로써 의미를 벗어난 즉물적 이미지들의 결합체가 되게 하겠다는 것이 김춘수의 무의미시론의 핵심이다. 사상이나 이데올로기가 과연 의미와 동격에 놓일 수 있는 개념인가부터 극히 의심스럽지만, 대가시론의 특성을 감안한다 하더라도 김춘수의 무의미시론의 핵심을 차지하는 이와 같은 계열화의 부적절성을 최근까지 지적한 논자가 없었다는 점은 의아하지 않을 수 없다. 김춘수가 주장하는 무의미의 시학은 의미에 대한 과도한 단순화를 거쳐 탄생한 것으로, 여기에는 그의 자전적 체험에서 비롯된 극단적 회의, 분노, 절망이라는 측면과 김수영을 비롯한 참여파 시인들이 득세한 1960년대 문단적 상황에 대한 대응의 한 방식이었다는 점을 고려할 필요가 있다.[14]

그렇다면 김춘수의 무의미시론을 보다 자세히 살펴보기로 하자. 시에서 과연 의미를 무엇이라고 볼 것인가는 지극히 주관적인 문제라고 할 수 있다. 시는 감정이나 정서의 언어적 직조물이다. 그러나 단순한 정서를 표출한 시라 하더라도 그것이 단순히 사소한 감정과 결부된 것이라고 할 수는 없다. 시는 우선 정서로 표출되더라도 그 정서의 밑바닥을 관류하는 것은 사상이나 이데올로기일 수 있기 때문이다. 시를 구성하는 리듬이나 정서, 사상까지 그 일체를 의미를 형성하는 요소라고 본다면, 김춘수가 말하는 무의미시라는 것은 인간의 정적 요소를 철저히 배제한 즉물적 이미지의 시나 초현실주의 시 등에 국한되는 것이다. 언어의 기능성을 철저히 배제함으로써 그가 시 창작을 통해 추구한 것은 기실 그다지 새로울 것도 없는 것이다. 김춘수의 시론이 한국현대시사에서 어떤 입지점을 확고히 다졌다면 그것은 상당 부분 일

14 최라영, 「김춘수의 무의미시 연구」, 서울대학교 박사학위논문, 2004의 Ⅳ장 참조.

제 강점기와 6·25전쟁을 경과하면서 그가 차지한 위치의 특이성에서 비롯되는 것일 뿐, 시론 자체의 새로움에서 비롯된 것은 아니다. 김춘수는 시에서 의미라는 개념을 과감하게 주관적으로 해석하고 새로운 포장에 담아낼 수 있었던 데 그 강점이 있다.[15] 그 과정에 김수영 시론과의 변증법적 교섭이 한 역할을 했던 것인데, 이 점에 대해서 지금까지 별 다른 논급이 없었던 것이 사실이다.

김춘수의 논리에 대해서 김수영은 다음과 같이 평하고 있는데, 여기서 우리는 김수영이 김춘수 시론의 최초 비평자로서 날카롭게 대립하고 있음을 확인할 수 있다.

> 그(김춘수:인용자)는 자기의 입으로도 시는 넌센스를 추구하는 것이라고 말하고 있는데, 이런 좋은 의미의 넌센스는 진정한 시에는 어떤 시에고 있는 것이다. 그가 말하는 넌센스는 시의 승화작용이고, 설사 시에 그가 말하는 「의미」가 들어있든 안 들어있든 간에 모든 진정한 시는 무의미한 시이다. 오든의 참여시도, 브레히트의 사회주의 시까지도 종국에 가서는 모든 시의 미학은 무의미의-크나큰 침묵의-미학으로 통하는 것이다. 이것은 예술의 본질이며 숙명이다. 그런데 김춘수의 경우는 이런 본질적인 의미의 무의미의 추구를 하는 것이 아니라, 먼저부터 「의미」를 포기하고 들어간다. (중략) 이런 변증법적 과정이 어떤 선입견 때문에 충분한 충돌을 하기 전에 어느 한쪽이 약화될 때 그것은 작품의 감응의 강도에 영향을 줄 뿐만 아니라 작품의 성패를 좌우하는 치명상을 입히는 수도 있다.[16]

---

15 김춘수 역시 그가 주장하는 무의미가 전적인 의미 없음이라고 하기 어렵고, 다만 그것이 그의 시작이 추구하는 절대 지향임을 밝히고 있다. 그리고 대부분의 김춘수 시 연구자들 역시 김춘수의 무의미시가 기성관념으로 굳어진 의미가 아닌 새로운 의미를 창출하는 것으로 보고 있다. 홍경표, 「관념과 순수「이미지」에의 지향」, 『김춘수연구』, 학문사, 1982, 304쪽.

16 『김수영전집2』, 244-245쪽.

김수영은 위 인용문에서 시와 예술의 본질에 관한 발언을 하고 있다. 어떤 시든 진정한 시에서는 무의미의 양상을 확인할 수 있다는 것, 그리고 진정한 시는 김춘수처럼 의미를 배제한 상태에서 탄생하지 않고 의미를 둘러 싼 긴장이 변증법적 과정 속에 놓일 때 탄생한다고 말하고 있다. 김수영에게 있어 언어는 시인의 내적 의미를 표백할 수 있는 유일한 매개체이자 그의 내적 의미를 특정한 구도로 제한하거나 왜곡하는 방해물이다. 따라서 언어를 예술적 재료로 사용할 수밖에 없는 시인에게 있어 언어를 둘러싼 내적 긴장이야말로 진정한 작품 창작을 위한 필수 전제가 된다고 할 수 있다.[17]

그러한 김수영에게 있어 한갓 리듬이나 이미지 차원에서 시의 절대성을 추구하는 듯한 김춘수가 시에 대한 편향된 인식을 가지고 있는 것으로 보인 것은 당연한 일이다. 그래서 김수영은 김춘수가 본질적인 의미에서 무의미의 시학을 추구하지 못하고 한갓 기능주의적인 태도로 시를 바라보고 있다고 비판한 것이다. 이것은 김수영 시론의 입지점이 보다 근원적인 데 있음을 보여준다. 그는 진정한 시에는 '크나큰 침묵'의 요소가 있다고 했고, 이것이 시의 '무의미'라고 보고 있다. '무의미'와 '침묵'을 등치시키는 이와 같은 시관은 실제 비평에 적용하기에는 무리가 있는 주관적 논리임이기는 하나, 김춘수의 논리가 지닌 불충분함을 한 단계 성숙한 관점에서 비판한 것이라 하겠다.

> 다 읽고 나서 이 여러 토막의 스케치가 하나의 의미로서 소생하지 못하고 그대로 인상적인 단편적 스케치로 머물러있다. 이 시인은 시에서 의미를 제거하려는 작업을 의식적으로 추구하고 있는지 모르지만 시에서

17 노 철, 「모더니즘 시 교육에 관하여-김수영을 중심으로」, 『국제어문』 28, 국제어문학회, 2003, 133쪽.

의미를 제거하려는 본질적인 목표는 부차적인 의미를 정화시키려는 것이
지 시를 진공상태에 놓기 위한 것이 아니다.[18]

또 김수영은 시 월평의 일부분인 위 인용문에서 김춘수의 작업을
'진공상태'라는 표현을 써서 비판하고 있다. 「K국민학교」[19]에 대한 비
평에서 김수영은 김춘수의 이 작품이 단편적인 이미지의 나열에 그치
고 있다고 보고, 이런 양상이 무의미시 추구의 일환으로서 기획된 것
이라 보고 있다. 외부 풍경을 즉물적으로 그린 스케치 풍의 이 시가
곧 김춘수의 기획을 전형적으로 대변하는 시라고는 할 수 없을 것이
다. 그럼에도 불구하고 김춘수의 시 창작에서 일관되게 흐르는 어떤
경향을 지적하고자 김수영이 이 작품을 거론했다고 해서 큰 무리는 아
니다. 김수영은 시에서 의미 제거의 목표가 '부차적인 의미'를 정화하
는 데 있을 뿐, 시를 '진공상태'에 놓기 위함은 아니라는 표현을 사용하
고 있다. 월평란에 실렸다는 지면상의 한계, 특정한 이론 체계에 얽매
이지 않은 표현 탓에 김수영의 논의를 체계적으로 정리하는 것은 어려
운 일이다. 그런데 김춘수에게 있어 '의미'가 내용과 형식 중 내용 계통
의 유사어, 즉 대상·관념·현실·역사·이데올로기와 등치되는 것임
을 감안할 때, 김수영이 제기한 비판의 핵심은 김춘수 식의 '의미'를 변
증법적으로 지양한 것이라 하겠다.

이처럼 김수영의 경우 그가 말하는 자유의 개념은 상당히 폭넓은 것
이라 할 수 있다. 그에게 있어 자유는 정치사회적 현실과 직결되는 자

---

18 『김수영전집2』, 391쪽.

19 김수영이 인용한 이 시의 전반부는 다음과 같다.(오후 세시나 되었을까,/ 선생님의 눈은
충혈하고 마침내 새금파리에 찔린 듯 피를 흘린다./ 그때, 어디선가 날아온 한 마리
새는 한 아이의 머리에서 다음 아이의 머리 위로 차례차례 옮아 앉는다.//) 그러나 이
시는 문장사판 『김춘수전집』, 문장, 1985에는 수록되어 있지 않다. 이 점에 대해서는 그
경위를 좀 더 살펴보아야 할 듯하다.

유로 한정되어 이해되는 경향이 없지 않다. 그러나 그가 말하는 자유는 지식인 혹은 지성인으로서의 책임과 사명으로서의 자유에만 국한되지 않는다. 그는 자신을 지식인으로 규정하고는 있지만, 지식인으로 규정된 자아의 이미지는 대체로 소극적이고 체념적이다. 그리고 불완전하고 비극적이기까지 하다. 그러나 시인으로 규정되는 자아는 대단히 적극적이고 의지적이다.

그에게 있어 자유는 실천의 논리이자 궁극적인 목적이다. 김수영은 다양한 현실 참여적 발언을 한 바 있지만, 우리가 잊어서는 안 될 것은 그의 발언이 시의 존재론적 자기 규정을 유지하면서 이뤄지고 있다는 점이다. 순수와 참여라는 왜곡된 도식이 판치던 1960년대 김수영의 자유는 그 어느 한 곳으로 수렴될 수 없는 모호함을 갖고 있다. 그에게 자유는 창작 이전에 갖추어져야 할 조건이자 창작의 과정이고, 창작의 궁극적 목표이기도 한 것이다.

3. 미학적 긴장으로서의 자유

1) '자유론'의 미학적 전개

김수영과 김춘수는 1960년대 시사에서 대당의 위치를 점하고 있다. 서로가 서로를 긴밀히 의식하는 바탕 위에서 시론과 창작을 전개하고 있다. 김춘수의 경우 이런 양상이 두드러지는데, 김수영 사후 상당한 시간이 흐른 후의 일이지만, 김춘수는 한 대담에서 그의 작업 과정에 개입된 김수영의 영향을 고백하고 있다.[20]

대체로 김수영이 김춘수의 시론을 가벼운 터치를 비판하고 그치는
데 비해 김춘수는 김수영의 시론을 대단히 주도면밀하게 파악하는 양
상을 보인다. 김춘수의 시론에서 김수영에 대한 직접적인 언급이 드물
지 않게 발견되는데, 김수영의 김춘수에 대한 언급과는 사뭇 다른 양
상을 보인다. 물론 단편적인 언급이 주를 이루고 있기는 하지만, 몇몇
사례를 통해서 우리는 김춘수의 시론이 기실 김수영의 시론을 등에 업
고 선 것임을 어렵지 않게 짐작할 수 있다.

김춘수의 김수영에 대한 최초의 언급은 김춘수가 1971년에 발간한
세 번째 시론집에 등장한다. 김춘수는 김수영의 시 「하……그림자가
없다」와 「우리들의 우슴」 두 편에 대해서 다음과 같이 평하고 있다.

> 김수영의 이 작품은 터치가 대단히 거칠고 도도한 웅변을 토하고 있으
> 나 시로서는 하나의 스테이트멘트에 그치고 있다. 끄트머리 한 행이 겨우
> 함축을 보여 주고 있다. 그러나 수영은 상당히 다양한 제스처를 가진 시
> 인이다.[21]

> 여기서는 당돌한 의미의 행들이 끼이고 있음을 본다. 그것은 패러독스
> 가 아이러니로 나타나고 있다. 이러하여 몹시 시니컬한 표정을 짓고 있는
> 것을 본다. 슈르의 기법을 소화하고 있는 흔적이 있다.
> 수영은 W.H.오든처럼 시에 스피치를 도입하고 있다. 대담한 시도라고
> 할 것이다.[22]

첫 번째 인용문에서 김춘수는 김수영의 시가 '하나의 스테이트멘트'
즉 진술에 그치고 있고, 겨우 마지막 행에서 '함축'을 보여주고 있다고

---

20 「대담: 김춘수 편」, 『시와 시학』, 1994년 가을, 20쪽.
21 『김춘수전집2』, 326쪽.
22 『김춘수전집2』, 326쪽.

평하고 있다. 그리고 두 번째 인용문에서 김춘수는 김수영이 시에 '스피치'를 도입하고 있다고 말하고 있다. 김춘수의 이와 같은 언급은 주지하다시피 김수영 시의 문체적 특징에 관한 언급이다. '스테이트멘트' 이전에 등장하는 '웅변'이라는 표현은, 두 번째 인용문에 등장하는 '스피치'와 동일한 표현이다. '웅변'이나 '스피치'가 말하는 이의 신념이나 의지를 표현하는 화술이라고 할 때, '웅변'이나 '스피치'에 가까운 '진술'이라는 김춘수의 언급 김수영 시의 문체적 특징을 잘 포착한 것이라 하겠다.

두 편의 시는 모두 직설조의 어투로 된 김수영 특유의 소시민적 내면 풍경을 표현한 작품이다. 「하……그림자가 없다」는 소시민적인 삶에 대한 비판적 거리의 확보를 위해 내적 투쟁을 벌이는 김수영 자신의 내면 풍경을 그린 작품으로, 이 작품에는 '적'이라고 표현된 소시민적 욕망과 주체 간의 투쟁의 지난함과 주체의 무력함이 드러나고 있다. 김춘수가 위의 논문에서 유일하게 함축성을 띤 부분이라고 한 이 시의 '끄트머리 한 행', 즉 '아 그래…… 그래 그래.'를 제외하고는 이 작품의 전반적인 의미는 명료하게 표현되고 있다. 이에 반해 「우리들의 우슴」은 장만호의 지적처럼 작품 전반이 역설과 부정의 방식으로 구조화되어 있다.23

김수영에게 이 두 편의 시는 모두 삶의 조건이자 목적으로서의 자유의 영역에 포괄되는 작품이다. 그런데 김춘수에게 이 두 편의 시는 다소 상이한 입지에 놓인 것으로 보인다. 그 이유는 김춘수에게 있어 시는 미학적 기법으로 구현되는 자유, 즉 패러독스나 아이러니 등이 만

23 장만호, 「김수영 시의 변증법적 양상」, 『민족문화연구』 40, 고려대학교 민족문화연구소, 2004, 273쪽.

들어 내는 언어적 긴장의 산물이기 때문이다. 그렇기 때문에 김춘수는 미학적 기법이 두드러지는 「우리들의 우슴」에 긍정적인 평가를 한 것이다. 김춘수가 이런 평가의 근거로 내세운 긴장, 패러독스, 아이러니와 같은 개념들이 신비평에서 발원한 것들이라는 점은 김수영과 김춘수의 문학적 입지를 보여준다는 점에서 중요하게 고려되어야 할 사항이다.24

그렇다면 김춘수에게 있어 김수영은 어떤 존재일까. 다음에 인용하는 글에서 우리는 그들 사이에 흐르고 있는 내적 긴장을 어느 정도 확인할 수 있다.

> 이 무렵, 국내 시인으로 나에게 압력을 준 시인이 있다. 고 김수영씨다. 내가 「타령조」 연작시를 쓰고 있는 동안 그는 만만찮은 일을 벌이고 있었다. 소심한 기교파들의 간담을 서늘케 하는 그런 대담한 일이다(여기에 대해서는 따로 자세한 글을 쓰고 싶다). 김씨의 하는 일을 보고 있자니 내가 하고 있는 시험이라고 할까 연습이라고 할까 하는 것이 점점 어색해지고 무의미해지는 것같은 생각이었다. (중략) 여태껏 내가 해온 연습에서 얻은 성과를 소중히 살리면서 이미지 위주의 아주 서술적인 시세계를 만들어 보자는 생각이다.25

김춘수가 말하는 '이 무렵'이란 1922년생인 그의 나이를 감안하면 1960년대 초반에 해당하는 때로, 이 시기는 1921년생이자 4 · 19혁명 이후 본격적으로 김수영이 시론과 비평 작업에 나선 때와 맞아떨어진다. 1958년에 사망한 고석규高錫珪를 제외하고는 본격적인 의미에서의 시

---

24 김수영과 김춘수에게 있어 그들 문학의 공통 자산으로서의 신비평의 영향 관계에 대해서는 앞으로 세밀한 논의가 필요할 것이다. 이런 논의가 가능하기 위해서는 앨런 테이트의 문학론에 대한 적극적 검토가 요구된다.
25 『김춘수전집2』, 351쪽.

론이 부재하던 1960년대 초, 김수영이 그에게 얼마나 지대한 심적 영
향을 주었는가를 위의 인용문은 드러내고 있다.

　이런 고백에서 우리는 김수영이 김춘수에게 있어서는 변증법적 지
양의 매개가 되고 있음을 확인할 수 있다. 김수영의 실험은 김춘수 스
스로도 고백하고 있듯이 '소심한 기교파들의 간담을 서늘케 하는 그런
대담한 일'이라고 하였는데, 정작 김수영의 어떤 시를 두고 한 말인지
는 명확하지 않다. 김춘수는 이에 대해 차후 구체적인 글을 쓰겠다고
첨언하고 있으나, 이후 김춘수의 어떤 글을 보아도 이에 대한 상세한
언급은 보이지 않는다. 아마도 김춘수는 김수영의 세계를 자신의 세계
속에서 지양하는 데 성공했다고 판단하였기에 그러한 작업이 불필요
하게 느껴졌을 지도 모른다. 김춘수의 위의 언급이 1971년, 그러니까
김수영 사후 책으로 묶인 글의 한 토막이라는 점을 감안할 때, 김춘수
가 김수영에게서 느낀 긴장은 회고의 대상일 뿐, 더 이상 현실적 긴장
의 대상이지 못했을 것이다.

　　(전략) 팽이가 돌아가는 현기증나는 긴장상태가 바로 의미가 없어진
　　말을 다루는 그 순간이다. 사람들은 그것을 말의 장난이라고 하지만, 잭
　　슨 폴록은 그러는 그 긴장을 이기지 못해 자기의 몸을 자살로 몰고 갔다.
　　「말의 긴장된 장난」말고 우리에게 또 남아 있는 행위가 있을까? 있을
　　지도 모르지만, 내 눈에 그것은 월하月下의 감상으로밖에는 비치지 않는
　　다. 고인이 된 김수영에게서 나는 무진 압박을 느낀 일이 있었지만 지금
　　은 그렇지도 않다.[26]

　김춘수의 위 언급, 특히 마지막 문장은 그와 같은 정황을 짐작케 한
다. '팽이가 돌아가는 현기증 나는 긴장상태'라는 표현은 김춘수의 시

26 『김춘수전집2』, 389쪽.

적 인식이 김수영의 어법을 빌어 행복한 통합을 이루고 있음을 보여준다. 돌아가는 팽이가 유발하는 현기증은 김수영의 초기 시 「달나라의 장난」에서 발견되는 이미지이다. 김수영 시의 문맥과는 다소 상이하나 김춘수는 이러한 비유, 즉 원심력과 구심력의 통합 상태로 균형을 유지하는 팽이에서 자신의 시적 목표로서의 자유, 즉 의미의 구속으로부터 해방된 실존의 모습을 보고 있다.

여기서 주목해야 할 점은 김춘수가 표현한 '긴장tension'이란 개념은 김수영이 번역하기도 한 앨런 테이트Allen Tate의 문학론에 등장하는 개념이라는 사실이다. 김수영 역시 시론이나 월평에서 펼친 시론 역시 넓은 범주에서 본다면 '긴장' 개념에 속하는 것이다. 이렇게 볼 때, 1960년대 한국현대시론의 양 축을 이룬 김춘수 시론과 김수영 시론은 기실 신비평이라는 동일한 줄기에서 뻗어 나온 두 개의 이파리라고 할 수 있을 것이다.

김춘수의 시론이 김수영 시론과 변증법적 긴장 관계에 있음을 보여주는 사례를 그들 시론의 윤리비평적 성격에서도 발견할 수 있다. 월평에서 김수영이 시 이전에 해당 시인의 태도를 문제 삼는 비평 방식을 취해왔음은 주지의 사실이다. '정직'이나 '성실'을 시인에게 요구하는 태도는 다분히 윤리비평적 성격을 띤 것이다. 그것은 곧 '순수/참여'라는 이데올로기적 이분법을 벗어나 작품다운 작품이 나올 것을 강조하는 태도로 이어지는데, 이것은 시가 언어적 조직의 산물이면서도 시는 시인의 태도와 무관할 수 없다는 점을 강조한 것이다. 그러므로 『현대시』 동인들을 두고 '언어 이전의 고통'이 모자란다고 지적한 것도 김수영으로서는 일맥상통하는 바가 있는 발언이다. 김수영의 이와 같은 태도는 시 이전의 시인의 사상이나 세계관에만 귀착되는 것도 그렇다

고 그와 같은 시 외적 요소를 배제한 시의 구조나 형태만으로 귀착되
는 것도 아니라고 할 것이다. 김춘수 역시 김수영과 비슷한 태도를 보
이고 있다.

> 시의 차원에서는 어떤 절박한 사태를 놓친 그런 차원에서의 참여가 실
> 은 도피보다는 덜 성실하다는 그 역설을 왜 모르는 체하는가?(353)

일제 강점기에 겪은 역사의 폭력으로 인해 사상이나 이데올로기에
대한 극도의 회의를 갖고 있던 김춘수는 '순수/참여'라는 이분법을 벗
어나기 위한 한 방책으로 '성실'이라는 범주를 설정하고 있다. '어떤 절
박한 사태를 놓친 그런 차원에서의 참여'란 사상과 이데올로기의 허망
함을 겪은 김춘수가 본 참여 시인들의 한계 지적과 더불어, 도피파의
범주에 귀속된 궁지를 벗어나려는 목적을 아우른 발언이라고 할 것이
다. 여기서 김춘수는 '성실'이라는, 다분히 김수영적인 발상에서 '순수/
참여'의 문제를 재검토함으로써 '순수/참여'라는 이분법의 한계를 보고
자 한다. 김춘수는 이처럼 시론 정교화 작업 중 김수영 시론을 끊임없
이 참조하며 자신의 시관을 가다듬어가는 양상을 보인다. 초기 김춘수
가 절대 관념과 존재론적 탐구에 치중한 시 창작에서 후기에 무의미시
론을 둘러싼 극단적인 실험으로 치닫는 과정에는 김수영 시론을 지양
하려는 의도가 내포되어 있다.

2) 의미의 초월과 자기목적적 언어

지금까지 우리는 김춘수의 시론에 개입된 김수영 시론의 영향관계
를 몇 가지 측면에서 살펴보았다. 그런데 그 영향의 핵심은 아무래도

김수영 시론의 핵심인 자유의 문제에 귀착되는 것이 아닌가 생각된다. 김춘수가 추구한 무의미시는 궁극적으로 의미론적 가능성의 차단을 통한 존재론적 표현의 욕구를 드러내고 있다는 점에서 현대시가 추구하는 시적 자유의 또 다른 양상이라 할 것이다.

> 이미지가 대상을 가지고 있는 이상 대상을 위한 수단이 될 수밖에는 없다는 뜻으로는 그 이미지는 불순해진다. 그러나 대상을 잃은 언어와 이미지는 대상을 잃음으로써 대상을 무화시키는 결과가 되고, 언어와 이미지는 대상으로부터도 자유로운 것이 된다. 이러한 자유를 얻게 된 언어와 이미지는 시인의 바로 실존 그것이라고 할 수 있다. 언어가 시를 쓰고 이미지가 시를 쓴다는 일이 이렇게 하여 가능해진다. 일종의 방심상태인 것이다. 적어도 이러한 상태를 위장이라도 해야 한다. 시작의 진정한 방법과 단순한 기교의 차이는 이 방심상태(자유)와 그것의 위장의 차이라고 할 수 있을 것이다.[27]

김춘수의 무의미시론의 핵심을 보여주는 위 인용문은 그의 기획이 궁극적으로 무엇을 지향하고 있는가를 단적으로 보여준다. 김춘수는 '이미지'와 '대상'에서부터 자신의 논리를 전개해 나간다. '이미지'가 '대상'을 가지고 있다는 말은 일견 그럴 듯하게 들린다. 왜냐하면 '이미지'는 김춘수가 '대상'이라고 칭한 '실체'를 전제로 한 개념이기 때문이다. '이미지'는 일종의 '시뮬라크르'와 같은 것으로 '실체'를 본 뜬 그 무엇으로, '실체'의 유추를 가능케 하는 것이지만, 그 '실체'와는 독립해서 존재할 수 없는 것이기도 하다. 그러므로 정확한 의미에서 '이미지'는 '실체' 없는 환영에 해당하는 '시뮬라크르'와는 다른 것이다. 김춘수가 '대상'이라는 개념을 정확히 규정하지 않은 채, 그것을 역사·현실·관

---

27 『김춘수전집2』, 372쪽.

념·이데올로기와 동열로 놓는 방식으로만 사용하고 있음을 볼 때, 김
춘수의 '대상'은 '실체'와는 다소 동떨어진 것이다. 오히려 현실이나 관
념이라는 표현을 사용하는 것이 더욱 합당할 것이다. 그러나 김춘수는
'대상'을 거세한 '이미지'의 가능성을 논하고 있다. '대상'을 배제하지 못
한 '이미지', 즉 '현실'이나 '관념'을 안은 '이미지'는 불순한 것인 바, '대
상'을 거세함으로써 언어와 '이미지'가 그것의 구속으로부터 자유로워
질 수 있다고 주장한다. 이것은 일체의 관념 연상 작용을 배제하려는
기획인데, '관념'이 거세된 시에서 우리가 마주치는 것은 '시인의 실존
바로 그것'이라고 김춘수는 말하고 있다.[28]

　이 지점에서 우리는 김춘수가 김수영이 주장한 시적 자유와 갈라서
게 되는 지점을 보다 뚜렷하게 감지할 수 있다. 김춘수식의 '대상을 거
세한 이미지'론은 그 사유 방식의 불철저함도 문제적이거니와[29] 내용
과 형식이라는 시의 기능적 파악에서 내용 층위를 맹목적으로 배제하
기 위한 초논리적 논리이다. 김춘수가 추구하는 자유는 시를 일종의
'방심상태'의 산물이 되게 하는 것, 즉 '언어가 시를 쓰고 이미지가 시
를' 쓰는 상태이다. 이때의 '방심상태'란 시인의 의식적 통제 밑에 있는
무의식이 말을 하는 상태, 무의식적 담화의 상태를 말한다. 김춘수가
이상의 산문시를 들어 이상을 시적 자유의 전범으로 평가하는 것도 바
로 이와 같은 맥락에서이다. 언어 대신 수식이나 도식을 제시한다든가

28　기존의 김춘수론들이 대체로 김춘수 시의 세계를 존재론적 탐구에서 무의미의 추구로
　　이해한 것은 김춘수 시론을 시세계 해석의 연역적 전제로 삼았기 때문이다. 김춘수의
　　무의미시 추구가 궁극적으로는 언어의 기능성으로부터 탈피함으로써 시인의 존재론적
　　드러남을 목적으로 한 것이라는 점을 감안할 때, 김춘수 시의 궁극적 지향은 초기부터
　　후기까지 일관되게 지속되어왔다고 볼 수 있을 것이다.
29　김동환, 「김춘수 시론의 논리와 그 정체성」, 한계전 외, 『한국현대시론사』, 문학과지성
　　사, 1997, 297-298쪽.

무의식적 담화를 무의미하게 기술한 듯한 이상의 시는 특정한 대상이나 관념으로의 환원을 철저히 배제한 무의미시이자 이상이라는 시인의 실존만을 드러내는 허무시라고 할 수 있다. 김춘수가 김수영의 시를 두고 대담한 시도라거나 초현실주의의 영향이 느껴진다고 했을 때, 김춘수의 내면에는 이상이라는 전범이 가로놓여 있었던 것이다. 김춘수와 이상, 무의미시론과 초현실주의 사이의 이와 같은 관련성에도 불구하고 그와 같은 측면이 드러나지 않는 것은 김춘수가 초현실주의의 논리를 교묘할 정도로 재포장하고 있기 때문이다.[30]

김춘수의 시적 자유는 시인의 시관일 뿐만 아니라 그의 창작방법론이기도 하다. 1959년에 발간된 시집 『부다페스트에서의 소녀의 죽음』부터 그의 자유론이 창작적 시도로 발전하는 단계에서 발간된 시집 『타령조·기타』 문화출판사, 1969, 시선집 『처용』 민음사, 1974, 시집 『꽃의 소묘』 삼중당, 1977 등에 이르기까지 김춘수의 시적 실험은 지속된다.

> 벽이 걸어온다. 늙은 홰나무가 걸어온다.
> 머리가 없는 인형이 걸어온다.
> (어디서 오는 것일까,)
> 노오뜰담 사원의 회랑의 벽에 걸린 청동시계가
> 밤 한 시를 친다.
> 어딘가, 늪의 바닥에서 거무리가 운다.
> 그 눈물 위에 떨어져 쌓이는
> 붉고 붉은 꽃잎,   「벽이」 전문[31]

「벽이」는 김춘수가 존재론적 인식의 문제로부터 벗어나 새로운 시

---

30 오세영, 「김춘수의 무의미시」, 『한국현대문학연구』 15, 한국현대문학회, 2004, 375-380쪽.
31 『김춘수전집1』, 163쪽.

적 경지를 탐구하면서 내놓은 작품이다. 이 시는 김춘수가 내놓은 작품 중 자동기술법이 가장 두드러지게 표현된 것으로 평가받는 작품이다. 『부다페스트에서의 소녀의 죽음』1959년에 수록된 이 작품은 주관적 환각이나 꿈 이미지를 표현해 놓은 듯한 인상을 준다. '벽'과 '홰나무'가 걸어온다는 첫 부분에서부터 이런 이미지가 초현실주의적인 성격을 띠고 있음을 알 수 있다. 이런 표현이 주관적 환각이나 꿈의 내용임은 3행에 등장하는 '머리가 없는 인형'의 이미지에서 극명화된다. 기괴한 사물이 시적 화자를 향해 접근해온다는 표현은 지극히 주관적인 공포의 표현이다. 4행에서는 실체가 없는 어둠의 공간으로서의 '벽'이 노틀담 사원의 일부분임이 암시된다. 그로 인해 시적 화자의 주관적 공포에는 실체가 부여된다. 그러나 곧바로 등장하는 연속된 시어들, 노틀담사원-회랑-벽시계는 시적 화자의 시선을 급격히 하나의 사물로 고정시킨다. 그와 같은 시선의 급격한 이동은 기괴한 사물인 벽시계가 풍기는 불안, 즉 주체의 시선을 빗겨가는 응시의 공포를 극대화한다.[32] 특히 어두운 회랑에 순간적으로 벽시계 소리가 울려 퍼짐으로써 시적 정황은 극도의 공포 분위기를 환기시킨다.

6행에서는 화자의 시선이 새로운 공간으로 이동한다. 노틀담사원의 회랑을 응시하던 시적 화자의 시선은 늪으로 이동한다. 이러한 이동에는 특별한 계기가 없다. 사원의 회랑에서 늪으로의 이동은 딱딱함과 축축함, 고체성과 액체성, 그리고 높음과 낮음의 대비를 통해서 시적 공간의 수직낙하이동을 형성한다. 여기서 공간의 급격한 좁힘이 다시

---

[32] 슬라보예 지젝(Slavoj zizek)은 응시와 목소리가 주체에게 기괴함을 느끼게 하면서도 주체의 욕망이 필사적으로 달라붙는 대상이라고 설명한다. 김춘수의 「벽이」에서 '머리가 없는 인형'과 '거무리'의 울음은 지젝이 설명하는 주체가 욕망하는 대상의 차원을 가지고 있다. 지젝의 논의에 대해서는 슬라보예 지젝 저, 주은우 역, 『당신의 징후를 즐겨라!: 할리우드의 정신분석』, 한나래, 1997, 191-203쪽 참조.

한번 시도된다. 늪에서 '거무리'로의 시선 이동이 바로 그것인데, 이후 벽시계의 종소리에 대응하는 '거무리'의 울음소리가 제시됨으로써 이 시의 전반부와 동일한 방식으로 이미지가 직조된다.

이처럼 「벽이」는 일견 초현실주의적 자동기술법에 따른 시로 보이지만, 위의 분석에서 드러난 것처럼 대단히 엄밀한 이미지의 직조로 형성된 것이다. 비교적 초기 시에 해당하는 이 시에서 김춘수는 초현실주의적 시작 방법을 시도해 본 듯한데, 이미지의 정교한 세공 노력이 돋보이는 이 시는 작품으로는 성공을 거두고 있으나 김춘수가 기도한 시적 자유, 즉 '방심상태'에 놓인 시적 주관의 획득에는 이르지 못하고 있다. 그것은 단형과 정제된 언어 구사에서도 알 수 있듯이 김춘수에게는 시적 자유에 못지않게 미학적 형식 역시 중요한 요소이기 때문이다.

> 불러다오.
> 멕시코는 어디 있는가,
> 사바다는 사바다, 멕시코는 어디 있는가,
> 사바다의 누이는 어디 있는가,
> 말더듬이 일자무식 사바다는 사바다,
> 멕시코는 어디 있는가,
> 사바다의 누이는 어디 있는가,
> 불러다오.
> 멕시코 옥수수는 어디 있는가, 「처용단장 제이부 Ⅴ」 전문33

초현실주의적 실험에서 시적 자유와 미학적 형식의 타협을 보인 김춘수는 이후 동일한 리듬을 극단적으로 반복하여 언어의 의미를 탈거

---

33 『김춘수전집1』, 230쪽.

한 시의 세계로 나아간다. 그 대표적인 예가 「처용단장」 시편인데, 그 중에서도 「처용단장 제이부 V」는 이와 같은 실험이 극단화된 경우이다. '불러다오./ 멕시코는 어디 있는가'라는 어구를 중심으로 '사바다', '누이', '옥수수' 등의 시어를 연결시킨 이 시는 그 자체로 보면 특별한 의미를 발견하기가 어렵다. 이 시가 멕시코의 전설적인 농민혁명가 에밀리아노 자빠따를 모티프로 한 것임은 쉽게 짐작할 수 있으나, 이 작품에서 우리는 멕시코 혁명가 자빠따의 행위나 의식, 혹은 그를 바라보는 시적 화자의 감정 등 통상 시적 의사소통에서 요구되는 요소를 결핍을 경험하게 된다. '사바다'라는 시어 자체가 시인과 독자가 공유하는 의사소통의 자질을 가지고 있음에도 불구하고, 이 작품에서 '사바다'는 농민혁명의 이데올로기의 담지자로서의 기능을 상실하고 있다. 여기서 '사바다'는 독자의 기대를 배반하고 통상적인 의미의 결핍을, 역사와 이데올로기의 허무를 일깨우는 무의미의 시어로 기능하고 있다. 이처럼 김춘수는 역사적이고 이데올로기적 의미를 담지하고 있는 존재를 시 속으로 끌어들이면서도 그 시어가 내포한 의미가 아니라 기호의 음성적 자질에 과도한 관심을 기울임으로써 애초 그 대상이 담지하고 있던 이데올로기적 의미는 배제하는 전략을 취하고 있다. 이런 전략을 통해서 김춘수는 초현실주의적 실험을 통해서 배제하지 못한 의미의 세계를 뛰어넘고자 하였다.

이처럼 김춘수의 시적 자유 지향에는 시적 언어가 결속된 의미의 세계를 초월하려는 욕망이 기반하고 있다. 이와 같은 욕망과 언어의 관계는 김춘수의 시가 진화해 온 내적 변증법을 구성하고 있다. 지극히 유희적인 성격을 갖는 이와 같은 예술적 욕구는 러시아 형식주의자 보리스 에이헨바움B. Eichenbaum의 말처럼 20세기 초 아방가르드 예술의

기본적인 충동과 궤를 같이하는 것이다.[34] 미술에서 다다이스트의 실
험, 음악에서의 절대주의 추구 등은 하나같이 예술에 결부된 진부하고
이데올로기적인 의미의 세계를 벗어나려는 욕망의 표현이다.

　김춘수는 그와 같은 예술 욕망에 '무의미시'라는 레테르를 붙였던 것
이다. 자기 이외의 어떤 대상이나 의미와도 결속되기를 거부하고 완강
히 독자적인 현존의 세계를 마련하려 한 김춘수의 시적 모색은 1930년
대의 이상 이후의 한국현대시사에서는 파격적인 것이었다.[35] 문학과
인생의 불가분리성을 강조하는 '재도지기載道之器로서의 문학관'이 우
세한 상황에서 김춘수는 그에 반기를 들고 공리성이나 목적성을 거세
한 순수 유희로서의 시를 주장하고 나선 것이다. 그러나 김춘수 시에
드러나는 유희성은 의미의 소극적 부정이나 유치한 미학적 충동에 그
치는 것은 아니다. 김춘수의 시는 의미의 부정이라는 사상을 완결된
미학적 형식과 결합시킴으로써 통속적 차원의 의미를 넘어선 의미, 새
로운 차원의 의미를 확보하려는 아방가르드적 예술의 본질적인 경향
의 표현이라고 할 것이다.[36] 다만 그와 같은 경향의 표현에 있어 김춘
수가 김수영이 선도적으로 제기한 시와 자유의 문제를 스스로의 진화
의 동력으로 삼았다는 점은 중요한 고려 사항이다.

---

34 미하일 바흐친 저, 이득재 역, 『문예학의 형식적 방법』, 문예출판사, 1993, 176쪽.
35 김준오, 「처용시학」, 『김춘수연구』, 학문사, 1982, 291쪽.
36 테오도르 아도르노 저, 홍승용 역, 『미학이론』, 문학과지성사, 1995, 244-245쪽.

4. 결론

한국현대시사에서 시창작의 성과는 지속적으로 축적되어왔으나, 그에 비해 시론의 성과는 빈약하기만 하다. 1930년대 김기림이 모더니즘 시론을 비교적 체계적으로 소개하여, 그 성과가 1950년대 모더니즘 시운동의 자양분이 되기는 하였으나, 전후의 피폐한 상황에서 그것이 충분히 개화되기는 힘들었다. 그것을 제외하고는 시론 영역에서 현대시단은 불모에 가까웠다. 그러한 상태를 벗어나 1960년대에는 김춘수와 김수영이 독특한 시론을 펼침으로써 시에 대한 본질적인 물음이 최초로 사회화되었다. 그것은 물론 문단의 전반적인 활기에 힘입은 것이기는 하나, 현대시 나름의 내적 동인에 의한 것이라고 할 수도 있다.

이 당시 활기를 치던 순수와 참여라는 이분법은 새로운 현상은 아니었으나, 그것은 항상 편향된 사고와 판단을 유발하는 논리로서 기능해 왔다. 이러한 상황에서 김수영과 김춘수는 참여와 순수의 대명사처럼 이해되었다. 그러한 인식은 여전히 우리의 인식 지평을 흐리게 하고 있다.

지금껏 이 두 시인들은 유사성보다는 차이점이 월등히 많고 그들의 시론을 관류하는 공통의 기류도 선명하지 않다는 선입견이 자리하고 있다. 그러나 그들의 시세계를 떠받치는 두 기둥은 두 사람이 공유하고 있을 수도 있음을 이 글을 통해 밝혀보고자 했다. 이 글에서는 주로 김수영과 김춘수가 공유한 테마로서의 자유의 문제를 중심으로 살펴보았는데, 이런 검토를 통해서 한국현대문학에 있어서 문학과 이데올로기의 관계를 해명할 수 있는 유연하고 참신한 관점의 제시가 앞으로의 과제로 우리에게 남아 있다는 점을 시사하고자 하였다.

문화론의 시각에서 본 문학과 영화

8장. 난해한 기호와 정체성의 알레고리
-김수영의 「백의」론

1. 서론

  1950년대 중반은 김수영 시의 역사에 있어서 가장 왕성한 창작 활동이 이루어진 시기이다. 6·25전쟁이 휴전상태에 들어가고 김수영이 본격적으로 서울 생활을 시작하게 되는 1954년경부터 그는 비교적 많은 작품을 창작하게 된다. 이는 해방 직후 시작된 시 창작이 전쟁으로 인해 일시 중단되었던 것에 대한 보상처럼 느껴지기도 한다. 이 당시 발표된 시들은 전후 피폐한 도시와 자신의 현실을 반추하는 양상을 보이고 있는데, 이 시들의 주조저음이 '설움'이라는 정서로 집약될 수 있다는 점은 이미 밝혀진 바 있다. 이 '설움'이 전쟁으로 인한 것이라는 점은 새삼스럽게 이야기할 바는 아니지만, 전쟁으로 인한 지식인의 내면적 혼란상을 이해하지 않고서는 1950년대 김수영 시를 정확하게 이해할 수 없다는 점은 다시 한 번 강조할 필요가 있다.

  해방 직후 발표된 「공자의 생활난」과 같은 초기 시의 세계가 「폭포」나 「눈」으로 대표되는 정직한 인식에의 각성 의지를 표하는 세계를 거처 궁극적으로 「어느 날 고궁을 나오며」를 거쳐 「풀」의 세계로 완결된다는 주장은 기존 김수영론들이 만들어놓은 김수영의 대표적인 이미지이다. 그러나 전쟁의 상처와 직결되는 1950년대 중반에 발표된 일련의 시들에 대한 면밀한 이해가 결락된 채 진행된 위와 같은 입론은 자칫 김수영 시가 거쳐 간 모험의 역사나 회의의 역사를 단순화하거나 왜곡할 가능성도 없지 않다.

이 글은 이와 같은 문제의식에서 1950년대 중반에 발표된 「백의」라는 작품을 치밀하게 분석하여 전후 김수영의 내면적 자의식이 어떻게 기호화되고 있는가를 밝히고자 한다. 이 작품은 모종의 난해함으로 인해 지금껏 면밀한 분석도 뚜렷한 평가도 거의 시도된 적이 없다. 함돈균[1]만이 유일하게 이 작품을 분석한 바 있는데, 함돈균은 상당히 구체적인 분석과 평가를 시도하고 있다. 그는 이 작품 중 일부분을 생략하기는 했지만 작품의 상당 부분을 분석 대상으로 삼아 이 작품의 소재인 '백의'의 정체를 추적하고 있다. 그러나 시 작품 분석에 있어서 생략한 부분이 작품 전체에서 차지하는 비중이 결코 무시할 부분이라고 할 수 없다는 점에서 온전한 분석이 이루어지지 않은 것은 아쉬운 점이다. 이렇게 된 것은 아마도 작품상에 무수히 등장하는 고유명에 대한 분석의 난점 때문일 것이다. 그리고 '백의'의 정체를 추정하는 대목에서도 전반부의 상당한 설득력을 그대로 끌고 가지 못하고 '백의'를 '白衣'로 본 후반부는 논리적인 정합성이 떨어진다.[2] 이로 인해 전체적으

---

1 함돈균, 「오염된 시인과 시」, 『한국문학이론과비평』 53, 한국문학이론과비평학회, 2011. 12, 139-165쪽.

2 함돈균은 '백의'의 정체를 추적하면서 '백의'가 우리 민족을 상징하는 '백의(白衣)'의 의미까지 포괄하고 있다는 해석(위의 논문, 152쪽)을 내린 바 있는데 이런 해석에는 다소 회의를 가지게 된다. 물론 '백의의 비극'이라는 구절에서 우리가 1950년대 중반 한국의 비극적 상황을 암시받을 수는 있으나 이 구절을 제외하면 일관된 의미로 사용된 기호가

로 해석의 통일성이나 일관성을 유지하지 못한 점은 또 하나 아쉬운 점이다. 이런 약점에도 불구하고 「백의」의 분석 필요성을 제기하고 작품 해석의 포문을 열었다는 점에서 함돈균의 글은 그 의의를 평가할 만하다.

이 글은 함돈균의 논의를 더욱 진전시키고 이 작품의 가치를 더욱 선명히 하고자 한다. 우선 이 작품의 소재가 어디에서 발생한 것인가 하는 점을 조명한 후, 작품을 구조와 의미 단위를 고려하여 크게 이분 하여 분석할 것이다.

2. 소재의 의외성과 출처의 미스터리

김수영 시에는 그 당시로서는 낯선 기호들이 많이 등장한다. 헬리콥 터나 수난로 등은 대표적이다. 헬리콥터는 6·25전쟁 때 선을 보인 것 으로 비교적 새로운 산물로, 그 당시 전쟁을 체험한 대부분의 독자들 에게도 헬리콥터는 낯설었을 것이다. 그러나 현재의 독자들에게는 매 우 익숙한 것이다. 수난로는 이와는 정반대의 경우라고 할 수 있다. 현 재의 독자들 중 수난로를 기호 자체로 단번에 인지할 수 있는 경우는 거의 없을 것이다. 수난로는 겨울철 건물 난방에 한때 사용했던 라디 에이터를 뜻하는 일본식 용어이다. 탄생의 시간이 비교적 이른 편이기 는 하지만 이 라디에이터를 일상생활 속에서 경험했던 사람들이 비교 적 소수였기 때문에 이 용어 역시 헬리콥터와 마찬가지로 생소하기는 마찬가지였다고 할 수 있다. 만약 김수영이 작품의 제재로 사용한 사

이 부분에서만 다르게 사용된 것이라고 보기는 어렵기 때문이다.

물이 대중적인 것이었다면 시 이해가 훨씬 더 용이했을 것이다. 그러나 제재나 기호의 비대중성은 김수영 시를 다소 난해한 것으로 보일 수 있는 여지를 주었고, 그 역시 이런 제재를 통해서 자신의 사유를 시적으로 직조해낼 수 있었던 것이다.

이런 측면에서 볼 때, 김수영 시가 드러내 보이는 사유가 일상과 결합되어 있으면서도 낯설게 느껴지는 이유 중 일부는 이와 같은 제재의 낯섦과 관련이 있다고 할 수 있다. 김수영은 라디에이터를 제재로 한 「수난로」에서 겨울이 지나서 내부에 물이 빠져나간 라디에이터의 상태를 자신의 내면에 있는 공허감의 비유로 사용하고 있는데, 독자의 입장에서 이와 같은 연관성을 파악하는 것은 그리 용이하지 않다. 이는 그가 라디에이터의 정체를 작품 내에서 모호하게 표현하고 있기 때문이다. 「영사막」이라는 작품에서도 제목에서 받는 인상과는 달리 작품 속에 등장하는 영사막은 시적 화자의 외부에 객관적으로 존재하는 사물로 이해되기보다는 시적 화자의 내면적 의식과 명확하게 구분되지 않는, 말하자면 '내면적 사물'로서의 인상이 짙다.

「백의」에 등장하는 '백의'의 경우는 수난로나 영사막의 경우보다 그 모호성이 한층 뚜렷하다. '백의'의 사전적인 의미는 흰개미이다. 그런데 흥미로운 점은 김수영이 우리에게 익숙한 표현인 흰개미가 아니라 굳이 '백의'라는, 사용 빈도가 현격히 떨어지는 한자어를 사용하고 있다는 점이다. 보통 개미가 검은 색이라는 점을 고려하면 흰개미는 독특한 종이라고 할 수 있다. 그래서 '白蟻'라는 한자어가 존재하는 것이다. 그러나 김수영이 이 작품을 발표한 시대에도 '백의'라는 표현은 그리 흔히 쓰인 것 같지는 않다. 그리고 우리의 언어 관습에서도 굳이 개미를 생소한 한자어로 표현하지는 않았다. 이처럼 용례가 드문 '백의'라는 표현을 김수영이 쓴 것에 대해서는 함돈균이 의문을 제기한 바 있는데, 필자 역시 이런 사실은 단순히 보아 넘길 만한 문제가 아니라고 생각된다.

그렇다면 「백의」에 등장하는 '백의'가 과연 생물로서의 개미인가에 대해서는 면밀한 검토가 필요해 보인다. 이 시에서 '백의'를 생물로서의 개미로 보게 하는 근거가 전혀 없는 것은 아니다. 시적 화자가 '백의'를 거리에서 보고 집안에서도 보았다는 구절이 첫 근거가 된다. '백의'는 생물이므로 이동을 통해서 이디로도 이동할 수 있다. 따라서 거리나 집에서 인간에게 발견될 수 있다. 그리고 일상적으로 보는 종류가 아니라 흰개미이므로 인간이 이것을 발견할 때 '무시무시'하게 느끼게 될 것이다. 그리고 "양안이 모두 담홍색"이라는 구절은 독자들이 '백의'를 생물로서의 개미로 추정할 수 있는 보다 확실한 근거가 된다. 생물도감이나 동영상을 통해서 보는 '백의'의 눈은 옅은 빨간색 즉 '담홍색'을 띠고 있다는 점을 알 수 있다.

그러나 위와 같은 단편적인 진술을 제외하면 이 시의 나머지 구절은 '백의'를 생물로서의 개미로 추정할 수 있는 근거가 되지 못하거나 그런 추정을 오히려 강하게 부정하게 만든다. 이후 분석을 통해서 명확하게 드러나겠지만, 이 시의 '백의'는 일상에서 볼 수 있는 흰개미와는 차원이 다른, 매우 비유적이고 상징적인 차원의 시어로 기능하고 있는 것으로 추정된다. 김수영이 '백의'라는 기호를 굳이 사용한 것은 아마도 외견상 일상적인 기호를 통해서 자신의 사유를 감추면서 드러내려는 전략에 기인한 것이 아닌가 생각된다.

이 시에서 '백의'는 분명히 '희랍-남미-일리노이주-나이아가라-한국'이라는 루트를 거쳐 생성되고 수입된 낯선 사물이다. 그리고 시간적으로는 '희랍-십구세기-현재'로 이어지는 오랜 역사를 가진 것이다. 따라서 '백의'는 결코 어떤 구체적인 생물로 특정할 수 없어 보인다. 오히려 어떤 관념적인 것이라는 인상이 강하다. 그리고 그것은 서구적이라고 할 수 있는 역사적 기원을 가진 것으로 김수영이 살아가고 있던 1950년대 중반 한국의 일상에 확산되어 가고 있었다.[3] '백의'는 시적 화자에게 일견 무시무시한 것으로 느껴지고, 그가 그것을 경계하기도 하지만 결국 그와 그것은 일체가 되고 그는 그런 상태에 대해 '여유'마저 느끼게 된다. 그러나 그런 상태에 도달했을 때 그는 동료 시인으로부터 비난을 받기조차 한다. 따라서 이 시는 시적 화자가 서구적인 어떤 관념을 수용하는 과정을 서술 또는 묘사하고 있다고 할 수 있다. 그 '관념'이 과연 무엇인가에 대해서는 이후 상세한 분석이 필요하겠지만, 우선 짚고 넘어가고 싶은 부분은 왜 이런 서술 또는 묘사를 위해 '백의'라는 기호가 필요했는가 혹은 어떻게 김수영이 그런 기호를 상상하게 되었는가 하는 점이다.

일단 우리가 생각할 수 있는 점은 흰개미와 인간의 관계이다. 흰개미는 흔히 나무의 셀룰로스 성분을 섭취하는 것으로 알려져 있고, 우리나라에서도 흔히 발견된다. 흰개미는 목조건물에 서식하면서 목조의 형태 변형을 가져오는 목재 가해 곤충이다. 비록 미미한 생명체이기는 하지만 건물을 파괴할 수 있는 힘을 가지고 있는 흰개미는 상상만으로 충분히 공포스러운 존재일 수 있다. 생물적인 차원의 이런 상상은 시적 화자가 '백의'를 보고 '무시무시'하게 느끼는 이유라고 할 수 있다. '백의'는 시적 화자가 거하고 있는 '집'에 어느 순간에 침투하는

---

3 함돈균은 '백의'를 본래 한국에 있었던 것이 아니라 어느 순간 한국에 수입되어 급속도로 확산된 양가성을 가진 현대문명이나 이데올로기의 상징으로 본 바 있다. 함돈균, 앞의 논문, 149-151쪽.

데, 이런 사실만으로도 '백의'는 인간의 공포를 유발할 수 있는 것이다.

그러나 생물학적인 사실이 곧바로 김수영의 시적 상상력을 자극했을 가능성은 그리 높지 않아 보인다. 생물학적인 사실보다 더 중요한 것은 시인을 둘러싸고 있는 문화적 환경이다. 그는 자신이 처한 문화적 환경에서 끊임없이 자극을 받으면서 상상력을 계발해나가기 때문이다. 그렇다면 그를 둘러싼 그 당대의 문화적 환경에서 어떤 실마리를 포착하려는 노력이 전혀 무의미한 것은 아닐 것이다. 이런 가정 하에 이 작품이 창작된 당대 그에게 영향을 미쳤을 무언가가 있었는지를 조사해볼 필요가 있다.

이런 필요에 따라 그 당대의 자료를 조사해보면 흥미로운 사실 하나를 발견하게 된다. 1954년 할리우드에서 개미를 소재로 한 영화들이 제작되었다. 「마라푼타」와 「방사능 X」이다.[4] 이들 영화에 등장하는 개미는 인간의 세계를 위협하는 무시무시한 괴물이다. 「The Naked Jungle」이라는 원제를 가지고 있는 「마라푼타」는 남미에서 초콜릿 농장을 경영하는 주인공이 통신판매의 형식으로 부인을 맞이하지만 그녀가 과부라는 사실을 알고 결혼을 단념할 무렵 자신의 농장을 개미떼들이 습격할 것이라는 사실을 알고 그녀와 힘을 합쳐 개미떼들을 물리치고 둘도 결혼한다는 일종의 모험 영화이다.[5] 이 영화는 1955년 5월 15일 국도극장에서 개봉되었다.[6]

「방사능 X」는 개미를 인간을 위협하는 공포의 존재로 그려내고 있다는 점에서 「마라푼타」와 유사한 점이 있다. 「Them!」이라는 원제를

---

4 이는 일본 개봉시 제목이다. 北島明弘, 『アメリカ映畵100年帝國—なぜアメリカ映畵が世界を席卷したのか?』, 近代映畵社, 2008, 157쪽.

5 http://www.imdb.com/title/tt0047264 참조(2012년 9월 14일 검색).

6 『경향신문』, 1955.5.13 하단 광고.

가지고 있는 「방사능 X」에서 개미는 자연 상태의 개미가 아니라 미국 뉴멕시코주에서 이루어진 초기 원자탄 실험으로 생긴 거대 식인 개미이다. 영화는 뉴멕시코주 사막에서 방황하고 있는 아이를 경찰이 발견하면서 시작된다. 그들은 거대 개미들이 그 지역을 공격하고 있다는 사실을 발견하게 된다. 이 사실은 상부에 보고되어 FBI 요원이 경찰과 팀을 이루고 개미 전문가인 메드포드Medford 부녀가 지원에 나선다. 이들은 이런 현상이 원자탄 실험 때문에 일어났다는 사실을 확인해 준다. 메드포드 부녀는 거대 개미들의 군락지를 파괴하는 데 성공한다. 그러나 이들은 여왕개미 두 마리가 이미 로스앤젤레스로 날아갔고 도시 지하에 거대한 군락지를 건설하기 시작했다는 사실을 알게 된다. 두 아이가 실종된 사실을 알게 된 경찰, FBI, 군대는 아이들을 구하고 군락지를 파괴하는 데 성공한다.

「방사능 X」는 핵전쟁의 공포를 이미 체험한 바 있던 관객들에게 핵이 인간에게 가져올 수 있는 재앙을 표현하고 있다는 점에서 매우 충격적으로 받아들여졌다. 특히 미미한 생명체인 개미가 인간 문명을 파괴할 수 있는 괴물로 변형될 수 있다는 사실은 관객이 핵의 공포를 실감하는 데 좋은 계기가 되었다. 'Them!'이라는 이 영화의 제목은 영화 초반부에 부모를 개미에게 잃고 방황하는 소녀가 부모를 잃은 충격으로 내뱉은 말에서 따온 것이다.

이 영화는 1954년 6월 16일 미국에서 개봉되었고, 일본에는 그해 8월 30일 개봉되었다.[7] 그런데 우리나라에는 언제 개봉되었는지를 정확히 판단할 수는 없다. 다만 그 당시 할리우드영화는 우리나라에 일본

---

7 이 영화의 개봉 일자는 http://www.imdb.com/title/tt0047573/releaseinfo 참조(2012년 9월 10일 검색).

을 경유해서 수입되었던 관행을 고려하면 일본과 비슷한 시점에 우리
나라에도 개봉되었을 것으로 보인다.[8]

이 영화를 김수영이 직접 관람했다는 증거는 없다. 그러나 「백의」와
비슷한 시점에 씌어진 「바뀌어진 지평선」 같은 시에서 영화배우의 이
름을 거론하는 것으로 보아, 그가 영화와 같은 대중문화에도 민감하게
반응하고 있었다는 점을 알 수 있다. 이런 점을 고려하면 그가 이 영화
를 보았을 가능성은 있다. 아니면 적어도 이 영화에 대한 기본 정보는
가지고 있었을 것이다.

이처럼 「백의」라는 작품은 적어도 기호 생성의 초기 단계에서 보면
영화와 같은 대중문화 텍스트에서 상상력을 자극 받았을 가능성은 있
다. 물론 그렇다고 해서 '백의'를 특정한 부피를 가진 구체적인 생물체
로 보아야 한다는 것은 아니다. 그러나 그것이 미미한 것임에도 불구
하고 커다란 파괴력을 가지고 있고 인간을 공포에 떨게 하는 존재라는
점에서 '백의'라는 기호는 추상적인 관념의 구체적인 대응물로서 어느
정도의 타당성을 가지고 있다고 할 수 있다.

---

8 이 영화가 일본에 개봉된 1954년 8월 30일 이후 김수영이 「백의」를 발표한 1956년까지
   의 신문 광고를 검색해보았으나 이 영화의 광고는 보이지 않는다. 그러나 그 당시 국내
   에 개봉된 외화가 모두 신문에 광고가 게재되지는 않았고 공상과학영화인 이 영화가 그
   당시 관객에게는 아직까지는 낯선 장르였기 때문에 광고 없이 개봉되었을 것으로 추측
   된다.

3. 「백의」의 구조 분석

1) '백의'의 계통사 혹은 가족사

「백의」는 행 구분은 있으나 연 구분은 없는 일종의 산문시이다. 총 47행으로 시로서는 매우 긴 편에 속한다. 다소 길기는 하지만 작품 전문을 인용하면 다음과 같다.

> 내가 비로소 餘裕를 갖게 된 것은
> 거리에서와 마찬가지로 집안에 있어서도 저 무시무시한 白蟻를 보기 시작한 때부터이었다
> 白蟻는 自動式文明의 天才이었기 때문에 그의 所有主에게는
> 一言의 約束도 없이 제가 갈 길을 自由自在로 찾아다니었다
> 그는 나같이 몸이 弱하지 않은 點에 主要한 原因이 있겠지만
> 雷神보다 더 사나웁게 사람들을 울리고
> 뮤우즈보다도 더 부드러웁게 사람들의 傷處를 쓰다듬어준다
> 叱責의 權利를 주면서 叱責의 行動을 주지 않고
> 어떤 나라의 紙幣보다도 信用은 있으나
> 身體가 너무 倭小한 까닭에 사람들의 눈에 띄지를 않는다
> 古代 形而上學者들은 그를 보고「兩極의 合致」라든가 혹은「巨大한 喜悅」이라고 부르고 있었지만
> 十九世紀 詩人들은 그를 보고「逃避의 王者」혹은 단순히「餘裕」라고 불렀다
> 그는 南美의 어느 綿工業者의 庶子로 태어나서
> 나이아가라 江邊에서 隧道工事에 挺身하고 있었다 하며
> 그의 母親은 希臘人이라고 한다
> 兩眼이 모두 淡紅色을 하고 있는 것으로 보아
> 그가 오랜 歲月을 暗夜 속에서 살고 있었던 것만은 確實하다고 나는 생각한다
> 나의 맏누이동생이 그를「하니」라고 부르고 있는 것이 아니꼬워서

내가 어느 날 그에게 「魔神」이라는 別名을 붙였더니

그는 대뜸

「오빠는 어머니보다도 더 完固하다」고 하면서

나를 도리어 꾸짖는 척한다

(그가 나를 眞心으로 꾸짖지 않았다는 것을

나는 그의 은근하고 魅惑的인 表情에서 感得할 수 있었다)

---悲慘한 것은 白蟻이다

그는 韓國에 輸入되어 가지고 完全한 孤兒가 되었고

거리에 흩어진 月刊 大衆雜誌 위에 每月 그의 寫眞이 揭載되어왔을 뿐만 아니라

어느 三流新聞의 社會面에는 間或 그의 救濟金 應募記事같은 것이 나오고 있다

나는 이러한 寫眞과 記事를 볼 때마다

이것은 「아틀랜틱」과 「하아파스」의 廣告部의 分室이 나타났다고

이곳 저널리스트의 逆襲의 妙理에 感歎하고 있었는데

白蟻는 이와 같은 나의 安心과 怠慢을 비웃는 듯이

어느 틈에 우리 家庭의 內部에까지 侵入하여 들어와서

身心兩面의 虛弱症으로 呻吟하고 있는 나를 督促하여

「希臘人을 母親으로 가진 美國人에게 대한 呼訴文」과 「精神上으로 본 希臘의 獨立宣言書」를 써서

前者를 現在 일리노이州에 있는 自己의 母親에게 보내고

後者는 希臘國立博物館館長에게 보내달라고 한다

이러한 그의 無理한 要請에 대하여 나는 하는 수 없이

「그것은 나의 力量 以上의 것이므로 新世界劇壇의 演出者 S氏를 찾아가보라」고

터무니없는 거짓말을 하여가지고 即席에 拒絶하여 버렸다

오히려 이와 같은 나의 輕蔑과 剛毅로 因하여

나는 그날부터 그를 眞心으로 사랑하게 되었다

그러나 바로 어저께 내가 오래간만에 거리에 나가니

나의 親舊들은 모조리 나를 回避하는 눈치이었다

그중의 어느 詩人은 다음과 같이 나에게 辱을 하였다

「더러운 자식 너는 白蟻와 姦通하였다지? 너는 오늘부터 詩人이 아니

다……」
　---白蟻의 悲劇은 그가 現代의 經濟學을 等閑히 하였을 때에서부터
시작되었던 것이다.　　　　　　　　　　　　　　　「백의(1956)」 전문9

　이 작품은 산문시의 형태를 띠고 있기는 하지만 그렇다고 이 시가
시적 화자의 주관적 감정이나 정서 표현에 주력하고 있는 작품은 아니
다. 오히려 이 작품은 '백의'로 지칭된 특정 대상에 대한 진술 위주로
진행되고 있다. 이는 마치 정지용의 대표적인 난해시 「유선애상」이 주
로 '유선형'을 가진 어떤 대상에 대한 진술 위주로 진행되고 있는 것과
비슷하다고 할 수 있다.
　이 시는 전체 구조를 고려할 때 크게 두 부분으로 나눌 수 있다. 1~1
7행은 시적 화자가 파악한 '백의'에 대한 진술이고, 18~47행은 '백의'를
둘러싼 시적 화자와 맏누이동생, 동료 시인 등 주변 인물과의 관계에
대한 진술이다. 그런데 18~24행은 시적 화자와 맏누이동생의 대화를
묘사하고 있다는 점에서 다소 희곡적으로 느껴지기도 한다. 이렇게 볼
때, 이 작품은 시라는 외형을 띠고 있기는 하지만 내적 속성을 볼 때
서사적이기도 하고 희곡적이기도 하다.

　　내가 비로소 餘裕를 갖게 된 것은
　　거리에서와 마찬가지로 집안에 있어서도 저 무시무시한 白蟻를 보기
　시작한 때부터이었다
　　白蟻는 自動式文明의 天才이었기 때문에 그의 所有主에게는
　　一言의 約束도 없이 제가 갈 길을 自由自在로 찾아다니었다

---

9 『김수영전집1』, 민음사, 1981, 58~59쪽. 이 글에서 2004년 개정판이 아니라 초판을 인용
　한다. 그 이유는 첫째, 개정판에 일부 행 구분상의 오류가 있다는 점, 둘째, 이 시에서
　어감을 살리기 위해 '백의'를 포함한 한자어들을 노출시킬 필요가 있다는 점 등이다.

시적 화자는 '백의'가 집에서 발견된 순간을 이야기의 실마리로 삼고 있다. 그가 '백의'를 처음 발견한 것은 거리였지만 이후 집에서도 발견할 수 있게 되었다. 그는 '백의'를 '자동식문명의 천재'라고 표현하고 있다. 그렇기 때문에 그것의 원 소유주의 의지나 희망과는 무관하게 확산되고 있다. '백의'의 진행은 어떤 일정한 경로를 가진 것이 아니기 때문에 예측 불가능한 것이다. 그런 이유로 거리에서 발견된 '백의'는 어느 순간 시적 화자의 집에서도 발견된 것이다. 이런 '백의'의 성격을 시적 화자는 다소 조롱하는 듯이 '자동식문명의 천재'라고 표현하고 있다. 이처럼 인간의 의지나 희망 혹은 계획과는 무관하게 혹은 심지어 배반할 수 있는 '백의'의 특성은 개미의 생물학적인 성격과 연관성을 가진 채 묘사되고 있다.

그런데 여기서 흥미로운 점은 시적 화자가 '백의'를 '여유'와 연관 짓고 있다는 점이다. 그는 '백의'의 등장으로 '여유'를 갖게 되었다고 진술하고 있다. 그렇다면 그 이전까지 그는 느긋하거나 차분하지 못한 상태에 있었다가 '백의'의 등장으로 그런 마음 상태에서 벗어날 수 있었다는 말이 된다. 그렇다면 '백의'의 어떤 특성이 그에게 마음에 '여유'를 준 것일까. 그 이유를 우리는 그 다음 진술에서 발견할 수 있는 것이다. '백의'는 소유주의 의지에 구속되지 않고 자유롭게 움직인다는 사실의 확인이 그 이유일 것이다. 그렇다면 시적 화자의 초조나 불안은 그의 소유주 즉 그의 인생에 질서를 형성하는 기성관념이 그에게 부과하는 도덕적인 의무에서 비롯된 것이라고 생각할 수 있다. 그에 대한 저항의 상징이 '백의'인 것이다.

> 그는 나같이 몸이 弱하지 않은 點에 主要한 原因이 있겠지만
> 雷神보다 더 사나웁게 사람들을 울리고
> 뮤우즈보다도 더 부드러웁게 사람들의 傷處를 쓰다듬어준다
> 叱責의 權利를 주면서 叱責의 行動을 주지 않고
> 어떤 나라의 紙幣보다도 信用은 있으나
> 身體가 너무 倭小한 까닭에 사람들의 눈에 띄지를 않는다

위의 대목에는 '백의'에 대한 시적 화자의 정보가 보다 구체적으로 제공된다. 여기는 '백의'의 외양이나 행동, 성격에 대한 묘사가 있다. 시적 화자의 진술에 따른다면, 우선 '백의'는 사람들 눈에 띄지 않을 정도로 왜소하지만 시적 화자와는 달리 몸이 튼튼하다. 이는 우리가 흰개미의 외양이나 움직임에서 흔히 연상할 수 있는 측면이다. 흰개미는 보통 3.5~11mm의 크기이고 움직임이 활발하기 때문에 앞의 진술은 흰개미의 특징에 기반을 둔 것으로 이해할 수 있다. 그러나 그 외의 진술은 흰개미와는 어떤 뚜렷한 연관성을 발견하기 힘든 부분이 많다. 시적 화자에 의하면, '백의'는 '뇌신'보다 사납게 사람들을 울리지만 '뮤우즈'보다 사람들의 상처를 부드럽게 쓰다듬어 준다. '뇌신'은 그리스신화의 제우스를 일컫는 말이다. '백의'는 때로는 사람들을 처벌하기도 하고 때로는 위로하기도 하는 극단적으로 상반된 힘을 가지고 있다. 이 구절을 읽으면서 독자들은 자연스럽게 김수영의 '백의'가 돈을 비유한 것은 아닐까 하는 생각을 가질 수 있다. 왜냐하면 돈이야말로 다른 어떤 것보다도 인간을 강력하게 지배하기 때문이다. 돈이 없어서 인간은 울고 돈이 있어서 큰 위로가 되기도 하는 법이다. 그러나 "어떤 나라의 지폐보다도 신용은 있으나"라는 구절이 있으므로 '백의=돈'이라는 단순 연상은 성립되지 않는다. '백의'는 돈보다도 더 신용이 있는 것이다. 그렇다면 황금일까. 황금도 사람들 눈에 띄지 않을 정도로 작고

몸도 훨씬 단단하다. 그리고 "어떤 나라의 지폐보다도 신용"이 있음은
물론이다. 그러나 시의 특정 부분에서 '백의'를 특정한 형태를 가진 물
체로 연상하는 것이 가능하다고 해도 김수영의 '백의'는 그것과 정확히
일치하지 않는 잉여를 남기고 있다. 위에서 우리가 읽은 부분에서 돈
이나 황금을 연상하는 것이 자연스러워 보이기는 한다. 그러나 그 다
음 구절들은 '백의'의 정체에 대한 판단이 섣불리 이뤄져서는 안 된다
는 점을 우리에게 일깨운다.

> 古代 形而上學者들은 그를 보고 「兩極의 合致」라든가 혹은 「巨大한
> 喜悅」이라고 부르고 있었지만
> 　十九世紀 詩人들은 그를 보고 「逃避의 王者」 혹은 단순히 「餘裕」라
> 고 불렀다
> 　그는 南美의 어느 綿工業者의 庶子로 태어나서
> 　나이아가라 江邊에서 隧道工事에 挺身하고 있었다 하며
> 　그의 母親은 希臘人이라고 한다
> 　兩眼이 모두 淡紅色을 하고 있는 것으로 보아
> 　그가 오랜 歲月을 暗夜 속에서 살고 있었던 것만은 確實하다고 나는
> 생각한다

위의 구절들은 '백의'의 연대기에 해당한다. 시적 화자에 따르면, '백
의'는 이미 고대 그리스 시대부터 그 존재가 알려져 있었다. '고대 형이
상학자들'은 '백의'를 '양극의 합치', '거대한 희열'이라고 불렀다. 그리
고 '십구세기 시인들'은 '도피의 왕자', '여유'라고 불렀다. 이런 진술은
선뜻 받아들여지지 않는다. 김수영이 열거한 진술들이 '백의'에 대한
선입관과 부합되지 않기 때문이다. 또한 '고대 형이상학자들'이나 '십구
세기 시인들'이 '백의'를 두고 진술한 표현들의 정체도 묘연하기 때문
이다. 적어도 철학자나 시인들 중에 개미를 대상으로 무언가 철학적

사유를 펼치거나 시적 표현을 제시한 사람들은 거의 없다고 해도 무방할 것이다. 이는 구체적인 실증의 문제라는 점에서 좀 더 성실한 실증적 검토를 요하는 부분이기는 하지만, 김수영의 진술과 연관된 증거를 발견하기는 어려울 듯하다. 그렇다면 이런 진술들은 적어도 개미가 아닌 다른 무엇에 관한 진술이나 표현일 가능성이 높아 보인다. 그러나 그것이 과연 구체적인 형태를 가진 사물인지 아니면 추상적인 관념인지는 알 수 없다. 물론 그가 그 어떤 전거 없이 이런 표현들을 사용했을 법하지는 않다. 구체적인 전거의 발견 유무가 이 구절의 해석이 적지 않은 영향을 줄 것으로 생각되지만, 일단 진술 자체에 순수하게 관심을 집중해볼 필요도 있다.

'고대 형이상학자들'이 말했다는 '양극의 합치'나 '거대한 희열'은 무엇을 의미하는 것일까. '양극의 합치'는 서로 성격이 다른 두 사물이 하나가 되는 현상을 지칭한다고 볼 수 있다. 그리고 그런 현상은 결과적으로 '거대한 희열' 즉 큰 기쁨이 된다. 즉 성격이 다른 두 사물이 합치하여 큰 기쁨이 된다는 것이다. 그렇다면 이는 남녀 간의 사랑 즉 에로스의 상태를 의미한다고 추측할 수 있다. 아니면 자신의 불완전함을 자각하여 완성으로 나아가려는 정신의 상태를 뜻하는 플라톤적 에로스의 상태를 의미할 수 있다. '양극의 합치'는 불완전한 자아의 완성의 상태를 의미하는 것이며 이는 곧 '거대한 희열'일 수 있는 것이다.

'고대 형이상학자들'에 이어 '십구세기 시인들'은 동일한 대상을 '도피의 왕자', '여유'라고 지칭하고 있다. 이때 '십구세기 시인들'이 과연 어떤 시인들인가는 모호하다. 그런데 그들이 서구 유럽의 시인들일 것이라는 점을 확실히 보인다. 그 당시 유럽에는 낭만주의 사조가 유행하고 있었다는 점을 고려할 필요가 있다. 낭만주의는 프랑스대혁명과 같은 근대의 정치적 변혁의 정신에 기반을 두면서도 산업 자본주의에 대한 비판 의식을 갖고 있는 사조로 유럽 전역에 결쳐 폭넓은 영향력을 행상한 사조였다.10 그렇다면 '십구세기 시인들'과 '도피', '여유'는 이와 같은 측면에서 상관성을 가질 수 있다. 위에서 살펴본 것처럼 시의 문맥에서 '백의'가 '고대 형이상학자들'에게 정신의 완전성을 추구하는 자유의 상징이었던 것처럼 '십구세기 시인들'에게도 '백의'는 비슷한 함의를 가진 것으로 볼 수 있다.

적어도 '고대 형이상학자들'과 '십구세기 시인들'을 거론하는 부분까지 '백의'는 일종의 추상적 관념으로 받아들여질 여지가 많았다. 그러나 그 다음 구절들은 '백의'를 과연 그렇게 이해해도 좋을지 회의하게 만든다. 김수영은 '백의'가 '남미의 어느 면공업자' 아버지와 '희랍인' 어머니 사이에서 출생했다는 식으로 의인법적 표현을 사용하고 있기 때문이다. 그런데 여기서 흥미로운 점은 이와 같은 의인법적 표현에도 불구하고 '백의'의 성격이 특정한 생명체로 규정될 수 없어 보인다는 점이다. '백의'는 '면공업자'와 '희랍인' 사이의 소산이라는 진술은 은유적인 것으로 볼 여지가 있다. 앞에서 살펴본 것처럼 '백의'는 정신, 완전, 자유와 같은 범주의 관념성을 가지며 '십구세기'로 표현되는 근대 사회로부터의 도피와 그로 인한 여유를 함의하고 있다.

이렇게 본다면 '백의'가 굳이 '면공업자의 서자'라는 표현은 무엇을 의미하는 것일까. 주지하다시피 자본주의 초기 영국의 면공업은 생산의 공장제 기계화와 상품의 해외수출을 추동하는 주요한 기제였다.11

---

10 이사야 벌린 저, 강유원·나현영 공역, 『낭만주의의 뿌리』, 이제이북스, 2005, 18쪽.
11 산업혁명 당시 영국 면공업을 둘러싼 상황에 대해서는 에릭 홉스봄 저, 박현채·차명수 공역, 『혁명의 시대』, 한길사, 1993, 53-66쪽 참고.

그렇다면 '백의'는 그러한 자본주의화로 인한 부산물의 하나일 것이다. 그런데 자본주의화는 중세 봉건주의 질서의 붕괴와 부르주아적 자유의 사상을 사회에 가져왔다. 이는 자본주의 질서가 처음부터 의도한 것이 아니라는 측면에서 비유적으로 '서자'의 위치를 점하는 현상이라고 할 수 있다. 그런데 이런 자유의 관념이 서구에서는 이미 고대 그리스에서 배태된 것이라는 점에서 자유의 어머니를 '희랍'으로 보는 생각도 가능하다.

그렇다면 산업혁명의 발상지인 영국이나 유럽이라는 기호가 아닌 '남미'라는 기호가 등장한 이유는 무엇일까. 이는 김수영이 '백의'라는 기호의 상징성을 유지하면서도 은폐하려는 의도에서 빚어진 것일지도 모른다. 그리고 '백의'가 한국에 수입되는 경로를 지구화하려는 의도도 고려해 볼 수 있다. 이 구절 앞에 명시적으로 드러난 것은 아니지만 이미 유럽이 암시된 바 있다. 따라서 반복을 피하고 전지구적인 성격을 강조하기 위해 어떤 역사적 문맥과도 무관하지만 의도적으로 '남미'를 삽입한 것은 아닐까.[12] 이는 이 구절 다음에 '나이아가라'라는 지명이 보이는 것과도 관련이 있다. '나이아가라'는 미국과 캐나다의 국경선에 위치하고 있다. '백의'는 미국과 캐나다 사이를 지하로 연결하는 터널공사 즉 '수도공사'을 하고 있었다고 묘사되는데, 이는 '유럽-남미-북미'로 연결되는 지구화 과정을 지리적으로 비유화한 것으로 보인다.

김수영은 "양안이 모두 담홍색을 하고 있는 것" 운운하면서 다시 '백의'를 생물체로 보도록 하고 있는데, 이는 작품 전반부에서 자신이 구축한 이미지에 혼선을 주기 위한 일종의 트릭이라고 할 수 있다. 김수

---

12 앞에서 '백의'라는 기호 생성의 원천으로서 문화적 환경에 대해 언급할 때 김수영이 개미를 소재로 한 「마라푼타」를 보았거나 정보를 가지고 있었을 것이라고 추측한 바 있는데, 이 영화의 이야기 배경이 남미였다는 사실과도 어떤 연관성이 있을 것으로 보인다.

영은 독자들이 '백의'의 상징성을 너무 단순하게 이해하는 것에 부담감
이나 거부감을 가지고 있는지도 모른다. 여기에 이르러서 '백의'를 흰
개미와 같은 구체적인 생명체로 규정하는 것이 더 이상 올바른 독법이
아니라는 사실은 한층 뚜렷해진다.

2) '백의'의 수입사 혹은 관계망

앞에서 김수영은 '백의'의 정체에 대한 진술을 다양한 방법으로 제시
했다. 그러나 '백의'를 때로는 생명체로 때로는 관념으로 보이도록 하
는 혼란스러운 진술 방식을 사용하고 있다. 이후에는 '백의'의 정체가
아니라 '백의'를 둘러싼 시적 화자와 주변인의 대응 양상을 서술하고
있다.

> 나의 맏누이동생이 그를 「하니」라고 부르고 있는 것이 아니꼬워서
> 내가 어느 날 그에게 「魔神」이라는 別名을 붙였더니
> 그는 대뜸
> 「오빠는 어머니보다도 더 完固하다」고 하면서
> 나를 도리어 꾸짖는 척한다
> (그가 나를 眞心으로 꾸짖지 않았다는 것을
> 나는 그의 은근하고 魅惑的인 表情에서 感得할 수 있었다)

위의 대목은 '백의'를 둘러싼 시적 화자와 맏누이동생의 대화 장면을
묘사하고 있다. 김수영 시에서 누이동생은 가끔 등장하는데 「누이의
방-신귀거래 8」에서 누이동생은 영화배우의 사진을 벽에 붙여놓는 여
성으로 묘사된다. 이런 장면을 연상하며 위의 대목을 읽으면 「백의」의
누이동생은 「누이의 방-신귀거래 8」에서와 마찬가지로 영화와 같은

대중문화를 동경하는 여성의 이미지를 연상시킨다. 그리고 누이동생의 '하니'에게 시적 화자는 아니꼬움을 느끼면서 '마신'이라는 별명을 붙여 누이동생의 가벼운 핀잔을 사는 것도 그렇게 어색하지 않게 이해된다. 시적 화자의 태도는 충분히 이해된다. 대중문화를 맹목적으로 숭배하는 듯한 누이동생의 태도가 그에게 그다지 만족스러울 리는 없기 때문이다. 그는 전후 미국에 의해 도입된 서구식 자본주의 질서 하에서 그 부산물로 들어온 자유의 역사를 인식하면서도 그것이 집으로 상징되는 자신의 공간으로 침투할 때 그것을 온전히 체화할 수 없는 상태에 있다는 사실을 자각하고 있다. 그에 반해 누이동생은 "「오빠는 어머니보다도 더 완고하다」"는 표현에서 알 수 있듯이 현실을 수리受理하지 못하는 시적 화자에게 가볍게 핀잔을 주고 있다. 누이동생은 그 어떤 특별한 갈등도 없이 영화배우로 상징되는 자본주의의 부산물을 향유하고 있다. 그렇다고 그와 누이동생이 본질적으로 적대적인 관계에 있는 것은 아니다. 이런 사실은 희곡의 지문처럼 제시된 마지막 구절이 암시하고 있다.

> ---悲慘한 것은 白蟻이다
> 그는 韓國에 輸入되어 가지고 完全한 孤兒가 되었고
> 거리에 흩어진 月刊 大衆雜誌 위에 每月 그의 寫眞이 揭載되어왔을 뿐만 아니라
> 어느 三流新聞의 社會面에는 間或 그의 救濟金 應募記事같은 것이 나오고 있다
> 나는 이러한 寫眞과 記事를 볼 때마다
> 이것은 「아틀랜틱」과 「하아파스」의 廣告部의 分室이 나타났다고
> 이곳 저널리스트의 逆襲의 妙理에 感歎하고 있었는데

위의 대목에서 '백의'가 '한국'에 '수입'되었다는 점이 명시적으로 드

러나고 있다. 즉 이전까지는 이 땅에 존재하지 않았던 '백의'가 어느 시
점에 '누군가'에 의해 수입되었다는 것이다. 수입된 후 '백의'의 상태를
시적 화자는 '비참'이라고 표현하고 있다. 그는 '월간 대중잡지', '삼류
신문'이 암시하는 부당한 대우를 받고 있다. 그는 그의 위상에 맞지 않
게 저속한 저널리즘의 치장에 사용된다. 아니면 이 땅에서의 생존이
위협받을 때 '구제금'을 얻기 위해 '삼류신문'의 기사에 의지해야 할 정
도로 비천한 상태에 빠져 있다.

　시적 화자는 이런 상황을 지켜보면서 한국 저널리즘을 "「아틀랜틱」
과 「하아파스」의 광고부의 분실"이라고 생각한다. 이런 표현에는 다소
조롱끼가 섞여 있다. '「아틀랜틱」'은 1857년 미국 보스턴에서 창간된
문예월간지 'Atlantic'을, '「하아파스」'는 1934년 창간된 미국 패션잡지
'Harper's Bazaar'를 가리킨다. 아틀랜틱은 김수영이 직접 구독하기도
한 잡지였고, 하퍼스바자는 번역감을 찾기 위해 영어잡지를 많이 접한
그가 충분히 알고 있는 잡지였을 것이다. 그렇다면 아틀랜틱이나 하아
파스는 미국식 자본주의의 원본이고 대중잡지나 삼류신문은 원본을
모방했으되 원본의 수준을 따라가지 못하는 모조이라고 할 수 있다.
'백의'는 아틀랜틱이나 하아파스가 간직한 것으로 여겨지는 서구적 관
념이 한국의 후진적인 성격으로 인해 제대로 수용되지 못하는 상황을
암시하는 것으로, '백의'의 비참은 서구적인 것을 제대로 수용할 수 없
는 1950년대 한국의 비참이라고 해도 무방할 것이다.

　그런데 이런 상황에 대한 시적 화자의 태도는 아이러니하다. 그는
서구의 원본을 한국적으로 복제하는 한국 저널리즘의 비속함에 '감탄'
한다고 말하고 있지만 실은 오히려 그에 대한 비판적인 의식을 가지고
있음을 짐작할 수 있다. 이와 같은 아이러니의 태도는 '안심'과 '태만'이

라는 표현을 사용하고 있는 다음 대목에서도 드러난다.

> 白蟻는 이와 같은 나의 安心과 怠慢을 비웃는 듯이
> 어느 틈에 우리 家庭의 內部에까지 侵入하여 들어와서
> 身心兩面의 虛弱症으로 呻吟하고 있는 나를 督促하여
> 「希臘人을 母親으로 가진 美國人에게 대한 呼訴文」과 「精神上으로 본
> 希臘의 獨立宣言書」를 써서
> 前者를 現在 일리노이州에 있는 自己의 母親에게 보내고
> 後者는 希臘國立博物館館長에게 보내달라고 한다
> 이러한 그의 無理한 要請에 대하여 나는 하는 수 없이
> 「그것은 나의 力量 以上의 것이므로 新世界劇壇의 演出者 S氏를 찾
> 아가보라」고
> 터무니없는 거짓말을 하여가지고 卽席에 拒絶하여 버렸다
> 오히려 이와 같은 나의 輕蔑과 剛毅로 因하여
> 나는 그날부터 그를 眞心으로 사랑하게 되었다

위에서 볼 수 있듯이 원본과 모조의 격차를 인정할 수밖에 없는 시적 화자는 '안심'과 '태만'의 태도로 자신의 본심을 가장하려고 하지만 '백의'가 '가정의 내부'로 침투함으로써 이와 같은 그의 소극적인 태도는 유지될 수 없게 된다. 그는 현재 '신심양면의 허약증'을 앓고 있는데 이는 전후 김수영의 상황에 대한 정직한 표현이라고 할 것이다. 김수영은 전쟁을 경과하면서 레드콤플렉스에 시달리면서 소극적인 태도를 가질 수밖에 없었는데, 그런 그에게 '백의'가 무언가를 하도록 '독촉'하고 있다.

그 내용은 '희랍인을 모친으로 가진 미국인'에게 호소문을 써달라는 것이 그 하나이다. 호소의 내용이 무엇인지는 알 수 없으나 '백의'가 한국에서 겪고 있는 비참을 알려달라는 것일 것이다. 그런데 그 대상이 '희랍인을 모친으로 한 미국인'으로 한정되어 있다는 점이 주목할 만하

다. 앞에서 살펴본 대로 '백의'의 모친이 희랍인이었으므로 이 호소문은 정신과 자유의 가치를 알고 있는 사람들을 향해 한국의 상황을 폭로하는 내용을 담게 될 것이다. '백의'는 이 글을 자신의 모친에게 보내달라고 하고 있는데, 재미있는 것은 그의 모친이 현재 '일리노이주'에 살고 있다고 표현한 점이다. 느닷없어 보이는 이 지명은 어떻게 나온 것일까. 여러 가지 추측이 가능하지만 일리노이주가 아브라함 링컨의 정치적 고향이라는 점이 가장 눈에 띤다. 링컨은 일리노이주 하원의원으로 정치계에 입문하였고 이후 상원의원을 거쳐 노예제에 반대하였고 남북전쟁을 승리로 이끌어 미국에서 흑인노예의 해방에 기여함으로써 미국의 자유주의를 신장시킨 바 있다. 현재 일리노이주에는 그의 이름을 딴 링컨시가 있고 수도 스프링필드에는 그의 무덤과 집이 남아 있다.[13] 이처럼 일리노이는 링컨과, 링컨은 자유와 불가분의 관계를 가지고 있다. '일리노이주'라는 기호는 아마도 이와 같은 역사적 문맥과 관련성을 가진 것으로 보인다.

그리고 '독촉'의 다른 내용은 미국적 자유주의의 보다 깊숙한 원천인 희랍의 현대적 가치와 위상을 강조하는 내용의 글을 '희랍국립박물관 관장'에게 보내달라는 것이다. 이로 미루어 볼 때, 이런 '독촉'은 시적 화자의 내면적 갈등을 색다르게 표현한 것이라고 볼 수 있다.

그러나 '백의'의 위와 같은 부탁을 시적 화자는 '허약증' 때문에 거절할 수밖에 없다. 여기에는 서구적 자유의 가치를 알면서도 실천할 수 없는 자신의 무력증에 대한 고뇌가 내포되어 있다. 그 대신 '백의'에게 '신세계극단'을 찾아가보라고 말하고 있는데, '신세계극단'가 암시하듯이는 자유가 현실에 내재하는 가치가 아니라 '신세계'로 표상되는 미래

---

13 株式會社レッカ社, 『アメリカ50州の秘密』, PHP研究所, 2009, 172쪽.

의 어느 시점에나 이루어질 가상의 가치로 느껴지는 시적 화자의 절망감을 내포하고 있다. 이렇게 본다면 '백의'에 대한 그의 '경멸'도 기실 김수영의 지식인적 자의식의 투사에 지나지 않는 것이다.

위에서 살펴본 일련의 과정을 통해서 시적 화자와 '백의'는 이제 그 둘 사이에 그 어떤 거리감도 없는 완전한 하나의 개체가 되었다. '백의'는 시적 화자의 결핍을 상기시키고 보충하는 매개체이다. '백의'의 '비참'을 고발해야 함에도 불구하고 또 '백의'의 독촉에 응해야 함에도 불구하고 그럴 수 없는 자신의 '허약증' 혹은 무력감에서 시적 화자는 조금씩 벗어나게 되고 어느 순간 극적인 일치의 상태에 이른다. 이는 현실을 부정하면서도 그런 현실을 극복할 수 없었던 1950년대 중반 김수영의 내면 의식의 변화에 대응하는 것이다.

> 그러나 바로 어저께 내가 오래간만에 거리에 나가니
> 나의 親舊들은 모조리 나를 回避하는 눈치이었다
> 그중의 어느 詩人은 다음과 같이 나에게 辱을 하였다
> 「더러운 자식 너는 白蟻와 姦通하였다지? 너는 오늘부터 詩人이 아니다……」
> ---白蟻의 悲劇은 그가 現代의 經濟學을 等閑히 하였을 때에서부터 시작되었던 것이다.

위의 대목은 「백의」의 마지막 부분이다. '백의'와의 일치 상태에서 시적 화자는 '오래간만'에 거리로 나간다. 이는 그가 모종의 갈등이나 무력감에 시달리면서 세상과 거리를 둔 채 지내왔다는 것을 의미한다. 그런데 거리에서 만난 '친구들'은 그를 '회피'하고 심지어 동료 시인은 그에게 욕을 하기도 한다. '백의와 간통'으로 표현되는 시적 화자의 상태는 동료 시인에 의해 비난의 대상이 되고, 시적 화자의 시인됨은 부

정되기에 이른다. 이는 시적 화자의 주변 사람들에게 '백의'가 부정적인 대상으로 여겨져 왔음을 암시한다. 이런 상황에서 시적 화자만이 일종의 '전향' 과정을 통해서 '백의'의 편이 되고 결과적으로 주변 사람들을 배반하게 된 것이다. 이는 시적 화자의 주변 사람들조차도 여전히 시적 화자가 품고 있는 정신과 자유의 가치를 충분히 수용할 수 없는 상태이기 때문이다. 이런 상황은 그를 이전과는 또다른 의미에서 소외의 상태에 빠뜨린다. 이를 김수영은 '백의의 비극'이라고 표현하고 있다. 시적 화자는 어느 순간 '백의'가 되어버렸고 주변 사람들로부터 경원시되었다. 이는 카프카의 소설 「변신」의 주인공 그레고르 잠자가 어느 날 아침 벌레가 되어 가족들로부터 소외된 상황과 다르지 않다.

4. 결론

이 글은 지금까지 거의 관심의 대상이 되지 못했던 김수영의 시 한 편을 분석하는 데 큰 관심을 할애하였다. 「백의」는 전후 그가 본격적으로 창작활동을 시작하면서 쓴 작품이기는 하지만 그 난해성으로 인해서 분석의 시도가 거의 이루어지지 않았던 작품이다. 그 난해성은 '백의'라는 제목에서부터 작품 자체의 진술 방식, 그리고 무수히 등장하는 고유명에 이르기까지 여러 층위에서 실현되고 있다.

난해하기는 하지만 이 작품은 김수영 시의 정신사에서 핵심적인 주제라고 할 수 있는 자유의 담론을 드러낸 최초의 경우라는 점에서 이후 그가 일련의 시들을 통해서 주장한 자유의 담론을 이해하는 데 중요한 작품이라고 할 수 있다.

이런 가치 판단 하에 이 글에서는 선험적으로 이 작품의 의미를 재단하지 않고 면밀한 분석을 통해서 김수영이 은폐하면서 드러내고 드러내면서도 은폐하려고 한 언술의 의미를 일관되게 분석하려고 하였다. 특히 기존의 「백의」론과는 달리 텍스트 전체를 빠짐없이 분석 대상으로 삼아 낯선 기호들의 연원이나 구조상의 기능을 고려하면서 작품 분석을 시도하였다. 특히 이 작품에 등장하는 고유명의 기능에 대한 천착은 부분적으로 매끄럽지 못한 부분이 있기는 하지만 비교적 유연하게 이루어졌다고 생각된다. 또 '백의'를 미국적인 것의 상징으로 보다가 마지막에 가서는 우리 민족의 상징으로 보는 논리적 비약을 견제하고 '백의'의 상징성을 비교적 통일적으로 밝히려고 했다는 점은 또 하나의 성과라고 할 수 있다.

이 작품에서 '백의'는 결론적으로 전후 한국의 현실과 미국적 자유 사이에 걸쳐 있는 김수영적 자아의 상징이라고 할 수 있다. 「백의」 이후 김수영은 「눈」이나 「폭포」처럼 보다 투명한 눈과 머리로 세상의 불의와 대결하게 되는데, 여기에는 '백의'의 '비참'이나 '비극'이 선재先在한다는 사실을 강조하고자 하는 것이 이 글의 궁극적인 목표이다.

9장. 1960년대 후반 김수영 시의 미디어 수용 양상

1. 서론

이 글은 김수영이 말년에 쓴 시들에 나타난 미디어적 형식의 양상과 의미를 해명하려는 목적을 가지고 있다. 그동안 김수영 시에 대해서 많은 글들이 발표되었지만 이와 같은 측면에서의 조명은 거의 없었던 것으로 판단된다. 기존 김수영론들은 그의 시를 자유, 사랑과 같은 관념적 틀에 기대어 이해하면서 세부적으로 다양한 주제적 탐색을 진행해왔다. 그 과정에서 그의 대표작들에 대한 해명도 상당 부분 진척된 것이 사실이다. 그러나 필자가 보기에 김수영이 말년에 쓴 작품들 중에서 시사적으로 볼 때 새로운 영역이라고 판단되는 일련의 작품들에 대해서는 충분히 그 의의를 구명했다고 할 수 없을 듯하다.

주지하다시피 김수영은 4 · 19혁명에 이어 5 · 16쿠데타라는 역사적 정변을 겪으면서 자신의 이데올로기를 적극적으로 표출한 이후 사망 시까지 일상생활을 침잠했다. 이 과정에서 자신의 일상을 소재로 하는 시들을 통해 지식인으로서의 회의와 절망, 울분을 표출한 바 있다. 이 것은 우선 대사회적 대응력을 상실함으로써 발생하는 현상일 터이다. 그렇다고 그가 일상생활을 행복하게 영위할 수도 없었는데, 이처럼 일 상에서 부딪치는 각종 문제를 그는 시를 통해서 표출하였다. 이 과정 에서 가정과 돈은 그런 문제들이 표출되는 매개 역할을 하게 된다. 김 수영은 번역이나 글쓰기에 대해서 지속적인 자의식을 가지고 있었다. 글을 돈과 바꾼다는 것에 대해서 쉽사리 수긍할 수 없었던 것이다. 이 에 반해 그의 시에 등장하는 '아내'는 아무런 모순 없이 돈이나 물질적 욕망을 적극적으로 추구하는 생활을 하는데, 이와 같은 가정 내 대립 은 그의 지식인적 자의식을 끊임없이 자극하는 결과를 초래한다.

이처럼 1960년대 김수영의 시는 일상에서 지식인이 부딪치는 갈등 을 첨예한 양상으로 재현하고 있다. 기존 김수영론들도 이와 같은 측 면에서 김수영 시의 특징을 포착하고 있지만, 이들은 대체로 그런 갈 등이 뚜렷하게 포착되는 작품들 중심으로 접근하고 있다. 이로 인해서 이전에 비해 형식적으로 복잡하고, 요설적인 언어로 이루어진 1960년 대 후반 김수영 시에는 효과적으로 접근하지 못하고 있다. 예를 든다 면 「전화 이야기」, 「원효대사」 같은 작품들은 지식인적 자의식을 새로 운 형식으로 보여주는 대표적인 작품인데, 이들 작품에 대해서는 적극 적인 의미 부여가 되지 못하고 있는 형편이다.

김수영은 1950년대 중반부터 영화나 대중가요, 라디오, 전화, 텔레 비전 등 매스미디어나 대중문화와 연관된 형식이나 내용을 차용하는 시들을 발표한 바 있다.[1] 1955년 작 「영사판」은 영화관 체험을 통해서 시적 화자의 내면적 고통을 표현하고 있다.[2] 그리고 1956년 작 「바퀴

---

1 김지녀, 「김수영 문학 속의 '아메리카'」, 『돈암어문학』 22, 돈암어문학회, 2009.12, 397쪽.

어진 지평선」에는 '로날드 골맨', '클라크 게이블', 1960년 작 「하……
그림자가 없다」에는 '커크 더글러스', '리처드 위드마크' 같은 영화배우
이름이 등장하고 있다. 이후로도 「제임스 띵」처럼 영화배우 이름이 시
전체의 상징적 의미를 확보하는 수준까지 영화라는 미디어가 시 속에
수용되고 있다. 또 4·19혁명 직후에 발표된 「아리조나 카우보이」에서
는 1950년대 중반 명국환明國煥이 불러 히트한 대중가요 「아리조나 카
우보이」 김부해 작사, 전오승 작곡3가 차용되기도 한다. 또 1960년대 중반
에 씌어진 「금성라디오」 1966.9.15, 「라디오계」 1967.12.5에서는 라디오
를 소재로 차용하여 물질적 욕망이나 이데올로기적 억압의 문제를 조
명하기도 한다.

　이처럼 김수영은 비교적 이른 시기부터 매스미디어에 관심을 갖고
지속적으로 시를 써 온 편이다. 이는 동시대의 여타 시인들과는 확연
히 다른 양상이라 하겠다.　기존 김수영론에서도 위에서 거론한 시들
에 대해서 조명하고 있기는 하다. 그러나 여타 미디어와는 달리 전화
나 텔레비전 등 그 당시 사정을 감안할 때 비교적 최신의 미디어와 연
관된 작품들에 대해서는 일부의 언급이 있을 뿐 거의 분석의 대상이
되고 있지 않다. 「전화이야기」의 경우 강호정4, 「원효대사」의 경우 유
중하5, 김유중6이 이 작품을 비교적 자세히 분석한 바 있지만, 치밀한
분석이 이루어지지는 못했다. 이렇게 된 일차적인 이유는 앞에서도 말

2 주영중, 「김수영 시에 나타난 시각적 경험의 발현 양상」, 『한국근대문학연구』 7/1, 한국
　근대문학회, 2006.4, 301-303쪽 참고.
3 이영미, 『한국대중가요사』, 민속원, 2006, 150-153쪽 참고.
4 강호정, 「연극적 상상력의 시」, 최동호·강웅식 외, 『다시 읽는 김수영 시』, 작가, 2005,
　274-278쪽.
5 유중하, 「김수영과 노신(3)」, 『중국현대문학』 16, 한국중국현대문학학회, 1999.6.
6 김유중, 『김수영과 하이데거』, 민음사, 2007.

한 것처럼 이 작품들이 형식적으로 복잡하고 언어적으로 요설화 양상을 보여 분석이 쉽지 않다는 사정 때문이다. 이와 더불어 이 작품들에서 거론되고 있는 「아메리칸 드림」7, 「원효대사」, 「사랑스런 지니」 Dream Of Jeannie」8 같은 작품들에 대한 이해 없이 시에 접근함으로써 실증적인 구체성을 가질 수 없었기 때문이다.

이 글에서는 이 두 작품이 탄생하게 된 문화적 배경에 대한 이해와 작품 속에 거론된 작품들의 실제 내용에 대한 이해를 밑바탕으로 이 작품들의 형식과 내용을 분석하고, 이 작품들 속에 담긴 메시지를 김수영 시에 대한 기존의 이해와 연결시켜 보다 폭넓게 김수영 시를 이해하는 계기로 삼고자 한다.

---

7 「전화 이야기」를 상세하게 분석한 바 있는 강호정은 다음과 같이 말하고 있다. "시의 내용 전개상 올비는 극작가 애드워드 올비를 말하고 있는 것으로 보인다. (⋯) 이 시에 등장하는 드라마는 시기상·내용상 「동물원이야기(1958)」로 짐작된다. 「동물원이야기」는 어느 일요일 오후, 뉴욕에 있는 센트럴 공원의 벤치를 무대로 하여 두 사람(한 사람은 출판사 간부사원, 한 사람은 가난하고 소외된 청년) 사이에 일어난 사건을 중심으로 타인과의 교류(交流)를 원하는, 절망과 단절의 극복을 묘사한 작품이다. 출판사 간부와 가난한 청년의 2인극이라는 점에서 이 시와 유사성을 찾을 수 있다."(강호정, 앞의 논문, 277쪽의 각주 10). 강호정은 「전화 이야기」가 번역과 관련된 이야기라는 점에 착안해서 이 작품이 올비의 「동물원 이야기」와 연관이 있을 것으로 추측하고 있다. 그런데 올비는 1961년 「아메리칸 드림」이라는 제목의 희곡을 발표한 바 있다. 그리고 이후 상세한 논의가 있겠지만, 내용적으로도 이 작품이 「전화 이야기」와 연관도가 높다. 이처럼 기존 분석도 대상이 되는 작품에 대한 명확한 이해가 없어서 진전된 해석이 되고 있지 못하다.

8 시 「원효대사」에서는 '「제니의 꿈」'이라고 되어 있는데, 이는 김수영이 「사랑스런 지니」라는 제목을 착각한 결과로 보인다. 이 시를 자세히 분석한 바 있는 유중하 역시 이 드라마의 제목을 「아내는 요술쟁이」라고 말한 바 있지만(유중하, 앞의 논문, 311쪽.), 이 역시 착오다.

2. 전화 형식과 지식인적 자의식

1) 올비의 「아메리칸 드림」과 '코리안 드림'

「전화 이야기」는 1966년 작이다. 이 당시 전화는 아직까지 일반 가정에 대중적으로 보급되지 않았다. 1960년대만 하더라도 전화는 자가용, 피아노처럼 일부 부유층의 전용물로 통했다. 전화는 영화, 라디오, 텔레비전과는 달리 쌍방향 의사소통의 미디어라는 점이 특징인데, 그 당시 전화는 요즘과는 달리 친교적 기능보다는 용무적 기능으로 많이 사용되었다. 김수영의 「전화 이야기」는 전화 통화라는 형식을 구조적 얼개로 하는, 그 당시로서는 독특한 작품이라고 할 수 있다.

우선 이 작품의 전문을 소개하면 아래와 같다.

여보세요. 앨비의 아메리칸 드림예요. 절망예요.
8월달에 실어주세요. 절망에서 나왔어요.
모레면 다 돼요. 200매예요. 특종이죠.
머릿속에 특종이란 자가 보여요. 여편네하고
싸우고 나왔지요. 순수하죠. 앨비 말예요.
살롱 드라마이지요. 반도호텔이나 조선호텔에서
공연을 하게 돼요. 절망의 여운이에요.
미해결이지요. 좋아요. 만족입니다.
신문회관 3층에서 하는 게 낫다구요. 아녜요.
거기에는 냉방장치가 없어요. 장소는 200명가량
수용될지 모르지만요. 절망의 연료가 모자
란다구요. 그래요! 반도호텔 같은 데라야
미국놈들한테서 입장료를 받을 수 있지요.
여편네하고는 헤어져도 되지만, 아이들이
불쌍해서요, 미해결예요.

코리언 드림이라구요. 놀리지 마세요.
아이놈은 자구 있어요. 구원이지요. 나를
방해를 안하니까요. 절망의 물방울이
튄 거지요.
내주신다면, 당신의 잡지의 8월호에 내주신다면,
특종이니깐요, 극단도 좋고, 당신네도
좋고, 번역하는 사람도 좋고, 나도 좋은
일을 하는 폭이 되지요.
앨비예요, 앨비예요. 에이 엘 삐 이 이. 네.
그래요. 아아, 그렇군요.
네에, 그러실 겁니다. 아뇨. 아아, 그렇군요.

이런 전화를, 번역하는 친구를 옆에 놓고,
생색을 내려고, 하고 나서, 그 부고(訃告)를
그에게 전하고, 그 무지무지한 소란 속에서
나의 소란을 하나 더 보탠 것에 만족을
느낀 것은 절망에 지각하고 난 뒤이다.

「전화 이야기」(1966.6.14.) 전문9

이 작품은 총 3연으로 구성되어 있다. 1~2연은 전화 통화 내용, 3연
은 전화 통화가 끝난 후 친구와의 대화 내용으로 되어 있다. 이 작품의
전체적인 내용은 전화로 어느 출판사에 작품 번역 제의를 하였지만,
출판사 측의 거부로 인해 작품 번역이 성사되지 않아서 그 소식을 번
역가인 친구에게 전달하는 것으로 되어 있다. 김수영 자신이 1950년대
부터 사망 시까지 줄곧 번역을 통해서 생계를 꾸려왔다는 사실을 감안
하면, 이 작품은 번역을 통해 생계를 유지할 수밖에 없었던 그의 생활
의 일 단편을 통해서 글과 돈, 정신과 물질의 대립을 끊임없이 의식하

9 『김수영전집1』, 민음사, 2004, 329-330쪽.

면서 살 수밖에 없었던 1960년대 지식인의 자의식을 표현한 것으로 이 해될 수 있다. 다만 특이한 것은 그런 내용을 전화 통화라는 형식에 담고 있다는 점이다.

이 작품을 심도 있게 분석한 바 있는 강호정은 이 작품을 연극적 상 상력이라는 측면에서 조명하면서 김수영 시에 내재된 '속취와 아기의 대립'이 잘 드러난 것으로 보고 있다.[10] 이 작품이 연극과 관련이 있다 는 점을 지적한 것은 성과라고 하겠지만, 이 작품이 실제로 근거하고 있는 구체적인 작품과의 대비 작업이 누락됨으로써 이 작품을 보다 면 밀하게 분석하는 쪽으로는 나아가지 못한 점이 아쉽다.[11]

1연에는 "앨비의 아메리칸 드림예요."라는 구절이 등장하는데, 에드 워드 올비Edward Albee는 1950년대 후반 등단한 미국의 대표적인 부조 리극 작가로, 1980년대까지 일관되게 사회와 인간의 관계, 인간의 본 질에 관한 의문을 상실의 유형으로 풀려고 노력한 작가이다.[12] "앨비의 아메리칸 드림예요."에서 '아메리칸 드림'은 1961년 1월 24일 뉴욕의 요크 플레이하우스The York Playhouse에서 초연된 그의 작품 「아메리칸 드림American dream」을 지칭하는 것이다. 이 작품에서 그는 부조리극의 기교를 사용해서 성공을 거두었고 극의 내용면에서 현대 미국 생활의 위선을 강하게 풍자하고 있다.[13]

이 작품은 크게 세 부분으로 구성되어 있다. 첫 장면부터 네 번째

10 강호정, 앞의 논문, 274-278쪽.

11 김수영 시의 연극성에 관해서는 강호정 이후 조강석이 그 배경과 특성에 관해서 자세히 설명한 바 있다. 조강석, 「김수영의 시의식 변모 과정 연구」, 『한국시학연구』 28, 한국 시학회, 2010.8, 361-386쪽.

12 양원옥, 「에드워드 올비의 희곡 연구-인간성 상실의 유형분석」, 전남대학교 박사학위논 문, 1995, 5쪽.

13 위의 논문, 48쪽.

장면까지는 '마미Mommy'와 '대디Daddy'가 그들을 기다리면서 '베이지색 beige'과 '밀가루색wheat'의 차이를 구별하는 것만큼이나 모호한 '모자 hat' 이야기를 한다. 그리고 '그랜드마Grand'를 양로원으로 보내 버릴 계획을 세운 '마미'와 그녀의 어머니 '그랜드마'와의 갈등이 드러난다. 다섯 번째부터 일곱 번째 장면까지는 '바이바이양자협회Bye Bye Adoption Service'를 운영하고 있으며 20년 전 '마미'와 '대디'에게 아이를 데려다 주었던 '바커 여사Mrs. Barker'의 방문을 묘사하고 있다. 여덟 번째부터 마지막 열한 번째 장면까지는 '미국의 꿈American Dream'이라 불리는 '청년Young Man'이 도착하고 '그랜드마'가 자기를 양로원으로 보내 버리려는 '마미'의 계획을 좌절시키는 모습을 묘사하고 있다.[14]

이 작품은 등장인물들 간에 오가는 공허한 대화를 통해서 현대 미국 사회의 모순과 고통을 고발하고 있는 작품이다.[15] 등장인물들은 본래의 사상 혹은 목적의식을 상실한 채 겉만 화려하게 꾸민 현대적으로 조립된 공포의 방에서 살고 있고, 미국의 꿈이라는 신화가 부정적 측면에서 작용하는 미국 사회는 타락한 사회이다. 그곳에서 사는 인간은 부조리한 인간들일 수밖에 없는데, 그들이 삶에 대해서 가지고 있는 환상은 문화적 편견, 과학의 발전, 그리고 능률과 출세에 대한 과도한 의존에서 비롯되는 것이다.[16]

1연 1행에서 "앨비의 아메리칸 드림예요."라는 표현 뒤에 등장하는 "절망예요"라는 표현은 이 작품에 대한 정보가 없는 상대방에게 시적 화자가 이 작품의 특징을 설명하는 부분이다. 이 작품이 제목과는 달

---

14 양원옥, 앞의 논문, 49쪽.
15 김병철, 『미국문학사』, 한신문화사, 1986, 306쪽.
16 양원옥, 위의 논문, 57쪽.

리 미국으로 대표되는 현대 자본주의 사회의 어두운 면을 그리고 있다는 뜻이 될 것이다. 2행의 "절망에서 나왔어요." 역시 이 작품의 특징에 대한 설명으로 이해될 수 있다. 올비의 이 작품이 미국 사회에 대한 절망에서 나왔다는 것이다. '8월달' 운운은 김수영의 이 시가 창작된 시점1966.6.14.을 감안하면 이해될 수 있다. '200매'는 「아메리칸 드림」을 번역했을 때의 분량이다.17 시적 화자는 이 작품이 '특종'이라는 점을 강조하면서 이 작품의 가치를 소개하고 있다. 여기까지는 번역 교섭에서 흔히 오가게 마련인 평범한 대화의 일부분으로 이해된다.

그런데 이후 등장하는 "여편네하고 싸우고 나왔지요. 순수하죠. 앨비 말예요."라는 구절은 다소 모호하게 느껴지는 부분이다. "앨비 말예요."라는 부분을 감안하면 "여편네하고 싸우고 나왔지요. 순수하죠."라는 부분은 올비라는 작가의 개인사를 설명하는 부분처럼 느껴진다. 그렇지만 번역 교섭 과정에서 굳이 작가의 사생활을 언급할 이유는 없을 것이다. 그렇다면 이 작품을 번역할 번역자에 대한 언급일까. 시적 화자가 직접 번역하는 게 아니라 번역가 친구의 부탁을 받고 시적 화자가 출판사와 교섭하고 있다는 상황을 염두에 두면 출판사 측이 번역자의 신분을 궁금해 할 것이므로 시적 화자가 그에 대한 정보를 제공한 것으로 이해될 수도 있다. 번역가 친구가 부부 싸움을 하고 나와 시적 화자에게 생활을 의지하고 있는데, 이를 딱하게 여긴 시적 화자가 친구를 위해 번역·출판할 곳을 수소문하고 있는 광경을 쉽게 연상할 수

17 이 작품의 정확한 분량은 확인할 수 없다. 다만 필자가 참조한 Edward Albee, The Ame rican Dream, The Sandbox, The Death of Bessie Smith, Fam and Yam, New York: Dramatist's Play Service, 2009(판형:191×133mm)에 이 작품이 9-42쪽에 걸쳐 수록되어 있는 점을 고려할 때, 우리말로 번역했을 때 대략 200매 정도 분량이 될 것이다.

있다. 그러나 "앨비 말예요."라고 토를 달고 있는 것으로 보아, 이 부분을 번역가에 대한 진술로 보기는 힘들다. 그리고 이에 이어지는 '살롱 드라마'라는 표현까지 고려하면 여기까지는 일관되게 「아메리칸 드림」이라는 작품에 대한 정보를 진술한 것으로 읽힌다. 이 작품은 어느 중산층 가정의 거실을 무대로 한 실내극인데, 시적 화자는 그 점에 대해서 진술하고 있는 것이다. 그렇다면 "여편네하고 싸우고 나왔지요. 순수하죠."라는 표현은 이 작품의 어떤 특징에 대한 부연 설명으로 이해하는 쪽이 적절할 것이다. 이 작품에는 가정에서 주도권을 잡고 있는 탐욕적인 '마미'와는 달리 그녀에게 눌려서 살아가는 무력한 가장 '대디'가 등장한다. 그는 '마미'에 비해 '순수'한 인물로, '마미'와 적극적으로 싸워보지도 못하고 패배하는 인물이다. 이 점을 고려하면, '여편네' 운운 하는 대목 역시 이 작품에 대한 진술로 보아야 할 부분이다.

다만 시적 화자가 작품에 대한 정보를 제공하고 있는 이 부분을 읽으면서 우리의 이해가 시적 화자나 번역가 등 다른 쪽으로 확산되는 이유는 올비의 이 작품이 시적 화자나 그의 친구의 삶과 어떤 연관성을 가지고 있다는 점을 생각하게 되기 때문이다. 이는 또한 전화 통화의 특성상 대화의 한 주체인 전화 상대방에 대한 정보나 그의 진술이 일체 가려져 있다는 점과도 관련이 있다. 독자 입장에서는 이처럼 가려진 정보를 끊임없이 채워 넣으면서 시적 화자의 진술을 독해해야만 한다. 따라서 이 시의 진술은 구조적으로 불완전할 수밖에 없다.

올비의 「아메리칸 드림」은 번역·출판과는 별개로 공연 계획이 잡혀 있는 것으로 진술된다. 번역가는 아마도 이 작품의 연출가일 수도 있다. 시적 화자에 의하면 이 작품은 '반도호텔이나 조선호텔' 등 그 당시 특급호텔에서 공연하기로 되어 있다. 그런데 이 말을 하면서 시적 화자가 '절망의 여운'이라는 표현을 덧붙인 이유는 무엇일까. 아마도 전화 상대방은 그런 공연이 왜 하필이면 특급호텔에서 이뤄지냐고 물어봤을 법하다. 그에 대해서 시적 화자는 이 작품의 풍자적 성격을 가장 잘 살릴 수 있는 곳으로 특급호텔이 고려되었다는 대답을 했을 법하다. 전화 상대방이 그곳에서의 공연이 확정되었느냐고 물어보자 시적 화자는 그 건은 아직까지 '미해결'이라고 대답했을 것이다. 그렇지만 그런 결정에 대해서 시적 화자는 '좋아'하고 '만족'한다. 그러자 전화 상대방은 특급호텔보다는 '신문회관'에서 공연하는 게 낫지 않느냐고 질문한다. 그러자 시적 화자는 '신문회관'이 호텔 공연장보다는 장소가 넓지만 '냉방장치'가 없어서 부적절하다고 말한다.

시적 화자가 이처럼 특급호텔을 고집하는 이유는 '신문회관'에서 하면 '절망의 연료'가 모자란다는 것이다. 여기서 특급호텔과 '신문회관'은 의미상 대립적인 양상을 보인다. 특급호텔은 성격상 외국인들이 흔히 드나드는 곳으로 현대 자본주의 사회의 물질적 부의 상징과 같은 곳이다. 이에 반해 '신문회관'은 현대 자본주의 사회의 모순과 부조리를 비판하는 우리나라 기자들이 모이는 곳이다. 이렇게 본다면 시적 화자가 '신문회관'에 '절망의 연료'가 모자란다고 한 것은 올비의 「아메리칸 드림」이 간직한 절망적 풍자를 극적으로 드러내기에는 '신문회관'은 이미 그런 절망을 체현한 곳이기에 적절하지 않다는 뜻일 것이다. 그렇다면 시적 화자가 특급호텔에서 해야 "미국놈들한테서 입장료를 받"을 수 있다고 한 것은 그 당시만 해도 우상시되던 미국이라는 나라에 대한 일종의 풍자라고 할 것이다.

2) 글쓰기와 돈의 대립

이처럼 이 작품은 주로 올비의 「아메리칸 드림」에 대한 대화로 이뤄져 있지만 간간이 사적 대화가 개입되면서 혼란을 주기도 한다. 1연의 마지막 구절 "여편네하고는 헤어져도 되지만, 아이들이/ 불쌍해서요, 미해결예요."라고 한 부분도 그런 예이다. 앞에서 "여편네하고/ 싸우고 나왔지요. 순수하죠. 앨비 말예요."라는 구절을 해석하면서 이 구절이 「아메리칸 드림」의 등장인물 '대디'에 대한 설명일 것이라고 말한 바 있다. 그런데 지금 살펴보고 있는 부분은 '대디'에 대한 설명이라고 보기에는 어색하다. 오히려 「아메리칸 드림」의 번역자나 시적 화자의 처지를 설명하는 부분처럼 느껴진다. 시적 화자가 번역가의 처지를 대신 설명하는 것으로 보이기도 하고, 시적 화자 자신의 처지를 설명하는 것으로도 보인다. 번역가 친구에 대한 정보가 없고, '아내'와 잦은 불화를 겪기도 한 그 당시 김수영의 모습을 대입해보면 이 구절은 김수영 자신의 처지를 토로한 것으로 읽을 수 있다. 그리고 더욱 확대하자면 이 구절은 '대디'나 올비, 번역가 친구, 시적 화자 등 현대 사회를 살아가는 남성들이 처한 상황을 비유한 것으로 볼 수도 있다. 그런데 흥미로운 것 시적 화자가 이 구절을 마치 번역가 친구나 「아메리칸 드림」의 등장인물 등에 대한 진술처럼 가장하면서 궁극적으로는 자신의 상황을 간접적으로 내비치고 있다는 사실이다.

김수영은 한 가정의 가장으로서, 또 글쓰기와 정신의 우위를 믿는 지식인으로서 살아갔지만 물질적 가치의 대변자인 '아내'와 사사건건 대립할 수밖에 없었다. 그러한 고민은 1960년대 그가 일상에 침잠하면서 그의 정신을 괴롭힌 큰 문제였다. 정신과 물질, 글쓰기와 돈의 대립으로 표상되는 이런 갈등은 자본주의와 대결해 온 지식인들에게 전형적으로 나타나는 것이다. 그는 이 시와 관련된 글에서 아래와 같이 말한 바 있다.

> 「전화 이야기」에 나오는 「절망에 지각」한다는 말은 이런 속물의 변명이다. 글을 쓰는 것과 돈벌이를 혼돈하지 않은 지드 같은 문인에 대한-즉 돈에 대한-선망은 피상적이다. 글을 써서 돈을 벌 필요가 없을 만큼 돈이 있다 해도 편안하지 않을 것이다. 그 돈은 어디서 생겼는가? 누가 어떻게 해서 번 것인가? 그러니까 역시 글을 써서 돈벌이를 하면서, 글을 써서 돈벌이를 하는 자기 자신과 싸워가는 수밖에 없다.
>
> 「시작 노트 7」(1966)[18]

앨런 케이헌Alan Kahan은 "지식인들과 자본주의 사이의 갈등은 근대사의 상수였다."라고 말한 바 있다.[19] 그에 따르면, 보통 지식인들은 돈을 위해 일하는 사람들을 낮춰본다. 그런데 자본주의가 추구하고 있는 것이 바로 돈벌이가 아닌가. 지식인들은 돈을 위해 무슨 일인가를 하면서도 귀족적인 태도를 보이게 마련이다. 그래서 지식인들 중에서 이 모든 문제들을, 아니 그 이상의 것들을 간단히 푸는 방법이 있다고 생각하는 이들이 많은데, 혁명이 바로 그 해결책이라는 것이다.[20] 이런 이야기는 김수영이 한때 4·19혁명을 그토록 열렬히 지지했던 이유의 하나를 암시한다. 그가 단지 정치적 자유의 확보를 위해서 4·19혁명을 지지했던 것은 아니다. 물론 표면적으로 그가 정치적 자유나 표현의 자유에 대한 갈망을 표현하고 있기는 하지만, 궁극적으로 그를 부

---

18 『김수영전집2』, 민음사, 2004, 458-459쪽.
19 앨런 케이헌 저, 정명진 역, 『지식인과 자본주의』, 부글북스, 2010, 47쪽.
20 위의 책, 33-35쪽 참고.

자유하게 했던 것은 이승만 독재라는 정치적 억압이 아니라 그 밑에서 세상을 움직여가는 미국으로 대표되는 자본주의였다. 특히 그런 사회 속에서 글쓰기나 번역이라는 작업을 통해서 생계를 유지해야 했던 정신적 귀족주의야말로 김수영이 추구한 '자유'의 근원이었다고 할 수 있다.

2연은 내용상 1연과 연관되는 부분이다. 그런데 연 구분이 되어 있다. '코리언 드림' 운운 하는 부분은 전화 상대방이 올비의 작품 내용을 어느 정도 이해한 후 그 내용이 흡사 시적 화자의 상황과 유사하지 않느냐는 비꼼에 대한 반응으로 보인다. 시적 화자의 상황은 「아메리칸 드림」의 한국적 복사본 같은 것이기 때문이다. 그에게는 '아이놈'이 전화 통화를 '방해'하지 않고 자고 있는 것이 '구원'으로 느껴진다. "절망의 물방울이/ 튄 거지요."라는 표현은 '아이놈'을 바라보는 시적 화자의 애처로움을 표현한 것이다. 이후 시적 화자는 '잡지의 8월호'에 번역 원고를 게재해 달라고 간청하지만 끝내 일은 성사되지 못한다.

3연은 이 사실을 번역가 친구에게 알려준다는 간단한 내용으로 되어 있다. 시적 화자는 종횡무진으로 이어진 전화 통화를 "그 무지무지한 소란 속에서/ 나의 소란을 하나 더 보탠 것"이라고 표현하고 있다. 전화 상대방이 출판사 관계자라는 점을 감안하면 '그 무지무지한 소란'이란 전화 통화를 하면서 전화기를 통해서 들려오는 출판사의 정신없이 바쁘게 돌아가는 상황을 비유한 것으로 보인다. 결국 실패로 끝난 번역 교섭을 그는 "나의 소란을 하나 더 보탠 것"에 비유하면서 "만족을/ 느낀"다고 말한다. 그러나 이때의 '만족'은 진정한 의미에서의 만족이라기보다는 교섭 실패에서 오는 절망감을 반어적으로 표현한 것으로 보인다. "절망에 지각하고 난 뒤"에 찾아온 이 '만족'은 애초부터 이 작품의 게재가 쉽지 않을 것이라는 사실을 알았어야 함에도 불구하고 끝까지 필사적으로 번역 교섭을 한 자신에 대한 때늦은 자괴감의 표현인 것이다.

지금까지 살펴본 것처럼 「전화 이야기」는 번역극의 게재에 관련한 전화 통화 내용을 소재로 한 단순한 작품은 아니다. 김수영은 이 작품을 통해서 궁극적으로 '코리안 드림'으로 표상되는 현대 자본주의 사회의 모순을 비판하려고 했다. 그 내용은 작품 표면에는 잘 드러나지 않는다. 이 시에 소개되고 있는 올비의 「아메리칸 드림」의 내용을 은연중에 차용함으로써 그의 비판은 간접화되어 있다. 또 이 작품은 형식적으로 전화 통화라는 불완전한 대화 형식을 차용하고 진술의 명료성을 가급적 회피함으로써 독자가 끊임없이 빈 공간을 채워 넣으면서 읽도록 유도하고 있다. 이는 전화 통화라는 형식에 대한 날카로운 고려가 작동한 결과라고 할 수 있다.

마지막으로 생각할 점은 이 작품에서 마치 연극의 등장인물처럼 등장하는 번역가 친구는 과연 어떤 인물인가 하는 점이다. 그는 이 시에서 시적 화자의 전언을 전해 듣는 소극적 지위에 머문, 유령과 같은 존재이다. 이 작품을 다룬 기존 언급들에서는 '그'를 시적 화자와는 독립적인 등장인물로 보고 있지만, 2연에서 시적 화자가 실제 번역가처럼 진술되는 것으로 봐서 시적 화자의 분신에 지나지 않는 존재라고 할 수 있다. 따라서 이 작품은 번역가 친구를 대리해서 출판 교섭을 벌인 것이 아니라 실제로는 자신이 직접 번역하려고 교섭하다가 실패한 시적 화자 자신의 이야기, 즉 시인 김수영 자신의 경험을 간접화해서 표현한 것이다.

3. 텔레비전 드라마와 남성적 판타지

1) 가상세계 속의 '원효'와 '지니'

「원효대사」는 김수영이 사망하던 1968년 작품이다. 이 작품은 텔레비전 시청 경험을 소재로 하고 있다는 점에서 그 당시로서는 매우 이채로운 작품이다. 그가 이 시를 창작할 때만 해도 텔레비전은 낯선 미디어였다. 우리나라에 텔레비전 방송이 시작된 것은 1961년인데, 1966년까지만 해도 전국의 텔레비전 수신기 수가 10만 정도여서 라디오에 비해서 텔레비전은 고급스런 미디어였다.[21]

김수영은 이전까지 대중문화나 대중예술에 대해서 비판적인 태도를 취해왔다. 원작의 내용을 훼손한 문예영화나 한국적 실정에 맞지 않는 영화들에 대해서 부정적 태도를 보인 바 있다.[22] 일부 경멸적 태도가 엿보이는 경우도 있긴 하지만 그는 이런 태도와는 무관하게 대중문화에 대해서 지속적으로 관심을 가지고 있었다. 「원효대사」는 텔레비전으로 대표되는 대중문화를 단순히 소재로서가 아니라 구조적 원리로 차용하고 있다는 점에서 소재 차원의 언급 이상의 의미를 가지고 있다. 그럼에도 불구하고 이 시에 대해서 기존 연구자들은 거의 관심을 갖지 않았다. 이렇게 된 이유는 이 작품의 형식적 낯섦 때문에 이 작품

21　윤금선, 『라디오 풍경, 소리로 듣는 드라마』, 연극과인간, 2010, 209쪽. 다른 자료(정순일·장한성, 『한국 TV 40년의 발자취』, 한울, 2000, 71쪽)에 의하면 텔레비전 수신기 수치가 1968년 118,262대, 1969년 223, 695대로 나와 있다. 1968년 인구 대비 보급률은 2.1%(원용진, 「한국 대중문화, 미국과 함께 혹은 따로」, 김덕호·원용진 편, 『아메리카나이제이션』, 푸른역사, 2008, 183쪽.)에 머무를 정도로 그 당시 텔레비전은 '희귀'한 미디어였다.

22　「「문예영화」붐에 대해서」(1967), 『김수영전집2』, 민음사, 2004, 204-212쪽.

이 함유하고 있는 김수영 시의 연속성을 파악하지 못했기 때문이다.

이 작품에는 두 개의 고유명이 등장한다. 하나는 '원효'[23]이고, 다른 하나는 '지니'이다. '원효'는 주지하다시피 수많은 불교 관련 저술을 남기고 한국 불교의 대중화에 기여한 신라시대의 승려이다. 그런데 이 작품 속의 '원효'는 드라마 속의 주인공이다. 그리고 '지니' 역시 드라마 속의 인물이기는 하나 가공의 캐릭터이다.

우선 작품 전문을 살펴보자.

성속이 같다는 원효대사가
텔레비에 텔레비에 들어오고 말았다
배우 이름은 모르지만 대사는
대사보다도 배우에 가까웠다

그 배우는 식모까지도 싫어하고
신이 나서 보는 것은 나 하나뿐이고
원효대사가 나오는 날이면
익살맞은 어린 놈은 활극이 되나 하고

조바심을 하고 식모 아가씨나 가게
아가씨는 연애가 되나 하고
애타하고 원효의 염불 소리까지도
잊고-죄를 짓고 싶다

돌부리를 차듯 서투른 원효로
분장한 놈이 돌부리를 차고 풀을

23 1960년대 후반 김수영 시에 '원효'가 등장한 점이 낯설게 느껴질 수 있으나, 그의 초기작 「공자의 생활난」에서 이미 '공자'가 등장했다는 사실을 염두에 두면 김수영의 시세계에서 성인들로 대표되는 전통적 세계는 김수영의 시적 사유의 한 축이라는 사실을 알 수 있다.

뽑듯 죄를 짓고 싶어 죄를
짓고 얼굴을 붉히고

죄를 짓고 얼굴을 붉히고-
성속이 같다는 원효대사가
텔레비에 나온 것을 뉘우치지 않고
춘원(春園) 대신의 원작자가 된다

우주시대의 마이크로웨이브에 탄
원효대사의 민활성 바늘 끝에
묻은 죄와 먼지 그리고 모방
술에 취해서 쓰는 시여

텔레비 속의 텔레비에 취한
아아 원효여 이제 그대는 낡지
않았다 타동적으로 자동적으로
낡지 않았고

원효 대신 원효 대신 마이크로가
간다 「제니의 꿈」의 허깨비가
간다 연기가 가고 연기가 나타나고
마술의 원효가 이리 번쩍
저리 번쩍 「제니」와 대사(大師)가
왔다갔다 앞뒤로 좌우로
왔다갔다 웃고 울고 왔다갔다
파우스트처럼 모든 상징이

상징이 된다 성속이 같다는 원효
대사가 이런 기계의 영광을 누릴
줄이야 「제니」의 덕택을 입을
줄이야 「제니」를 「제니」를 사랑할 줄이야

긴 것을 긴 것을 사랑할 줄이야
긴 것 중에 숨어 있는 것을 사랑할 줄이야
저절로 이루어지는 것이 긴 것 가운데
있을 줄이야

그것을 찾아보지 않을 줄이야 찾아보지
않아도 있을 줄이야 긴 것 중에는
있을 줄이야 어련히 어련히 있을
줄이야 나도 모르게 있을 줄이야
「원효대사-텔레비전을 보면서」(1968.3.1.) 전문24

전체적으로 훑어보면 이 시는 시적 화자가 텔레비전 드라마를 시청하고서 그 여운 속에서 쓴 작품으로 보인다. 그렇다면 김수영은 과연 어떤 드라마를 시청한 것일지 실증적으로 접근해보자. 이 작품이 1968년 3월 1일에 씌어진 것이라는 점을 고려하면 그는 3월 1일이나 그 전에 방영된 드라마를 본 것이라고 짐작할 수 있다.

그 당시 텔레비전 편성표를 찾아보면 '원효'나 '지니'가 등장하는 드라마를 쉽게 찾을 수 있다. 「그림 1」은 1968년 2월 28일 TBC25 편성표이다. 이 편성표에 「원효대사」26, 「사랑스런 지니」가

[그림 1] 1968년 2월 28일 TBC 방송 편성표
(『동아일보』, 1968년 2월 28일자.)

24 『김수영전집1』, 민음사, 2004, 369-371쪽.

25 TBC는 1964년 12월 7일 개국한 우리나라 최초의 민간 상업 텔레비전방송국이다. 개국 초기 DTV로 불린 이 방송은 삼성그룹의 이병철(李秉喆)이 회장으로 취임하였다. 그가 밝힌 방송국 설립 취지는 "방송으로서의 공익성과 상업방송으로서의 기획성의 조화"였다. 개국 초기 TBC는 KBS보다 1시간이 많은 5시간 방송, 외부 제작 필름의 최대한 투입 등의 방침으로 후발 주자로서의 한계를 극복하고자 했다. 중앙일보·동양방송 사사편찬 위원회, 『중앙일보이십년사』, 중앙일보사, 1985, 776쪽.

각각 8시 30분, 9시 15분에 편성되어 있음을 알 수 있다. 이렇게 볼 때 김수영은 이 날 방송된 드라마를 시청하고서 그 다음날 「원효대사」 라는 시를 썼음을 알 수 있다.

드라마 「원효대사」는 1967년 11월 15일 첫 방송 이후 1968년 3월 27일까지 방송된 '주간 연속' 드라마이다. 일주일 한 편씩 수요일에 편성되어 방영된 이 드라마는 현재 극본이 남아 있지 않아서 잘 알 수 없지만 원효와 요석공주의 사랑 이야기를 중심으로 사건이 전개되는 사극으로 판단된다.[27] 이 드라마는 1960년대 중반 국영방송 KBS에 이어 개국한 민간 상업방송 TBC가 자체 제작한 드라마였다. 그리고 「사랑스런 지니」는 자체 제작 시스템의 미비로 방송물 빈곤에 허덕였던 TBC가 대안으로 자주 편성하던 일련의 외화 시리즈 중 한 편이었다. 「사랑스런 지니」는 1967년 12월 13일 첫 방송 이후 1968년 5월 8일까지 방송되었다.

「사랑스런 지니」는 1965년 '에피소드 1' 30편을 시작으로 1970년까지 총 139편이 방영된 30분짜리 미국 시트콤 드라마이다. 이 드라마의 방영을 알리는 당시 신문기사를 소개하면 아래와 같다.

> 동양TV는 '패티 듀크 쇼'를 끝내고 13일부터 마력을 지닌 어여쁜 여인의 얘기 '사랑스런 지니'극 방영한다.
> 매주 수요일 밤 9시 15분부터 30분간 방영되는 이 영화는 우주선 조종

---

26 이 드라마는 1966년 10월 신설된 「럭키극장」이라는 시리즈의 한 편으로 방송되었다. 이 시리즈에서 방송된 것들은 모두 사극으로 분류될 수 있는 것들이다. 「대원군」(장덕조 작), 「이성계」(김성한 작), 「조선총독부」(유주현 작), 「김옥균」(김영수 각색), 「원효대사」 (이광수 작) 등이었다. 정순일·장한성, 앞의 책, 65쪽.

27 이 당시 사극은 주로 왕조 중심 사극으로 격변기에 한 명의 영웅의 행적을 극의 중심으로 한 것들이 많았다. 이는 영웅적 지도자상을 제시하려는 의도가 깔려 있다고 볼 수 있다. 정영희, 『한국 사회의 변화와 텔레비전 드라마』, 커뮤니케이션북스, 2005, 55쪽 「표 2-4」참고.

사「토니·넬슨」대위와 해변가의 큰 병에서 나온 이상한 마력을 지닌 여
인「지니」와의 사랑과 에피소드로 엮어진다.

주연은 「바바라·이덴」과 「래리·해그맨」[28]

이 기사를 통해서 이 드라마의 내용을 어느 정도 짐작할 수 있다.
우주 조종사인 '넬슨'은 임무를 마치고 지구에 착륙한다. 이상한 병을
발견하고 코르크 마개를 열자 2천년 동안 병속에 갇혀 있던 주인공 '지
니'는 세상 속으로 나온다. '지니'는 그녀의 새로운 주인이 된 '넬슨'과
살면서 각종 마술을 부리면서 주인의 마음을 얻으려고 노력한다.[29] 이
과정에서 여러 가지 해프닝이 발생하는데, 특히 연기를 내면서 순간적
으로 이동하는 마술을 보여주고, 끊임없이 재잘거리는 밝은 캐릭터의
'지니'가 미국사회에 적응하면서 벌어지는 에피소드는 시청자로 하여
금 웃음을 짓게 만들었다. '에피소드 5'까지 방영되면서 '지니' 역을 맡
은 바바라 에덴Barbara Eden은 일약 스타덤에 오르기도 했다.

이 드라마가 국내에 처음 소개된 것은 1967년경인데, 아마도 그 당
시 '에피소드 1~2'가 수입된 것으로 보인다. 그 당시 이 드라마의 방영
내역은 「표 1」[30]과 같다. 1967년 12월 13일 첫 방영된 후 연말연시 관
계로 각종 특집 편성 때문에 방송되지 못하다가 1968년 1월 10일부터
비교적 안정적으로 방영되었다. 이후 1968년 4월 17일까지 지속적으
로 방영되다가, 1968년 4월 24일 불방된 후, 5월 1일 방영되고, 8일에

28 「사랑스런 지니 TBC에서 방영 패티 듀크 쇼 끝내」, 『경향신문』, 1967.12.11.

29 Ken Bloom & Frank Vlastnik, *The 101 Greatest TV Comedies of All Time Sitcoms*,
New York: Black Dog & Leventhal Pub, 2007, p.166.

30 「표 1」은 그 당시 일간지에 실린 텔레비전 편성표를 참고하여 필자가 작성한 것이다.
'제목'은 그 당시 방영 제목이다. 1968년 4월 3일의 「금붕어가 된 소녀」는 드라마에서
소년이 주인공 역할을 한다는 점을 고려할 때 '금붕어가 된 소년'이 잘못 표기된 것으로
보인다. '비고'의 원제목은 방영 제목을 고려해서 추정한 원제목이다.

종영되었다.[31] 총 18회에 걸쳐 방영되었었고, 그 후로는 방영되지 않았다. 편성표상에는 에피소드 제목이 소개된 경우도 있지만 그렇지 않은 경우도 많았다. '시즌 1에피소드 30편, 1965-1966년 미국 방영' 중 18편이 방영되었는데, 순차적으로 방영되지는 않았던 것같다.

「표 1」 「사랑스런 지니」 1960년대 국내 방영 상황

날짜	방영	제목	비고
67.12.13	방영	없음	1회(The lady in the bottle)
67.12.20	불방		67년도 최우수하이라이트 「가수편」
67.12.27	불방		특집 젊은이가 본 정미년 캄보 연주와 그룹 인터뷰
68.1.3	불방		TBC공개토론회 「양당의 구상」
68.1.10	방영	달나라 가는 길	3회(Guess What Happened on the Way to the Moon?)
68.1.17	방영	파혼소동	4회(Jeannie and the Marriage Caper)
68.1.24	방영	지니의 여성공부	8회(The Americanization of Jeannie)
68.1.31	방영	GI 지니	5회(G.I. Jeannie)
68.2.7	방영	지니의 실종사건	6회(The Yacht Murder Case)
68.2.14	방영	없음	
68.2.21	방영	없음	
68.2.28	방영	없음	김수영의 「원효대사」(68.3.1)과 관련
68.3.6	방영	없음	
68.3.13	방영	식객소동	10회(Djinn & water)
68.3.20	방영	연기테스트	14회(What House Across the Street?)
68.3.27	방영	헐리우드 방문	9회(The Moving Finger)
68.4.3	방영	금붕어가 된 소녀	11회(Whatever Became of Baby Custer?)
68.4.10	방영	지니의 데이트	12회(Where'd You Go-Go?)
68.4.17	방영	지니여 돌아오라	13회(Russian roulette)

31 일본에서 방영될 당시 이 드라마가 주인공 역을 맡은 바바라 에덴의 지나친 노출 때문에 그 당시만해도 정숙한 가정부인 상에 익숙했던 일본 시청자들의 거부감을 사서 미국과는 달리 큰 인기를 끌지 못했다고 한다.(瀬戸川宗太, 『懐かしのアメリカTV映畵史』, 集英社, 2005, 148쪽.) 이를 미루어 볼 때 상황이 비슷했던 우리나라에서도 노출에 대한 금기 심리 때문에 조기 종영된 것이 아닌가 생각된다.

날짜	방영	제목	비고
68.4.24	불방		
68.5.1	방영	없음	
68.5.8	방영	없음	종영

2) 경계 해체의 형식과 속악한 현실 넘어서기

총 11연으로 구성된 「원효대사」 중 7연까지는 드라마 「원효대사」와 관련된 내용이다. 1연에서 시적 화자는 '원효대사'같이 성스러운 인물까지 '텔레비' 속으로 끌어들이는 대중문화에 대해서 비판하고 있다. "들어오고 말았다"라는 표현에는 그런 절망감이 녹아들어 있다. "배우 이름은 모르지만 대사는/ 대사보다도 배우에 가까웠다"라는 표현은 극중에서 '원효대사'의 역을 맡은 배우에게서 시적 화자가 느끼는 이질감을 표현하고 있다.

드라마 「원효대사」에서 '원효대사' 역은 TBC 전속 탤런트였던 박병호朴炳浩가 맡았다. 그는 KBS 공채 1기 탤런트로 출발해서 TBC 전속 탤런트로 1968년까지 「오늘은 王」, 「만고강산」, 「情 두고 가지마」, 「엄마의 日記」 등의 드라마에 출연했다.[32] 「그림 2」에서 보듯이 그는 원효대사와 같은

[그림 2] 「원효대사」의 한 장면(오른쪽 원효대사 역에 박병호 扮), 다음 블로그 춘하추동 (http://blog.daum.net/jc21th)

---

32 「탤런트 부부(1) KBS 1기 동기생/로맨스 1년 만에 결혼에 골인/시간나면 나란히 대폿집에서/박병호(TBC-TV), 정혜선(KBS-TV)」, 『경향신문』, 1968.11.30.

차분하고 로맨틱한 역할을 맡기에는 적절치 않은 외모를 가지고 있었다. 시적 화자가 "대사는/ 대사보다 배우에 가까웠다"라고 한 것은 바로 이런 이유에서이다.[33]

2~3연에서는 이 드라마를 지켜보는 다양한 사람들의 반응이 묘사되고 있다. 로맨틱한 역을 맡기에는 부적절한 외모를 가진 탓에 '식모'는 '원효대사'를 싫어하면서도, '연애' 스토리가 되기를 바라고 '어린 놈'은 '활극'이 되기를 기대한다. 그러나 가장 "신이 나서 보는 것은 나 하나뿐"이라는 표현에서 알 수 있듯이 시적 화자는 또 다른 측면에서 이 드라마에 몰입하고 있다. 그는 "원효의 염불 소리까지도/ 잊고-죄를 짓고 싶다"고 말한다. 이 말은 드라마 속의 주인공 '원효'처럼 그 역시 '원효'와 같은 경험을 하고 싶다는 욕망의 표현이다. "성속이 같다"던 '원효'가 통속적인 드라마에 등장함으로써 '죄'를 지은 것처럼, 그는 글쓰기라는 '성'의 세계에 고립되어 있지 않고 텔레비전이라는 '속'의 세계로 자신을 이끌고 싶다는 욕망을 표현하고 있다. 그러므로 9연의 '기계의 영광'이라는 표현 역시 텔레비전이라는 기계의 혜택으로 과거와 현대, 동양과 서양이 만나 새로운 세계를 창조하고 있는 현대에 대한 긍정의 표현[34]으로 이해할 수도 있을 것이다. 그러나 김수영이 끊임없이 서구의 물질문명에 대한 비판적인 태도를 견지해온 점을 생각하면, 텔레비전에 등장한 '원효대사'의 모습은 반어적으로 보인다.[35]

---

33 이미순은 이 구절을 "여기서 신성은 세속과 관련하여 이질적인 것이 아니며 서로 연결되어 있다. 원효대사가 추구하는 신성의 세계도 텔레비전이 지배하는 세속 사회를 보충하는 한 부분이다."라고 말한 바 있지만(이미순, 「김수영 시에 나타난 바타이유의 영향」, 『한국현대문학연구』 23, 한국현대문학회, 2007.12, 555쪽.), 필자는 이 부분이 원효대사의 상상적 이미지와 탤런트 박병호가 연기한 원효대사의 텔레비전 이미지의 불일치에서 오는 미묘한 불쾌감의 표현이라고 생각한다.

34 최호영, 「김수영 시에 나타난 자연인식과 미학적 변주」, 『문학과 환경』 9/1, 문학과환경학회, 2010.6, 161쪽.

4~5연에서는 시적 화자의 '죄'에의 욕망이 다시 한 번 강조된다. 5연에서는 극 중의 '원효대사'가 "춘원 대신의 원작자가 된다"는 표현이 등장하는데, 이는 드라마 「원효대사」가 이광수의 「원효대사」와는 달리 '원효'와 요석공주의 사랑에 집중되어 있다는 사실을 표현한 것으로 읽을 수 있다.

6연에서는 시대를 뛰어넘어 텔레비전 기술을 통해 재현된 '원효'의 삶을 통해서 시적 화자는 인간의 삶을 돌이켜 보고 있다. 그는 인간의 삶에 있어서 '죄'의 문제를, 그리고 '죄'의 문제로 괴로워 하지만 끝내 '먼지'와 같이 사라질 수밖에 없는 인생의 허무함을 느낀다. 또 인간인 이상 '죄'와 '먼지'로 표상되는 죄책감과 허무를 반복할 수밖에 없는 인생의 '모방'성을 되돌아보고 있다. 그에게 있어서 드라마 「원효대사」가 가진 의미는 6연에서 집약적으로 정리된다. 7연에 등장하는 "텔레비 속의 텔레비에 취한" '원효'는 다름 아닌 시적 화자인 것이다. 그는 '원효대사'의 '낡지 않'음 즉 현대 사회를 살아가는 그 자신과 연관될 수 있음을 강하게 확신하기에 이른다.

8연부터는 드라마 「원효대사」에 이어 외화 「사랑스런 지니」가 등장한다. 그러나 두 작품이 명확히 분절되는 것은 아니다. 오히려 시적 화자에 의해 두 작품은 뒤섞인다. 이 작품들을 시청한 그의 기억 속에서 이 두 작품은 뒤섞이는 양상을 보인다. 이는 아마도 이 두 작품이 연속적으로 방영되어서 그렇게 된 것이리라. 또 이 두 작품이 모두 남녀 간의 관계를 중심으로 하고 있기 때문에 그의 기억에 혼선이 일어난 것이라고 볼 수도 있다.[36] '원효'와 요석공주의 사랑은 중과 공주라는

---

35 곽명숙, 「김수영의 시와 현대성의 탈식민적 경험」, 『한국현대문학연구』 9, 한국현대문학회, 2001.6, 118쪽.

[그림 3] 「사랑스런 지니」의 주인공 지니(바바라 에덴 扮),
season 1 episode 5 'G.I.Jeannie'에서

신분상의 차이로 인해 이루어질 수 없는 사랑이고, '지니'와 '넬슨'의 사
랑도 요정과 인간이라는 차이로 인해서 이루어질 수 없기는 마찬가지
이다. 그러나 극의 분위기상으로는 정반대이다. 「원효대사」가 전반적
으로 비극적이라면 「사랑스런 지니」는 전반적으로 유쾌하다. '지니'는
'주인master'이라고 부르는 남성 '넬슨Nelson'을 향해서 일관되게 지극한
사랑을 표현하지만, '넬슨'은 '지니'의 존재를 주변 사람들로부터 감추
기 위해서 갖은 노력을 벌인다.[37] '원효'와 '지니'는 둘 다 세속적 세계

---

36 8연을 해석하면서 김유중은 이 부분이 "동양과 서양, 전통과 외래, 성과 속을 가르는 종
래의 이분법적 구분은 이제 그 의미를 상실하고 만다. 현존재의 자기 정립을 위한 노력
과 세계의 재창조를 위한 시도는 이들 양자를 자유롭게 넘나들 수 있는 발상의 전환과
창조적 사유 과정들을 통해 새롭게 모색되지 않으면 안 된다."고 말한 바 있다.(김유중,
앞의 책, 395쪽.) 이런 발언은 이 시에서 김수영이 드러내려고 한 의미를 잘 포착한 것으
로 생각된다.

37 자신의 존재를 과시하려는 '지니'와 그녀의 존재를 감추려는 '넬슨'이 벌이는 해프닝은
이 드라마가 내포하고 있는 성정치학이 지극히 보수적이라는 사실을 보여준다. 김수영
이 이 드라마를 인상 깊게 본 것은 그가 가정 내 일상생활에서 '아내와 행복하게 화합할
수 없었던 상황이 개입된 것으로 볼 수 있다. 그는 가정 내에서는 보수적 남성의 틀을
벗어나지 않은 가부장이었다. 그러나 그의 가부장성은 물질적 기반을 갖지 못한 것이기
에 끊임없이 '아내'에 의해 침식될 수밖에 없었던 '불안한 가부장성'이었다. 이렇게 볼 때,

와는 거리가 있는 인물이라는 점에서 통속적인 의미에서의 남녀관계를 형성하기에는 부적절한 인물인 셈이다.

8연에서 시적 화자는 텔레비전이 기본적으로 '마이크로'에 의해 형성된 '허깨비'라는 사실을 인식하면서도 「제니」와 대사大師가 부리는 '마술'의 현실성을 인식하면서 거기에 심취하게 된다. '제니'가 '연기'를 피우면서 순간 이동하듯이 '마이크로'의 '허깨비'들인 '원효'와 '제니'는 '웃고 울'면서 시적 화자의 기억을 착종시킨다. 마치 그들은 인간의 이중적 본성의 상징인 '파우스트'가 그러한 것처럼 인간의 이중적 본성을 체현한 존재들인 것이다. 9연에서 그는 '원효'와 자신을 동일시하면서 '제니'처럼 남자에게 충실하면서 유쾌하기까지도 한 여성을 욕망하는 자신의 내면을 표현하고 있다.[38] 이는 현대 자본주의 사회에서 사는 많은 남성들의 보편적 심리를 대변한 것으로 이해할 수 있다.

남녀평등이 하나의 정답으로 자리잡아가는 사회 속에서 갈수록 왜소화되는 지위로 인해 남성은 불안을 느낄 수밖에 없다. 현실 속에서 느끼는 불안은 역으로 드라마와 같은 가상의 공간에서는 '지니'와 같이 남성에게 헌신하는 여성을 욕망하게 된다. 이성적 판단과 괴리되는 이와 같은 욕망은 1960년대 미국에서 「사랑스런 지니」가 인기를 끌었던 이유였다. 김수영이 이 드라마를 인상 깊게 본 이유는 아마도 그가 가진 지식인적 자의식과 역행하는 가정 내 상황에서 비롯된 것으로 보인다. 끊임없이 돈과 물질에 대한 욕망 채우기에 바쁜 '아내'로부터 벗어나고자 하는 심리가 '지니'에 대한 고착으로 이어진 것이리라.

'지니'는 현실적인 존재인 '아내'와는 분명히 다른, 순수한 환상이라고 할 수 있다.

38 「사랑스런 지니」에서 '지니'가 벌이는 소동들은 대부분 '지니'가 한순간도 '넬슨'과 떨어져 있기 싫어서 벌어진다. 예를 들어, season 1 episode 7 "Anybody here seen Jeannie?"에서 '지니'는 우주조종사로 출발하기 전 '넬슨'이 신체검사를 받는 과정을 방해한다.

4. 결론

김수영이 살았던 1960년대는 전후를 딛고 산업화의 길로 본격적으로 들어서면서 대중문화가 꽃 피던 시대였다. 특히 1960년대 중반 이후 산업화가 성과를 보이기 시작하면서 각종 미디어가 대중적으로 보급되었다. 현대 사회에서 생활의 필수품으로 여겨지던 전화나 텔레비전 같은 것들이 한창 보급되면서 생활 전반에 새로운 변화를 유도했다. 그런데 시 역시 이와 같은 문명의 이기들의 영향에서 자유롭지 않았다. 김수영은 그 당시 시인 누구보다도 더 민감하게 이런 생활의 변화를 시의 형식적 장치로까지 수용했다. 그 결과「전화 이야기」,「원효대사」와 같은 일종의 '미디어 시'가 등장했던 것이다. 이 글에서는 기존 김수영론에서는 별로 주목받지 않았던 1960년대 후반 김수영 시에서 미디어와의 연관성을 형식적 차원에서 조명하고, 그것이 김수영 시의 내적 문맥 속에서 해석하는 작업을 했다.

「전화 이야기」는 넓게 보자면 연극적 상상력 속에서 펼쳐진 것이기는 하지만 본질적으로 전화의 특성을 십분 발휘한 작품이다. 전화 상대방의 메시지가 차단된 상태에서 시적 화자의 메시지만을 노출시킴으로써 독자가 시 속에 부재한 메시지를 채워 넣도록 하고 있다. 번역의 대상으로 상정된 올비의「아메리칸 드림」은 단순히 번역 대상이라는 위상을 넘어 시적 화자가 독자에게 전하고 싶어 하는 메시지를 담고 있는 작품이다. 이런 형식적 장치들을 통해서 김수영은 번역가로서, 가장으로서 겪는 고통을 간접화해서 표현하고 있음을 확인하였다.

또「원효대사」는 텔레비전 드라마 시청의 경험을 바탕으로 한 작품이다. 시적 화자가 시청한 것으로 보이는「원효대사」와「사랑스런 지니」라는 드라마는 연속적으로 방영된 것으로 시적 화자의 기억 속에서 이들 드라마의 주인공은 경계를 넘나들며 서로 간섭하는 양상을 보인다. 시청자인 시적 화자와 드라마의 주인공들 사이의 경계도 허물어진다. 이처럼 이 시는 다층적인 경계 허물기를 통해서 세속적인 공간에서 살아가면서 성스러운 세계를 지향하는 시적 화자의 내면적 고뇌를 표현하고 있다.

영화, 라디오, 전화, 텔레비전 등 현대적인 미디어가 시 쓰기에 개입되는 양상은 김수영 시에서만 볼 수 있는 독특한 양상이다. 물론 이미 일찍이 1930년대 김기림같은 시인이 영화를 시 쓰기의 형식으로 수용한 적이 있지만, 여타 매체는 그렇지 않았다. 이는 영화가 여타 미디어에 비해서 '낡은' 것이었기 때문일지도 모른다. 라디오, 전화, 텔레비전 등이 대중적으로 보급된 1960년대 들어서면서 미디어가 일상에 깊숙이 침투하기 시작했는데, 한국현대시사에서 김수영이야말로 미디어에 민감하게 반응했던 첫 번째 시인이라고 할 수 있다. 이 글에서는 비교적 '희귀'한 미디어였던 전화, 텔레비전과 관련된 시를 다루었다. 물론 보다 폭넓은 접근을 위해서 영화나 라디오도 아우를 필요가 있지만, 이는 차후의 과제로 돌리고자 한다.

IV부

민족의 암흑과 구원의 외침

문화론의 시각에서 본 문학과 영화

10장. 구상 시에 나타난 영원성의 시학

1. 서론

구상은 해방과 6·25전쟁이라는 한국현대사의 격변기에 창작 활동을 시작한 시인이다. 『응향』 사건으로 인한 월남을 계기로 남한 문단에 정착하게 된 구상의 시작 활동은 6·25전쟁이라는 미증유의 민족적 격변으로 인해 안정된 창작 지반을 획득하지 못한 채 역사의 격랑 속으로 밀려들어갔다.

구상은 6·25전쟁 당시 종군작가단의 일원으로 전선을 누볐다. 이러한 경험을 계기로 해서 6·25전쟁 관련 시의 대표작처럼 알려지게 된 「초토의 시」 연작이 탄생하게 되었다. 그러나 역사의 격랑이 휘몰아친 이후 구상의 시 세계는 애초 자신의 문학이 출발했던 수원과도 같은 가톨릭의 세계로 회귀함으로써 안정기를 형성하게 된다. 이후 그가 발표한 시들에서 드러나는 것은 존재론적인 구도자의 세계인식과 자아성찰의 모습이다. 그러나 전쟁 이후 오랫동안 문학사에서 언급된 구상은 단지 『응향』 사건과 「초토의 시」 연작의 주인공으로 알려졌을 뿐, 최근의 문학사들조차도 구상의 1960년대 이후 창작의 성과나 업적에 대해서는 굳이 지면을 할애하지 않으려는 태도를 보여주고 있다.1

해방이후 지금까지 반세기 가까이 시업을 계속해온 시인치고는 구상에 대한 연구자들의 관심이 지금껏 크지 않았던 것이 사실이다. 그것은 구상의 시들이 안고 있는 어떤 근본적인 특성에서 기인한 바 크다 할 것이다. 구상 자신이 자선 시전집을 편찬하는 과정에서 밝힌 아래와 같은 술회는 저간의 사정 한 대목을 이해하는 데 있어 유효한 참조사항이 될 것이다.

> 나의 시는 그 출발부터가 우리 시단의 통념으로는 그 주제 면에서나 형상성 면에서나 이질적이었다고 하겠다. 단적으로 말해 자연 서정이나 서경, 인간의 정한이나 심회를 시의 유일한 주제로 삼고, 또한 외형적 줄 떼기나 그 운율만을 시의 음악성으로 여기고, 시각적 심상만을 추구하던 우리 시단에서 존재에 대한 인식이나 역사의식, 나아가서는 형이상학적 세계를 주제로 하고 한편 그 표상에 있어서도 외재적인 운율이나 시각적 심상보다 내재적인 선율이나 논리적인 심상을 나는 추구해왔던 것이다.2

위 글에서 구상은 자신의 시를 기존의 통념화된 시에서 상당히 먼, 이질적인 시였다고 평가하고 이것이 자신의 시가 독자로부터 이해받

---

1 문학사에서 구상의 시에 대한 언급은 「초토의 시」 연작을 중심으로 한 1950년대 전후시에 머물러 있다. 비교적 최근에 발간된 시사에서도 이러한 경향은 지속되고 있다. 권영민은 구상의 시적 태도가 '철저하게 존재론적인 기반 위에서 미의식을 추구하는 방향'으로 정향되어 있음을 지적하고, 그 대표적인 예로 「초토의 시1」을 거론하고 있다.(권영민, 『한국현대문학사2』, 민음사, 2002, 176-177쪽.) 그리고 김혜니 역시 권영민과 동궤에서 구상을 '인간과 세계의 비극적 밑바닥에 내려앉아 혼신을 다하여 그 어둠, 그 치욕, 그 절망과 맞서는 가톨릭 시인'으로 규정하고 있다. 김혜니의 언급은 1960년대 이후 구상의 문학적 성취까지를 염두에 둔 것으로 보이나, 거론한 작품(「초토의 시 8」) 측면에서는 권영민의 논급에서 더 나아가지 못하고 있다.(김혜니, 『한국현대시문학사연구』, 국학자료원, 2002, 91-95쪽.)

2 『구상시전집』, 서문당, 1984, 16쪽.

기 어려운 이유라고 설명하고 있다. 과연 구상의 시세계가 그러한가에 대해서는 충분히 검토해 보아야겠지만, 지금까지 연구자들의 공통된 견해를 좇을 때 이와 같은 판단은 그다지 사실에서 벗어난 것은 아니라 할 것이다.

이처럼 서정시의 본류와는 거리가 있는 에토스적인 시 쓰기야말로 구상의 시업이 여타 시인들의 그것과 차별화될 수 있는 핵심이라고 할 것인데3, 지금껏 이루어진 연구들의 다수는 구상의 이와 같은 언급과 동궤에서 진행되어왔다. 구상 시 연구가 대체로 구상의 시업을 역사와 존재, 혹은 역사와 종교로 이분해서 그 한쪽을 중심으로 이루어져 온 것이 사실이다. 역사는 『응향』 사건 관련 작품들과 「초토의 시」 연작을, 존재나 종교는 구상의 전 작품들이 주 논의 대상으로 설정하고 있다. 역사와 관련된 대표적인 논의로는 심원섭4, 최라영5의 것을 들 수 있다. 그러나 구상 시 연구는 그의 종교적 이력을 근거로 한 가톨릭 관점에서의 연구가 주류를 이루어왔는데, 이운룡6은 이러한 방향의 연구7를 시작한 대표적인 논자로 이후 발표된 이런 방향의 연구들의 초석을 다져놓았다. 그 외에 '서정적 자아와 윤리적 자아의 상호성'이라

3 김봉군, 「예언자적 지성과 참회의 큰 시인」, 시인구상추모문집간행위원회 편, 『홀로와 더불어』, 나무와 숲, 2006, 225쪽.
4 심원섭, 「지옥도와 절대 영원의 사이」, 『현대문학의 연구』 7, 한국문학연구학회, 1996.
5 최라영, 「구상 초기시 연구」, 『우리말글』 26, 우리말글학회, 2002.
6 이운룡, 「시와 기독교적 상상력」, 『한국언어문학』 24, 한국언어문학회, 1986.
_____, 『존재인식과 역사의식의 시』, 신아출판사, 1987.
_____, 「카톨리시즘과 구상 시의 형상성」, 『종교연구』 7, 한국종교학회, 1991.
7 이러한 계통의 연구들은 비단 가톨릭뿐만 아니라 종교적이고 형이상학적 견지에서의 연구 모두를 포괄할 수 있다. 대표적인 연구 서지는 다음과 같다.
박귀례, 「구상 시 연구」, 『돈암어문학』 12, 돈암어문학회, 1998.
최은희, 「구상 시 연구」, 세종대학교 석사학위논문, 1999.
안지은, 「구상 시 연구」, 창원대학교 석사학위논문, 2003.
권성훈, 「한국현대시에 나타난 기독교 의식 연구」, 경기대학교 석사학위논문, 2004.

는 측면에서 논의한 김봉군[8], '상처'의 경험과 연관된 시를 논의한 강신
주[9], 「초토의 시」 개작 양상을 논의한 최도식[10] 등이 빈약한 연구사의
한 측면을 보완하고 있을 뿐이다. 1980년대 이전에 문학잡지 등을 통
해 발표된 단평을 제외하면 본격적인 의미에서의 연구 논저로서 지금
껏 발표된 구상론의 성과는 미진한 편이다.

이와 같은 현상에는 몇 가지 이유가 있다고 할 것이다. 가장 중요한
원인은 그의 시업이 그의 종교인 가톨릭과 밀착되어 있다는 사실이다.
그의 시 창작이 가톨릭의 영향 하에서 이루어져 왔다는 것은 주지의
사실이거니와, 그로 인해 구상 시 연구 역시 상당 부분 이러한 견지에
서 펼쳐질 수밖에 없었다. 이와 같은 현상이 문제시되는 것은 시 예술
의 자율성이 종교적 사상으로 인해 침식될 수 있기 때문이다. 종교적
관점에서의 과도한 접근은 시작품의 미학적 성격을 훼손할 여지가 있
는 것이다. 비록 구상 시의 근저에 가톨릭이라는 종교가 놓여 있음은
부정할 수 없는 사실이나, 기존의 연구는 종교의 시각에 침윤되어서
구상 시의 예술적 성과를 조명할 수 없게 하고 있다.[11]

『말씀의 실상』과 같은 종교시집을 출간하기까지 하였지만 구상에게
있어 종교는 자신의 시작을 이끄는 윤리적인 동인일 뿐, 그것이 구상

---

8 김봉군, 「한국 현대시의 서정적 자아와 윤리적 자아의 상호성 연구」, 『국어교육』 107,
  한국어교육학회, 2002.
9 강신주, 「시에 나타난 노년의 상처」, 『문명연지』 4/2, 한국문명학회, 2003.
10 최도식, 「「초토의 시」의 개작 양상 연구」, 『한국문학이론과비평』 32, 한국문학이론과비
   평학회, 2006.9.
11 종교적 견지에서 구상 시를 연구한 대표적 논자인 이운룡은 구상 시의 예술성에 대한
   세간의 논란에 대해 "그가 삶의 비전을 시로써 제시하였고, 인간화와 시대고 등 궁극적
   존재 문제에 깊이 천착해 있다는 점에서 하등 문제시되지 않는 것이며……"(이운룡, 앞
   의 논문. 1986, 314쪽)라고 반론을 펴고 있다. 그러나 이와 같은 반론은 구상시를 한국현
   대시의 맥락에서 단절시키는 논리를 강화하고 있을 뿐, 예술성에 대한 논란에 적절한
   답을 제시하고 있다고는 할 수 없다.

시의 미학적 성과와 직접적으로 일치하는 것은 아니다. 그는 시라는 양식을 신앙심을 표출하기 위한 도구로 이용한 시인은 아니었기 때문이다. 그럼에도 불구하고 종교적 관점에서의 기존 연구들은 그와 같은 시의식을 종교 사상과 등치, 사상함으로써 구상 시의 내밀한 미의식을 드러내지 못하고 있다. 그런 사정으로 인해 구상의 시론을 검토하여 구상 시와의 연관성을 검토하는 작업의 필요성이 제기되는 것이다.[12]

그리고 구상 시 연구의 주류를 이루는 종교적 관점에서의 연구를 제외한 경우에는 1950년대 이전의 시들만을 연구의 대상으로 삼는 경향이 있는데, 이 역시 구상 시의 전체적인 면모와 성과를 이해하는 데는 부족하다.

이처럼 역사와 종교로 대분된 가치평가의 기준은 구상 시의 전체적인 면모와 성과를 이해하는 데도, 구상 시의 미학적 면모를 해명하는 데도 뚜렷한 한계를 가질 수밖에 없다. 이 두 가지 기준으로 포괄될 수 없는 구상 시의 상당 부분을 논의의 영역에서 제외될 수밖에 없기 때문이다.

이 글에서는 이와 같은 문제를 극복하기 위하여 구상 시의 미학적 성과를 규명하고자 한다. 우선 미학적 성과를 확인하기 위해 구상이 자신의 시론을 펼친 『현대시창작 입문』을 중심으로 그의 시 의식을 검토한 후, 구상 시업의 본령을 이룬다고 할 수 있는 연작시들의 미학적 성과를 검토하고자 한다.

---

12 구상은 『현대시창작론입문』이라는 시론집을 펴낸 바 있는데, 이러한 작업이 자기 시에 대한 변명이나 과대포장을 목적으로 한 것으로는 보이지 않는다.

2. 체험의 시론과 현대시 비판

구상의 시는 시작 초기부터 비교적 일관된 모습을 보여준다. 시의식의 면에서는 종교적이라고 범칭할 수 있는 존재론이나 형이상학을 깔고 있고, 시어나 표현의 면에서는 관념적인 한자어나 평범한 진술조의 표현을 많이 구사하고 있다.

이러한 양상은 구상의 시를 종교적 감성에 따른 평범한 시로 보이게 할 여지가 있다. 그래서 때로는 그가 특별한 시적 자의식 없이 창작을 해온 시인이 아닌가 하는 의혹을 사게 한다. 비록 그가 초기부터 시와 시론을 동시에 추구해 온 시인은 아니라 할지라도 그 나름의 시적 자의식을 갖고 창작에 임해 온 시인이라는 사실을 우리는 『현대시창작론입문』을 통해서 어렵지 않게 확인할 수 있다.

물론 구상이 시작 초기부터 창작론에 대한 고민을 발표하지는 않았다. 그는 1970년대 이후 대학에서 시창작론 강의를 하면서부터 본격적으로 시에 대한 고민의 결과를 드러내기 시작한다. 그런데 이렇게 발표된 글을 보면 그곳에 펼쳐진 사유가 그의 시작 초기부터 임종할 때까지를 포괄할 수 있는 성격의 것임이 짐작된다. 따라서 『현대시창작론입문』에 수록된 글을 통해서 그의 시를 떠받치고 있는 시의식을 확인할 수 있을 것으로 생각된다.

흔히 진술형 표현을 즐겨 쓰는 시인들에 대해 우리는 언어적 미의식의 부재라는 판정을 내릴 때가 있다. 그러나 시인치고 시적 언어에 대한 자의식을 갖지 않은 경우는 거의 없다. 구상 역시 진술형 표현이 주를 이루는 시를 즐겨 쓰는 시인이기는 하지만[13] 그에게도 그 나름의

---

13 구중서, 「보편과 영원을 향하여」, 구상시인추모문집간행위원회 편, 『홀로와 더불어』, 나

언어적 자의식을 발견할 수 있다.

주지하다시피, 구상은 청소년기에 수도원에서의 구도자 과정을 포기하고 일본 유학을 떠났는데, 일본대학에서의 종교학 전공은 그의 문학 인생에 중요한 계기가 되었다. 그에게 이때의 경험은 가톨릭을 비롯해 불교까지 포괄할 수 있는 정신의 폭을 넓혀주었을 뿐만 아니라 종교나 문학과 언어가 맺는 긴장 관계를 이해하게 해주었다.

> 여기서 얘기가 좀 달라지지만 나는 일본서 대학에 다닐 때 문학이 전공이 아니라 종교학을 공부했었는데, 그때 불교학개론을 맡은 교수가 불교의 십악도十惡道 중 기어綺語의 죄를 설명하면서 하던 다음과 같은 말이 오늘날에도 잊혀지지가 않는다. (중략) 이렇듯 교묘하게 꾸며서 겉과 속이 다른, 실재가 없는 말, 진실이 없는 말을 잘해서 기어의 죄를 가장 잘 범하는 게 누군가 하면 바로 종교가들이나 문학가들이라는 것이다.[14]

위의 글에서 구상은 불교학 개론 시간의 강의 한 대목을 인상 깊게 회고하고 있다. 그것은 불교의 10대 죄악 중 하나인 기어에 관련된 내용인데, 기어란 말을 실재와 달리 교묘하게 꾸며 자기와 타인을 속이는 말이다. 그런데 불교학 개론을 담당한 교수가 이런 죄에 빠져들 가능성이 가장 큰 사람으로 꼽은 사람들은 종교가와 문학가였던 것이다. 표현을 숙명으로 할 수밖에 없는 시인 지망생인 그에게 교수의 말은 심각한 의미로 다가왔던 것이다. 그는 여러 글에서 위의 글에서 밝힌 경험을 되새기고 있는데, 이것은 그의 시적 자의식을 형성하는 데 있어 그 경험이 그만큼 중요한 의미를 지닌 것이기 때문이었다.

무와 숲, 2006, 431쪽.

14 『구상문학총서5-현대시창작입문』, 홍성사, 2006, 127쪽.(이하에서의 인용은 『총서』의 권수와 쪽수로 약칭함.)

구상에게 있어 언어는 감각적 실재를 포착하거나 표현하는 데 머무르지 않고 감각적 실재를 넘어선 세계의 진실을 포착하거나 표현할 수 있는 신비로운 힘을 가진 것이다. 이를 그는 '언령'이라는 표현으로 제시한 바 있다. 언어를 신비나 영혼과 연결 짓는 이와 같은 언어관은 종교적 견지에서 문학 창작을 하는 이들에게는 보편적인 것이라 할 수 있다. 그러나 구상에게 있어 시의 언어는 결코 인간적 체험의 세계를 단순 초월한 것은 아니다. 그는 시의 언어가 '언령'의 경지에 도달하기 위해서는 그와 같은 언어의 담지자인 시인에게 그와 같은 '언령'을 감당할 만한 내적 진실과 체험이 요구된다는 점을 강조하기도 한다.

> 시의 언어가 신비한 생명을 지니고 또 신령한 힘을 지니기 위해서는 표상의 실재, 즉 그 말을 지탱할 등가량의 내면적 진실과 그 말의 개념이 지니는 등가량의 인식과 체험이 요구되는 것이다.[15]

위의 글에서 확인할 수 있는 바대로 구상의 시세계를 여타의 종교시와 구별 짓는 대목은 표상과 실재의 긴장 관계라고 규정지을 수 있는 시인의 내적 인식과 체험의 확보 여부라고 할 수 있다. 대개의 종교시의 경우 초월자의 지평으로 시적 주관을 무매개적으로 일치시킴으로써 시적 긴장이 약화되기 마련이다. 이는 겉으로 드러난 표상을 감당할 만한 시인 자신의 체험과 인식이 밑받침되지 못하기 때문이다. 그리하여 그러한 시들의 경우 신앙심의 표현이나 교리 설파에 치우치고 정작 시로서 추구하여야 할 시적 감동은 약화되기 마련이다. 구상 그 자신이 가톨릭적 지평 하에서 시를 써온 입장이면서도 기존의 종교시를 바라보는 시선은 대단히 냉철하다.

---

15 『총서5』, 132쪽.

한편 우리가 형이상학적 인식의 시를 말할 때 머리에 먼저 떠오르는
것은 종교를 지닌 시인들과 그 시이다. 한국에는 기독교 시인도 많고 또
불교에는 승려 시인도 많이 나와 있어 저러한 형이상학적 인식의 세계뿐
아니라 신앙을 직접적 제재로 한 시라든가 또한 선미禪味가 깃든 시가 얼
마든지 있다. 그런데 내가 한 가지 문제의식 삼아 제기하는 것은 그런 시
들이 그 시인의 실존적 삶의 고투 속에서 성취된 그런 경지를 보여주지
못한다는 사실이다. (후략)

이러한 문제에 대한 함정을 T. S. 엘리엇은 "왜 종교시 거의가 별로 좋
지 않은가? 왜 시로서 최고의 수준에 도달하는 종교시가 별로 없는가 하
고 나는 깊이 생각해 보았다. 그 원인은 주로 일종의 신심이 깊다는 자신
의 부정직에 있다고 나는 생각한다. 기도의 시를 쓰는 이들은 언제나 자
신이 느끼는 대로가 아니라 그렇게 느꼈으면 하는 것을 쓰고 있다."고 갈
파한다. 자기 자신이 형이상학적 시metaphysical poetry와 종교시를 많이
쓴 사람의 정곡을 찌른 말이다.16

위의 인용 부분에서도 확인할 수 있는 것처럼, 구상은 단순히 종교
적 경전의 메시지를 운문 형식으로 되풀이하는 시를 종교시의 참다운
경지로 이해하지 않았다. 근대 이후 종교적 지평 하에서 시를 써온 시
인들이 무수히 많다는 점을 전제하고 그 나름의 성과가 있음을 부정하
지 않으면서도 구상은 그러한 시들에서 결여된 지점이 있음을 지적하
고 있다. 그것은 그의 표현을 그대로 인용한다면 '실존적 삶의 고투 속
에서 성취된 그런 경지'가 보통의 종교시들에는 결여되어 있다는 것이
다. 곧 이어 그는 참다운 종교시나 형이상학시가 드문 이유를 시를 쓰
는 시인들의 부정직, 즉 이미 이루어진 신적 화해의 상태에 시인들이
치열한 고뇌 없이 관습적으로 도달하기 때문이라는 T. S. 엘리엇의 말
을 인용함으로써 기존 종교시에 대한 비판과 더불어 자신이 견지하는

16 『총서5』, 165쪽.

문학적 태도의 일단을 피력하고 있다. T. S. 엘리엇은 문학이 종교나 신앙의 단순한 보조물이 되거나 문학이 신앙에의 근접성에 근거해서 평가되는 것을 부정하고, 문학과 종교의 관계를 수직적 종속 관계가 아닌 수평적 상호영향 관계로 파악한 바 있는데[17], 그의 이와 같은 인식이 구상에게 영향을 미친 것으로 보인다.

구상의 이와 같은 태도는 종교적 견지에 입각해 있는 시이면서도 기존의 종교시와는 사뭇 다른 양상을 보이게 하는 원인이 된 것이다. 그리하여 그는 시작 초기부터 '우리 시가 통념하는 시적이 아닌 것에서 시의 제재와 주제를 찾으려는 의도적 작업'을 진행해 온 것이다. 그에게 있어서 기존에 시적인 것으로 규정된 것들이 인간의 실존으로부터 동떨어져 있는 것으로 보였기 때문이다.[18] 그는 특히 1950년대 이후 우리 시단에서 강한 영향력을 행사해온 박목월朴木月 류의 전통적 서정시에 대해서 대단히 비판적인 시각을 견지하고 있는데, 그것은 박목월의 시가 감각적 표현에만 치중하여 실존적 고뇌가 배제되어 있는 것으로 보였기 때문이다. 여기에는 기어의 함정에 박목월의 시가 빠져든 것이라는 구상의 판단이 개입되어 있다. 구상은 박목월의 「장독대」라는 시를 인용한 후 다음과 같이 평하고 있다.

> 거기에는 이미 삶의 초려도 정열도 동요도 혼란도 회의도 불안도 동경도 공상도 없다. 거기에는 마치 자연의 초목과 같은 절대 안주의 세계가 있을 뿐이다. 그러나 이런 안주의 돗자리를 펼쳐 보인다 해도 오늘날 실존적 삶 자체를 이미 밑도 끝도 없는 불안으로서 모순으로서 비극으로서 체험하는 현대인들에게, 또한 온갖 부조리한 삶의 현장과 악순환의 역사

17 데이비드 야스퍼 저, 이준학 역, 『문학과 종교연구서설』, 동인, 1999, 34쪽.
18 『총서5』, 111쪽.

의 벽과 인류의 맹점을 생활 속에서 체험하는 특히 젊은이들에게, 아니
이와 반대로 자기가 사회나 민족이나 인류의 무한한 가능성에 열정과 희
망을 품고 있는 새 세대들에게 어떻게 감동과 공감을 불러일으킬 수 있겠
는가? 문제는 이러한 전통적 우리 시의 그 주제나 제재에 있어서의 사회
현실이나 현대의식의 결여, 시대 상황이나 역사의식의 부실, 세계의식이
나 실존감성과의 유리 등에서 오는 공소성이 독자와 새 세대 시인들의 불
만을 불러일으켜서 그 반감과 반기를 쳐들게 한 것이 곧 바로 현실참여의
시나 민중시나 현장시근로시의 대두요 도전이요 그 주장인 것이다.[19]

위의 부분에서 구상은 다양한 표현을 인용하여 박목월 시가 가진 한
계를 비판하고 있는데, 그 비판의 요지는 '실존 감성과의 유리'와 그에
서 비롯되는 '공소성'에 귀착된다. 그는 시가 당대의 사회 현실이나 역
사와 결코 유리될 수 없는 것이라는 점을 강조하면서도 시가 실존적인
측면의 경험 즉, 불안이나 모순, 비극의 체험과 연결된 것이어야 된다
는 점을 강조하고 있다. 그는 시가 이와 같은 측면을 갖출 때 현대의
독자와 호흡할 수 있다고 생각한 것이다.

전통적 서정시의 이와 같은 약점이 참여시나 민중시의 발판이 되었
다는 점을 지적하는 것으로 볼 때, 그의 이러한 비판은 언뜻 보면 현실
인식을 강조하는 참여시나 민중시의 관점에서 행해지는 것으로 오인
될 수도 있다. 그러나 그에게 있어 참여시 역시 또 다른 측면에서 한계
를 안고 있는 것으로 이해된다.

우리 시단, 또는 문단 전체에서 시와 현실이라면 그 현실을 정치적 현
실로 받아들여 정치형태나, 경제기구나 사회적 계급성에다 도식적으로
연결시키고 이것을 소위 '참여시'라고 부르고 불리는 경향이 있는데 이것
은 우리 문학의, 통념이 지니는 오류로서 시적 현실이란 가시적, 감각적,

19 『총서5』, 173쪽.

외재적인 것만이 아니라 불가시적, 사색적, 내재적인 것을 통틀어서의
것, 즉 실존적 삶으로서의 현실이올시다. 그래서 쉽사리 현실의 당위성이
나 전략적 가치로서의 현실을 다루려 들어서는 안 됩니다.[20]

구상이 바라보는 시적 현실이 참여시가 파악하는 시적 현실과는 다
르다는 점을 위의 인용문은 잘 보여주고 있다. 참여시에서의 시적 현
실은 정치사회적인 측면에서 파악되는 현실로서, 계급적 관점에서 바
라보는 현실이다. 그러나 그는 참여시의 이와 같은 현실 인식이 비단
참여시만의 것이 아니라 기존 문학계가 공유하는 '오류'라고 비판하고
있다. 이의 대안으로 그는 '비가시적, 사색적, 내재적인 것'을 포함한
'실존적 삶으로서의 현실'을 제안하고 있다. 리얼리즘 문학이 추구하는
현실관의 객관주의 편향 오류를 비판하고 객관과 주관의 통합을 추구
한다는 측면에서 그의 이와 같은 현실관을 기존 연구자들은 '신현실주
의'로 규정하고 있다.[21]

참여시에 대한 비판 과정에서 구상이 김수영의 「어느 날 고궁을 나
오면서」를 예거한 점이 특징적이다. 구상은 김수영이 고궁을 봉건적
잔재로서 비판하고 있는 점을 들어 김수영이 가지고 있는 역사의식의
천박함을 지적하고 있는데, 이러한 지적은 김수영 사후의 것이긴 하지
만 참여시의 분위기가 시단을 지배하고 있던 1960년대 구상의 시적 논
리를 보여주는 대목이라고 할 것이다. 그리고 구상이 1960년대 이후
자신의 시관을 보다 공고히 하면서 시 창작에 몰두하기 시작했다는 점
을 고려하면 전통적 서정시와 참여시로 양분된 시단 속에서 구상이 자
리 잡고 있던 입지를 우리는 선명히 확인할 수 있다. 그렇다고 해서

---

20 『총서5』, 246쪽.
21 이운룡, 앞의 논문, 1987, 369쪽.

김수영 식의 참여시를 전면적으로 부정했던 것은 아니다. 구상 역시 현실의 부정과 부조리를 시와 산문을 통해 끊임없이 고발했던 시인이라는 점에서 구상과 김수영 양자의 차이는 조금 더 확연하게 구분될 필요가 있을 것이다.

> 여기서 나의 이로理路로 돌아가면 나는 시에 있어서 '현실에 대한 고발이나 비판이나 그 개혁의 의지라는 것이 세계의식이나 실존의식이 없이 나아가서는 영원성에 대한 조명이 없이 단순한 사회적 반감이나 민족의 당위의식의 발로로서 쓰여지는 것을 경계합니다. 또 한편 현실에 대한 나의 인식이라는 것도 어디까지나 그 현실이 순화와 구원의 대상일 뿐이지 말살과 저주의 대상은 아니요, 또 나의 개혁의 의지라는 것도 전략적이 아닌, 즉 그 타도에서 획득되는 것이 아닌 영속성에 속하는 것입니다.'[22]

구상 역시 시를 통한 현실의 고발이나 비판, 혹은 그것을 통한 현실 개혁의 가치에 대해서 부정하지 않는다. 그러나 시를 통해 고발되는 현실을 무조건적인 '말살과 저주'의 대상이 아니라 '순화와 구원'의 대상이라고 보는 데서 그의 시각이 가진 차별성이 확연히 두드러진다. 그와 같은 의식은 세계를 일회적 삶의 공간이 아니라 끊임없이 순회하는 영생의 공간으로 이해하는 종교적 감각 하에서만 가능한 것이다. 이때의 종교적 감각이란 그가 끊임없이 강조하는 '실존의식', 즉 우리 삶의 가시적이고 감각적인 층위가 아닌, 비가시적이고 사색적인 층위에서 인간이 품게 마련인 의문과 불안을 넘어선 그 의문과 불안에 대한 해답으로서의 '영원성'에 대한 확신을 말하는 것이다. 이로써 그의 시작을 밑받침하는 것이 가톨릭과 불교를 포함한 범종교적 차원에서

비롯되는 영원성의 시학이라고 규정할 수 있을 것이다.23

그렇다고 해서 구상이 범종교적 가치관을 시적 가치관과 무매개적으로 등치시킨 것은 아니다. 앞에서 살펴본 바대로 그는 수많은 종교시가 시적 가치 면에서 부정적인 평가를 받는 이유를 끊임없이 염두에 두고 있었기 때문이다. 그는 전통적 서정시나 참여시처럼 제한된 관점에서 파악된 시적 현실에 안주하는 시들에 대해서도 비판적이지만, 종교적 가치관이나 교리를 교묘한 어구로 포장하는 범신론적인 시들에 대해서도 비판적인 태도를 취한다.

한국인의 전통적 내세관을 형성한 불교적 윤회론을 내포한 시를 자주 쓴 서정주에 대해서 구상은 그의 시뿐만 아니라 언행에서 드러나는 문제점까지 아래에서처럼 비판한 바 있다.

> 이것은 객설입니다만 지난번 전 대통령 선거유세 때 미당 서정주께서 지원연설을 하였는데 그 말씀 중에 "전 대통령의 그 미소는 단군이 보아도 흐뭇해 하리라"는 얘기를 해서 나는 금방 알아들었습니다. 왜? 그것은 그가 어떤 역사적 인물의 가치판단 속에서도 심미적 자세를 취하고 있다는 사실을 말입니다. 그는 한 인간의 파악마저 오직 미적 대상이지 역사적, 윤리적 가치판단 의식은 희박해 있다는 느낌을 읽을 수가 있었습니다. 이것은 그 사람이 갖고 있는 존재에 대한 인식 방식에서 오는 것입니다. 그래서 나는 이렇듯 윤리적 고통이 없고 윤리적 체험이 없이 범신론의 세계에 감성적 차원에서 젖어드는 사람들의 문제점을 발견해야 된다고 생각합니다.24

---

23 구상 시의 범종교적 양상을 논하면서 신규호는 그가 시와 신앙의 양립론자였다는 점, 그리고 시에 있어 기교보다 사상을 중시한 점 등이 원인이 되어 다양한 종교적 내용이 그의 시에 잡다하게 섞이게 되었다고 평가하고 있다. 신규호, 『한국 현대시와 종교』, 국학자료원, 2003, 273-274쪽.

24 『총서5』, 270쪽.

구상은 서정주가 쿠데타를 주도한 전두환이 1980년 체육관 선거에 나섰을 때 미당 서정주가 지원 연설한 대목을 거론하고 있다. 그는 서정주가 전두환을 단군에 비유한 점을 문제 삼고 있는데, 범신론적 감성이 역사적, 윤리적 감각 없이 구사되었을 때 얼마나 현실 판단을 그르칠 수 있는가를 지적하고 있다. 헌법을 무시하고 쿠데타를 일으켰을 뿐만 아니라 광주민주화운동을 무력 진압하면서 수많은 사람들을 학살한 전두환을 단군에 비유하여 찬양한다는 것은 누가 봐도 도가 지나친 것이다. 서정주의 미학이 가진 부정적인 면모에 대해서는 이미 수많은 지적이 있어왔지만, 그의 비판은 한국적인 시의 거장으로 오랫동안 존숭되어 온 서정주 시의 영원주의 미학이 지닐 수 있는 한계를 적나라하게 노출시킨 것이다. 서정주의 미학사상은 영원성과 역사성 혹은 윤리성의 긴장을 벗어버리고 영원성 쪽으로 편향된 것임에 반해 그의 미학사상은 이 양자 간의 끊임없는 긴장을 내포한 것으로 서정주의 그것과는 확연히 구분되는 것이다.

위에서 우리는 구상의 시적 자의식이 어떻게 정립된 것인가를 한국 현대시의 몇 가지 주요 흐름을 형성해 온 시적 흐름에 대한 구상의 비판을 통해 확인할 수 있었다. 그는 박목월 류의 전통적 서정시가 내포한 안일과 현실 유리의 감각성에 부정적인 태도를 보였다. 거기에는 현실과 역사를 소거한 공허함만이 존재한다고 보았기 때문이다. 그에 반해 그는 현실과 역사의 시적 포섭을 요청한다. 그러나 그렇다고 김수영의 참여시를 전면적으로 긍정한 것도 아니었다. 그는 김수영의 시에서 좁은 의미에서의 현실에만 착목하는 한계를 발견하였다. 그가 요청하는 시적 현실은 통상적인 의미에서 우리가 생각하는 현실, 즉 정치경제학적이거나 계급적 측면에서 파악된 현실을 넘어 인간의 보편적 삶의 차원에서 파악되는 실존적 삶의 곤궁까지를 포함한 것이었다. 그는 자신의 시론을 통해 시를 위해 실존적 삶의 감성이 절대적으로 요청됨을 주장하고 있다. 이는 영원성과 시간성이라는 상호배타적인 질서를 동시에 끌어안는 방식의 감각에 닿아 있는 것이다. 이러한 감각은 그가 시작 활동 내내 지속적으로 가다듬어 온 종교적 사유에서 길러진 것이라고 할 수 있다. 그러나 그가 종교적 사유와 감각의 필요성에 대해 강조를 하고는 있지만 종교적 사유와 감각이 지닐 수 있는 부정적 결과에 대해서도 주의를 기울이고 있음은 서정주 비판에서 확인할 수 있다.

이처럼 구상의 시론이나 시학은 한국현대시의 몇 가지 주요 흐름에 대한 비판의 양상으로 간접적으로 드러나고 있다는 특징을 가지고 있다. 그런데 한 가지 주목해야 할 점은 구상이 자신의 시론을 정립한 시기가 1980년대라는 사실이다. 그는 시창작론 강의의 형태로 자신의 시론을 가다듬을 기회를 가졌던 것이다. 그러나 그렇다고 하더라도 이 당시의 시론은 그 이전의 시작 활동과 무관한 것이거나 그 성격이 판이한 것이라고 볼 수는 없을 것이다. 따라서 지금까지 살펴본 그의 시론은 1960년대 이후 그의 시와 직결되는 것이라고 할 수 있다. 물론 박목월, 김수영, 서정주와 같이 한국현대시의 흐름을 주도한 대가시인에 대한 구상의 비판은 사후적인 성격이 짙은 것이어서 구상 자신의 견지에서 자기 스스로의 입지점을 형성하기 위한 전략적인 면모를 가지고 있는 것은 아닌가 하는 의심과 이에 따른 비판의 여지가 없는 것은 아니다. 그럼에도 불구하고 그의 비판이 특정 시인의 부정적 일면만을 침소봉대한 것이 아니라 현대시의 몇 가지 흐름 속에서 일반적으로 발견할 수 있는 특징을 정확히 포착한 바탕위에서 행해진 것이기 때문에 그의 시론이 가진 난점은 무난하게 극복될 수 있을 것이라 판단된다.

3. 존재론적 탐구의 시적 전개

주지하다시피, 구상은 해방 후 원산문학가동맹의 사화집 『응향』에 몇 편의 시를 발표하면서 시인으로 등장했고, 뜻하지 않은 필화 사건과 그에 따른 월남, 그리고 6·25전쟁과 종군작가단 활동, 이승만 정권 시절의 필화와 옥고 등을 거치면서 역사의 격랑에 휩싸이게 된다. 등단 이후 1950년대까지 그는 시인으로서보다는 저널리스트로서 활발한 활동을 펼쳤다. 전쟁 체험을 소재로 한 대표작 「초토의 시」 연작을 제외하면 시인으로서 그다지 뚜렷한 활동을 했다고 볼 수는 없다. 전쟁의 비극을 증언한 「초토의 시」 연작은 민족사의 불행을 대표하는 시로 널리 알려져 있지만 이 연작은 구상 개인사에서도 중요한 이정표가 되는 작품이다. 전쟁 체험은 가톨릭 신자인 그에게 인간의 삶이 역사에 의해 얼마나 휘둘릴 수 있는가를 생생하게 드러내주었기 때문이다.[25]

전쟁이 안겨 준 비극적 상실감이 어느 정도 해소된 1960년대 이후 구상은 애초에 가지고 있었던 신앙 생활과 시작 활동에 전념하게 된다.[26] 1960년대 이후 그는 단시보다는 연작시 창작에 주력하는 양상을

---

25 「초토의 시」 연작은 몇 편을 제외하고 자전적 연작시 「모과 옹두리에도 사연이」에 그대로 수록되어 있을 뿐 아니라 그가 쓴 몇 편 되지 않는 희곡과 시나리오의 모티프이기도 하다.

26 1960년대 이후 구상이 시작 활동에 전념하게 된 계기에 대해서 최라영은 구상이 폐결핵 수술과 요양, 특파원 활동, 대학 교수 재직 등을 계기로 해외에 체류하면서 국내와 거리를 두게 된 점, 그리고 병고의 악화로 인한 개인적 문제에 대한 관심을 주요인으로 꼽고

보인다. 이 과정에서 발표된 작품들은 구상의 시작 전체에서 큰 비중을 차지한다고 할 수 있다. 그는 연작시 형식에 대해 남다른 애착을 가지고 있었던 것으로 보이는데, 연작시라는 형식은 구상 스스로도 술회하고 있지만 그 당시까지의 한국현대시사에서는 분명 새로운 시도라고 할 것이다.

그리고 또 한 가지 주목할 사항은 노년에 들어서면서 구상이 창작 활동의 의욕을 더욱 더 내보였다는 사실이다. 통상적으로는 한국의 시인들은 청년기와 장년기에 가장 활발한 활동을 하고, 노년 이후는 창작 활동이 감소하는 경향이 있다. 그리고 시의 성취라는 측면에서도 노년기의 시작은 이미 해당 시인의 본령을 넘어선 것으로 크게 주목받을 여지가 없는 경우가 많다. 그런데 그의 경우에는 통상의 잣대로는 명확하게 구분되지 않을 정도의 활동 양상과 성과를 보여주고 있다. 그는 작고하기 얼마 전까지도 시집을 펴낼 만큼 활발한 창작 활동을 보여주었다.

이처럼 구상의 시작 활동의 본령은 1960년대 이후의 시들이라고 할 수 있다. 그럼에도 불구하고 그의 시에 대한 기존의 평가들은 여전히 시집 『응향』 수록 시들과 「초토의 시」 연작으로 제한되어 있다. 수많은 문학사나 시사에 등재된 그는 1960년대 이전의그로 제한되어 있다. 이러한 편향은 비단 그에게만 한정되는 것은 아닐 것이다.

리얼리즘 문학관이 지배한 한국 사회에서 역사나 현실과 연관되지 않는 문학이 관심의 대상이 될 수는 없었기 때문이다. 그러한 탓에 구상 시에 대한 연구 역시 서론에서 살펴본 것처럼 역사와 존재로 대별될 수 있는 그의 시 세계 중 한 쪽에만 주목하는 한계를 낳게 되었다.

있다. 최라영, 앞의 논문, 2002, 441-442쪽.

역사를 강조하는 쪽에서는 구상 시의 전체적인 면모에 대한 무관심이, 그리고 가톨릭이라는 종교적 세계관을 강조하는 쪽에서는 지나친 종교적 관점의 도입으로 인한 미학성의 무시 등이 문제시될 수 있다.

어찌 보면 이와 같은 연구 편향은 구상 시가 종교와 무관하지 않거나 오히려 종교와 일체를 이룬 신앙시라고 보는 관점에서 빚어진 것이 아닌가 생각된다. 이들은 모두 구상 시와 종교의 연관성을 인정하고 있다는 점에서 공통된 견해를 가지고 있는 것이다. 그러나 구상 시를 평범한 신도의 입장에서 신에게 구원을 요청하는 시이거나 신앙적 우위를 앞세워 종교적 교리를 시적 의장으로 포장하여 교훈을 주고자 하는 시와는 구분할 필요가 있을 것이다. 이와 같은 시들은 이미 앞에서 살펴본 것처럼 그 스스로가 경계한 바 있는 시의 양태이기 때문이다. 물론 1980년대 이후에 발표된 구상의 시들에서는 시적 의장에서 벗어나 종교적 교리에 과도하게 좌우되는 면모가 적지 않게 노출되는 것이 사실[27]임에도 불구하고 1960년대 이후 발표된 그의 시가 모두 이러한 면모를 보이는 것은 아니다. 1960~80년대 발표된 연작시들은 역사나 현실과 종교나 형이상학이 시적인 감각과 적절히 균형을 이루고 있기에, 구상 시의 본령을 여기에서 찾아도 좋을 것이다.

여기서는 구상의 연작시 「밭일기」, 「까마귀」, 「그리스도 폴의 강」을 중심으로 구상 시를 이끌어온 내적 동력으로서의 실존적 삶의 감각과 시적인 감각의 균형 속에서 이루어진 그의 시적 성취에 대해 살펴보고

---

27 구상은 가톨릭 신자로 알려져 있으나 불교도 포용할 수 있는 범종교적 세계 인식을 갖춘 시인이었다. 특히 불교는 공초 오상순이나 중광과의 만남이 크게 작용한 것으로 보인다. 1980년대 이후 그의 시에 나타난 종교적 감성은 범종교적이라고 칭할 만큼 가톨릭과 불교가 융합된 양상을 보인다. 괴승이라고 불렸던 중광과는 『유치찬란』이라는 시화집을 펴낼 만큼 그 관계가 돈독했다. 따라서 1980년대 구상을 논할 때 이 글에서 사용하는 '종교적 감성'이나 '종교적 교리'라는 표현은 비단 가톨릭뿐만 아니라 불교까지를 염두에 두고 사용한 표현임을 밝혀둔다.

자 한다.

1) 역사와 자연의 길항

구상은 1950년대 「초토의 시」 연작을 시작으로 이후 수많은 연작시를 발표하게 된다. 물론 시작 분량으로 봐서는 연작시 못지않게 독립된 단시들도 상당한 비중을 차지하지만, 구상 시를 연구함에 있어 연작시 형식이 가지는 의미에 대해서는 충분한 검토가 필요하다. 그는 자신이 연작시를 추구하게 된 동기를 아래와 같이 밝히고 있다.

> 아마 나는 한국에서 연작시를 의도적으로 시도한 효시의 사람일 것이고, 또 가장 많이 쓰기도 하였을 것이다. 그 이유인즉, 나같이 머리가 지둔한 데다가 끈기마저 없는 사람은 촉발생심이나 응시소매격으로 시를 써 가지고선 도저히 사물의 실재를 파악하지 못할 뿐 아니라 존재의 무한한 다면성이나 복합성을 조명해 내지 못하기 때문에, 한 제재를 가지고 응시를 거듭함으로써 관입실재에 도달하려는 의도에서라고 하겠다. 또한 이러한 한 사물이나 존재에 대한 주의집중에서 오는 투시력은 곧 모든 사물이나 존재에 대한 투시력을 획득할 수 있으리라는 열망에서라고 하겠고, 이의 실천에서 어느 정도 자기 나름의 성과를 거두고 있기도 하다.[28]

위의 글에서 구상은 자신이 한국에서 최초이자 최다의 연작시를 쓴 사람임을 강조하고 있다. 그는 연작시 형식의 장점으로 하나의 제재나 사물을 깊이 있게 탐구함으로써 존재의 다면성이나 복합성을 조명해 낼 수 있다는 사실을 거론하고 있다. 이러한 논급은 그가 시를 통해 추구한 바가 특정 현상이나 사물의 수평적 관계성보다도 그것의 수직

---

28 『구상문학총서3-개똥밭』, 홍성사, 2004, 8쪽.(이하 시 인용은 『총서3』, 쪽수로 약칭함.)

적 관계성에 있다는 점을 암시한다. 달리 말하면 그의 시 창작은 연작시 형식을 통해 사물의 존재론적 탐구를 목적으로 하고 있다고 하겠다.

1950년대에 씌어진 「초토의 시」 연작은 분명 연작시 형식을 가지고는 있으나, 그것이 다루는 현상이 6·25전쟁으로 인한 폐허화된 현실이라는 점에서 그 이후의 연작시와는 달리 수평적 관계성에 대한 탐구라고 할 수 있다. 따라서 구상이 연작시 형식의 가치를 목적의식적으로 추구한 시점은 1960년대 이후라고 할 것이다. 이 당시에 창작된 연작시는 「밭일기」 연작으로, 총 61편이다. 이 작품들은 비교적 단시간 내에 창작된 것으로 그가 도쿄에서 폐결핵 수술을 받고 나서 회복기에 쓴 것이다. 이 작품들은 그의 회고에 따르면, 해방 이후 1950년대까지 "현실참여에 너무나 행동적으로 기울어져 자신의 삶이 문학 작업에서 이탈된 것을 깨닫고 시 창작에 전념과 복귀를 위한 자기 훈련 삼아"[29] 쓴 것들이다. 이 말은 구상이 시인으로서의 본연의 창작 활동보다 저널리즘 계통의 글쓰기에 치우쳐 있어 그가 애초에 꿈꾸었던 문학 활동으로 나아가지 못했음에 대한 자기비판이라고 할 수 있다. 그리고 다른 한편으로는 그가 그 당시에 발표한 작품들에 대한 자기비판이기도 하다. 『응향』 수록 시들에서 「초토의 시」 연작에 이르는 1950년대의 작품들은 현실 참여에 기울어진 것으로 역사적 상황에 휘둘린 결과라고 본 것이다. 이러한 자기비판 하에 새로운 창작으로 나아가는 계기로 삼은 것이 「밭일기」 연작이다. 이 작품들에 대해서 서범석은 농민시 여부를 논의하면서 통상의 농민시와는 달리 이 작품들이 농민의 삶과 관계된 사회적 모순 구조의 폭로와는 무관하다는 점을 지적한 바 있다.[30]

---

29 『총서3』, 9쪽.

이 작품들은 경북 왜관의 시골마을에서의 체험을 담고 있다. 구상은 그곳에서 요양하면서 관찰한 자연물들의 신비한 생명력을 포착하고 그것을 일기 형식으로 기록하고 있는데, 여기에는 폐결핵 수술 이후 쇠약해진 자신의 몸이 소생하기를 기대하는 심리가 깔려 있다. 「밭일기」 연작에서의 밭은 시적 화자가 관찰하는 대상으로서의 자연이자 시적 화자 자신의 표상으로서의 의미를 가진다. 그러므로 관찰 대상으로서의 밭은 생명력이 소진된 불모의 존재인 시적 화자의 육체에 생명력을 불어넣는 기능을 한다.

> 동녘에는 쏟아지는 햇발이 부서져 튀고
> 남녘에는 나일론 망사 같은 아지랑이
> 서향 고목 가지엔 물동이를 인
> 빨강 노랑 저고리가 꽃 피어 있고
> 북쪽마을 노르께한 볏지붕 굴뚝에선
> 아침 香煙이 일제히 오르고 있다.
>
> 눈 앞에는 하루살이 떼들이
> 온실 속 먼지처럼 가물거리고
> 새들은 호들갑을 떨고 날며 지저귄다.
>
> 어디선가 햇닭 똥내음 같은
> 풋내가 풍겨 오는데
> 解土의 아침,
> 세상은 온통 艶美를 발산한다.   「밭일기3」 부분

위의 시는 어느 초봄 아침의 풍경을 묘사한 작품이다. 한겨울 동안 생명력을 감추고 있던 만물이 소생하는 모습을 다양하게 묘사하고 있

---

30 서범석, 「구상 시의 의미 구조」, 『건국어문학』 21 · 22, 건국어문학회, 1997, 114쪽.

다. 원경에서 근경으로 관찰의 시야가 이동되면서 봄날 아침의 이미지가 다채롭게 묘사된다. 아지랑이를 '나일론 망사'에 비유한 것은 도시적 감수성에 기반을 둔 것이다. 그리고 고목에 새 순이 돋은 모습을 물동이를 인 처녀의 저고리에 비유한 것은 전통적인 관습에 기반을 둔 것이다. 초반부에서 시각적 이미지 위주의 묘사를 한 후 후반부에서는 청각적, 후각적 이미지로 마무리하고 있다. 마지막 부분의 '햇닭 똥내음 같은 풋내'는 억제된 생명력의 해방을 가장 확연히 드러내는 이미지라고 할 것이다.

「밭일기」 연작에서 가장 많은 수를 차지하고 있는 것들이 이와 같은 농촌 마을의 일상적 노동 행위나 자연 풍경에 대한 스케치이다. 그러한 풍경을 바라보는 시적 화자의 내면은 비교적 평화로운 상태로 유지되고 있다. 그와 같은 평화는 시적 화자를 둘러싼 사회역사적 현실로부터의 벗어남을 추구하는 욕망에서 비롯된 것인데, 이와 같은 욕망은 「밭일기10」에서는 자연에 대한 의인화의 방법으로 드러나기도 한다.

내가 짐작하기론
밭의 연인은
논이다.

그들은 밤이면
곧잘 수런거리다가
벌레소리도 내고
개구리소리도 내다가

낮에는 둘이 다
시치미를 뗀다.

「밭일기10」 전문

이 시는 밭과 논의 관계에 대한 단정적 추론으로부터 시작하여 그러한 추론의 근거를 제시하고 있다. 이 시는 대낮과 밤이라는 이질적인 시간 속에서의 자연의 변화에 대한 관찰을 시적 출발로 삼고 있다. 대낮에는 만물이 시각적 이미지 중심으로 포착되지만 밤이 되면 인간의 시각은 무력화되고 청각만 민감해진다. 시적 화자는 칠흑 같은 밤에 들려오는 벌레와 개구리 소리와 그것이 사라진 대낮의 풍경을 대비하면서, 마치 밝은 대낮에는 타인의 시선을 의식하여 사랑의 밀어나 행동을 나누지 못하던 연인이 밤이 되어 둘만의 시간을 가지면서 나누는 뜨거운 사랑에 빗대어 자연의 신비경을 묘사하고 있다. 이 시에 대해 이운룡은 생명의 약동, 활기를 시인의 내부세계로 끌어들여 세계를 새롭게 보고자 한 '주관적 공명'의 소산이라고 평하고 있다.[31]

지금까지 살펴 본 구상 시에서의 밭은 생명력의 근원으로서 피폐화된 시적 화자의 내면에 생명력을 환기시키는 존재로서 기능하고 있다. 1950년대 전후 사회에 몸담으면서 각종 부조리와 비리에 대한 윤리적 긴장을 유지했던 구상에게 밭이 표상하는 자연의 생명력은 정서적 이완을 주는 해독제 역할을 한 것이다. 그러나 「밭일기」 연작이 전적으로 위에서 본 것과 같은 자연과의 신비로운 조화로 일관된 것은 아니다. 그는 「밭일기」 연작을 통해서 시작상의 새로운 변화를 추구하고는 있지만, 그의 시에서 자연은 인간적 삶의 형식인 역사나 도시와 완전히 절연되지 못한 채 그것들을 끊임없이 상기시킨다.

---

31 이운룡, 앞의 논문, 1987, 130쪽.

칙칙폭폭 칙칙폭폭
뛰뛰 기차가 지나간다.
할아버지산이 중얼거린다.
-북으로 가는 건 북간도행 열차!
-남으로 가는 건 피난민 열차!

드르르 드르르
바앙바앙
손자밭이 訂正을 한다.
-서울서 부산 가는 통일호차!
-부산서 서울 가는 통일호차!

산할아버지가 되묻는다.
-서울서 부산 가는 통일호차?
-부산서 서울 가는 통일호차?

밭손자가 자신 있게 다시 대답한다.
-서울서 부산 가는 통일호차!
-부산서 서울 가는 통일호차!

산은 현실을 모른다.
밭은 역사를 모른다.   「밭일기29」 전문

　이 시는 시적 화자가 산등성이에 올라 마을 곁을 지나가는 기차를
보면서 산과 밭이 나누는 대화를 옮겨 적는 형식을 취하고 있다. 산과
밭은 그 자체로는 상징적인 대비를 이루지 않지만, 구상은 산을 할아
버지에 밭을 손자에 비유함으로써 상징적 대비를 시도하고 있다. 기차
가 지나가는 모습을 두고 산과 밭은 서로 달리 이해한다. 기차가 지나
가는 모습을 보며 산은 '북간도행 열차', '피난민 열차'라고 말하지만,
밭은 서울과 부산 사이를 잇는 '통일호 열차'라고 말하고 있다. 이와 같

은 대조적 판단 이후 산이 밭에게 그러한 판단의 확실성을 묻자 밭은 자신의 판단이 확실한 것임을 재차 강조하고 있다.

이 시는 산과 밭이라는 의인화된 주체를 통해서 구상이 바라본 당대 사회의 역사적 고통에 대한 무관심을 표현하고자 한 것으로 볼 수 있다. 1960년대는 식민지 체제와 분단, 그리고 전쟁으로 이어지는 한국 현대사의 체험에 대한 역사적 기억이 약화되고 그러한 체험에서 자유로운 전후세대가 생장함으로써 세대 간의 단절과 고립이 심화된 시대였다. 실제의 '통일호차'를 '북간도행 열차'나 '피란민 열차'로 착각하는 '할아버지 산'은 구상 세대의 것이라 할 것인데, 이 시처럼 「밭일기」 연작에서 구상은 역사나 현실로부터 전적으로 자유로울 수 없는 양상을 보인다.

> 러시 아워의 버스 안
> 수수가 빽빽이 서 있다.
>
> 고독한 군중
>
> 모두 피를 흘린다.   「밭일기33」 전문

이 시는 「밭일기」 연작으로서는 상당히 낯선 것이라고 할 수 있다. 이 시는 '고독한 군중'이라는 데이비드 리즈먼David Riesman의 유명한 책 제목을 차용한 것부터가 그러하지만, 농촌 생활을 다룬 다른 시들과는 달리 도시 생활을 소재로 한 것이기 때문이다. 타인과의 유기적 관계를 상실한 채 군집 생활을 하면서도 타인과 절연된 고독한 생활을 영위할 수밖에 없는 상황을 구상은 '피를 흘린다'는 간략한 시어로 응집시켜 묘사하고 있다. 이 시는 농촌생활에서 관찰한 수수의 형상에서

상상력을 발동시켰다는 데 그 특징이 있다. 보통 '수수'는 좁은 공간에 밀집해 자랄 뿐만 아니라 붉은 색깔을 띠는데, 이런 특성으로 인해서 러시아워 시간의 버스 안의 사람들을 묘사하는 데 있어 수수는 대단히 적절한 비유 매체라고 할 것이다.

2) 문명 비판과 언어의 무력

구상에게 있어 「밭일기」 연작은 시작 활동에의 전념을 추구하는 과정에서의 모색을 보여주는 것이다. 자연의 신비한 생명력이나 존재의 본질에 대한 탐구는 미약한 편이고 그렇다고 종교적 사유와 상상력이 본격적으로 발현된 것도 아니다. 그의 시속에는 여전히 역사나 현실에 대한 윤리적 긴장이 내비치고 있다.[32]

그러한 양상은 「까마귀」 연작에 이르러 한층 본격화된다. 이 작품들에서 구상은 자신을 현세의 타락에 경종을 울리고 세상 사람들에게 종말의 감각을 일깨우는 선지자의 목소리를 내고 있다. 이 작품들에서 까마귀는 시적 화자와 동일시될 수 있는 존재인데, 까마귀는 종교적 견지에서 바라본 문명비판의 주체로 기능한다.

---

32 구상 시의 윤리적 지향에 대해서 심원섭은 그 한계를 다음과 같이 비판적으로 조명하고 있다. "이러한 윤리적 지향이, 구상과 같이 개인의 관념 차원 속에서 해소되면서 성급한 종교적 대의명분 쪽으로 비약되어 버린다거나, 개인과 인류 사이를 매개하는 수많은 차원의 조직과 제도 속에서 그것을 구체적으로 현실화할 가능성을 모색하지 않는 방향으로 나아간다면 문제가 생기는 것이 아닐까."(심원섭, 앞의 논문, 1996, 183-184쪽) 심원섭의 이와 같은 지적은 「까마귀」 연작을 비롯한 종교적 색채가 짙은 구상의 후기시가 안고 있는 문제점을 적절히 지적한 것으로 볼 수 있다. 현대사회의 문제점을 그 복잡다단한 원인과 양상을 깊이 고민하지 않은 채 선지자적 깨우침의 목소리로 극복하기에는 한계가 있기 때문이다. 이런 견지에서 보면 구상을 '순진한 관념론자'(심원섭, 위의 논문, 1996, 188쪽)라고 평한 심원섭의 주장이 가혹한 것만은 아닐 지도 모른다.

오늘도 나는 북악 허리 고목 가지에 앉아
너희의 눈 뒤집힌 세상살이을 굽어보며
저 요르단 강변 세례자 요한의
그 예지와 震怒를 빌려서 우짖노니

-이 독사의 무리들아 회개하라!
하느님의 때가 가까이 왔다.
속옷 두 벌을 가진 자는 한 벌을 헐벗은 사람에게 주고
먹을 것이 넉넉한 사람은 굶주린 이와 나누어 먹고
권세가 있는 사람은 약한 백성을 협박하거나, 속임수를 쓰지 말 것이요,
나라의 세금은 헐하고 공정하게 매겨야 하며
거둬들임에 있어도 부정이 없어야 하느니라.

까옥 까옥 까옥 까옥   「까마귀3」 부분

　구상이 바라본 현대 문명의 가장 큰 특징은 '황금 송아지'로 비유되
는 물질만능주의 혹은 금권만능주의에 따른 부정과 타락이다. 「까마귀
3」에서 시적 화자는 서울을 굽어보는 북악산 기슭의 까마귀의 목소리
를 빌어 타락한 인간을 꾸짖고 준엄한 목소리로 회개를 요청하고 있
다. 이 시는 종교적 교리를 특별한 시적 의장의 도움이 없이 그대로
진술하고 있다. 다만 까마귀의 시선과 목소리라는 설정이 이 시가 종
교적 교리의 직접적 제시가 되는 것을 막아주고 있다. 이처럼 구상은
「까마귀」 연작에서 선지자의 형상을 한 까마귀를 등장시켜 현실의 타
락을 비판하고 있지만, 까마귀에 비유된 시적 화자의 목소리는 종교적
교리를 무비판적으로 재생하는 데 머무르지는 않는다. 시적 화자는 자
신의 시 창작이 가진 의미를 비판적으로 성찰하는 과정까지도 드러내
고 있다.

까옥 까옥 까옥 까옥

-대뜸입니다만 세상살이가 왜 이다지 뒤틀려 가는 겝니까?

까옥 까옥

-그야 그대, 시인들 탓이지!

까옥 까옥 까옥

-뭐라고요? 우리 시인들 탓이라구요?

까옥 까옥 까옥 까옥

-아무렴 그렇고 말고, 오늘의 시인들의 不明이 이 시대를 이처럼 흐리게 하는 거지!

………?

서울 까마귀는 응수할 말을 찾지 못했다.

까옥 까옥 까옥 까옥

-인간 일체의 罪障은 시만이 소멸시킬 수 있으나 오늘날 그대들 시 조각으로서야 어디? 쯔쯧.   「까마귀5」 부분

　이 시는 불가의 어느 선사와 시적 화자의 대화 형식으로 되어 있다. 가톨릭과 불교라는 이질적인 종교의 만남이 긴장을 느끼게 한다. 그리고 그와 같은 만남의 결과를 선문답 형식으로 진술함으로써 이 시는 「까마귀3」의 설교 형식보다는 한층 시적인 여운을 준다. 시적 화자가 선승에게 현대사회에서 빚어지는 문제의 원인을 질문하자 선승은 그것이 시인 때문이라는 답을 한다. '일체의 罪障'을 사멸시킬 수 있는 힘이 시에 있으나 시인에게 그럴만한 능력이 없어서 현실의 문제점이 개선되지 않는다는 것이다.

　「까마귀5」는 현대 사회를 정신적으로 구원하기에는 무력한 시적 언어의 상황을 다분히 풍자적인 어투로 비판하고 있다.[33] 그런데 이 시는 우리로 하여금 구상이 자신의 시론을 통해 비판한 대목을 연상케 한

---

33 이운룡, 앞의 논문, 1987, 387쪽.

다. 명시적으로 드러나 있지는 않지만 선승이 해결책으로 제시한 시란 실존적 삶의 감각과 영원성에 대한 인식을 바탕으로 창작된 시이기 때문이다. 그것은 「까마귀10」에서 선승의 말처럼 "-왜 있지 않아? '색즉시공, 공즉시색'이라든가, '가난한 사람들아 너희는 행복하다. 지금 우는 사람들아 너희는 행복하다'라든가!"처럼 종교의 근본적 교리에 맞닿아 있는 시이다. "시와 경은 不一不二. 시와 자비도!"라는 선승의 답은 시적 화자 즉 구상이 추구해야 할 시의 본체를 보여주는 것이다. 이 구절은 구상에게 있어 시와 종교가 불가분의 관계에 있음을 암시하고 있다. 그러나 그에게 있어 종교는 가톨릭뿐만 아니라 불교까지를 포용할 정도의 넓이를 품은 것이다. 만약 그가 가톨릭적 세계관만을 고집했다면 그의 시는 종교시 일반이 추구하는 신앙심의 표현 그 이상이 되지 못했을 것이다. 그러나 그는 불교를 포용함으로써 사물의 존재론적 깊이와 높이를 확보할 수 있는 시야를 획득하게 된 것이다.[34] 그와 같은 경지는 「그리스도 폴의 강」 연작을 통해 드러난다.

3) 윤회론적 인식의 내면화

구상 시는 삶의 실존적 근원을 모색하면서도 그와 더불어 역사와 현실에 대한 실제적 관심을 표명하고 있다. 이는 구상 시가 평범한 종교시가 될 수 없는 이유이기도 하다. 1960년대 이후 구상 시는 존재의 근원에 대한 탐색을 강화하면서 강 이미지에 대한 탐구를 보인다. 그

---

34 구상이 불교와 인연을 맺게 된 것은 일본 유학 시절의 일이지만, 그의 삶과 시에 직접적 영향을 끼친 것은 공초 오상순의 영향이 지대하다고 할 것이다. 그가 자전적 글을 통해 끊임없이 술회한 것처럼 구상에게 있어 공초는 단순히 선배시인에 그치지 않고 커다란 깨우침의 세계를 열어준 종교적 성인의 역할을 한 것으로 보인다.

와 같은 탐구의 결실이 「그리스도 폴의 강」 연작이다. 이 작품들은 다양한 차원에서 강의 이미지를 탐구하고 있는데, 구상에게 있어서 강은 무엇보다도 신성을 발견하는 삶의 자리이다. 연작의 제목을 '그리스도 폴의 강'이라고 지은 것은 주지하다시피 가톨릭 성인인 그리스도 폴의 일화와 연관이 있는데, 그는 평생을 강에서 사람을 업어 건네주는 일을 함으로써 구원을 얻게 된 사람이다. 이처럼 구상에게 있어 강은 삶의 자리이면서도 존재의 구원을 기다리는 희망의 자리라는 양면적인 의미를 가진다. 서시 격에 해당하는 「프롤로그」에서 구상은 강을 '회심의 일터'라고 명명하고 있다. 「그리스도 폴의 강」 연작은 강이 중심 이미지로 자리 잡고 있지만 그 강은 과거와 현재, 미래가 동시적으로 얽히는 복합적 시간성의 공간이자 현실과 역사, 구원이 상호 긴장 관계를 형성하는 복합적 관계망의 공간이다. 이 연작은 구상 시가 줄곧 추구해 온 시적인 것과 종교적인 것의 결합 양상을 잘 보여주는 작품이라는 점에서 구상의 후기 시세계의 깊이를 확인할 수 있는 중요한 시편이라고 할 수 있다.

구상이 강을 시의 제재로 삼게 된 직접적인 이유는 그가 한강 인근에 거처를 정하면서부터 일상적으로 한강을 바라보게 되었기 때문이다. 그리고 그의 고향이나 다름없는 원산의 적전강과 그의 제2고향이었던 왜관의 낙동강 역시 영향을 미친 것으로 보인다.[35] 그에게 있어 강은 삶의 전 기간 동안 함께 한 동반자같은 것이었다.

「그리스도 폴의 강」 연작에서 강은 몇 가지 층위의 의미를 형성한다. 강은 ① 존재의 근원이자 ② 도시문명에 의해 생명력이 파괴된 일

---

35 배상도에 의하면 헤르만 헤세의 『싯다르타』의 영향도 작용했다고 한다. 배상도, 「구상 시인과 왜관, 그리고 낙동강」, 구상시인추모문집간행위원회 편, 『홀로와 더불어』, 나무와 숲, 2006, 260쪽.

상적 삶의 공간이다. 그리고 또, 강은 ③ 추억의 매개체이기도 하다. 이처럼 세 가지 차원의 강 이미지는 다원적인 관계망을 형성한다. 시간성의 차원에서 살펴보면 ①이 무시간성의 차원이고 ②와 ③은 시간성의 차원을 형성한다. 그러나 ③이 ②에 대한 부정적 의식의 소산이라는 점을 고려하면, ①과 ③은 ②와 대별된다고 볼 수 있다.

> 강이 숨을 죽이고 있다.
> 기름을 부어 놓은
> 柔順이 흐른다.
>
> 닦아 놓은 거울 속에
> 구름 한 점 없는 하늘이
> 마냥 깊다.
>
> 禪定에 든 강에서
> 나도 안으로 환해지며
> 和平을 얻는다.　　　　　　　　　　「그리스도 폴의 강3」 전문

　이 시의 화자는 강을 바라보고 있다. 그가 바라보고 있는 강은 흐름이 멈춘 호수처럼 고요하다. 그와 같은 고요를 이 시의 화자는 '기름을 부어 놓은 유순'이라고 표현하고 있다. '유순'이라는 한자어가 감각적인 이해를 막고 있지만, '기름을 부어 놓은'이라는 표현이 강의 고요를 표현하는 데 어느 정도 효과를 보여주고 있다. 화자가 바라보는 강은 고요할 뿐만 아니라 투명하기도 하다. 그래서 강에 비친 하늘은 강물에 엷게 반영될 뿐만 아니라 그 모습이 일정한 부피를 가진 입체감 있는 존재로 만들어진다.

　이 시의 1연과 2연은 만물을 포용하는 궁극적인 실체로서의 강 이미

지를 잘 그려내고 있다. 그 강은 인간 세상의 온갖 사물들을 포용하면
서도 고요와 투명을 잃지 않는 신비로운 존재로, 구상이 시작을 통해
추구한 자아의 이상이라고 할 수 있다. 그와 같은 강의 이미지를 단적
으로 표현한 어구가 3연의 '선정에 든 강'이다. 강은 인간 세상의 고통
과 불안, 욕심과 원망 등으로부터 벗어난 존재의 표상이기 때문에 그
강을 바라보고 있는 화자의 마음도 여기에 동화된다. 이와 같은 마음
의 변화를 구상은 '안으로 환해지고'라고 표현하고 있다.

　이 시의 2연에서 표현된 하늘과 포개진 강의 이미지는 이승과 저승,
현세와 내세가 서로 연결되어 있다는 불교적 윤회론의 사상을 내포하
고 있다. 구상에게 있어 강의 바라봄은 그와 같은 존재론적 인식의 내
면화를 위한 시도라고 할 수 있다.

> 내 앞을 悠然히 흐르는
> 강물을 바라보며
> 蒸化를 거듭한 輪廻의 강이
> 因業의 허물을 벗은 나와
> 現存으로 이 곳에 다시 만날
> 그 날을 생각는다네.　　　　「그리스도 폴의 강9」 부분

　이 시는 노년에 든 시적 화자에게 찾아온 실존적 삶의 물음, 즉 죽음
이란 무엇인가, 죽음 이후의 나는 어떻게 되는가 하는 불안에 대한 존
재론적 사유를 보여주고 있다. 시적 화자가 바라본 강은 실제의 강을
넘어선 존재론적 근원의 강이다. 그 강은 세계 만물이 귀일하는 존재
의 근원이다. 따라서 화자의 죽음은 현세의 욕망과 집착이 빚어내는
고통으로부터 해방되어, '인업의 허물을 벗은 나'로 표현되는 시적 화
자의 참모습을 찾는 일로 인식된다. 이와 같은 인식은 강을 '회심의 일

터'로 삼고자 한 구상 자신의 창작 의도를 잘 드러내는 것이다.

> 나도 머지 않아 여기를 흘러가며
> 지금 내 옆에 앉아
> 낚시를 드리고 있는 이 막내애의
> 그 아들이나 아니면 그 손주놈의
> 무심한 눈빛과 마주치겠지?　　　　　「그리스도 폴의 강10」 부분

죽음이 영원한 단절이 아니라 생명의 윤회적인 흐름임을 위의 시는 잘 보여준다. 죽음을 통해 강에 흡수된 생명이 소멸되지 않고 시간의 흐름 속에서 자신의 후손들과 조우하리라는 시적 화자의 믿음은 구상으로 하여금 강 이미지를 불교적 차원에서 사유할 수 있도록 한다. 이로써 연작시의 제목에서 드러나는 가톨릭적 분위기와는 달리 「그리스도 폴의 강」 연작에 불교적 색채가 보다 더 강하다는 사실을 확인할 수 있다. 앞에서 살펴본 「까마귀」 연작에서 확연히 드러나던 가톨릭적 색채가 「그리스도 폴의 강」 연작에서 약화된 것은 노년에 든 구상 자신의 실존적 불안이 반영된 탓이다.

이처럼 「그리스도 폴의 강」 연작은 삶에 대한 실존적 고찰과 존재론적 인식을 드러내는 작품들이 다수를 차지하고 있다. 그러나 구상에게 있어 강은 존재론적인 질서이면서도 다른 한편으로는 그가 일상적으로 바라보는 현실의 강이기도 하다. 그 강은 현대 도시문명 생활의 부정성을 담고 있는 타락의 공간이기도 하다.

무참하게도 군데군데
내장을 드러내고 있는
한강

썩어 냄새가 나는
연탄빛 흐름 위에
매연을 뒤집어쓴 하늘과
그 속에 병든 희부연 태양이
오물처럼 번득인다.

강 복판 여기저기
浚渫船과 포크레인이
무법자들처럼 힘을 과시하여
굉음을 발하고

철교와 인도교 위를
차량들이 꼬리를 물어
-황금의 우상을 쫓는 무리들과
-새 모세를 찾는 무리들을 싣고
미친 듯이 달린다.

엉성한 잡초 사이 웅덩이에서
입술을 축인 물새 한 마디가
애절한 울음을 남기고
포물선을 그으며 날아가는데   「그리스도 폴의 강15」 부분

「그리스도 폴의 강 3」과는 사뭇 다른 양상이 위의 시에 묘사되고 있
다. 1연에서의 '내장'이라는 표현은 사체의 이미지를 직접적으로 환기
시킨다. 유기물의 부패를 연상시키는 이와 같은 표현은 2연에서 다양
한 이미지가 동원된 보다 상세한 표현으로 이어진다. 시각적연탄빛 흐

름, 후각적썩어, 매연, 청각적굉음 이미지를 동원해 하늘과 태양을 비추는 강물을 '오물'에 묘사하고, '준설선'과 '포크레인'이라는 강철 이미지를 동원하여 생명력을 파괴당한 강의 모습을 묘사하고 있다. 이와 같은 모습은 존재론적 차원에 대한 현대사회의 무시를 암시하는 것이라 할 수 있다. 그리고 한강을 가로지르는 차량들을 '황금의 우상'이나 '새 모세'를 찾는 무리에 비유하여 물질만능주의 풍토에 젖어 있는 현대사회를 비판하고 있다. 그와 같은 비판의 주체는 '물새'에 비유되고 있는데, '물새'의 '애절한 울음'은 존재론적 인식으로부터 단절된 현대 사회를 향한 시인의 연민과 슬픔 어린 목소리처럼 느껴진다. 그러한 '절망'은 구상으로 하여금 존재론적인 충만함으로 가득 차 있었던 '추억의 강'으로의 낭만적 회귀를 부추기지만, 구상에게 있어 '추억의 강'으로의 낭만적 회귀가 전적으로 존재론적 충일성을 회복하려는 시도라고 볼 수는 없다. 오히려 그의 작품들에 등장하는 과거의 강들은 그 강을 배경으로 펼쳐진 삶에 대한 구체적 체험을 상기시켜 존재론적 인식의 영역으로 포섭하려는 노력의 소산이다. 「그리스도 폴의 강17」에서는 강을 바라보며 어린 시절 사모의 정을 가지고 있던 외사촌 누나가 접어준 종이배를 향수어린 심정으로 회상하고 있지만, 「그리스도 폴의 강40」에서는 청소년기에 즐겨 찾던 적전강 해수욕장에서의 불길한 체험을 회상하고 있다. 무당이 굿거리로 사용하고 버린 닭을 먹고 친구가 익사한 적전강은 신앙심이 돈독했던 노년의 구상마저도 그 깊이를 알 수 없는 삶의 심연 속으로 빠져들게 한다.

4. 결론

　1946년 등단할 때부터 2004년 타계할 때까지 구상은 무려 60여 년 간 시작 활동을 해온 시인이다. 그의 시에 대한 본격적인 연구는 1980년대에 이르러서야 시작되었다. 그럼에도 불구하고 최근까지도 구상 시에 대한 연구는 그다지 활발하게 이루어지지 못했다. 그리고 그동안의 연구도 대체로 1960년대 이전 구상이 역사와 현실에 대한 참여에 치중하던 시기에 정향되어 있을 뿐, 그의 시세계에 대한 면밀하고 총체적인 관심으로 나아가지 못하고 있다.

　이 글에서는 이와 같은 상황을 염두에 두면서 구상 시의 본령이 펼쳐진 것으로 판단된 1960년대 이후 구상의 시세계를 조명해 보았다. 지금껏 그다지 주목받지 못한 그의 시론과 연작시를 중심으로 구상 시의 본질과 전개 과정을 살펴보고자 하였다. 시론에 대한 규명을 통해서 우리는 구상이 독특한 언어관과 현실관을 가진 시인이었다는 사실을 확인할 수 있었다. 그리고 1960년대 이후의 시작 활동도 그와 같은 관점과 면밀한 연관 속에서 진행되어온 것임을 확인할 수 있었다.

　구상은 한국 현대시가 갖추지 못한 존재론적 혹은 형이상학적 깊이를 다지기 위해 노력해온 시인이다. 한 평생 이와 같은 약점을 보완하고자 노력해온 점을 고려할 때, 구상 시의 시적 성취에 대한 경시나 관심의 부족은 새삼 반성을 요한다. 이 글에서는 이와 같은 문제의식 하에 구상의 시론과 시를 검토해 보았다. 그럼에도 불구하고 구상 시의 넓이와 깊이에 대해 온전히 조명했다고는 할 수 없을 것이다. 구상 시에 대한 연구는 앞으로 다양한 관점에서 진지하고 활발하게 진행되어야 할 새로운 과제이기 때문이다.

문화론의 시각에서 본 문학과 영화

11장. 고정희 초기시의 민중신학적 인식

1. 서론

  고정희는 1980년대에 활발한 시작 활동을 벌인 시인이다. 1975년 박남수의 추천으로 『현대시학』에 등단한 그는 본격적으로 창작에 매진한 1977년경부터 1991년 사망할 때까지 총 11권의 시집을 남겼다. 첫 시집인 『누가 홀로 술틀을 밟고 가는가』에서부터 유고시집 『모든 사라지는 것들은 여백을 남긴다』에 이르는 그의 시세계를 일별해 보면 그의 시야말로 1970-80년대 한국사회의 정신적 모색을 증언하는 시대의 증언록이라고 지칭할만한 성격을 드러낸다. 기독교 사회운동가에서 여성운동가로 부단히 자기 진화를 이루어 간 그의 삶은 시 창작 활동에 지대한 영향을 미친 것으로 보인다. 흔히 『또 하나의 문화』 동인과의 결합을 고정희 시의 여성주의적 진화를 이끈 중요한 사건으로 평가하고는 하지만 기존의 기독교 사회운동이 내포한 한계의 극복이라는 차원에서 바라본 이와 같은 평가는 고정희가 짧은 생애의 후기에 주력했던 여성주의 시를 시세계의 중심에 놓고 바라본 결과인 측면이 짙다.

고정희 사후 지금까지 나온 연구 결과들 상당수는 이처럼 그의 시를 한국 현대 여성주의 시의 고정점으로 평가하려는 의지를 드러내고 있다. "페미니스트로 정의할 수 있는 소수의 한국 여성 시인들 중에서도 가장 앞서 나간 선구적인 시인"이라는 이소희의 관점은 고정희 시 연구자들이 공유하고 있는 기본적인 관점이다.[1] 이러한 관점은 고정희 시를 여성주의적으로 전유하려는 1990년대적 상황의 결과라고 할 수 있다. 고정희 시에 대한 연구 성과들을 살펴보면 상당수는 이와 같은 관심으로 시종일관하고 있다. 그리하여 기존 연구들에서는 주로 여성주의적 전화 이후에 발표된 시집들을 연구 대상으로 하는 편향성을 노출하고 있다.[2] 그리고 이들 연구는 하나같이 여성주의적 전화를 거친 이후의 고정희 시에 기존의 기독교적 세계관이 완전히 탈각된 것처럼 이해하도록 만드는 오류를 범하고 있다. 이러한 평가는 그간의 고정희 시에 대한 평가를 또 하나의 문화 동인이 주도했다는 사실과 무관하지 않을 것이다. 여성주의적 세계관을 정점에 놓고 볼 때 기존의 세계관은 결여태로, 그러한 결여를 메운 여성주의는 발전태로 평가될 수 있기 때문이다.[3] 고정희 역시 『또 하나의 문화』 동인들의 이와 같은 가치

---

1 이소희, 「엘리자베스 바렛 브라우닝과 고정희 비교 연구」, 『영어영문학21』 19/2, 21세기영어영문학회, 2006, 126쪽.

2 고정희 시집들 중 가장 많이 거론된 시집은 『여성해방출사표』로 김두한(「여성', 그 왜곡된 기호에 대한 시적 저항」, 『여성문제연구』 20, 대구가톨릭대학교 사회과학연구소, 1992)의 논의 이후 이 시집은 고정희 시의 여성주의를 가장 뚜렷하게 보여주는 것으로 평가되고 있다. 이대우는 이 시집을 중심으로 논의한 글에서 문학사적 미학적 기여가 가장 선명한 영역에서 한 시인을 평가해야 한다는 주장을 펼치고 있다. 그러나 이와 같은 주장은 고정희 시를 특정한 관점에서 선별/배제하는 한계를 가지게 된다. 이대우, 「도발의 언어, 주술의 언어」, 『문예미학』 11, 문예미학회, 2005, 99쪽.

3 박죽심은 고정희 시를 탈식민주의적 관점에서 평가하면서 기독교적 세계관을 극복하고 전통과의 접목을 시도한 것을 긍정적으로 평가하고 있다. 고정희가 무교적 세계관과 양식을 광범위하게 수용한 것은 서구적인 것의 주체적 지양이라는 측면에서 긍정적 평가

관으로 인해 부단히 고민한 것은 사실이다. 그러나 그는 전적으로 이를 수용하지는 않았다. 그에게 있어 여성 혹은 여성주의라는 범주나 세계관은 비교적 후기에 등장한 새로운 것으로 기존의 기독교 혹은 민중, 민족과 같은 범주나 세계관을 대체하는 것이 아니다. 오히려 고정희에게 있어 여성은 기존의 자기 세계가 가진 한계를 보완하여 구체화하는 계기를 수용한 경향이 강하다. 그리고 여성 이전의 범주라고 할 민중이나 민족같은 범주 역시 기독교라는 보다 근원적 범주에서 파생한 범주이다.[4]

기독교적 세계 인식은 노창선의 지적처럼 고정희에게 있어 시의 출발이자 귀결이라고 할 것이다.[5] 고정희에게 있어 기독교는 1970년대 이후 자기진화를 거듭한 한국 개신교의 자기부정의 역사인 민중신학, 여성신학[6]에 침윤된 것이다. 이와 같은 사정을 염두에 두지 않고서는 고정희 시가 비슷한 시기에 나온 종교시나 민중시, 여성주의 시와 다른 양상을 보이는지를 제대로 파악할 수 없다.

가 가능하지만, 박죽심의 논의에는 고정희 시에서 '기독교적 세계관이 가진 한계'가 무엇을 지칭하는지 구체적인 언급은 보이지 않는다. 박죽심, 「고정희 시의 탈식민성 연구」, 『어문논집』 31, 중앙어문학회, 2003.12, 238쪽.

4 고정희 시 전체를 기독교적 상상력이 관류하고 있음을 김영미는 아래와 같이 지적하고 있다. "이 종교적 색채는 시 전체를 관류하는 상상력의 핵이며, 고정희 시의 본원적 성격을 드러내는 것이다. 그가 노래하는 모든 장면들에서는 신의 체취가 강하게 느껴진다." 김영미, 「신의 저편: 고정희론」, 이화현대시연구회 편, 『행복한 시인의 사회』, 소명출판, 2004, 106쪽.

5 노창선, 「고정희의 초기 시 연구」, 『인문학지』 20, 충북대학교 인문학연구소, 2000, 67쪽.

6 한국의 여성신학은 1970년대 민중신학의 자장 하에서 형성되어온 신학계의 여성주의적 흐름으로서 교회의 성차별주의적 관행과 성서의 가부장제적 해석에 반대하면서 기독교의 민주화를 주요한 과제로 설정하였다가 광주민주화운동의 충격 속에서 민중으로서의 여성의 삶에 적극적으로 관심을 가지면서 민중여성의 보다 나은 삶에의 동참을 과제로 설정하게 되었다. 장 상, 『말씀과 함께하는 여성』, 이화여자대학교 출판부, 2005, 46-50쪽 참고. 이렇게 볼 때 고정희의 후기시를 단순히 페미니즘의 영향이나 또 하나의 문화 동인과의 만남이라는 측면에서 고찰하는 것은 일면적일 수 있다.

이 글에서는 이와 같은 문제의식 하에서 그간 고정희 시에 대한 연구에서 무시 혹은 경시된 기독교적 세계관7 특히 민중신학적 세계관이 그의 초기시에서 어떻게 드러나고 있는가를 살펴보고자 한다. 그동안 이런 측면에서 그의 시를 조명한 연구가 없었던 것은 아니지만 고정희의 삶과 문학이 배경이 된 민중신학이라는 측면에서의 조명이 전무했다는 사실을 고려할 때, 이와 같은 측면에서의 조명이 필요한 시점이 되었다고 하겠다.

2. 민중신학 체험과 어둠의 인식

　1970년대 한국 기독교계는 기존의 보수적인 면모를 일신하고 기독교를 한국 사회 현실과 보다 밀착시키려는 경향을 보여 주었다. 이러한 변화는 1970년대 들어 보다 강화된 박정희 정권의 억압적 통치체제에 기인한 것이다. 자유와 민주, 평등이라는 일반민주주의적 가치가 심각하게 위협받고 있는 상황에서 기독교 일부에서는 성서의 교리나 상황을 민중적 관점에서 재해석하여, 예수의 해방이나 구원을 현실에서 이룩하는 것을 기독교인의 사명으로 삼는 이른바 해방신학적, 민중신학적 관점과 실천이 대두하게 되었다.

　새로운 신학적 관심을 가장 적극적으로 수용한 쪽은 기독교장로회

---

7 유성호는 '기독교 정신'의 문학적 구현이라는 측면에서 고정희 시를 기독교문학적 측면에서 고찰한 바 있다. 그에 의하면 '기독교 정신'이란 신과 인간, 인간과 인간, 인간과 자연의 문제에 대한 바람직한 인식과 비전을 창출하는 데서 얻어지는 것으로, 이러한 정신에 근거한 기독교문학의 성격을 누구보다도 치열하게 구현해낸 시인으로 고정희를 평가하고 있다. 유성호, 「고정희 시에 나타난 종교의식과 현실인식」, 『한국문예비평연구』 1, 한국문예비평학회, 1997, 77쪽.

계통의 김재준, 문익환, 안병무, 서남동 같은 이들이었다. 영혼 구원에 주력한 예수교장로회와는 달리 이들은 사회 구원에 보다 적극적이었다.[8] 특히 한국의 민중신학을 한국의 민중 전통과 성서 및 교회사의 민중 전통의 합류라고 본 서남동은 기독교 메시지의 핵심을 인간 해방으로 파악하고, 한국에서의 민중 해방은 하느님의 뜻인 인간 해방이 한국에서 전개되는 방식이자 그 내용이라고 주장하였다.[9] 이런 주장은 서남동을 비롯한 1970년대 민중신학자들이 공유하고 있는 관점이었다. 이들과 연관을 가진 한국신학대학은 기독교인들에게 가장 첨예한 문제의식을 전수한 진보신학계의 산실같은 곳이었다. 이와 같은 상황과 조건 하에서 고정희는 신학 수업을 받게 된 것이다.

고정희의 한국신학대학 수학 당시는 박정희의 유신독재가 가장 극악한 상황에 치닫고 있었던 시절로 그에 대응하여 진보신학계의 민족, 민중, 민주 운동도 가장 치열하게 벌어졌던 때이다. 그러나 그 당시까지만 해도 고정희의 시는 진보신학계의 현실참여운동과 강력하게 밀착되어 있지는 못했다. 그에게 있어 신학대학 체험은 신학도로서 느끼게 마련인 실존과 상황 간의 첨예한 갈등을 인식하는 수준에 머물러 있었다. 그런 그에게 있어 1980년 광주민주화운동은 결정적인 각성의 계기를 마련해 준 것으로 보인다. 1980년 이후 발표된 시에서 기독교는 그가 희구한 민주적 공동체 형성의 길과 민중에 대한 사랑의 시를 완성하는 근원적 지평으로 확고하게 자리 잡고 있음을 알 수 있다.[10]

8 정종기, 「고정희 시 연구」, 한국교원대학교 교육대학원 석사학위논문, 2005, 53쪽.

9 장상철, 「1970~80년대 민주화운동과 '민중'담론」, 『상징에서 동원으로』, 이학사, 2007, 37-41쪽.

10 1985년 고정희가 편집한 기독교시 앤솔러지의 서문을 통해 우리는 고정희가 민중신학적 세계관에 확고하게 뿌리박고 있음을 확인할 수 있다. 그는 이 서문에서 한국 기독교 신앙과 예술의 한계를 비판하고 참된 민주적 공동체의 형성을 위해 예수의 사랑을 실천

이 시기에 창작된 시에 자주 드러나는 것은 수유리로 상징되는 현실적 상황과 이에서 빚어지는 정신적 갈등이다.

> 자느냐 자느냐 자느냐
> 떠다니는 혼들은 다 날아와
> 대학시절 수유리 숲정이 흔들 때
> 징그러운 바람소리 수유리에 매달려
> 자느냐 자느냐 자느냐
> 고기비늘처럼 빛나는 야심을 흔들 때
> 조금씩 깊은 잠들 귀막고 돌아 누워
> 불덩이 하나씩 따뜻한 젊음,
> 불끈 쥔 두 주먹에 음악도 뽑히고
> 자느냐 자느냐 자느냐
> 유리창 부서지고 램프불 꺼지고
> 자느냐 자느냐 자느냐
> 긴밤 굳게 잡은 단꿈도 엎어지고
> 숲이란 숲은 함께 울부짖으며
> 세차게 세차게 서로 목 부빌 때
>
> (……)
>
> 갈갈이 찢기는 우리 실존 그러안고
> 뉘 모를 곳으로 떠나간 사람들
> 쨍끄렁 쨍그렁 요령이 되어
> 새벽 이슬 마시며 떠나간 사람들
> 한밤에 가만히 다녀갔구나
> 가뭄들린 대학 숲에 흥건한 눈물   「수유리의 바람」 부분[11]

할 것을 주장하고 있다. 고정희 편, 『예수와 민중과 사랑 그리고 시』, 기민사, 1985, 7-10 쪽 참고.
11 『실락원기행』, 인문당, 1981, 33쪽.

「수유리의 바람」은 젊은 신학도로서의 정신적 고뇌를 보여주는 작품이다. 이 시에서 수유리는 고정희가 다니던 한국신학대학이 위치한 공간이자 4·19혁명으로 상징되는 민주열사가 묻힌 곳이다. 그의 시에서 수유리는 신학도로서의 위치와 역사적 상황이 중첩된 공간이다. 수유리 숲을 뒤흔드는 바람은 시적 화자로 하여금 자신의 실존적 위치를 자성케 하는 윤리적 타자로서 드러난다. 바람은 '떠다니는 혼들'을 동반하는 양상을 보이는데, 그 혼들은 시적 화자를 끊임없이 깨어 있게 만드는 실존적 고통을 안겨준다. '자느냐 자느냐 자느냐'라는 어구는 4·19혁명과 연관된 '혼들'의 목소리이다. 바람이 불 때마다 들리는 그 목소리는 상징적 질서 속에 자신의 위치를 뚜렷이 부여받지 못한 억압받고 배제된 타자의 것과 같은 인상을 심어준다. '새벽 이슬 마시며 떠나간 사람들'은 역사적 사건 속에서 죽어간 민중을 상징하는 존재들로서 시적 화자에게 윤리적 고통을 가하는 존재들이다. 그들이 내는 '쨍그렁 쨍그렁 요령'은 소리화된 타자의 상징이다. 시적 화자에게 그 바람 소리와 요령 소리가 '징그러운' 느낌을 주는 것은 그 '소리'가 시적 화자에게 정신적 분열과 윤리적 고통을 안겨주는 존재이기 때문이다.

다른 한편으로 그 목소리는 그 준열함을 고려할 때, 수유리의 또 다른 의미인 하나님의 질타와 같은 인상도 심어준다. 시적 화자는 그런 징그러운 바람소리를 거부하기 위해 '귀막고 돌아 누워'보기도 하지만 그럴수록 시적 화자의 고통은 더욱 커진다. '고기비늘처럼 빛나는 야심'과 '음악'을 지니고 있는 시적 화자의 세계는 파괴된다. 시적 화자의 단꿈을 보장하는 '유리창'은 깨지고 '램프불'은 꺼진다. 악몽같은 '긴밤'을 견뎌내기 위한 시적 화자의 '단꿈'도 부정된다. 바람 소리와의 지난한 싸움의 시간인 '긴밤'은 수유리라는 특정한 상징 공간을 배회하는 역사 속의 타자를 기억해야 하는 시적 화자의 윤리적 고통으로 비유된 시적 화자의 실존적 고통을 명징하게 보여준다. 시적 화자는 자기가 처한 위치인 대학의 '가뭄'을 적시는 '눈물'을 통해 윤리적인 자기쇄신의 고통을 감내하고 있다.

「수유리의 바람」은 고정희 초기시가 안고 있는 실존적 고통의 정체가 상징적인 차원에서 잘 드러난 작품이라고 할 수 있다. 역사적 부채의식과 종교적 구도의 욕망과 현실적 삶 사이에서 갈등을 겪고 있는 시적 화자의 모습은 아직까지는 뚜렷한 방향성을 보여주는 것은 아니다. 이와 같은 고민의 양상이 좀 더 명확하게 드러난 작품이 「기」이다.

> 1
> 우리들은 그날도 예배실에 모였다
> 백발이 성성한 노스승은
> 옆광 번쩍이는 면도날을 들더니
> 우리들 교기를 깊숙이 찔렀다
> 죽음처럼 조용한 눈과 눈에서
> 무형의 피흘리며 펄럭이는 기,
> 무모하게 쩔룩이는 우리들 넋 위로
> 유난히 빨갛게 빛나던 십자가
>
> 가끔 우리는 예배실로 들어갔다
> 어둠에 젖어 있는 우리들의 기를 바라보며
> 聖痕처럼 확실한 우리들의 상처를 쓰다듬으며
> 전신의 아픔으로 목놓아 울었다.
>
> 2
> 석탄불에 따뜻한 차가 끓는 밤이면
> 바람은 조금씩 우리를 죽이러 오고
> 날카로운 비수 같은 것에는 움쩍도 않는

그 겨울 바람이 무서워
우리는 제각기 집으로 돌아갔다
우리들이 분홍빛 살을 사랑하는 동안
노스승은 순례의 길에 오르고
저승의 장승처럼 붙박힌 기
그 아래 쓰러지는 젊음만 부끄러
부끄러워 하냥 풀릴 길 없는 봄
제단 위의 촛불만 저혼자 봄을 사뤄
천리 밖 어둠을 마시고 있었다.   「기」 전문12

「기」는 한국신학대학 체험을 바탕으로 한 시이다. 이 시를 통해서
1970년대 후반 신학대학의 풍경13과 더불어 신학도의 길을 걷는 고정
희의 내면 풍경을 엿볼 수 있다. 이 시 역시 「수유리의 바람」처럼 시적
화자의 윤리적 각성과 자기쇄신의 고통을 다루고 있다. 1에서는 특정
한 어느 날 예배실에서 벌어진 사건과 그 여파를, 2에서는 1과 어느
정도 거리를 둔 시점에서 반복되는 '우리'들의 일상 풍경을 묘사하고
있다. 학생들이 모인 예배실에서 '노스승'이 면도날로 교기를 찢어버린
사건은 시적 화자에게 상당한 충격을 준 것으로 보인다. 면도날이 기
를 찢을 때 시적 화자는 그 기가 '무형의 피'를 흘리는 것같은 착각을
느끼는데, 피흘리는 기는 십자가에 못박힌 예수의 이미지를 연상시킨

---

12 『실락원기행』, 인문당, 1981, 37쪽.
13 민중신학자 안병무 평전의 저자인 김명수에 의하면, 이 시에 묘사된 사건은 1970년대
   초 반정부 운동에 가담한 학생들을 제적시키라는 박정희 정권의 협박에 대한 항의 표시
   로 당시 한국신학대학 학장이었던 김정준이 예배 설교 중 교기를 면도칼로 찢은 사건이
   다. 예배 후에는 안병무의 제안으로 교수와 학생들이 삭발을 감행했고, 40일 동안 촛불
   기도회를 열었다고 한다. 이 사건은 1973년 11월 직후에 있었던 것으로 보인다. 그런데
   고정희가 한국신학대학에 입학한 때가 1975년이라는 사실을 감안하면, '교기 절단 사건'
   은 고정희의 자기 체험을 그린 것이 아니라 학교에 내려오는 일화를 작품화했을 가능성
   이 짙다. 다만 고정희가 다른 작품에서 묘사한 촛불기도회는 예배 순서가 작품 속에 구
   체적으로 제시된 것으로 보아 실제 체험인 것으로 보인다. '교기 절단 사건'에 대해서는
   김명수, 『안병무』, 살림출판사, 2006, 52-53쪽 참조.

다. '유난히 빨갛게 빛나던 십자가'는 '우리들의 상처'와 동일시된다. 찢어진 기를 감싸고 있는 '어둠'은 세계의 밤과 같은 시대의 고통을 상징한다. 그 어둠의 시간은 시적 화자로 하여금 '겨울 바람'이 '날카로운 비수'같은 '밤'의 상황을 되풀이하도록 한다. 고통스러운 상황과 직면하기가 두려운 시적 화자는 그 밤을 피해 집으로 돌아가 '분홍빛 살'이 상징하는 일상적 쾌락을 쫓지만 그에게 남는 것은 부끄러움이다. 면도날로 교기를 찢은 '노스승'은 '순례의 길'이 암시하는 민중 구원의 세계로 나섰기 때문이다. 스승이 떠난 빈 예배당의 촛불만이 '천리 밖 어둠'을 밝히기 위해 희생을 치르고 있다.

3. 실존적 고통과 상징적 죽음

이처럼 고정희 초기시에 자주 등장하는 밤의 어둠과 바람은 종교와 현실 간의 갈등 상황을 암시하는 중요한 이미지로 기능한다. 시적 화자는 대체로 그 밤의 어둠에서 도피하고자 하는 욕망과 그것을 정직하게 수용하고자 하는 욕망 사이에서 길항하는 양상을 보이는데, 궁극적으로는 그러한 갈등 상황으로부터 어떠한 화해를 이끌어내지 못한 채 윤리적 고통에 침잠할 수밖에 없다. 고정희 초기시의 이런 양상을 나희덕은 '어둠을 어둠으로서 끌어안으려는 실존적 몸부림'이라고 언급한 바 있다.[14] 『실락원기행』에 수록된 시들은 대체로 이와 같은 윤리적 고통을 상징적으로 드러내는 시들이 주류를 이루고 있다. 「실락원기행2」는 신학도 고정희가 안고 있던 기독교적 낙원 회복의 꿈이 현실

14 나희덕, 「시대의 염의(殮衣)를 마름질하는 손」, 『창작과비평』 112, 2001년 여름, 315쪽.

에서는 이룩될 수 없음을 보여주고 있다.

> 낙원으로 들어가는 문은 굳게 잠기고
> 어둠 속에 떠도는 하나님의 불칼 아래
> 독묻은 열쇠 하나 빛나고 있었지
> 외로울 때 만지고 말
> 독 묻은 열쇠 하나
> 수천 년 낙원 밖에 기다리고 있었지.　　　　「실락원기행2」 부분[15]

이 시에서 낙원은 시적 화자의 영역 '수천 년' 밖에 놓여 있고, 그곳으로 들어가는 문은 굳게 잠겨 있다. 그 문을 열 수 있는 열쇠에는 '독'이 묻어 있다. 이와 같은 상황 설정은 낙원 회복의 극단적 불가능성을 표현하기 위한 설정이라고 할 수 있다. 그 열쇠마저도 기독교적 심판을 상징하는 '하나님의 불칼' 아래에 놓여 있다. 시적 화자가 만약 그 열쇠를 만진다면 '하나님의 불칼'로 심판을 받을 것이다. 이 시에서 주목할 것은 '하나님의 불칼'이 어둠 속을 떠돈다는 설정이다. 「수유리의 바람」에서 어둠 속을 떠다니는 존재들이 역사적 사건 속의 죽은 자들이었다는 점을 상기할 때, 밤의 어둠을 지배하는 것은 역사적 사건 속의 죽은 자들이자 하나님이라고 할 수 있다. 따라서 고정희 초기시에서 자주 등장하는 어둠의 정체, 그런 상황으로부터 시적 화자가 겪는 고통의 정체는 보다 명확하게 드러난다. 그것은 다름이 아니라 현실적 상황과 종교적 교리 혹은 실천의 분리에 기인한 시적 화자의 정신적, 윤리적 고통인 것이다. 그러한 윤리적 고통이 극단화될 때 시에서 시적 화자는 상징적 죽음의 위치에 놓인다.

---

15 『실락원기행』, 인문당, 1981, 64-65쪽.

어둠과 나란히 돌아와
문에 굳게 잠긴 열쇠를 끄를 때
문틈에 꽂힌 하얀 봉투가
저승에서 부쳐온 喪章임을 알았다
깊은 밤 내 남은 삶에
검은 리본을 꽂고
喪章에서 떨어지는 주검을 쓸어모아
수년째 잠든 죽지 못박고 있을 때
밖을 적시는 게 비인 것을 알았다.   「예수전상서1」 부분16

「예수전상서1」에서도 현실적 상황에 기인한 '어둠'의 이미지가 지배적 정조를 부여한다. 이 시에도 「실락원기행2」에서처럼 '문'과 '열쇠'의 이미지가 등장한다. 그러나 「실락원기행2」에서와는 사뭇 다른 의미를 띤다. 「실락원기행2」에서 '문'과 '열쇠'가 낙원 회복의 꿈과 연관된 것이라면, 이 시에서의 그것들을 '어둠'과 '낙원'이라는 대립적 양상 모두로부터 거리를 둔 시적 화자의 자폐적 내면 공간이다. 그것은 윤리적 갈등으로부터의 거리두기의 시도라고 할 것이다. 상징 질서를 거부하는 시적 화자에게 남는 것은 상징적 죽음에의 유혹이다. '문틈에 꽂힌 하얀 봉투'의 상징적 의미는 여기에서 명확해진다. 그러나 '저승에서 부쳐온 상장'을 인식한 이후의 시적 화자의 삶은 '검은 리본'이 암시하는 살아있는 죽음의 상태에 지나지 않는다. 그 '상장'은 시적 화자 갈등으로부터의 거리두기가 초래한 결과이지만 오히려 그로 인해 시적 화자의 자폐적 거리두기는 실패한다. 그 실패는 현실적 상황을 내면 공간으로부터 완전히 격절시키지 못한 데서 비롯되는 것이다. 인용 부분 마지막 행에서 시적 화자가 '밖'의 상황에 자신을 열어놓고 있음이 그

16 『실락원기행』, 인문당, 1981, 68쪽.

증거이다.

위에서 살펴본 것처럼 고정희의 초기시는 구원받거나 위무될 수 없는, 즉 상징적 질서로 편입될 수 없는 정신적 외상을 담론화하는 경우가 종종 있다. 그와 같은 정신적 외상은 이미 죽었지만 완전히 죽지 못한 혼들이 시의 세계 속으로 지속적으로 개입해 들어오는 양상으로 펼쳐진다. 슬라보예 지젝의 표현을 빌자면, 고정희 시의 화자는 정신적 외상을 넘어서 종교적 구원이나 해방을 욕망하지만 그가 확인하는 것은 종교적 구원이나 해방이 불가능하다는 사실이다.[17] 이렇게 볼 때, 고정희 초기시의 담론 세계를 떠받치는 '살아 있는 죽음'으로서의 정신적 외상에 대해서는 좀 더 치밀한 고찰이 필요해 보인다.

알레고리적인 구성으로 이루어진 「우리들의 순장」은 다른 시들에 비해 한층 더 현실적 상황에 밀착된 방식으로 시적 화자의 상징적 죽음을 드러내고 있다. 가상의 유명 인사의 장례식 진행 과정을 묘사하는 6편의 시로 구성된 「우리들의 순장」은 서정시의 고유한 시적 화자인 1인칭 주체가 거의 등장하지 않는 일종의 서술시라고 할 것이다.[18] 이 시는 시적 화자가 폐하라는 가상적 인물에게 장례식 과정을 전달하는 형식을 취하고 있다.

> 어느 때보다 제 눈빛은 맑았다고 생각됩니다
> 저는 천천히 관 속을 응시했습니다
> "천고지붕 당했으니
> 하사말씀 가이없나이다"

---

17 슬라보예 지젝 저, 김재영 역, 『무너지기 쉬운 절대성』, 인간사랑, 2004, 144-145쪽.

18 이 시의 내용에 특정한 일시가 명기되어 있는 것으로 보아서는 현실의 실제 사건을 모델로 삼은 것같은 인상을 주지만 기본적으로 이 시는 시인의 가상적 구성으로 보는 것이 적절할 것이다.

바로 그때였습니다
직사각의 칠성판에 누워 있는 건
고인의 시체가 아니라
은빛으로 번쩍이는 '거울'이었습니다
그 거울 속에 누워 있는 건
다름아닌 소생의 상반신이었던 것입니다.
그때 소생은 죽었습니다.

(……)

'흑'과 '백'의 깃발만이
두 줄기 길을 가리키는
무등산 중봉 허리에서 우리는
너나없이 칠성판에 누워버렸습니다.

오오 그것은 우리들의 장례
우리들의 거울葬이었습니다.   「우리들의 순장」 부분[19]

　　인용 부분은 「우리들의 순장」 중 '5. 칠성판의 고인은 바로 소생이로
소이다'의 일부로, 이 시가 내포하고 있는 상징적 의도를 확연하게 드
러내는 부분이다. 여기서는 고인과 마지막 인사를 하다가 시적 화자가
기절하는 사건이 발생하는데, 그 정황을 설명하고 있다. 시적 화자가
고인의 관에서 발견한 것은 '거울'이었다. 고인의 시체가 있을 자리에
'거울'이 놓여 있었다는 정황은 무엇인가를 의도한 설정이라고 할 수
있다. '거울'에서 마주친 것은 시적 화자의 상반신으로, 정신분석학적
측면에서 보면 거울 속의 상반신은 주체의 분신과 같은 존재이다. 그
와 같은 맥락에서 보면 죽음을 상징하는 관 속에 비친 시적 화자의 모

19 『초혼제』, 창작과비평사, 1983, 18-21쪽.

습은 살아 있는 죽음의 상태에 놓여 있는 주체의 상징적 죽음을 의미
하는 것이다.

이 시에서 드러나는 죽음은 그것이 특정한 역사적 상황과 긴밀한 연
관성을 갖는다는 측면에서 여타의 시들에 비해 보다 정치적이다. 시적
화자가 동행한 장지가 '무등산 중봉 허리'로 설정되어 있다는 후속 설
명을 고려할 때 이 시가 1980년 광주라는 역사적 사건을 암시하고 있
음을 알 수 있다. 그리고 장지에서 벌어진 시적 화자의 죽음이라는 사
건이 비단 시적 화자 개인의 상황이 아니라 '우리'라는 집합적 주체의
상황으로 전이되는 양상까지 고려할 때, 이 시가 감싸고 있는 죽음은
이중적인 것이다. 역사적 사건 속의 죽음이 일차적 죽음이라면 그로
인한 집합적 주체의 죽음은 이차적 죽음이 된다.

4. 세계 비판과 정신적 고향에 대한 갈망

고정희 초기시에 역사적 수난과 고통에 동참하지 못하는 신학도로
서의 부끄러움과 절망이 주조를 이루고 있다는 사실은 위에서 살펴보
았다. 역사적 현실과 신앙 사이에 대립축을 형성하고 있던 긴장은 1980
년 광주민주화운동 이후 급격한 접점을 형성하게 된다. 그 이후 고정
희는 성서의 교리를 민중적 지향 속에서 해독함으로써 강력한 현실 비
판성을 지니게 된다. 그것은 일차적으로 종교의 사명을 다하지 못하고
타락한 현실 교회에 향하게 되고, 더 나아가서는 성서적 교리에서 어
긋나는 현실에 대한 질타로 이어진다.[20]

20 고정희 시의 현실 비판에서 두드러지는 한 가지 특징은 이러한 비판이 독실한 신앙인의

우리가 저 대지의 주인일 수 있을 때까지
재림하지 마소서
그리고 용서하소서
신도보다 잘사는 목회자를 용서하시고
사회보다 잘사는 교회를 용서하시고
제자보다 잘사는 학자를 용서하시고
독자보다 배부른 시인을 용서하시고
백성보다 살쪄 있는 지배자를 용서하소서   「야훼님전상서」 부분21

　이 시는 교회와 목회자를 포함한 이 시대의 지성인과 지배자를 향한
신랄한 비판을 보여주는 작품이다.22 이 시에 등장하는 '우리'는 집합적
주체로서 민중의 상징이다. 시적 화자는 민중이 '대지의 주인'이 되는
해방의 세상이 건설될 때까지는 하나님이 이 세상에 재림하시지 말기
를 기도한다. 그리고 목회자나 교회보다 못사는 신도와 사회가 존재하
는 세상에 대해 용서를 간구한다. 인용 부분은 부와 이익을 추구하면
서 타락화되어 가는 현실 기독교의 모순을 비판하고 있다. 민중의 고
통에 대해서는 무관심한 채 신앙을 통해서 부를 추구하여 날로 번창하
는 교회의 모습은 고정희가 추구하는 민중신학의 견지에서 봤을 때 대
단히 부정적인 현상이다. 경제나 부의 문제에는 초연한 것같으면서도
실질적으로는 가장 세속적인 모습을 드러내는 것이 교회이기 때문이
다. 앞에서 언급한 것처럼 한국 민중신학이 한국 민중의 한의 문제와

　기도나 그 기도를 수용하는 하나님의 예언과 같은 어투를 가지고 있다는 점이다. 특히
하나님의 예언을 닮은 위압적인 어투는 고정희의 시들이 전반적으로 내포하고 있는 윤
리성과 무관하지 않으며, 그가 지속적으로 주력했던 시의 풍자적 양식이 그 고유의 성취
를 획득하지 못하게 하는 원인이 된다. 풍자란 풍자의 대상보다 풍자의 주체가 낮은 위
치에 놓일 때 그 비판성과 해학성이 살아날 수 있기 때문이다.

21 『눈물꽃』, 실천문학사, 1986, 40쪽.
22 정영자, 『한국여성시인연구』, 평민사, 1996, 312쪽.

기독교 신학의 민중적 합류의 문제를 다룬다고 할 때 한국 민중신학에 있어 민중의 한의 근원인 가난의 문제에 대해서 어떤 해결책을 내놓지 않으면 안된다. 그럼에도 불구하고 가난의 문제에 적극적으로 대처하지 못할 때 기독교 신앙은 윤리적 도전을 피할 수 없다.[23] 그러나 그러한 윤리적 도전에 대한 실천으로 대두된 민중신학적 실천은 반기독교적인 것으로 비판받는 현실에 놓여 있었던 것이 사실이다. 여의도에서 개최된 부흥회 때 광장에 모여 있는 기독교인들의 모습을 묘사한 「눈물티슈」에서 고정희는 교회가 민중의 고통을 위무하는 민중의 교회가 되지 못하는 현실에 고통스러워한다. 그럼에도 불구하고 그는 자신의 시 창작 활동이 가지는 의의에 대해서 전적인 확신을 갖지 못한다.

> 한 나라의 자유를 위한 죽음은
> 선택이 아니라 복종이기에
> 간을 적셔 쓴 몇 줄의 시로는 나
> 구원받지 못하리라 예감하네   「프라하의 봄1」 부분[24]

그 제목에서부터 1980년대 초 한국 사회의 현실을 암시하는 「프라하의 봄」 연작 중 첫 번째 시에서 고정희의 시인으로서의 윤리적 자의식이 극명하게 드러난다. '자유를 위한 죽음'으로 표현된 순교가 '선택'이 아니라 '복종'이라는 사실을 잘 알고 있기 때문에 자신의 시가 자기 스스로도 구원할 수 없다는 사실을 인식한다.

이처럼 고정희 초기시는 시대적 상황에 대하여 직설적으로 맞서기보다는 기독교적 교리 인식에 바탕을 두고 현실의 부정성을 간접적으

---

23 김용복, 「하나님의 정치경제」, 『예수 · 민중 · 민족』, 한국신학연구소, 1993, 296-298쪽.
24 『눈물꽃』, 실천문학사, 1986, 57쪽.

로 비판하는 양상을 보이고 있다. 그와 더불어 그와 같은 비판의 주체
인 시인의 확신이나 결단력을 담지하지 못하고 있다. 대체로 시적 화
자는 현실의 부정성에 힘겹게 대응하고 있는 듯한 인상을 준다. 「야훼
님전상서」, 「눈물티슈」처럼 현실 교회의 모순을 강하게 비판하는 시
도 없지 않으나 대체로 고정희 초기시의 기본적 특질은 세계 지향적이
기보다는 자아 지향적이라고 할 수 있다.

「야훼님전상서」와 「프라하의 봄1」이 타락한 교회와 시인 자신에 대
한 신앙인으로서의 기도의 성격을 갖는 비판이라면 「이 시대의 아벨」
은 하나님의 가상화된 목소리를 빈 질타와 예언이라고 할 수 있다. 이
작품은 태풍의 내습이라는 서사 구조[25]와 카인과 아벨이라는 설화적
인물형을 바탕으로 하고 있다. 실제 태풍 이름이기도 한 '오그덴 10호'
는 고정희 시에서 자주 표현된 바람 이미지 중에서 가장 강력한 것이
다. 이 바람 이미지가 이 작품에서는 그 위력에 걸맞게 하나님의 분노
의 목소리로 등장하고 있다.

> 오그덴 10호는
> 몇 명의 수부들을 바다 속에 처넣고
> 벼락을 때리며 외쳤습니다.
> 오 아벨은 어디로 갔는가

---

[25] 이 작품은 김기림의 장시 「기상도」를 패러디한 작품이다. 주지하다시피 김기림의 「기상
도」는 문명비판의 목적을 가진 장시로 「이 시대의 아벨」에 비해서 상당히 규모가 큰 작
품이다. 그럼에도 불구하고 두 작품 모두 태풍의 내습을 주요 모티프로 하고 있다는 점
에 그 유사성이 있다. 「기상도」의 태풍이 1930년대 중반 식민지 조선에 영향을 미친 파
시즘적 세계 분위기를 표현한 것이라면, 「이 시대의 아벨」의 태풍은 성서적 교리에 따
른 하나님의 분노를 표현한 것이다. 이 작품에서 가장 눈에 띠는 것은 성경의 패러디이
지만, 이와 더불어 김기림의 「기상도」, 「춘향전」이 부분적으로 패러디되고 있다. 고정희
시가 기대고 있는 창작 자원을 서구적인 것에 제한하여 이해하는 관점이 지배적이지만
1980년대 이후 고정희 시가 보여주는 전통 양식에 대한 관심을 고려할 때, 「이 시대의
아벨」은 그와 같은 양식적 전환을 보여주는 중요한 사례가 될 것이다.

너희 안락한 처마밑에서
함께 살기 원하던 우리들의 아벨,
너희 따뜻한 난롯가에서
함께 몸을 비비던 아벨은 어디로 갔는가
너희 풍성한 산해진미 잔치상에서
주린 배 움켜 쥐던 우리들의 아벨
우물가에서 혹은 태평 성대 동구 밖에서
지친 등 추스르며 한숨짓던 아벨
어둠의 골짜기로 골짜기로 거슬러오르던
너희 아벨은 어디로 갔는가?

(……)

이제 침묵은 용서받지 못한다
돌들이 일어나 꽃씨를 뿌리고
바람들이 달려와 성벽을 허물리라
지진이 솟구쳐 빗장을 뽑으리라
바람부는 이 세상 어디서나
아벨의 울음은 잠들지 못하리   「이 시대의 아벨」 부분[26]

이 작품은 성경의 창세기에 등장하는 카인과 아벨의 설화 구조를 빌려 오고 있다. 성경 속의 카인과 아벨이 현실 상황에 맞게 맥락화하여, 카인을 안일과 부를 거머쥔 권력자로, 아벨을 카인의 압제와 가난으로 인해 내쫓긴 민중으로 성격화하고 있다.[27] 이 작품에서 아벨은 성경과는 달리 카인에 의해 내쫓겨 굶주리고 유랑하는 존재로 설정되고 있

---

26 『이 시대의 아벨』, 문학과지성사, 1983, 51-53쪽.
27 이 시에 등장하는 아벨을 광주민주화운동 당시 사망한 사람들에 대한 비유로 보는 견해
   도 있다. (송지현, 「불의 혼, 물의 시」, 『한국언어문학』 42, 한국언어문학회, 1999, 325
   쪽.) 카인과 아벨 설화에서와는 달리 이 시에서의 아벨이 유랑자로 그려져 있다는 점을
   고려할 때 이 시의 아벨은 폭넓은 의미에서 민중이라고 보는 편이 좋을 듯하다.

다. 이는 성경에 대한 패러디라고 할 수 있다. 하나님은 '너희'로 설정된 카인들에게 안일과 부를 위해 저지른 불의에 대한 책임을 묻고 있다. 이때 '너희'는 「야훼님전상서」에서 시적 화자가 비판하던 타락한 현실 교회를 비롯한 부와 권력을 쥔 자들이라고 할 수 있다. 「야훼님전상서」가 주로 부와 가난의 문제에 착목했다면, 「이 시대의 아벨」은 가난의 문제를 포함한 이 시대 민중의 총체적인 수난을 문제 삼고 있다. 그와 더불어 이 시는 부자와 권력자에 대한 일방적 비판에 그치지 않고, 그러한 수난을 목도하는 지식인적 민중의 비판적 각성을 촉구하는 데까지 나아간다. "이제 침묵은 용서받지 못한다"는 구절은 하나님의 가상적 목소리를 빈 시적 화자의 자기 다짐이자 지식인적 민중에 대한 동참의 호소라고 할 수 있다. 민중의 수난과 지식인적 민중의 침묵이 계속되는 한 '성벽'이 허물어지고 '지진'이 일어나 '빗장'을 뽑는 '바람'은 그치지 않을 것임을 암시한다.[28]

고정희는 고등학교 졸업 후 본격적인 사회 활동을 위해 고향인 전남 해남을 떠나서 타지에서 생활했다. 광주에서는 잡지 기자와 YWCA 프로그램부 간사로 활동을 했고, 한국신학대학에서 공부하기 위해 서울에 올라왔다. 그 후 시 수업을 위해 김춘수가 있던 대구에 잠시 내려갔다가 서울에 올라 와서는 가정법률상담소 출판부에서 일했다. 모교가 있던 수유리를 벗어나 말년에는 안산에 둥지를 틀고 각종 활동에 매진했다. 광주와 수유리가 역사와 현실, 종교의 갈등을 주는 정신적 외상의 공간이었다면 안산은 말년의 그에게 어느 정도 안식과 사색의 공간이었다고 할 수 있다. 그럼에도 불구하고 고정희는 그의 시를 통해서

---

28 「수유리의 바람」에서처럼 이 시에서도 바람의 이미지는 죽거나 내쫓긴 자의 울음을 동반하는 이미지로, 민중의 수난에 대한 침묵을 부정하는 윤리적 각성을 이끌어내는 주요한 이미지로 기능하고 있다.

끊임없이 고향 해남에 대한 그리움을 토로하고 있다.

> 길 하나만 꺾어져
> 산 하나를 넘으면
> 우리 그리운 고향에 닿기도 하련만
> 이 길 하나를 꺾어돌아
> 저 산 하나를 넘지 못하는 우린
> 우리가 재촉한 운명이 당도하는 날
> 카키색 아득한 모래바람 속
> 모래벌판에 성터를 잡고
> 대리석 무덤이나 지키다 스러지리
> 　　　　「디아스포라-그대 언제 고향에 가려나」 전문[29]

　어떻게 보면 시인이 자신의 고향에 대해 가지게 마련인 향수의 감정이라고 규정할 여지도 있을 것이다. 향수가 유년기적 시공간으로의 회귀를 통한 정서적 통일성을 꾀하는 심리적 지향이라고 할 때, 일평생을 고향을 떠나 타지에서 생활한 시인에게 있어 향수는 불가피한 것일 것이다. 그러나 고정희의 시는 일반적인 향수의 시와는 다른 양상을 보인다. 그것은 고정희가 간직한 고향의 정체와 관련된 것이다.

　고정희에게 있어 일차적으로는 부모님이 계시는 해남이 고향이지만, 기독교인으로서의 그에게 있어 더욱 본질적이고 궁극적인 고향은 성서와 하나님의 나라인 것이다. 성서와 하나님의 나라는 민중신학도인 고정희에게는 민중이 가난과 억압에서 해방된 곳이다. 따라서 고정희 시에 등장하는 고향은 일차적으로 부모님이 계신 해남이지만, 그것과 겹쳐지는 보다 궁극적인 고향은 민중 해방의 나라라고 할 수 있다. 그의 시에 등장하는 고향은 부모님으로 상징되는 민중의 해방이 유예

---

29 『눈물꽃』, 실천문학사, 1986, 161쪽.

된 고통의 공간으로, 시적 화자는 고향의 시공간으로 들어가 정서적 안정감을 획득하지 못한 채, 오히려 극단화된 슬픔만을 안게 된다. 그 것은 한편으로 현실적 고향과의 절연을 의미하지만, 다른 한편으로 정 신적 고향과의 절연을 의미한다. 고정희는 이와 같은 정신적 고향과의 절연 상태를 '디아스포라'[30]라는 용어로 자주 표현하고 있다.

5. 결론

지금까지 고정희와 그의 시를 평가하는 관점은 대단히 일면적이었 다. 1990년대라는 시대의 특성상 1990년대는 그동안 한국문단에서 지 배적인 가치 범주로 인식되어온 민족과 민중이라는 범주가 재평가되 고 여성, 장애인, 성적 소수자나 환경, 생태와 같은 보다 섬세한 가치 범주가 도출되었다. 그 과정에서 고정희 시에 대한 평가도 여성이나 페미니즘 같은 가치 범주에서 평가되어 현재까지 그것이 고정희 시를 평가하는 불변의 가치 범주로 작용하고 있다. 1990년대 이후 제출된 각종 학위 논문이나 연구 논문의 제목이나 목차만 봐도 이런 사실은 명확히 드러난다. 그와 같은 견지에서 고정희는 1980년대 한국 현대 페미니즘 시의 선구자로서 평가되어왔다.

이 글에서는 그와 같은 가치 범주 하에서의 평가를 어느 정도 긍정 하면서도 그런 평가가 고정희 시에 대한 온당한 평가일 수 없다는 점

---

30 이 말은 고향땅에서 추방당한 사람들이라는 뜻을 가지고 있고, 성서와 유대 민족사에 그 기원을 두고 있다. 그 말은 고향 회복의 열망을 담은 것으로 최근 학계에서 탈식민주 의적 맥락에서 서구 자본주의 사회에 거주하는 제3세계인들을 가리키는 용어로 자주 사 용되고 있다.

을 확인하기 위한 목적을 가지고 작성되었다. 고정희의 창작 과정이나 정신적 배경을 고려할 때 고정희는 서구의 중산층 여성주의의 잣대로 평가할 수 없는 다양한 영향 관계와 맥락 속에서 정신적 고투를 벌여 왔다. 그는 기본적으로 전남 해남의 농민 가정이라는 출신 배경을 가지고 있고 5남 3녀 중 장녀라는 위치를 지니고 있었다. 그리고 그는 어린 시절부터 기독교를 신봉한 신앙인으로서 한국신학대학에서 민중신학의 영향을 받은 진보적 신학도였다. 그리고 1980년 광주의 역사적 사건을 침묵 속에서 지켜볼 수밖에 없었던 전라도 사람의 정체성을 끝내 부정하지 못했다.

고정희는 1980년대 『목요시』 동인이 되면서 민중적 지식인으로서의 글쓰기를 본격적으로 고민했다. 물론 1984년 『또 하나의 문화』 동인들과의 교류를 통해 민족, 민중, 기독교라는 가치 범주 안에 여성이라는 새로운 가치 범주를 포괄하는 정신적 변모를 겪기도 했다. 이 마지막 변화 이후 그는 전투적인 여성주의 시를 다수 창작했지만 이들 시마저 전적으로 서구적 여성주의의 수용에서 생산된 결과물이라고 보기는 어렵다. 그의 후기시를 떠받치고 있는 것은 대학 시절에 논리화된 민중신학적 논리 구조였다.

이 글에서는 고정희의 초기시를 중심으로 그동안 간과되어 온 고정희 시의 지배적인 원리로서의 민중신학적 측면을 조명하고자 하였다. 기존의 연구들이 고정희의 시세계는 단절의 측면에서 보고 후기의 페미니즘 시에 주목했다면, 단절의 측면보다는 연속의 측면에서 초기시의 세계를 주로 탐색하였다. 물론 연속의 논리가 설득력을 가지려면 후기시에 어떻게 민중신학적 측면이 내포되어 있는가를 살펴야 하겠는데, 이 작업은 차후의 과제로 미루고자 한다.

V 부

미디어와 네이션의 상호관계

12장. 아동 작문의 영화화와 한·일 문화 교섭

문화론의 시각에서 본 문학과 영화

12장. 아동 작문의 영화화와 한·일 문화 교섭

1. 서론

　1950년대 후반 한국영화는 제국주의적 억압과 전쟁의 상흔을 딛고 본격적으로 출발하였다. 한국영화도 흥행이 될 수 있다는 가능성을 발견하면서 영화 제작이 활기를 띠기 시작했다. 그러나 영화 제작이 활성화되는 데 있어서 가장 중요한 원천인 소재의 고갈이 영화계를 괴롭혔다.

　고전 스토리를 영화화하는 관행은 지속되었지만 여기에도 한계가 있었다. 당대 소설 작품을 원작으로 하는 것도 유용한 하나의 방법이었지만, 김내성金來成, 정비석鄭飛石 등 일부 소설가의 작품들을 제외하면 흥행성이 있는 것은 많지 않았다. 그래서 소재를 외부에서 찾을 수밖에 없었다. 이미 관객들에게 익숙한 미국영화에서 이야기 소재를 따오는 것은 가장 안전한 방법이긴 했지만, 모방 사실을 눈치 채지 못하거나 무작정 반길 만큼 그 당시 관객은 어수룩하지 않았다.

　이런 방식이 비판을 받자 일부 영화 제작자들은 아직 대중적으로 잘 알려져 있지 않은 일본영화에서 소재를 차용하거나 심지어는 베끼는 일도 있었다. 1950년대 후반 저널리즘에 일본영화의 표절 논란이 심심치 않게 일어난 것도 바로 이런 이유 때문이었다. 그 당시는 다른 나라와는 달리 일본영화의 표절이나 일본적 소재의 사용에 대해서 이승만 정권이 유독 엄격한 차별 정책을 고수하고 있던 때였다.[1] 그런데 이런 일들은 제작 자본 못지않게 중요한 오리지널 시나리오의 부족에서 빚어진 현상이었다. 전문 시나리오 작가 층이 엷었던 당시 일부 명망 있는 시나리오 작가마저도 제작 자본의 압박 속에서 표절 논란에 휩싸이게 되었다.

그 당시 관객에게 호소할 수 있는 이야기의 소재를 찾으려는 영화계의 노력은 다방면으로 펼쳐졌다. 이런 상황 속에서 두드러지는 사건이 있었다. 1950년대 후반 유능한 영화감독으로 주목받던 유현목兪賢穆에 의해 「구름은 흘러도1959」라는 작품이 영화화된 것이다. 이 영화가 시나리오 부족 현상과 관련해서 의미를 가지는 것은 영화 소재를 특이한 원천에서 찾았기 때문이다. 이 영화의 원작은 일본에서 출판되어 주목을 받은 재일교포 소녀 야스모토 스에코安本末子의 수기 『にあんちゃん이하 '니안짱'으로 약칭.』이었다. 『니안짱』은 순전히 한국적이지도 그렇다고 일본적이지도 않은, 그 경계선에 있는 이야기였다. 한·일 관계가 여전히 냉담했던 1950년대 후반 일본에서 식민지적 고통을 겪고 있던 한 교포 소녀의 고난에 찬 이 수기는 매우 시사적인 의미를 가지는 것이었다. 또 이 영화는 해방 후 한국영화사에서 아동영화[2]의 본격적

---

1 이봉범, 「1950년대 문화정책과 영화 검열」, 『한국문학연구』 37, 동국대학교 한국문학연구소, 2009.12, 417쪽.

2 이 글에서는 '아동영화'를 아동이 주인공으로 서사가 전개되는 영화 일반을 지칭하는 개념으로 사용한다. 이 경우 영화의 주요 관객은 성인이지만, 상황에 따라서는 아동도 포

인 출발을 알렸다는 점에서 영화사적 의의를 가지고 있다. 그런데 아동영화라는 맥락에서 볼 때 비록 식민지 시절이기는 하지만 이 영화가 최인규崔寅奎 감독의 「수업료1940」의 연장선상에 있다는 점에서 우리는 이 영화의 또 다른 영화사적 의의를 발견할 수 있다.

이 글은 영화 「구름을 흘러도」를 둘러싼 다양한 의미망을 아동 수기의 영화화라는 측면을 중심으로 조명하고자 한다. 아동 수기의 영화화라는 측면에서 이 영화는 1930년대 후반에 발표된 야마모토 카지로山本嘉次郎의 「철방교실綴方敎室, 1938」, 최인규의 「수업료」와 그리고 1960년대에 발표된 김수용金洙容의 「저 하늘에도 슬픔이1965」나 1970년대 후반의 「엄마 없는 하늘 아래1977-1978」 시리즈와 연결된다. 본론에서는 아동의 작문이 가진 교육사적 의미와 그 실천, 작문의 영화화의 전범으로서 「철방교실」, 「수업료」에 대해서 검토한 후, 「구름이 흘러도」의 영화화 과정을 따라가면서 영화사적 측면에서의 특징과 연속성을 검토하고자 한다.

2. 일제 강점기의 사례: 「수업료」

1) 아동영화 붐과 「철방교실」

최인규의 「수업료」는 한국영화사상 최초의 아동영화라고 할 수 있다.[3] 그리고 일본어를 자발적으로 영화에 도입한 첫 번째 사례이기도

함될 수 있다.

3 김려실, 『투사하는 제국 투영하는 식민지』, 삼인, 2006, 226쪽.

하다.4 1920년대 이 땅에서 영화 제작이 시작된 이래 「수업료」가 제작
되기까지 등장한 영화는 거의 대부분이 성인 관객을 대상으로 한 것이
었다. 1930년대 후반 영화 제작의 기업화를 촉구하는 목소리가 높아지
면서 조선영화계는 영화를 일정한 규모 이상의 산업으로 활성화하기
위해 다각도로 방안을 마련하였다. 그런데 조선영화는 영화 시장이 국
내로 한정됨으로 해서 수익률에 한계를 가질 수밖에 없었다. 조선영화
계는 영화 시장을 만주나 일본으로 확대함으로써 이와 같은 한계를 극
복하고자 하였는데, 일본 영화사와의 합작은 그런 노력의 일환이었다.
또, 조선영화계는 일본 영화의 트렌드를 파악하여 이를 영화 기획에
반영하려고 노력하였다. 영화 기획에 있어서는 조선 특유의 색깔, 즉
'로컬 컬러'를 강조하는 방향에 착목하였다. 1930년대 후반 일본에 진
출하여 상당한 반응을 이끌어낸 이규환李圭煥의 「나그네1937」는 이런
기획이 성공한 사례라고 할 수 있다. 그러나 이 영화는 그 당시 일본의
영화 트렌드와는 무관하게 기획되고 배급된 것이라는 점에서 일본의
관객들이 이 영화를 일종의 이국적 향취나 호기심에서 관심을 가졌던
것이 아닌가 하는 생각을 하게 된다.

　일종의 이국 취향에 호소하는 기획들과는 달리 일본의 영화 트렌드
와 조응하는 내용을 영화적으로 형상화하려는 노력의 결과로 탄생한
작품이 「수업료」이다.5 이 작품은 「국경1939」으로 데뷔한 최인규의 두

---

4 이영재, 『제국 일본의 조선영화』, 현실문화, 2008, 133쪽.

5 이 작품에 대해서는 '1930년대 리얼리즘영화의 대표작', '군국주의 시대의 최후 저항의
　영화'라는 이영일의 평가(이영일, 『한국영화전사』, 소도, 2004, 201-202쪽.)가 오랫동안
　통용되어왔다. 그러나 최근에는 이 영화의 정치적 함의에 대한 논란이 몇몇 연구자들에
　의해 일어나고 있다. 그 중 한 사람인 함충범은 이 영화의 각본가가 일본인이라는 점,
　감독이 이후 친일영화를 연출했던 최인규와 방한준이라는 점을 근거로 이 영화를 친일
　영화로 예상할 수 있다고 말한 바 있다.(함충범, 『일제말기 한국영화사』, 국학자료원, 20
　08, 101쪽.) 그러나 이 영화의 성격을 작품 외적 정보만을 통해 평가하는 것은 적절해

번째 작품으로, 일종의 아동영화라는 점[6]에서 기존의 조선영화와 대비된다. 1920년대 이후 조선영화는 성인 관객을 대상으로 성인의 세계를 다룬 것이 대부분이었다. 조선영화든 외국영화든 식민지 시대 아동은 영화의 정식 관객이 될 수 없었다. 그들은 불법적인 방식으로 영화관을 드나들 수밖에 없었다. 따라서 아동을 영화의 합법적 관객으로 수용함으로써 영화의 수익성을 향상시킬 수 있었다. 이런 측면에서 아동의 이야기를 내용으로 하는 영화의 기획은 그 당시 절실한 상황이었다. 그리고 검열로 인한 작품성의 훼손이라는 문제를 쉽게 극복할 수 있다는 점에서도 아동영화의 기획에는 그 나름의 장점이 있었다.

「수업료」의 제작을 맡은 고려영화협회의 이창용李創用은 이런 측면에서 대단히 영리한 수완가라고 할 수 있다. 그는 일본영화계의 사정을 비교적 자세히 알고 있는 영화인으로, 그 당시 일본영화의 트렌드도 어느 정도 알고 있었던 것으로 보인다. 1930년대 후반 일본영화는 중일전쟁의 여파로 인해서 자유로운 제작 분위기가 얼어붙고 있었다. 일본영화계는 전시 검열 때문에 소재나 표현 방법상의 제약을 걱정할 수밖에 없는 처지였다. 그래서 이런 문제로부터 비교적 자유로운 영역으로 소재를 확장하고 있었다. 이런 모색 과정에서 아동이 주인공이 되는 일련의 아동영화가 붐을 이루고 있었다.[7] 그 당시 일본에서는 야

보이지 않는다. 이 문제에 대해서는 김려실의 견해를 참고할 필요가 있다. 그녀는 이 작품이 교육 현실의 모순을 은폐하고 이를 일본인 교사의 미덕에 대한 찬양으로 은폐하려한 점에서 내선일체의 미담이 될 만한 소재이기는 하지만, 작품 속에서 주인공 소년이 숙모를 찾아가는 길을 그 당시 황국신민화 교육의 모토 중 하나였던 '인고단련'이라는 차원에서 수용하는 장면 외에는 명시적으로 시국에 부응되는 측면을 발견하기 힘들다는 점을 강조하고 있다. 이 작품의 성격에 대한 그녀의 견해는 김려실, 위의 책, 228-233쪽 참고.

6 이순진에 의하면, 이 영화는 일본에 '소년영화'로 소개되었는데, 이는 그 당시 일본에서 유행한 '소국민담론'에 부합하는 것이었다. 이순진, 「「수업료」 해제」, 한국영상자료원 편, 『고려영화협회와 영화 신체제 1936~1941』, 한국영상자료원, 2007, 52쪽.

마모토 카지로 감독, 야기 야스타로八木保太郎 각색의 「철방교실」, 「노방의 돌1938」[8] 등이 개봉되어 화제를 불러일으켰다. 이들 작품은 원작이 이미 유명한 작품인 경우가 많았다.

「노방의 돌」은 야마모토 유조山本有三의 작품으로, 아동성장소설이라고 할 수 있다. 이와 비슷한 성격의 작품이 「철방교실」인데, 이 작품의 저자는 야마모토 유조 같은 유명 작가가 아닌, 도요타 마사코豊田正子라는 10대 무명 소녀였다. 이 작품은 원래 마사코가 쓴 일기와 작문을 모아서 출간한 동명의 작품집이 원작으로, 이 책은 1938년 중앙공론사에서 발간되어 큰 인기를 얻었다. 이 책은 독서계의 화제가 되었고, 도호영화사東寶映畵社에 의해 1939년 다카미네 히데코高峰秀子 주연으로 영화로 제작하였다. 이 영화는 문맹인데다 무능한 아버지와 모성애가 부족한 어머니 사이의 장녀 마사코가 부모의 모습을 사실적으로 그려내어 교사로부터 이해받고 사회적으로 지명도를 얻는 과정을 묘사하고 있다.[9]

이 영화에서 주목되는 것은 제목처럼 주인공 마사코가 학교와 가정을 오가면서 글짓기의 방법과 의의, 사회적 영향을 체험한다는 사실이다. 그녀의 담임선생은 그녀가 쓴 글을 학급에서 읽힌다. 그러나 학생들이 잘 이해하지 못하자 그녀로 하여금 학생들이 잘 이해할 수 있도록 다시 써오라고 지시한다. 그녀는 가정에서 글을 수정하여 다시 발

---

7 『수업료』의 기획자는 당시 총독부 도서과 직원 니시가메 모토사다(西龜元貞)이었다.(이영재, 앞의 책, 160쪽.) 이로 미루어 보면 이창용과 총독부가 긴밀한 협조관계를 형성하고 있었으리라는 점을 추측할 수 있다.

8 야마모토 유조의 소설을 다사카 토모타카(田坂具隆)가 감독한 영화이다. 이 작품은 소년 고이치(吳一)가 성장 과정의 고난을 극복해가는 과정을 담은 것으로, 그 당시 일본에서는 '고이치처럼 강하게 현명하게'라는 표제어가 만들어질 정도로 호응을 얻었다. 구견서, 『일본영화와 시대성』, 제이엔씨, 2007, 129쪽.

9 사토 다다오 저, 유현목 역, 『일본영화 이야기』, 다보문화, 1993, 128쪽.

표하고 드디어 좋은 평가를 받는다. 그러나 그녀가 쓴 글이 가정과 동네의 불미스러운 일을 담고 있다는 점이 문제가 되어 그녀는 글쓰기가 사회적 파장을 일으킬 수도 있다는 사실을 깨닫게 된다.[10] 이처럼 이 영화는 10대 소녀의 일기 쓰기 과정을 중심으로 성인의 세계를 조명하고 있다.

「철방교실」에 대해 세브란스의전 학생 이경근은 이 작품 이전에 본 아동영화들과 이 영화를 비교하면서 이전의 영화들이 동심의 세계를 성인의 관점에서 피상적으로 묘사했을 뿐 아동 특유의 개성 탐구가 희박했다는 점, 그리고 감독이 아동을 지나치게 감상적으로 다루고 있음을 비판하고 있다. 이에 반해 「철방교실」은 일정한 거리를 두고 아동의 관점에서 세상을 바라봄으로써 오히려 특별히 슬픈 대목이 없음에도 불구하고 관객을 감동시킨다는 평을 한 바 있다.[11]

2) 식민지 작문 교육과 아동의 글쓰기

도요타 마사코의 『철방교실』은 일제 강점기 소학교 국어 과목에서 가르치도록 되어 있던 철방綴方 즉 작문 과목의 성과라고 하겠다. 작문은 국어 교육에 있어서 중요한 영역으로 일본에서는 아동 교육에 있어서 비교적 오래 전부터 강조되어왔다. 철방은 아동이 학교나 가정에서의 생활 경험을 진솔한 언어로 표현함으로써 아동의 성장을 도모한다는 취지에서 시행되었다.[12] 2차 세계대전 이후 철방은 작문이라는 명

---

10 ピーターB.ハイ, 『帝國の銀幕』, 名古屋大學出版会, 2001, 119-122쪽.

11 이경근, 「영화 「철방교실」」, 『매일신보』, 1938.11.6.

12 1920년대 중반 경성사범학교 훈도였던 나가마사 유이치(末永又一)는 한 글에서 철방교육의 역사를 조망하고 최근의 경향을 설명하면서 철방의 본질을 '영혼의 발로', '마음의

칭으로 개칭되어 현재도 국어 교육의 한 영역으로 유지되어 오고 있
다. 현재와 같은 입시 위주의 교육 풍토에서 작문은 경시되는 경향이
있으나 초기 국어 교육에 있어서 중요한 요소였다.

이 땅에서 작문 교육은 개화기 초등교육이 시작된 이래 일제 강점기
까지 지속되어 왔다. 「수업료」의 원작자인 우수영이 초등교육을 받던
1938년 조선총독부는 칙령 103호로 조선교육령을 제정하였다. 종전
학제의 보통학교를 소학교로 명칭을 변경하였다. 이 교육령은 아동을
황국신민으로 키우는 데 그 목적이 있었다.13 개편된 교육령에 의하면,
심상소학교의 교과목은 수신, 국어, 산술, 국사, 지리, 이과, 직업, 도
화, 수공, 창가, 체조, 가사 급 재봉여, 조선어수의과목으로 되어 있다.14
이 중 국어는 주당 9~12시간을 배정하고, "발음, 가나, 일상 수지의 문
자 급 근이한 보통의 문에 관한 읽기, 쓰기, 글짓기, 말하기"로 교육 방
침을 제시하고 있다.15

작문과 관련한 세부 지침으로는 "읽기 또는 타의 교과목에서 교수된
사항, 아동의 일상 견문된 사항, 그리고 처세에 필수적인 사항을 기술
시키고 그 행문은 평이하고도 취지가 명료하여야 한다."16고 규정하고
있다. 그러나 일제 강점 초기의 작문 교육은 주로 고전수사 위주의 한
문식 작문관에 바탕을 두고 작문 교육을 기술교육시키고 진부한 고투
와 모범문의 모방으로 시종하여 그 당시 일본에서 스즈키 미에키치鈴

눈 연마하기'라고 말하고 있다. 이 글을 통해서 그 당시 식민지 조선의 보통학교 교육에
서 철방 교육이 차지하는 위치를 알 수 있다. 末永又一, 「綴方敎授最近の傾向を述べて
內觀的綴方敎授を提唱す」, 『文敎の朝鮮』 12, 朝鮮敎育會, 1925, 52-58쪽.

13 김영우, 『한국초등교육사』, 하우, 2004, 222쪽.

14 위의 책, 229쪽.

15 위의 책, 230쪽 「표5-1」 심상소학교 교과과정 및 매주 교수 시수표(1938~1941) 참고.

16 위의 책, 236쪽.

木三重吉나 기타하라 하쿠슈北原白秋가 주창한 문예적 작문교육이나 사실적 표현교육, 자유시운동의 영향과 멀어져 있었다.[17]

작문 교육의 일환으로 학교 현장에서는 일기 쓰기라는 방식이 주로 권장되었다. 아동으로 하여금 매일매일 일기장에 일기를 쓰도록 하고, 교사는 일기장을 수거하여 읽고 아동의 생활 환경과 내면의 움직임을 파악하여 아동 지도에 활용하였다. 권위주의적 체제하에서 이와 같은 일기 쓰기는 일종의 검열 기제로 작용하기도 하였다. 그러나 이러한 부정적 측면을 제하고 볼 때, 비교적 일찍부터 아동으로 하여금 글쓰기를 일상의 한 구성 요소로 인식하도록 했다는 점에 일기 쓰기의 긍정적 측면이 있다.

이러한 일기 쓰기는 이후 문인으로 성장하는 데 기여할 수 있는 객관적인 장치 역할을 하기도 하였다. 일제 강점기 아동을 상대로 한 신문이나 잡지는 교육 제도 내에서의 성과를 대중적으로 확산하는 역할을 하였다. 주로 짧은 산문 위주로 아동 문사의 글이 신문이나 잡지에 수록되었다. 소속 학교의 이름을 걸고 게재되는 이런 글들은 글쓴이 자신의 성취이면서 동시에 학교의 명예를 드높이는 것이기도 했다. 학교 차원의 조직적인 노력이 있었는지 여부는 확인되지 않지만 수많은 학생들은 투고란을 활용하여 자신의 글 솜씨를 자랑했다. 그러나 아동을 대상으로 한 신문이나 잡지라 하더라도 주요 기고자는 대체로 기성 문인인 경우가 대부분이었고 매우 제한된 지면만 이들 아동에게 할애되었다. 그리고 이런 지면을 제공한 저널리즘의 성격에 따라서 글의 제재나 성격이 제한되기도 하였다. 소학교 아동을 상대로 지면을 제공

---

17 이재철, 「한국작문교육의 변천과정과 그 문제점」, 『아동문학평론』 32, 아동문학평론사, 1984.9, 4쪽.

한 『매일신보』를 예로 들자면, 1940년 '철방교실'이라는 제하에 소학교 아동의 글을 게재하면서 일본어로 쓴 글만을 게재했다. 그리고 그 내용도 대체로 식민지 현실과는 거리가 있는, 식민지 체제 옹호의 성격이 있는 것들을 선별했다.

이는 비단 『매일신보』만의 문제는 아니라고 할 수 있다. 그 당시는 전시체제 하에서 모든 것들이 급변하는 상황이었다. 교육 현장에서도 기존의 자유주의적 교육 풍토가 일소되고 군국주의 정신을 찬양하는 방향의 교육이 강요되고 있었다. 전후 기노시타 케이스케木下惠介 감독에 의해 영화화된 「스물네 개의 눈동자二十四の瞳, 1954」에서 자유주의적 성향의 교사인 주인공이 교단에서 내려오게 된 것도 이 시점의 일이다. 자유주의적 교사의 추방으로 대표되는 교육 현장의 억압적 분위기는 소학교 아동의 작문에도 일정한 영향을 미쳤을 것이다.

「수업료」는 이처럼 철방 교육을 매개로 한 영화 「철방교실」을 비롯한 일련의 아동영화의 연장선상에 있는 작품이다. 실제로 일본에 소개될 때도 이 영화는 조선의 「철방교실」로 소개되었다.[18] 「수업료」의 원작은 광주북정공립심상소학교 6학년생인 우수영이 쓴 작문이다. 이 글은 『경일소학생신문』이라는 『경성일보』의 자매지가 주최한 현상공모에 당선된 글로, 당선 후 『경성일보』에 게재되었다. 이후 일본의 문예지 『문예』, 경일소학생신문사에서 펴낸 『전선선발소학철방총독상모범문집全鮮選拔小學綴方總督賞模範文集』, 『영화연극』 창간호 등에 수록되

---

18 1940년 8월 하순에 발간된 「도쿄영화신문」 276호에서는 이 영화를 홍보하면서 다음과 같이 쓰고 있다. "「수업료」는 조선이 낳은 최초의 아동영화입니다. 이는 「철방교실」이며, 「홍당무」이며 「흐름」입니다."(한국영상자료원 영화사연구소 편, 『일본어 잡지로 본 조선영화 1』, 한국영상자료원, 2010, 180쪽.) 여기에 거론된 작품들은 그 당시 이미 개봉한 아동영화들이었다. 1940년 5월 1일에 발간된 『키네마순보』714호에서도 "우리의 「글짓기교실」과 비교하면서 봐주지 않겠습니까?"라는 문구를 내걸고 있다.(한국영상자료원 영화사연구소 편, 『일본어 잡지로 본 조선영화 2』, 한국영상자료원, 2011, 176쪽.)

었다. 또 아동극으로도 각색되었다. 이처럼 소학교 학생의 글 한 편은 매체를 옮겨가며 화제를 불러일으켰다.[19]

현재 이 글이 수록된 신문은 확인하기 어렵고 영화 「수업료」가 일본에 수출되면서 홍보 차원에서 이 글을 전재한 것이 있어서 이를 통해서 이 글의 내용을 확인할 수 있다. 이 글의 주인공은 소학교 학생으로 부모가 행상을 하러 집을 나간 후 할머니와 함께 생활을 하고 있다. 부모의 종적이 묘연한 상황에서 주인공은 가정 형편 때문에 수업료를 낼 수 없어 고민한다. 그는 장성에 있는 숙모에게 사정하기 위해 먼 길을 떠나고, 이 사실을 안 담임교사는 학생들에게 주인공의 딱한 사정을 알린다. 학급 친구들은 주인공을 위해 우정함을 만들어 모금운동을 펼쳐 주인공이 다시 학교에 나올 수 있도록 돕는다.

우수영의 「수업료」은 식민지 체제 속에서 아동이 가난 때문에 수업료를 낼 수 없는 비참한 현실을 배경으로 하고 있다. 그럼에도 불구하고 이 글이 총독상을 수상할 수 있었던 것은 이 글의 저자가 비교적 일어 문장의 표현에 상당히 능숙한 면모를 보이고 전시체제하에서 소학생의 교육 방침으로 시달된 국어 상용화의 성과를 이 글이 드러내고 있다고 보았기 때문일 것이다.

위에서 살펴본 것처럼 도요타 마사코의 『철방교실』이나 우수영의 「수업료」는 아동이 자신의 일상생활을 기초로 자신의 이야기를 풀어나가고 있다는 점에서 논픽션이라고 할 수 있다. 그런데 이처럼 실제 체험을 풀어나가면서도 글의 구성이나 표현에 있어서 문학적인 요소를 도입하고 있다는 점이 특징적이다. 따라서 비록 아동의 글이기는

---

19 「수업료」라는 글의 게재나 각색과 관련된 사실은 이덕기, 「영화 「수업료」와 조선영화의 좌표」, 『한국극예술연구』 29, 한국극예술학회, 2009.4, 128쪽 참고.

하지만 이들을 아동문학의 범주에 넣어서 분류해도 좋을 것이다.[20]

3. 1950년대의 사례: 「구름은 흘러도」

1) 재일교포 수기 「니안짱」의 사회적 파장

일제 강점 말기 「수업료」가 등장한 이후 해방을 맞아 아동영화를 표방한 이규환의 「똘똘이의 모험1946」이 개봉되었다. 그러나 이 영화는 아동이 주인공이라는 점만 **빼면** 반공 이데올로기를 선전하려는 목적의식이 강한 작품이어서, 일제 강점 말기 징병제를 비롯한 일제의 전시체제 이데올로기를 선전한 국책성 아동영화들과 변별성이 없는 것이었다.

6·25전쟁이 끝나고 1950년대 중반 한국영화는 진정한 의미에서의 출발점에 서 있었다. 인적, 물적, 금전적 환경이 정비되면서 제작 편수가 급증하고 관객층도 형성되기 시작했다. 이규환의 「춘향전1955」의 흥행 성공으로 영화 제작이 활기를 띠어 갔으나 아동영화라고 할 만한 것은 나오지 않았다. 그러다가 1959년 그 당시로서는 신인감독이었던 유현목의 감독으로 「구름은 흘러도」가 제작됨으로써 해방 이후 최초의 본격적인 아동영화로 기록되게 되었다.

「구름은 흘러도」는 제작 당시부터 화제가 되었다. 이 영화의 원작은 재일교포 소녀 야스모토 스에코의 일기였다. 스에코는 기타규슈北九州의 사가현佐賀県에서 생활하고 있는 재일 교포 4남매 중 막내 소녀로,

---

20 박화목, 『신아동문학론』, 보이스사, 1982, 55쪽.

그녀가 쓴 일기는 이미 일본 내에서 화제가 되고 있었다. 이 일기는 1958년 광문사에서 『니안짱にあんちゃん[21]』이라는 제목의 단행본으로 출간되자 일본 독서계에서 큰 호응을 얻었다.[22]

이 책은 1953년 1월부터 1954년 12월까지 쓴 일기와 작문을 묶은 것이다. 이 일기는 주인공인 스에코의 아버지의 49재부터 시작해서 부모를 잃은 4남매의 역경을 묘사하고 있다. 어머니에 이어 아버지까지 사망하면서 남매의 생계는 장남 도세키東石가 맡게 된다. 인근 탄광의 임시고용인 도세키는 조선인이라는 이유로 정식 인부가 되지 못하고 임금도 적게 받는다.[23] 숙소도 탄광 인부에게 제공되는 일종의 사택이지만 이름과는 달리 초라하기 그지없다. 파업을 하면 정식 인부와는 달리 임시고용이라는 이유로 임금이 지급되지 않고 또 중노동으로 인해 고통에 시달린다. 점심 도시락도 번갈아 싸가야 할 정도로 열악한 환경에서도 4남매는 성실히 살아가지만 도세키가 해고되자 4남매는 더욱 큰 고통을 겪게 된다. 도세키와 장녀 요시코良子는 각각 일자리를 찾아 떠나고 차남 고이치高—와 막내 스에코는 이웃에게 맡겨진다.

끼니를 제대로 먹지 못하고 월사금이 없어서 학교에도 당당하게 나가지 못할 정도로 극심한 가난에도 불구하고 스에코는 아동다운 순진함과 밝음을 잃지 않는다. 그녀는 학교에서 급우들과 선생님으로부터 사랑 받는 존재이다. 그녀는 결코 가난을 탓하지 않고 급우들과 자신을 비교하면서 낙담하지 않는다. 그러나 가정에서는 이웃의 눈치를 보

---

21 '작은 오빠'라는 뜻으로 아버지가 주인공에게 일러준 호칭이다.

22 이 글에서는 安本末子, 『にあんちゃん』, 角川書店, 2010을 참고하였다.

23 이 일기가 쓰여지던 시점에 재일 조선인을 상대로 실시된 직업 조사에 의하면, 11개의 분류 중 탄광 노동은 토목 노동에 이어 두 번째로 재일 조선인이 많이 취업한 분야였다. 金贊汀, 『韓國倂合百年と「在日」』, 新潮社, 2010, 204쪽의 「表6 在日朝鮮人の職業推移」 참고.

아야 하는 신세이기에 괴로울 수밖에 없다. 이들 남매를 떠맡기에는 힘에 겹기는 마찬가지인 가난한 이웃의 냉대를 견디지 못한 이들 남매는 마음의 안식을 가질 수 있는 보금자리를 찾아 떠나지만 그 어느 곳도 이들 남매를 반겨주지 않는다. 일기의 마지막 부분에서는 헤어졌던 4남매가 재회하게 되는데, 스에코의 희망 섞인 바람으로 일기는 끝난다.

이 일기에서 스에코는 학교를 자신의 천국으로 묘사하고 있다. 학교에 가면 생활의 근심을 잊고 명랑하게 지낼 수 있기 때문이다. 그곳에는 자신을 반겨주는 친구들과 선생님이 있다. 이 일기 속의 선생님은 때로는 무섭게 그려지만 빵을 사주고 일기에다가 답을 해줄 정도로 자상하기도 하다. 물론 이것으로 주인공 아동의 실제적 삶이 개선되는 것은 아니지만, 아동의 관점에서 볼 때 학교가 이런 곳이라는 점은 중요하다. 이곳에서 스에코는 일기 쓰는 법을 배우고, 선생님으로부터 비평을 받고, 친구들로부터 공감을 얻는다. 그녀가 가난을 그다지 심각한 문제로 여기지 않을 수 있었던 것은 일기 쓰기를 통해서 자기만의 세계를 만들 수 있었기 때문이다. 일기 쓰기를 통해 형성된 내면적 공간은 외면적 공간을 충분히 포괄할 수 있을 만큼 넓어져 있었던 것인데, 이는 「철방교실」의 마사코가 현실을 자기화하는 방법이기도 했다.

이후 『니안짱』은 NHK 라디오 방송극으로 제작되었다. 이처럼 독서계와 방송계의 호응에 힘입어 그녀의 일기는 일본의 대표적인 리얼리즘 영화감독인 이마무라 쇼헤이今村昌平의 감독으로 니카츠日活에서 영화화되기로 결정되었다. 재일교포 소녀의 일기에 대한 일본 사회의 이와 같은 반응은 의외로 느껴질 수도 있다. 그러나 일본에서의 이와 같은 열기는 앞에서 살펴본 아동 수기와 일련의 아동영화, 그 중에서

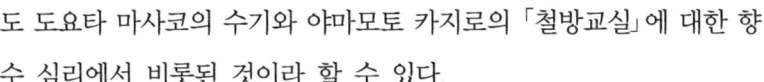

도 도요타 마사코의 수기와 야마모토 카지로의 「철방교실」에 대한 향
수 심리에서 비롯된 것이라 할 수 있다.

여하튼 이처럼 단행본, 방송극, 영화로 매체 전이가 일어나면서 스
에코 남매는 인세와 판권 등의 수입으로 요코하마에 집을 마련하여 4
남매가 모여 살 수 있게 되었다. 장남 도세키는 도쿄의 한 회사에 취직
하게 되었고, 장녀 요시코는 집안 살림에 전념할 수 있게 되었다. 그리
고 스에코는 와세다대학에서 문학을 전공하는 학생이 되었다.[24]

일본 내에서 화제가 되자 이 소식은 국내에도 전해졌다. 국내 출판
사에서는 이 일기를 서둘러서 번역했다. 신태양사는 소설가 유주현柳
周鉉의 번역으로 「구름은 흘러도」라는 제목으로 이 책을 번역, 출간하
여,[25] 이 책은 출간 1년여 만에 6판을 인쇄할 정도로 베스트셀러가 되
었다.[26]

그 당시 국제 저작권법이 통용되지 않아서 이 일기는 정식 번역 출
판 계약도 없이 무단으로 국내 두 출판사에 의해 비슷한 시점에 출판
되었다. 이런 사실이 언론에 알려지자 국내에서는 외국 출판물을 무단
번역, 출판하는 일에 대해서 우려를 표명했다. 문교부 측과 작가 측에

---

24 「동경의 한국인들」, 『경향신문』, 1964.1.8.
25 이 글에서는 야스모토 마츠코 저, 유주현 역, 『구름은 흘러도』, 신태양사,1959를 참고하
   였다. 이 당시 저자 이름이 '스에코'가 아니라 '마츠코'로 되어 있는 것은 저작권 계약을
   맺지 않은 상태에서 급히 출판하느라 저자 정보를 제대로 확인하지 않은 탓으로 보인다.
   신태양사가 이 책을 출간하면서 '재일 한국 10세 천재소녀의 수기!'라는 타이틀 아래 신
   문에 게재한 광고에는 다음과 같은 문구들이 붙어 있다. "이 책은 방금 일본에서 비상한
   물의를 일으키며 단연 「베스트·쎌러」가 되는 동시에 영화권 쟁탈전이 치열하게 전개
   되고 있다.", "한국인이기 때문에 온갖 고생을 하며 이역에서 슬피 울부짖는 의로운 남매
   들의 가슴을 여의는 수기. 감동의 눈물 없이는 읽을 수 없는 소녀의 일기!"(『동아일보』,
   1959.1.12) 이 광고는 영화 판권을 놓고 영화사들이 경쟁하고 있다는 사실, 재일 교포의
   삶을 다루고 있다는 사실을 홍보의 초점으로 삼음으로써 독자의 호기심을 유발하고 있
   음을 알 수 있다.
26 『동아일보』, 1960.3.30 조간 광고.

서는 국제저작권협회에 가입되어 있지 않기에 법적 문제는 없으나 도의적 책임이 있다는 점을 강조했고, 출판사 측에서는 사전 계약을 하지 않았다는 점을 사과하고 정식 계약을 추진하겠다는 의사를 밝혔다.[27] 그리고 신태양사 측에서는 도의적 책임을 다하고 문제가 되면 출판을 중단하겠다는 의사를 광고로 밝히기도 하였다.[28] 뒤늦게 스에코 측은 이 사실을 문제 삼았고, 이 책을 출판한 대동문화사와 신태양사 중에서 신태양사와 정식으로 저작권 계약을 맺게 되었다. 저작권을 둘러싼 논쟁이 일어나자 스에코의 육촌 오빠가 나타나기도 했다. 주인공은 전남 보성에 사는 안동복安東福으로 동아일보사에 스에코에게 보내는 편지를 보내오기도 했다.[29]

2) 일본 콘텐츠의 변용과 아동수기영화의 정착

『구름은 흘러도』가 출간되자 국내 언론에서도 관심을 표명했다. 이는 이 책이 단순히 역경을 겪는 아동의 삶을 다루었기 때문이라기보다는 주인공 남매의 삶이 식민지 잔재로 인한 민족적 고통의 상징이라는 의미를 띠고 있었기 때문이라고 할 수 있다. 일본에서처럼 라디오 방송극으로 제작되지는 않았지만 출간된 지 얼마 되지 않아 이 일기는 곧바로 유한영화사에 의해 영화화가 결정되었다. 영화사는 스에코의 육촌 오빠 안동복을 통해 영화 판권을 구입한 것이다. 이처럼 빨리 영화화가 결정된 것은 우리 동포의 삶을 일본 쪽에서 먼저 다루는 것에

---

27 「출판 절차에 실책 법따라 문제될 수 있다」, 『경향신문』, 1959.1.26.
28 「구름은 흘러도에 관하여」, 『경향신문』, 1959.2.1.
29 「육촌오빠 나타나 또 화제」, 『경향신문』, 1959.1.31.

대한 민족적 자존심의 촉발과 베스트셀러를 흥행의 재료로 삼은 영화
사의 판단에 따른 것이라고 볼 수 있을 것이다.

그러나 영화화에는 어려움이 있었다. 이승만 정권은 이 일기의 영화
화에 대해서 난색을 표했다. 이 일기 내용 자체가 일본을 배경으로 하
고 있고, 우리말로는 실감이 나지 않는다는 이유를 들어 우리나라에서
의 영화화가 적절치 않다는 의견을 내세웠다.[30] 물론 이와 같은 반대에
는 여러 가지 이유가 작용한 것으로 보인다. 재일교포 아동이 작자이
기는 하지만 이 책이 일본 출판물이라는 사실이 크게 작용하였을 것으
로 추측된다. 아직까지 반일 감정이 강했던 사회 분위기를 감안하면
일본적인 것 일체에 대한 배제 심리는 정부가 이 책의 영화화를 반대
할 수 있는 그럴 듯한 명분이 될 수 있다. 이와 더불어 재일교포의 비
참한 삶에 대한 관심이 자칫 재일교포에 대한 이승만정권의 무관심을
폭로하는 기제가 될 수도 있다는 점에 대한 우려도 작용하였을 것이
다. 그러나 정부와는 달리 국민들은 이 책의 영화화에 대해 관심을 가
지고 있었다.

정부의 이런 반대에 부닥친 영화사에서는 배경을 한국적 상황에 맞
게 각색함으로써 타협을 시도하였다. 시나리오 작가 김지헌金志軒은
원작의 규슈탄광을 삼척탄광으로 바꾸었다. 원작의 무대는 해안과 가
까운 곳에 위치한 탄광이어서 바다를 배경으로 한 이야기가 있는 데
반해 삼척탄광은 산간으로 둘러싸인 곳이기 때문에 바다를 배경으로
한 원작의 이야기는 삭제될 수밖에 없었다. 그리고 등장인물의 이름도
한국 이름으로 바꾸었다. 또 시간적 배경도 영화가 제작되던 1950년대
후반으로 설정되어 있다. 이 외에 원작에서는 이야기의 배경으로 학교

---

30 「한국소녀의 수기 영화제작 못한다」, 『경향신문』, 1959.3.19.

와 가정이 비슷한 무게를 가지고 있지만 영화에서는 학교보다는 가정에 무게가 실려 있다. 이런 기본 설정상의 차이 외에 또 하나 두드러지는 점은 원작에서는 이웃의 냉대를 받는 장면이 있지만 영화에서는 우호적인 이웃만 등장한다는 점이다. 따라서 가난 외에 타인으로부터의 냉대라는 또 하나의 문제가 영화에서는 사라져 주인공 소녀가 겪는 고난의 양상이 가난이라는 차원으로 단순화되어 있다는 점이다. 이 외에는 대체로 원작을 충실히 반영했다고 볼 수 있다.

　이 영화의 주인공 역은 김영옥이라는 신인 아동배우가, 장녀 역은 엄앵란, 그리고 차남 역은 박광수가 맡았다. 1959년 11월 5일 단성사에서 개봉된 이 영화는 이미 8월 중순부터 영화 광고를 신문에 게재할 정도로 영화사는 이 영화의 홍보에 큰 힘을 쏟았다. 이 영화가 개봉되자 영화평론가이자 동아일보 기자였던 호현찬은 "유현목 감독은 동심세계 깊숙이 카메라를 끌고 들어가 지순한 동심에서 울어나는 애틋한 모노로그를 감도 있게 화면으로 전해준다.", "그들 생활의 「리얼리티」보다도 어린 원작자가 꿈꾼 평화롭고 불행하지 않는 생활에 대한 판타지를 서정적인 감각으로 그려내었다.", "잡다한 비속영화들 중에서 단연 향기 높고 뛰어난 금년도의 수작이다."31 등 호평 일색의 비평을 했다. 또 이 영화는 문교부가 선정하는 1959년도 우수 국산영화 및 개인 장려상 시상식에서 우수작품상을, 유현목이 감독상을, 주연 여배우 김영옥이 소년소녀특별상을 수상하였다.32

　이처럼 이 영화는 비평에서뿐만 아니라 흥행에서도 긍정적인 반응을 이끌어내었다.33 이의 결과로 월간 『영화예술』지가 시상하는 제1회

---

31 「지순한 동심의 기록 「구름은 흘러도」」, 『동아일보』, 1959.11.7.
32 「우수영화상 결정」, 『경향신문』, 1960.9.6.

한국영화예술상 시상식에서 유현목이 감독상을 수상했다.[34] 또 1960년 6월에 개최된 10회 베를린영화제에 출품되기도 하였다.[35] 기묘하게도 이 영화제에는 같은 원작을 영화화한 이마무라 쇼헤이의 「니안짱」도 출품되었다. 이 영화는 「구름은 흘러도」보다 약간 늦은 1960년 초에 개봉되었다. 그런데 영화제 참가 인사의 말에 의하면, 현지 관객들은 유현목의 「구름은 흘러도」를 '동양적인 인정미가 포근히 서린 아름다운 영화'라고 평한데 반해 「니안짱」은 '무겁고 음영 짙은 좌경 색채'의 암울한 영화로 평했다고 한다. 이런 이유로 현지 관객들은 유현목의 영화에 더 호평을 했다고 한다.[36]

같은 원작으로 한·일간에 비슷한 시점에 영화로 제작되었다는 것은 매우 특이한 역사적 사실이라고 할 것이다. 유현목의 「구름은 흘러도」가 대체로 여러 면에서 원작에 충실한 것에 반해 이마무라의 「니안짱」은 원작과 다소 거리가 있다. 「니안짱」은 스에코가 아니라 고이치를 주인공으로 하고 있다. 원작에서 스에코를 통해 형상화된 고이치의 모습과 고이치 자신의 일기를 중심으로 스토리를 풀어나가고 있다. 이 영화의 첫 장면에서 이런 면모는 단적으로 드러난다. 「구름은 흘러도」

33 '우'라는 필자는 이 영화가 예술영화의 흥행 가능성을 보여줌으로써 많은 영화인들에게 의욕을 심어주었다는 점을 다음과 같이 지적하고 있다. "영화상 감독이라는 별명이 붙은 유현목 감독은 흥행사들 간에는 오히려 경원(?)의 대상이었는데 요즘 그의 작품 「구름은 흘러도」가 불경기 씨즌 가운데서도 이주에 돌입하는 롱란 기세를 보이게 됨에 따라 영화가의 화제거리. 한 작품의 흥행이 문제가 아니라 말하자면 「고상한 예술과 영화 따위를 만들고 싶어도 행흥이 안되니까」라는 식의 영화가의 변명이 「십대의 반항」, 「구름은 흘러도」에서 무너지고 있다는 것이 관심되는데 이 작품의 흥행성과를 「테스트·케이스」로 궁금히 여기는 영화인들에게 의욕을 북돋아 주리라는 것도 의심되지 않는다." 우, 「양화엔 무적」, 『동아일보』, 1959.11.13.

34 「제일회 영화예술상」, 『경향신문』, 1960.5.6.

35 「「구름은 흘러도」 백림 출품」, 『동아일보』, 1960.5.27.

36 「제십회 백림영화제 참가기」, 『경향신문』, 1960.7.23.

의 오프닝 신이 햇빛을 받으며 꽃밭에 앉아 있는 말자의 모습인데 반해, 「니안짱」의 오프닝 신은 아버지의 관이 집을 나와 배에 실려 바다로 향하는 모습이다. 고이치는 뭍에서 전송하다가 갑자기 바다에 뛰어들어 배를 향해 헤엄친다. 오프닝신의 이와 같은 차이는 앞으로 전개될 이야기의 방향을 암시하는 것이다.[37]

　『구름은 흘러도』는 출판계와 영화계를 아우르는 참신한 기획으로 성공했다. 이후에도 아동의 수기를 원작으로 한 '모방영화'[38]가 종종 기획, 제작되었다. 대표적인 것으로는 1964년 출판된 이윤복의 『저 하늘에도 슬픔이』를 원작으로 한 김수용 감독의 1965년 작 「저 하늘에도 슬픔이」가 그 하나이다.[39] 이 영화의 원작은 『구름은 흘러도』를 출판한 신태양사에서 출판되었다. 이로 미루어 보면, 출판사 측에서는 『구름은 흘러도』의 흥행 모델을 이 책에 다시 한 번 적용하려고 했던 것으로 보인다.[40]

　『저 하늘에도 슬픔이』의 주인공인 이윤복은 어머니가 가정불화로 집을 나가고 아버지는 병이 들어 실직 상태인 가정에서 순나, 윤식, 태순 등 동생들과 살아나간다. 거리의 다방을 전전하면서 껌팔이로 간신히 생계를 유지하지만, 가난으로 인한 굶주림과 월사금 때문에 고통을

---

37 한국에서 유현목이, 일본에서 이마무라가 동일한 소재로 비슷한 시점에서 영화화를 결정했다는 점은 매우 특이한 일이라고 할 수 있다. 유현목은 1925년생, 이마무라는 1926년생으로 유현목은 1956년에, 이마무라는 1958년에 데뷔했다. 그리고 이 두 감독은 자국 영화사에서 리얼리즘 성향의 영화인으로 알려져 있다. 이런 점 등을 고려해서 이 두 감독이 어떤 방식으로 동일한 소재를 다루고 있는지를 검토하는 일은 한·일간의 비교문화론의 차원에서도 매우 의미 있는 일이 될 것이다.

38 「구름은 흘러도」 자체가 이미 안네 프랑크의 수기에 바탕을 둔 「안네 프랑크의 일기」를 전범으로 하고 있는 만큼 그다지 참신할 것은 없지만 말이다.

39 「영화와 흥행과 예술」, 『경향신문』, 1965.2.13.

40 영화 「저 하늘에도 슬픔이」는 개봉 당시 이전에 개봉한 「안네 프랑크의 일기」, 「구름은 흘러도」의 연장선상에서 이해되곤 했다. 「「저 하늘에도 슬픔이」」, 『경향신문』, 1965.10.

겪는다. 이윤복이 쓴 일기를 읽고 이런 사정을 알게 된 김동식 선생의
관심과 노력으로 이윤복의 일기가 출판되어 세상이 관심을 갖게 되어
새 출발의 길로 나아가게 된다. 비록 역사적 상황 자체에 차이는 있지
만 이 이야기는 가난 속에서 고통 받는 아동의 모습을 그리고 있고,
이런 상황이 일기를 통해서 교사에게 알려진다는 기본 설정이 『구름
은 흘러도』와 똑같다. 또한 교사의 헌신적인 노력으로 아동이 새 삶을
찾게 된다는 결말도 유사하다.[41]

『저 하늘에도 슬픔이』가 영화화되었을 당시의 반응은 『구름은 흘러
도』의 그것보다 훨씬 더 뜨거웠다. 교육계뿐만 아니라 일반 독자들도
큰 반응을 보였다. 이는 비록 동포의 이야기라고는 하더라도 일본의 이
야기인 『구름은 흘러도』에 비해 한국적 상황을 고스란히 담아낸 『저
하늘에도 슬픔이』가 훨씬 더 피부에 와 닿았기 때문일 것이다. 이윤복
의 수기는 『구름은 흘러도』 이후 형성된 수기 출판 붐의 절정이라고 할
수 있다. 그 당시, 아동의 이야기뿐만 아니라 보통 사람들이 체험할 수
없는 독특한 상황을 겪은 다양한 성인들의 이야기가 출판되었다.[42]

1970년대에는 수기 출판 붐이 사라지기는 했지만 아동 수기의 출판

---

41 이 일기의 출판을 맡은 것으로 알려진 박진석이 동생 영애에게 "애가 바로 신문에 난
한국판 니안짱 이윤복군이야."라고 윤복을 소개하는 것(이윤복, 『저 하늘에도 슬픔이』,
한진출판사, 1964, 229쪽.)으로 보아 이윤복이 그 당시 야스모토 스에코의 수기 속 '니안
짱'과 비교되면서 수용되고 있었다는 점을 알 수 있다.

42 그 당시 출판된 수기류에는 다음과 같은 것들이 있다. 『101번지의 여승』(용문골 여승의
옥중수기), 『목소리만이라도 들려다오』(두형이 아빠의 수기), 『푸른 하늘에 침을 뱉어라』
(동양의 알 카포네의 수기), 『내 인생 내 지게에 지고』(여기 한 지게꾼이 사회의 양심을
묻는다), 『절망은 없다』(운명을 개조한 생활기록), 『하늘을 보고 땅을 보고』(내가 지켜
본 사형장 2년 7개월), 『이 땅에 저 별빛을』(국적 없는 일녀 이발사의 수기), 『황무지』
(벽지를 개척한 어느 여성의 수기), 『흰 멧꽃은 떨어졌어도』(어머니와 아들의 수기),
『내 별은 어느 하늘에』(백인 혼혈아 양공주의 수기). 이처럼 1960년대 중반 현재 다양한
수기가 출판되었는데 지금 보기에도 그 종류가 매우 다양해 보인다. 그 당시 독자들의
호기심을 충분히 자극했을 법하다. 위에서 열거한 수기 목록은 「불황 속에 수기류 "붐"」,
『동아일보』, 1965.11.6 참고.

은 지속되었고 상당한 호응을 얻기도 했다. 대표적인 것으로 1976년 출판된 김영출의 『엄마 없는 하늘 아래』를 들 수 있는데, 이 수기는 그 당시 이윤복의 수기의 연장선상에서 이해되었다.[43] 내용상으로 『저 하늘에도 슬픔이』와 대동소이한 이 이야기는 1977년에 「엄마 없는 하늘 아래」로 영화화되었다. 이 영화는 흥행에 성공했고, 이후 3편까지 속편이 제작되었다.

위에서 살펴본 일련의 아동영화는 1950년대 이후부터 1970년대까지 후진적인 경제 구조로 인한 가난의 고통을 아동의 시각에서 문제제기하면서도 이를 사회 구조적 차원의 비판 이전으로 묶고, 따뜻한 인간애에 호소하는 방식으로 결말을 이끌어감으로써 자칫 과격해질 수 있는 영화의 메시지를 완화하고 있다. 특히 「구름은 흘러도」는 해방 이후 6·25전쟁을 겪으면서 그 당시 한국인의 관심 밖에 머물러 있던 재일 교포의 문제점을 국내에 환기시켰다는 점에서 의의가 있다. 그리고 이 영화는 아동의 글쓰기가 가진 사회적 영향력에 눈을 뜨게 하는 계기가 되어, 이후 아동기의 일기 쓰기가 교육적 차원에서 강조되기도 하였다.

43 이 수기 속에서 영출의 가족을 헌신적으로 돕는 '이 여사'가 창원군청 공보계장을 만나 도움을 호소하는 장면은 1970년대 중반에도 이윤복의 수기가 끼친 사회적 파장이 얼마나 컸던가를 이해할 수 있게 한다. 해당 장면은 다음과 같다.
'이 여사'가 여기에서 멈추지 않으시고, 이번에는 창원군청 공보계장님을 찾아 가셨답니다.
『계장님! 옛날 이 윤복이라는 학생이 쓴 「저 하늘에도 슬픔이」라는 책을 보신 일이 있으십니까?』라고 물으셨답니다.
공보계장님은 책도 보시고 영화로도 보셨다고 하시더랍니다.
『우리 진북면에 그보다 더 눈물겨운 아이가 있읍니다. 계장님!』 라고 말씀하시고 자세한 내막을 이야기 하셨답니다.
『그렇다면 제2의 윤복이가 나왔다는 얘긴데ー. 우린 무슨 무슨 「슬픔이」로 하지 말고, 넘치는 「기쁨이」로 바꿔 봅시다. 아뭏든 당장 기자들에게 알립시다.』" 이경자, 『엄마 없는 하늘 아래-13세 가장 김영출군의 수기작품』, 한진출판사, 1976, 189쪽.

4. 결론

한국영화에서 아동은 오랫동안 소외되어왔다. 그들은 영화의 관객으로 공식적으로 인정받지 못했고, 내용적 측면에서도 영화 제작자들의 관심 밖이었다. 이런 상황에서 일제 강점 말기에 등장한 「수업료」는 그 이데올로기적 함의가 종종 의심받기는 해도 아동의 삶을 그들의 시선에서 그려내고 있다는 점에서 본격적인 아동영화의 출발을 알리는 신호탄이었다. 그러나 이 영화는 독창적인 기획의 산물이 아니라 그 당시 일본 대중문화계에서 화제가 된 도요타 마사코의 수기집 『철방교실』과 이를 원작으로 한 야마모토 카지로 감독의 영화 「철방교실」을 모델로 하고 있다. 「수업료」는 식민지 조선의 현실을 보여주기는 하지만 큰 틀에서 보면 총독부의 통치 정책과 모순을 일으키지 않는 영화였다.

1950년대 후반 유현목 감독의 「구름은 흘러도」도 시간적 격차가 있으나 그 당시 일본 대중문화계의 화제였던 야스모토 스에코의 수기집 『니안짱』을 원작으로 하고 있다. 이렇게 볼 때 해방 이후 한국 최초의 본격적인 아동영화는 「수업료」와 이의 영화적 전범이었던 「철방교실」이라는 일본 대중문화에 대한 기억, 「니안짱」으로 대표되는 당대 일본 대중문화 사이에 존재하는 복합적인 텍스트라고 할 수 있다. 「구름은 흘러도」는 야스모토 스에코의 수기 속에서 불쾌함을 불러일으키는 일본적인 것을 삭제하고 한국적인 상황에 맞게 수정을 가함으로써 한국의 현실을 담아내는 데 일정 부분 성공하고 있다. 이에 반해 똑같은 원작을 영화화한 이마무라 쇼헤이의 「니안짱」은 원작이 가진 일본 사회의 문제점을 리얼리즘적 기법으로 제시함으로써 원작의 세계를 한층 급진화하는 방향을 취하고 있다.

1990년대 후반 일본의 대중문화가 개방되면서 오랫동안 음성적으로만 진행되어 오던 한・일 대중문화의 교류는 본격화되었다. 영화 부문만을 예로 든다면, 일본문화 수용에 있어서 보수적이었던 태도를 바꾸고 적극적으로 일본의 대중문화 콘텐츠를 흡수하기 시작했다. 그 일환으로 21세기에 들어 영화의 원작으로 일본의 이야기가 적극적으로 활용되고 있다. 일본의 공포영화 「링1998」을 리메이크 한 「링1999」에 이어 소설가 가네시로 카즈키金城一紀의 소설을 원작으로 한 「플라이 대디 플라이2006」, 스즈키 유미코鈴木由美子의 만화 「미녀는 괴로워」를 원작으로 한 「미녀는 괴로워2006」 등이 줄을 이었고, 최근에는 미야베 미유키宮部みゆき의 소설 『화차』를 원작으로 한 영화 「화차2012」가 개봉되기도 하였다.

이처럼 21세기 한국 사회는 식민지 지배라는 악몽에서 벗어나서 일본 대중문화와 활발하게 교류하고 있다. 특히 일본의 대중문화 콘텐츠를 한국영화의 소재로 활용하는 데 있어서의 적극성은 최근 들어 새삼 눈에 띤다. 이런 적극성은 지난 반세기 동안의 경제적 성장과 이에 부수되는 자부심의 증대에서 기인한 것이다. 문화가 타자와의 교섭을 통해 발전된다는 측면에서 이런 움직임은 긍정적이다. 특히 한・일처럼 과거사의 문제로 인해 양국 관계가 교착 상태에 있는 상황에서 문화 교섭은 이런 문제를 풀어낼 수 있는 중요한 계기로 작용할 수 있다. 일제 강점 말기와 1950년대 후반 영화계 일부에서 일었던 문화 수용과 변용의 움직임에 대한 검토는 이런 측면에서 그 의의를 찾을 수 있다.

문화론의 시각에서 본 문학과 영화

1. 자료

권영민 편, 『이상전집1-5』, 뿔, 2010.

김윤식 편, 『이상문학전집3』, 문학사상사, 2002.

성문출판사 편집부 편, 『서울통계자료집: 미군정기편』, 서울특별시, 1997.

이명자 편, 『미군정기 외국영화』, 커뮤니케이션북스, 2011.

이승훈 편, 『이상문학전집1』, 문학사상사, 1989.

한국영상자료원 영화사연구소 편, 『일본어 잡지로 본 조선영화 1-2』, 한국영상자
　　　　　료원, 2010~2011.

한국영상자료원 편, 『신문기사로 본 한국영화 1945~1957』, 공간과 사람들, 2004.

『구상문학총서1-5』, 홍성사, 2003~2006.

『구상시전집』, 서문당, 1984.

『김수영전집1-2』, 민음사, 1989.

『김수영전집1-2』, 민음사, 2004.

『김춘수전집1-2』, 문장, 1985.

『눈물꽃』, 실천문학사, 1986.

『실락원기행』, 인문당, 1981.

『이 시대의 아벨』, 문학과지성사, 1983.

『초혼제』, 창작과비평사, 1983.

『칠면조』, 정음사, 1947.

「(사설)극장의 공공관리」, 『동아일보』, 1946.2.14.

「(영화평)「비는 온다」/20세기폭스사 작품」, 『중외일보』, 1946.5.9.

「(제언)외화와 극장」, 『예술신문』, 1946.12.4.

「「구름은 흘러도」 백림 출품」, 『동아일보』, 1960.5.27.

「「저 하늘에도 슬픔이」」, 『경향신문』, 1965.10.

「38이남선 소 영화 상영 금지」, 『자유신문』, 1946.3.12.

「각 극장 건국성금/오해치 말고 협력하라」, 『자유신문』, 1946.1.17.

「각 극장에 미국영화 5월 중순부터 등장/중배 문제 해결 경향」, 『경향신문』, 194
　　　　7.4.29.

「각 학교 입학자」, 『매일신보』, 1935.4.3.

「구름은 흘러도에 관하여」, 『경향신문』, 1959.2.1.

「국제극장으로 명치좌 개명」, 『중앙신문』, 1946.1.6.

「극단 토월회 재현 십육일부터 공연」, 『동아일보』, 1945.12.15.

「극장 관중들도 자진 해산/비보, 일순에 급변된 환락가 모습」, 『자유신문』, 1945.12. 30.

「극장 신요금제 금일 실시/연극 20원, 영화 15원」, 『예술신문』, 1946.11.6.

「극장문화의 재검토 관중심리 소관」, 『경향신문』, 1947.4.17.

「극장에 휴지 갱생 상자/수도와 서울 양 극장에 출현」, 『예술신문』, 1946.11.26.

「극장요금 인상 30원서 70원까지」, 『중앙신문』, 1947.10.5.

「극장요금의 인상 앞으로 불허방침」, 『경향신문』, 1947.11.27.

「극장을 1, 2류별로/요금도 시당국이 새로 제정」, 『조선일보』, 1948.3.14.

「눈물의 명화, 철로의 백장미」, 『중외일보』, 1927.11.24.

「단장한 시공관 성대히 개관식」, 『경향신문』, 1947.12.31.

「담배값 또 인상/작일부터」, 『중앙신문』, 1947.12.16.

「대담: 김춘수 편」, 『시와 시학』, 1994년 가을.

「도구 없는 어부들의 탄식 갑오년 영화계 총관」, 『동아일보』, 1954.12.26.

「동경의 한국인들」, 『경향신문』, 1964.1.8.

「뛰여올른 극장 입장료/연극, 영화, 악극 등을 구분/새로된 요금표」, 『자유신문』, 19 48.5.30.

「문 닫은 극장들/입장세의 증액을 반대」, 『서울신문』, 1948.6.2.

「문 열고 하품하는 극장/10할 세금에 관객은 외면」, 『동아일보』, 1948.6.13.

「미 영화 9종 불일내 상영」, 『조선일보』, 1946.4.1.

「미 영화 중앙배급소」, 『서울신문』, 1946.4.11.

「보전연극 이십오일밤 칠시 배재 대강당에서」, 『동아일보』, 1933.11.25.

「불국 대표적 작품. 라, 루 철로의 백장미. 24일부터 조극에 상영」, 『조선일보』, 192 7.11.24.

「불황 속에 수기류 「붐」」, 『동아일보』, 1965.11.6.

「빈번한 정전으로 인하야 극장가에도 비명 속출」, 『예술신문』 1946.12.28.

「사랑스런 지니 TBC에서 방영 패티 듀크 쇼 끝내」, 『경향신문』, 1967.12.11.

「새로 수입된 소련 영화 6편」, 『중앙신문』, 1945.11.24.

「신 입장세안을 국회에 회부!/영화 9할 연극 7할」, 『자유신문』, 1949.3.26.

「신부좌, 한성극장으로 개칭」, 『동아일보』, 1946.1.20.

「양화엔 무적」, 『동아일보』, 1959.11.13.

「영화 「신개지」 상영/제작한지 8년간 유폐」, 『조선일보』, 1946.3.18.

「영화 관람료 40원으로」, 『동아일보』, 1947.11.14.

「영화는 개봉이 80원, 연극, 가극은 120원/시내 각 극장 흥행 최고 요금」, 『중앙신문』, 1948.3.28.

「영화와 흥행과 예술」, 『경향신문』, 1965.2.13.

「외국영화 독점일색/지난 달 서울 흥행계」, 『동아일보』, 1948.12.12.

「외국영화 수입과 그 영향」, 『서울신문』, 1946.5.26.

「우수영화상 결정」, 『경향신문』, 1960.9.6.

「육촌오빠 나타나 또 화제」, 『경향신문』, 1959.1.31.

「일제의 국책영화 기만 상영으로 모리/관객의 물론이 자자/오욕의 열매로 위안 불원」, 『서울신문』, 1946.3.4.

「입장세 3할 복귀 안을 문교부가 당로에 건의」, 『경향신문』, 1948.10.20.

「입장세 시행령/16일부 공포 실시」, 『서울신문』, 1949.12.19.

「입장요금 작일 인상 실시/영화 20원 연극 30원으로」, 『예술신문』, 1947.1.10.

「장안극장으로 개칭, 전 조일좌의 새 출발」, 『동아일보』, 1946.1.16.

「전 성보 국도극장으로 개명」, 『동아일보』, 1946.4.30.

「전 일인의 극장 대여 입찰키로」, 『서울신문』, 1946.3.22.

「제멋대로 받는 각 극장의 요금」, 『경향신문』, 1948.2.26.

「제십회 백림영화제 참가기」, 『경향신문』, 1960.7.23.

「제일회 영화예술상」, 『경향신문』, 1960.5.6.

「조건부로 극장 개관」, 『서울신문』, 1948.6.5.

「조선 극장문화 위협하는 중앙영화사의 배급 조건」, 『경향신문』, 1947.2.2.

「종래의 5분지1/요금 인상한 극장 풍경」, 『대동신문』, 1948.6.8.

「지순한 동심의 기록 「구름은 흘러도」」, 『동아일보』, 1959.11.7.

「촉망되는 신극단 「신흥극단」 출현」 『동아일보』, 1930.10.23.

「출판 절차에 실책 법따라 문제될 수 있다」, 『경향신문』, 1959.1.26.

「탤런트 부부(1) KBS 1기 동기생/로맨스 1년 만에 결혼에 골인/시간나면 나란히 대폿집에서/박병호(TBC-TV), 정혜선(KBS-TV)」, 『경향신문』, 1968.11.30.

「테로 빈번으로 예술제 중지」, 『동아일보』, 1947.1.11.

「한국소녀의 수기 영화제작 못한다」, 『경향신문』, 1959.3.19.

「휴지통」, 『동아일보』, 1946.2.16.

이경근, 「영화 「철방교실」」, 『매일신보』, 1938.11.6.

2. 국내 논저

강신주, 「시에 나타난 노년의 상처」, 『문명연지』 4/2, 한국문명학회, 2003.

강호정, 「연극적 상상력의 시」, 최동호·강웅식 외, 『다시 읽는 김수영 시』, 작가,
    2005.

고리키, 막심 저, 장윤선 역, 『밤주막』, 범우사, 2008.

고정희 편, 『예수와 민중과 사랑 그리고 시』, 기민사, 1985.

곽명숙, 「김수영의 시와 현대성의 탈식민적 경험」, 『한국현대문학연구』 9, 한국현대
    문학회, 2001.6.

구견서, 『일본영화와 시대성』, 제이엔씨, 2007.

구상시인추모문집간행위원회 편, 『홀로와 더불어』, 나무와 숲, 2006.

권성훈, 「한국현대시에 나타난 기독교 의식 연구」, 경기대학교 석사학위논문, 2004.

권영민, 『이상 텍스트 연구』, 뿔, 2010.

_____, 『한국현대문학사2』, 민음사, 2002.

김동환, 「김춘수 시론의 논리와 그 정체성」, 한계전 외, 『한국현대시론사』, 문학과지
    성사, 1997.

김두한, 「'여성', 그 왜곡된 기호에 대한 시적 저항」, 『여성문제연구』 20, 대구카톨릭
    대학교 사회과학연구소, 1992.

김려실, 『투사하는 제국 투영하는 식민지』, 삼인, 2006.

김명수, 『안병무』, 살림출판사, 2006.

김병철, 『미국문학사』, 한신문화사, 1986.

김봉군, 「한국 현대시의 서정적 자아와 윤리적 자아의 상호성 연구」, 『국어교육』 10
    7, 한국어교육학회, 2002.

김승구, 「1920년대 할리우드 영화에 대한 식민지 관객의 반응」, 『정신문화연구』 12
    1, 한국학중앙연구원, 2010.12.

_____, 「1920년대 후반 식민지 조선에서의 일간지를 통한 영화 홍보 양상」, 『정신
    문화연구』 118, 한국학중앙연구원, 2010.3.

_____, 「식민지시대 독일영화의 수용 양상 연구」, 『인문논총』 64, 서울대학교 인문
    학연구원, 2010.12.

_____, 「이상 문학과 텍스트의 문제」, 『이상 리뷰』 5, 이상문학회, 2006.

_____, 「『조선일보』의 1930년대 영화 관련 활동」, 『한국민족문화』 36, 부산대학교 한국민족문화연구소, 2010.3.

_____, 『이상, 욕망의 기호』, 월인, 2004.

김승희, 『이상 시 연구』, 보고사, 1998.

김양선, 「1930년대 모더니즘 소설의 영화 기법-근대성의 체험 및 반응을 중심으로-」, 『한국문학이론과비평』 9, 한국문학이론과비평학회, 2000.

김영미, 「신의 저편: 고정희론」, 이화현대시연구회 편, 『행복한 시인의 사회』, 소명출판, 2004.

김영민, 『한국현대문학비평사』, 소명출판, 2002.

김영우, 『한국초등교육사』, 하우, 2004.

김용복, 「하나님의 정치경제」, 『예수·민중·민족』, 한국신학연구소, 1993.

김유중, 『김수영과 하이데거』, 민음사, 2007.

김유중·김주현 공편, 『그리운 이름, 이상』, 지식산업사, 2004.

김윤식, 『이상 연구』, 문학사상사, 1995.

김의수, 「김춘수 시의 상호텍스트성 연구」, 서울대학교 박사학위논문, 2002.

김준오, 「구조주의 비평의 수용 양상」, 이승훈 편, 『한국문학과 구조주의』, 문학과비평사, 1988.

김준오, 「처용시학」, 『김춘수연구』, 학문사, 1982.

김지녀, 「김수영 문학 속의 '아메리카'」, 『돈암어문학』 22, 돈암어문학회, 2009.12.

김혜니, 『한국현대시문학사연구』, 국학자료원, 2002.

나희덕, 「시대의 염의(殮衣)를 마름질하는 손」, 『창작과비평』 112, 2001년 여름.

난 명 외, 『이상적 월경과 시의 생성』, 역락, 2010.

노 철, 「모더니즘 시 교육에 관하여-김수영을 중심으로」, 『국제어문』 28, 국제어문학회, 2003.

노지승, 「'춘향전' 패러디 소설과 1955년 영화 「춘향전」」, 『한민족어문학』 55, 한민족어문학회, 2008.

_____, 「『자유부인』을 통해 본 1950년대 문화 수용과 젠더 그리고 계층」, 『한국현대문학연구』 27, 한국현대문학회, 2009.4.

노창선, 「고정희의 초기 시 연구」, 『인문학지』 20, 충북대학교 인문학연구소, 2000.

로트만, 유리 저, 유재천 역, 『예술 텍스트의 구조』, 고려원, 1991.

롤랑, 로맹 저, 이정림 역, 『톨스토이의 생애』, 범우사, 2008.

末永又一, 「綴方敎授最近の傾向を述べて內觀的綴方敎授を提唱す」, 『文敎の朝鮮』 12, 朝鮮敎育會, 1925.

문혜원, 「1930년대 문학에 나타난 영화적 요소에 관한 고찰」, 『국어국문학』 115, 국어국문학회, 1995.

바바, 호미 저, 나병철 역, 『문화의 위치』, 소명출판, 2003.

바흐친, 미하일 저, 이득재 역, 『문예학의 형식적 방법』, 문예출판사, 1993.

박귀례, 「구상 시 연구」, 『돈암어문학』 12, 돈암어문학회, 1998.

박배식, 「1930년대 박태원 소설의 영화 기법」, 『문학과영상』 9/1, 문학과영상학회, 2008.

박주현, 「김수영 문학에 나타난 내면적 자유 연구」, 서울대학교 박사학위논문, 2002.

박죽심, 「고정희 시의 탈식민성 연구」, 『어문논집』 31, 중앙어문학회, 2003.12.

박현수, 『이상시의 수사학적 연구』, 소명출판, 2003.

박홍원, 「여상현론」, 『한국시문학』 5, 한국시문학회, 1991.

박화목, 『신아동문학론』, 보이스사, 1982.

백수인, 「여상현 시 연구」, 『국어문학』 33, 국어문학회, 1998.

벌린, 이사야 저, 강유원·나현영 공역, 『낭만주의의 뿌리』, 이제이북스, 2005.

벤야민, 발터 저, 반성완 역, 『발터 벤야민의 문예이론』, 민음사, 1992.

사토 다다오 저, 유현목 역, 『일본영화 이야기』, 다보문화, 1993.

서범석, 「구상 시의 의미 구조」, 『건국어문학』 21·22, 건국어문학회, 1997.

서정주, 『미당자서전1』, 민음사, 1994.

송지현, 「불의 혼, 물의 시」, 『한국언어문학』 42, 한국언어문학회, 1999.

쉬벨부쉬, 볼프강 저, 박진희 역, 『철도여행의 역사』, 궁리, 1999.

신규호, 『한국 현대시와 종교』, 국학자료원, 2003.

신범순, 『이상의 무한정원 삼차각나비』, 현암사, 2007.

신범순, 『한국현대시사의 매듭과 혼』, 민지사, 1992.

심원섭, 「지옥도와 절대 영원의 사이」, 『현대문학의 연구』 7, 한국문학연구학회, 1996.

아도르노, 테오도르 저, 홍승용 역, 『미학이론』, 문학과지성사, 1995.

안지은, 「구상 시 연구」, 창원대학교 석사학위논문, 2003.

앤더슨, 베네딕트 저, 윤형숙 역, 『상상의 공동체』, 나남출판, 2002.

야스모토 마츠코 저, 유주현 역, 『구름은 흘러도』, 신태양사, 1959.

야스퍼, 데이비드 저, 이준학 역, 『문학과 종교연구서설』, 동인, 1999.

양원옥, 「에드워드 올비의 희곡 연구-인간성 상실의 유형분석」, 전남대학교 박사학위논문, 1995.

어일선, 「영화광고로 본 1930년대 영화연구」, 『한국콘텐츠학회논문지』 11/11, 한국콘텐츠학회, 2011.11.

오세영, 「김춘수의 무의미시」, 『한국현대문학연구』 15, 한국현대문학회, 2004.

원용진, 「한국 대중문화, 미국과 함께 혹은 따로」, 김덕호·원용진 편, 『아메리카나이제이션』, 푸른역사, 2008.

월터 K. 류, 조은정 역, 「이상의 「산촌여정-성천 기행 중의 몇 절」에 나타나는 활동사진과 공동체적인 동일시」, 김윤식 편, 『이상문학전집5』, 문학사상사, 2001.

유성호, 「고정희 시에 나타난 종교의식과 현실인식」, 『한국문예비평연구』 1, 한국문예비평학회, 1997.

유성호, 「여상현 시 연구」, 『연세어문학』 27, 연세대학교 국어국문학과, 1995.6.

유중하, 「김수영과 노신(3)」, 『중국현대문학』 16, 한국중국현대문학학회, 1999.6.

윤금선, 『라디오 풍경, 소리로 듣는 드라마』, 연극과인간, 2010.

이경자, 『엄마 없는 하늘 아래-13세 가장 김영출군의 수기작품』, 한진출판사, 1976.

이경훈, 『이상, 철천의 수사학』, 소명출판, 2000.

이글턴, 테리 저, 김명환·정남영·장남수 공역, 『문학이론입문』, 창작과비평사, 1986.

이대우, 「도발의 언어, 주술의 언어」, 『문예미학』 11, 문예미학회, 2005.

이덕기, 「영화 「수업료」와 조선영화의 좌표」, 『한국극예술연구』 29, 한국극예술학회, 2009.4.

이동순, 「시의 실존과 무의미의 의미」, 『김춘수연구』, 학문사, 1982.

이미순, 「김수영 시에 나타난 바타이유의 영향」, 『한국현대문학연구』 23, 한국현대문학회, 2007.12.

이봉범, 「1950년대 문화정책과 영화 검열」, 『한국문학연구』 37, 동국대학교 한국문학연구소, 2009.12.

이소희, 「엘리자베스 바렛 브라우닝과 고정희 비교 연구」, 『영어영문학21』 19/2, 21세기영어영문학회, 2006.

이순진, 「「수업료」 해제」, 한국영상자료원 편, 『고려영화협회와 영화 신체제 1936~1941』, 한국영상자료원, 2007.

이승원, 「정치 현실에 대한 두 시인의 반응-임화와 김수영의 경우-」, 『한민족어문학』 43, 2003.

이승훈, 「모더니즘의 시적 기법-이상의 시를 중심으로」, 『모더니즘 시론』, 문예출판사, 1996.

_____, 「시의 구조에 관한 의미론적 연구」, 한양대학교 석사학위논문, 1968.1.

_____, 『이상 시 연구』, 고려원, 1987.

_____, 『한국 모더니즘 시사』, 문예출판사, 1996.

_____, 『한국시의 구조 분석』, 종로서적, 1987.

_____, 『현대시의 종말과 미학』, 집문당, 2007.

이승희, 「공공 미디어로서의 극장과 조선민간자본의 문화정치-함경도 지역 사례 연구」, 『대동문화연구』 69, 성균관대학교 대동문화연구원, 2010.

_____, 「흥행 장의 정치경제학과 폭력의 구조, 1945~1961」, 『대동문화연구』 74, 성균관대학교 대동문화연구원, 2011.

이영미, 『한국대중가요사』, 민속원, 2006.

이영일, 『한국영화전사』, 소도, 2004.

이영재, 『제국 일본의 조선영화』, 현실문화, 2008.

이운룡, 「시와 기독교적 상상력」, 『한국언어문학』 24, 한국언어문학회, 1986.

_____, 「카톨리시즘과 구상 시의 형상성」, 『종교연구』 7, 한국종교학회, 1991.

_____, 『존재인식과 역사의식의 시』, 신아출판사, 1987.

이윤복, 『저 하늘에도 슬픔이』, 한진출판사, 1964.

이은정, 「김춘수와 김수영 시학의 대비적 연구」, 이화여자대학교 박사학위논문, 1993.

이재철, 「한국작문교육의 변천과정과 그 문제점」, 『아동문학평론』 32, 아동문학평론사, 1984.9.

이호걸, 「식민지 조선의 문화사업, 극장업」, 『대동문화연구』 69, 성균관대학교 대동문화연구원, 2010.

임종국, 『친일문학론』, 민족문제연구소, 2005.

장 상, 『말씀과 함께하는 여성』, 이화여자대학교 출판부, 2005.

장만호, 「김수영 시의 변증법적 양상」, 『민족문화연구』 40, 고려대학교 민족문화연구소, 2004.

장상철, 「1970~80년대 민주화운동과 '민중'담론」, 『상징에서 동원으로』, 이학사, 2007.

전영주, 「여상현 연구」, 수원대학교 석사학위논문, 1995.6.

정순일·장한성, 『한국 TV 40년의 발자취』, 한울, 2000.

정영자, 『한국여성시인연구』, 평민사, 1996.

정영훈, 「김수영의 시론 연구」, 『관악어문연구』 27, 서울대학교 국어국문학과, 2002.

참고문헌 ▼▼ 국내논저/국외논저

정영희, 『한국 사회의 변화와 텔레비전 드라마』, 커뮤니케이션북스, 2005.

정종기, 「고정희 시 연구」, 한국교원대학교 교육대학원 석사학위논문, 2005.

제임슨, 프레데릭 저, 윤지관 역, 『언어의 감옥』, 까치, 1985.

조강석, 「김수영의 시의식 변모 과정 연구」, 『한국시학연구』 28, 한국시학회, 2010.8.

조연정, 「1920~30년대 대중들의 영화체험과 문인들의 영화체험」, 『한국현대문학연구』 14, 한국현대문학회, 2003.

조영남, 『李箱은 異常 以上이었다』, 한길사, 2010.

조해옥, 『이상 시의 근대성 연구』, 소명출판, 2001.

조혜정, 「미 군정청기 영화정책에 관한 연구」, 중앙대학교 박사학위논문, 1997.

주영중, 「김수영 시에 나타난 시각적 경험의 발현 양상」, 『한국근대문학연구』 7/1, 한국근대문학회, 2006.4.

중앙일보·동양방송 사사편찬위원회, 『중앙일보이십년사』, 중앙일보사, 1985.

지젝, 슬라보예 저, 김재영 역, 『무너지기 쉬운 절대성』, 인간사랑, 2004.

_____ 저, 주은우 역, 『당신의 징후를 즐겨라!: 할리우드의 정신분석』, 한나래, 1997.

채수영, 「시대 수용과 시인의 고뇌」, 『해금시인의 정신지리』, 느티나무, 1991.

최도식, 「「초토의 시」의 개작 양상 연구」, 『한국문학이론과비평』 32, 한국문학이론과비평학회, 2006.9.

최라영, 「구상 초기시 연구」, 『우리말글』 26, 우리말글학회, 2002.

_____, 「김춘수의 무의미시 연구」, 서울대학교 박사학위논문, 2004.

_____, 「여상현 연구」, 『한국시문학』 15, 한국시문학회, 2004.

최은희, 「구상 시 연구」, 세종대학교 석사학위논문, 1999.

최하림, 『김수영평전』, 실천문학사, 2001.

최학출, 「여상현론 I」, 『서강어문』 7, 서강어문학회, 1990.7.

_____, 「여상현론 II」, 『울산어문논집』 7, 울산대학교 국어국문학과, 1991.2.

최호영, 「김수영 시에 나타난 자연인식과 미학적 변주」, 『문학과 환경』 9/1, 문학과환경학회, 2010.6.

케이헌, 앨런 저, 정명진 『지식인과 자본주의』, 부글북스, 2010.

트루베츠코이, 니콜라이 저, 한문희 역, 『음운론의 원리』, 지식을만드는지식, 2009.

한계전, 「50년대 모더니즘 시의 가능성」, 『1950년대 한국문학연구』, 보고사, 1997.

한영현, 「해방기 한국 영화의 형성과 전개 양상 연구」, 성신여자대학교 박사학위논문, 2010.

함돈균, 「오염된 시인과 시」, 『한국문학이론과비평』 53, 한국문학이론과비평학
　　　회, 2011.12.

함충범, 『일제말기 한국영화사』, 국학자료원, 2008.

혹 스, 테렌스 저, 정병훈 역, 『구조주의와 기호학』, 을유문화사, 1984.

홉스봄, 에릭 저, 박현채·차명수 공역, 『혁명의 시대』, 한길사, 1993.

홍경표, 「관념과 순수 「이미지」에의 지향」, 『김춘수연구』, 학문사, 1982.

황호덕, 「한국 모더니즘과 영화-이상(李箱), 메트로폴리탄, 활동사진-」, 『한국사
　　　상과 문화』 15, 한국사상문화학회, 2002.

3. 국외 논저

ピーターB.ハイ, 『帝國の銀幕』, 名古屋大學出版会, 2001.

金贊汀, 『韓國倂合百年と「在日」』, 新潮社, 2010.

瀬戸川宗太, 『懐かしのアメリカTV映畵史』, 集英社, 2005.

北島明弘, 『アメリカ映畵100年帝國—なぜアメリカ映畵が世界を席卷したのか?』,
　　　近代映畵社, 2008.

十川信介, 『近代日本文學案内』, 岩波書店, 2008.

安本末子, 『にあんちゃん』, 角川書店, 2010.

株式會社レッカ社, 『アメリカ50州の秘密』, PHP研究所, 2009.

川本三郎, 『大正幻影』, 巖波書店, 2008.

Albee, Edward, *The American Dream, The Sandbox, The Death of Bessie Smit
　　　h, Fam and Yam*, New York: Dramatist's Play Service, 2009.

Bloom, Ken & Frank Vlastnik, *The 101 Greatest TV Comedies of All Time Sitc
　　　oms*, New York: Black Dog & Leventhal Pub, 2007.

Kirby, Lynne, Parallel Tracks: *The Railroad and Silent Cinema*, Durham: Univ.
　　　of Duke Press, 1997.

Lanzoni, Remi, *French Cinema*, New York: Continuum Intl Pub Group, 2004.

| 찾아보기 |

인명

저자 **김승구** 서울대 국문과 및 동대학원 졸업. 문학박사.
현재 세종대 국문과 부교수. 한국현대시 전공.
저서로는 『식민지시대 시의 이념과 풍경 2012』, 『식민지 조선의 또 다른 이름,
시네마 천국 2012』 등이 있음.

문화론의 시각에서 본 문학과 영화

초판 1쇄 발행   2013년 2월 19일
초판 2쇄 발행   2014년 9월   5일

저 자 김승구
발행인 윤석현
발행처 박문사
등 록 제2009-11호

주소   서울시 도봉구 창동 624-1 북한산현대홈시티 102-1106
전화   (02) 992-3253(대)
팩스   (02) 991-1285
전자우편 bakmunsa@daum.net
홈페이지 http://www.jncbms.co.kr
책임편집 이신

ISBN 978-89-98468-03-3 93810   정가 26,000원